一级悬念

牛占龙 著

侦探小说中的“圣经”

以悬疑推理记录时代的气息与痛点
偷换人生、连环凶杀、棋局陷阱、贼喊捉贼、
瞒天过海、起死回生……

作家出版社
全国百佳出版社

图书在版编目（CIP）数据

一级悬念 / 牛占龙著 . -- 北京：作家出版社，2025. 6. -- ISBN 978-7-5212-3362-9

Ⅰ. I247.5

中国国家版本馆 CIP 数据核字第 20259MQ997 号

一级悬念

作　　者： 牛占龙
责任编辑： 向　萍
封面设计： 李　超
出版发行： 作家出版社有限公司
社　　址： 北京农展馆南里 10 号　　**邮　　编：** 100125
电话传真： 86-10-65067186（发行中心）
　　　　　86-10-65004079（总编室）
E-mail:zuojia @ zuojia.net.cn
http://www.zuojiachubanshe.com
印　　刷： 河北星强印刷有限公司
成品尺寸： 155 × 220
字　　数： 348 千
印　　张： 22
版　　次： 2025 年 6 月第 1 版
印　　次： 2025 年 6 月第 1 次印刷
ISBN 978-7-5212-3362-9
定　　价： 79.80 元

魔鬼把人们造得这样奸诈，一定后悔不及；比起人心的险恶来，魔鬼也要望风却步哩。

——威廉·莎士比亚

现实生活和人的天性。有时它会使最为深谋远虑的计划毁于一旦。

——《罪与罚》

目录

第一章　画中之狼隐藏于画中之荒野

画中之狼静待于画中之荒野。

他的办公室里面有一个大大的套间，临近中午，他躺在套间里的天梦床上，看着手机上的记事本。

QA-2 月 5 日

QB-2 月 7 日

QC-2 月 8 日

QD-2 月 11 日

……

一共排到三十多位，日期也排到了 4 月份。

今天是 2 月 8 日。

他知道今天该谁当值了。

他拨通了一个电话，电话显示的名字是 QC。

“宝贝儿，有时间吗？”

“有啊，咋的，你想我了？”

“嗯，不但想了——你现在来我办公室，马上，快——”

“好的，老公，洗澡等着我。”那边一个甜甜的声音挂了电话。

记事本上的列表是他记载的一个月内，他的众多情人的月经期。

他做矿山发了财，再加上本身的风度儒雅使得他像蜂巢，女人就像蜜蜂。

半小时后，她打开门进来，反锁了办公室的门。

二十四五岁的光景，丰满、白皙、漂亮，一头波浪发，未化妆，一米七左右的身高，修长的双腿裹在紧致的牛仔裤里面。

她的眼睛显得很大，嘴唇濡润。

“我怎么老感觉你办公楼外那个人鬼鬼祟祟的。”她用双手环绕着他的脖子说道。

“是哪个色狼看上你了吧。”他刚刚洗完澡躺在床上，盖着羊毛毯。

她坐在床上，闭上了眼睛。

他起身，吻了她的唇。她的嘴唇立刻主动地张开了，并饥渴地回吻着他。他用手指抚摸着她的双肩、脖子和耳朵。两个身体缠绕扭动起来。

继而她轻声呻吟，他开始喘起粗气……

事后，她感到满足、满意、充实，身体还在轻轻地抽搐，她躺着不动，闭着眼睛，细细体会他的那种粗硬带来的快感。

2 月 10 日下午，他去了市郊的一处住宅楼，一个三十多岁的美少妇给他开了门。她离异独居，知道他从不去酒店。

两个小时后，她满意地送他离开。她也要去上班了，她上班的时间不固定。

2 月 11 日晚上，他来到了市郊的锦府小区，从地下室走步梯到了 102，门是虚掩着的，他进到屋里反锁上门，听见浴室传来哗哗的流水声。

“你怎么不关门啊？”男人有点不愉快。

“你不说五分钟就到嘛。”浴室里女人的声音特别好听。

“这个房子当初就买来给你用的，但你得注意安全啊。”

“就你想跟我爱爱时用，平时也不让我来啊。”

“这不是为了你着想嘛，你在机关，事事得小心啊。”男子语气变得温柔起来。

女子裹着浴袍出来了，轻轻地绾起刚刚吹干的长发，在头后面打了个髻。他知道她每次都会事先把金色的波浪发髻打得很结实，因为她担心她在上面疯狂时头发会散开。

她的两只眼睛充满了渴求，她在进入机关之前是省台的聘用主持人，还做过模特。

她喜欢他，跟钱没关系，她用事业衡量了这个男人的成功与伟岸。她知道他很疼爱她，而且他多次保证除了她之外再没有别的情人。

他抱起她，走到了卧室里，亲吻她一下，放在了床上。卧室有四十平方米大，梳妆台、衣柜，全是按照她喜欢的样子定做的。

他有十几个亿，他不知道他该干些什么，矿山照常运行，他的追求就是不断换女人，然后固定住漂亮温柔的、床上功夫好的，这就是他心中的淘汰机制，他在这方面隐藏得很好，甚至别人讲个黄段子，他都表现得嗤之以鼻。

他三十岁前没有女人会跟他，那时他就是矿山的一个岩工，他的欲望让他每天站在岩洞里一边幻想一边解决，现在他感觉是对以前的自己一种近乎病态的弥补。

他躺在床上，她给他脱掉所有衣物，他静静地享受着，她脱掉了睡袍，骑到他的身上。她明白他想让她干什么，默契地低下了头……

有一双眼睛瞪得大大的，盯着床上这一对赤身裸体的男女。

对，他在衣柜里，双眼紧紧地盯着床上的每一个瞬间，他的手不自觉地伸进裤子里。

床是他们的擂台，二人几个场次忘我的投入与角逐后，她紧咬嘴唇，随着一声长长的呻吟，她像是飘在云里，她达到了。他也如同要爆炸，她的呻吟引燃了这个点，他在喉头里叫着，他高潮了。

他在柜子里，在看见那个女人美丽的脸抽动的那一刻，随着床上两人的呻吟声，他的左手紧紧地捂住自己的嘴，泄在了裤子里。

她的头脑一时似乎变得空荡荡的。

“今天住在这儿吧，我也不回去了。”他说。

“不行啊，亲爱的，他今晚刚从外地回来，我没不在家的理由啊。”她用手抚摸着他的头发。

“宝贝儿，那你走的时候还是顺地下室下去，从左侧那个车道走，我让物业把那边监控关了。”

“每次都强调，我知道的，你放心吧。”

“现在网络用户和自媒体都太厉害了。”他说着捏了一下她的鼻子。

“那你今晚在这儿住吗？”她美目顾盼。

“嗯，太累了，明早我直接去公司。这房子在你闺蜜名下没问题吧，她没怀疑什么吧？”

“不会的，亲爱的，我跟她说我跟我家那位怕是会离婚，提前做点准备，十多年的闺蜜，你就放心吧。”

“那就好。”他把脑袋从她的腿上移开，平躺在床上。

她知道，这个动作是告诉她，她该走了。

她起身穿衣服：“我回去再洗澡，你早点休息，晚安。”

她很快穿好了衣服，看着他闭着眼睛静静地躺着，她给他盖上了毛巾被。

她蹲下身吻了他的嘴。

关灯声、脚步声、关门声、高跟鞋下楼梯的声音。

他回忆着刚才的场面，美美地睡去。

柜子里的人在等。

他大号的鞋子，虽然擦得锃亮，却套着鞋套。他长着方形脑袋，眉毛黝黑茂密，披着的雨衣一直盖到脚踝处，手上戴着黑色橡胶手套，手里握着一把锤子，锤柄很短但已经足够了。全身的黑色，构成了一片阴影，笼罩了他眼睛的一部分。他的前额，被雨帽罩着的前额，比脸还要宽，感觉像是满溢了出来，给人一种智力发展迟缓、很原始的印象。

刚跟着这对男女的节奏激情了一把，这是意外的收获，他在轻轻地用腿摩擦着裤子，避免精液流下来。

他趴在床上，有了鼾声。

这种睡姿，更容易被敲晕或者敲死。

不能敲死，他还没有得到应有的审判。

鼾声过了半小时，他睡熟了。

他蹑手蹑脚地走出了柜子，一团黑影在月光下向着床头移动。

他对着他的后脑举起了锤子。

举起，轻轻地放下；又举起，又轻轻地放下；再举起……

他对着月光，调整着位置，要保证一击即中，否则很麻烦，他可不想在这儿跟他打斗。

一切都在他的意料中，他跟踪他半年了，他的生活习惯，他已经了如指掌。他提前来到他这儿，蹲在二楼拐角处，那个愚蠢的女人竟然没关门，省了开锁的时间，也让他趁女人洗澡的时候提前进入到衣柜内，看了一集看似现编现演却早已熟练有余的三级片。

砰一下，男人晕倒前发出一声闷哼，他的枕骨挨了重重一下。

他从雨衣兜里掏出了胶带，不只是封嘴，一圈一圈地把脑袋都裹住，只露出鼻子。然后把手和脚并拢在一起用胶带捆住后，又用绳子勒紧。

他扛起他放在门口。

他的力气很大，扛着一百五十斤的男人竟然能站直了身子，还能把脚步放轻。

他开始清理现场，戴上口罩，拿出随身带的一瓶漂白剂，去厨房拿了菜盆，用清水将漂白剂稀释，开始拿着抹布仔细擦拭，衣柜、地板、床边、厨房，凡是他有可能碰到的地方都擦了两遍。然后又检查了一遍，确信没有任何遗漏，他把水顺着马桶倒掉，又用抹布擦拭了盆边，将抹布装在下衣兜里。随后退出门外，脱掉雨衣完全将那个男人包裹起来，抱出门外，用脚踢上了门。

他的雨衣、雨帽有了两重作用，一是防止自己的毛发和物件留在犯罪现场，二是用来包裹猎物。

地下室有一台小货车，男人把猎物扔到车上，盖上了篷布，开车按照猎物以前走的路线，对，是猎物担心幽会被曝光专门安排的没有监控的线路，驶出了小区。

第二章　无限之罪

云汉市位于我国东北部，该市有四区八县，因为号称有色金属之乡，这些年的发展倒也稳定，东印区是云汉市市政府所在区，该区囊括北部三镇，云汉百分之八十的矿山都在此三镇。但近些年，外来人口日益密集，导致刑事案件多发。

东印区公安分局副局长梁海，知天命之年，一米八五，二百二十斤的体重，国字脸，不怒自威。警龄三十二年，破获了许多大案要案，其中在南郊杀人灭门案、司马诚爆炸案中获一等功，另获大小战功三十余次。他是罪犯的克星，也是云汉人民的门神。

云汉市公安局百年英雄谱记载，2004 年，温州商会云汉商会会长司马诚经人介绍，斥四个亿巨资在云汉市东印区下面的东方镇买了一个铜矿，交接完后开工，结果顺着原矿开采的巷道五炮炸过去，原来十三米宽、品位很高的铜矿带没了，司马诚以为买到了窝子矿（窝子矿是指整个矿山就这一窝子有矿石，再没有其他矿脉了）。后来经几批工程师勘验，认为连窝子矿都不是，而是薛老九做了手脚。司马诚悲愤之至，解散了矿工，拿着导火索和炸药就去原矿主薛老九家里准备和他同归于尽，梁海及时赶到，扑灭了点燃的导火索，于是他一战封神，这件事被百姓口口相传。

但随后梁海带队追捕司马诚，三日未见踪迹。

夜晚一片漆黑。

一切东西都消失在黑暗里。包括金钱、功名、事业。

几颗失落的星星，映照在一片阴森森的黑暗里，和司马诚一起充满悲伤。

泪流满面的司马诚，驾驶着奔驰越野车盘着一座座山岭而上，这个地方叫马陵山。司马诚打开车窗，向下眺望着一个狭长的内陆湖。灯光映现在水面上，一艘汽艇风驰电掣般划过湖面。

在这深秋季节，却没有收获，不但没有收获还被追捕，爆炸罪或者以危险方法危害公共安全罪，无论哪个罪名都够让他进去待个十几年的。

车子很快就进入森林里。一排排冷杉迎面而来，无边无尽的树干从灯光里一闪而过。路面很狭窄，又坑坑洼洼。时而有树枝噼噼啪啪地扫过车窗玻璃。右边是陡峭的深谷，司马诚能听见深谷里潺潺流水的声音。左边，悬崖矗立在夜空，反射出白色的光芒。

天空一片晴朗，沉降的织女星、升起的金牛座和闪耀的木星的火焰无限地燃烧在天空上。

司马诚陷入沉默，耸起的鼻梁让国字脸的轮廓更清晰了，五十四年的痕迹都刻在了额头上，他决定和薛老九同归于尽之前，曾以诈骗罪报过案，可公安机关一直以双方系民事纠纷为由未予立案。

正如现在走的路，左边悬崖，悬崖上孤零零地生长着一棵榆树，右边峡谷，对面一道车灯把奔驰淹没在耀眼的光芒中，一辆沃尔沃 SUV 迎面冲了过来……

走投无路。

奔驰翻滚着冲下了山谷。

马陵山，孤榆崖。

在半空中，车子已然呈加速度自由落体状态，开始是车头向下，到距离地面还有三十米的时候受风力影响车头稍稍偏左，最后伴随着一声巨响，火光冲天，像是点燃礼炮，先是爆炸声，紧接着火花四溅，结束了司马诚璀璨的一生。

公安部门很快勘验了现场，奔驰越野车坠崖时散落的衣物、手表及对残余骸骨的鉴定均证明死者是司马诚。

但另一份鉴定报告证明司马诚在坠崖前已经死亡。

报警的沃尔沃车主被控制。他叫冯发，六十来岁，身材笨重矮小。头顶秃得发亮，戴一副金质无框眼镜，小眼睛，不知深藏在什么地方，鼻子也很小，耳朵也一样，其他一切无比硕大。整体看起来像长成了一个自然祸害。

一脸保养得当的黑色络腮胡子，里面夹杂着几绺白须。

下午两点，冯发坐在办公室里的一张办公椅上，东印区公安分局刑事侦查大队大队长胡大为把自己的椅子挪到警员信一阁的办公桌旁，左胳膊撑在桌上，跷着二郎腿，左手支着头，右手夹着烟。

胡大为是著名的刑事办案警官，脸上有疤痕，脑袋光秃秃的，大约五十七八岁，肤色浅黑，配上高挺的鼻梁和紧闭的嘴唇，神情肃穆。

信一阁在记录。

手握钢笔的信一阁，有着运动员体格。

“你什么情况下报的警？”胡大为深吸了一口烟问道。

“我开着车在马陵山盘山道上，对面开过来一辆奔驰越野，忽然左打轮冲下山谷去了。”冯发含混不清地说，“我的车没有撞到他的车，警官。”

“我也没说是你把它撞下山的。”胡大为说，“至于你说的是不是真的，我们自会查明。现在我们从头捋一捋。”

“你是从哪儿去的马陵山？”

“从田家庄，警官。”

“从田家庄到马陵山走了多长时间？”

“三个小时，警官。”

“你开的是沃尔沃 XC60 吗？”

“是的，警官。”

“从田家庄到马陵山，就是拖拉机三个小时也到了。”

“我……我……中途去撒了尿……”

“你撒谎了，我们调了你的行车轨迹，你是从西林街经麦田村来的马陵山，和田家庄完全是……”

“我……”冯发头上沁出了汗。

“为什么撒谎？”

“警官，今天我确实是去麦田村和几个赌友赌牌，我怕我老婆知道，所以刚刚撒了谎。”

“你的车保险到期了。”胡大为干巴巴地说，“出事故时，你的车没有保险，对吗？”

“是的，警官。”冯发说完又连连摆手，“不是……事故……是……奔驰车……单方事故。”

“是这个原因让你改变主意，不承认撞了奔驰车的吗？”胡大为接着紧锣密鼓地开始强攻。

“不是，我没有撞到他，他可能是为了躲我的车，冲下山谷的。”冯发揉了揉他“自然祸害”的一部分——被称为耳朵的东西。

“这个故事编得不赖，”胡大为赞许地说，“但可能还有另一个更接近真相的版本吧。”

“我说的就是真相，警官。”

“你难道不想从现场勘验员那里了解些情况吗？”

冯发一脸不解地看着胡大为，“你到底想说什么呢，警官？”

“哼，”胡大为有板有眼地说，“勘验员发现你车的左前杠有新撞击的痕迹，我想这应该是你撞上奔驰车的证据吧。”

冯发一脸恐惧，目不转睛地盯着胡大为：“我的车在刚上马陵山盘山道的时候，撞在了山谷河流旁的一块石头上，警官。”

“那为什么没有报警？没有报保险？司马诚的车坠谷后，为了调查原因，勘验员沿路进行了勘验，并没有发现有车撞过的痕迹。”胡大为连续吐出了几个烟圈。

“我的车保险过期了，报警没有用。我的车是撞在山谷河流旁的石头上，痕迹被冲走了，总之我不是杀人凶手。请你相信我！”冯发绝望地喊道。

“我相信你，”胡大为摁灭了手中的烟蒂，安抚他，“但是我必须核查你讲的故事，这一点你必须清楚。你刚才说你在车里看见奔驰车自己冲下山谷的对吗？”

“是的。”冯发回忆道，“当时我的车速也不快，我还纳闷对面的车怎么就掉下去了呢，估计是司机疲劳驾驶或者为了躲避我的车吧。”

“你啥时下的车？”

“车掉下去后，我下车跑到山谷边，看到车子在翻滚。”

“没有碰到任何人？”

“没有，警官。”

胡大为和信一阁都不再说话。

此时，梁海副局长敲门进来，站在了胡大为的身后，摆手示意两人继续审问。

梁海，在局里的公示栏中排第二位，虽没有一把手的名头，但天天干的都是一把手的事。一次党组会上研究一个副科的人事任命，他没点头，硬是没通过。兄弟们私下说："当公安局局长就得是梁副局长这样的，敢拍板，敢碰硬，遇到罪犯自己先上。"梁副局长最初主管刑侦，后来把矿山炸药批复及炸药安全检查这块也分给了他，别人管不了，那些矿老板个个财大气粗，手眼通天，但就乐意消受梁局的谩骂。

尽管没有看冯发的脸，但是梁海能感觉到他的恐惧。

"我们把你的衣服拿走了，你能猜出是为什么吗？"胡大为问。

"我不知道，警官。"

"为了进行联苯胺检测。你知道什么是联苯胺检测吗？"

"不知道，警官。"冯发无助地回答。

"这是一个用来化验血迹的化学实验，"胡大为慢悠悠地解释着，语气令人害怕，"我们在你的褂子上发现了血迹。冯发，经DNA比对，那是司马诚的血。"

"这绝对不可能，警官。"冯发痛苦地说，"简直太可怕了。"

他用手紧紧地捂住脸。

"那你的意思是我们造假了，还是化验出错了？"

"我不敢做那种猜测，警官。"冯发忽然想起了什么，站起来说道，"我下车跑向山谷时，经过一片杂草，感觉像有露水，是不是死者被撞时溅出来的血？"

"坐下！"梁海低声如闷雷。

冯发无力地瘫倒在座椅上。

"现在我们还应该相信你吗？"胡大为点燃一支烟递给了梁海。

"等等，"梁海接过烟，示意胡大为停止问话，接着一字一句地问道，"你刚才说死者被撞时喷出来的血？"

"我猜的，警官大老爷。"冯发痛苦地揪着脑后仅有的几缕头发。

"前后问答，你多处矛盾，你刚才说看到车子自己冲下了山谷，现在又说死者被撞，究竟哪句是真话？"胡大为严肃地问道，整个讯问空间变得异常宁静，只能听见信一阁"沙沙沙"的写字记录声。

“我不是凶手，警官。”冯发绝望地面向胡大为哀求道，“你要相信我。我说的都是实话。我求你了。”

“奔驰车烧毁了，有些东西无法鉴别，但是真相改变不了。”胡大为目光扫过冯发，注视着梁海接着说道，“从现有证据看，事情经过应当是这样的：冯发夜间开着车在马陵山的盘山道上撞上了司马诚的奔驰，将司马诚的奔驰撞下了山谷，因为车辆没有上保险，所以拒绝承认这起交通事故，这也是他连续撒谎的原因。”

“交通事故？”高大魁梧的梁海，操着很有魅力的男中音，“如果是简单的交通事故，他衣服上为什么有司马诚的血？”

“这我真不知道。”冯发小声说。

他的眼睛盯着地板，不再吱声。屋里一片死寂，只听见钟表嘀嗒嘀嗒地响，偶尔从街上传来汽车驶过的声音。

这时，梁海开始介入审问。他先关上窗户，信一阁搬了一把凳子放在了冯发的桌前。梁海的态度友好亲切，顺手打开了桌子上的台灯，白炽灯强烈的灯光一下子打到冯发的脸上。

“你不要激动。”梁海说，语气客气得过了头，“我们一点儿都不想折磨你，我们只是在努力查明真相。”

“是的，警官。”冯发回答，看起来又有了些勇气。

“你吸烟吗？”梁海问道。

冯发点了点头。

“给他一支，老胡。”

冯发摇了摇头。他盯着地板，光线令他一阵阵眩晕。

“灯光让你不舒服？”梁海语气平和。

“直刺我的眼。”

梁海把台灯的灯罩拨向一边：“这样好点儿了吧？”

“好多了。”冯发小声说。他的声音听起来充满了感激。

“你说说看，你的车上都有什么东西？”梁海开始审问。

“有几个小孩玩具、半箱矿泉水、两瓶红酒、一个折叠帐篷。”冯发一边回忆一边迟疑地说。

他搞不懂为什么会问这个问题。

“还有别的吗？”

“还有一双运动鞋、一个泳包，里面是游泳用的洗发水、浴液，警官。”

“好好想想，还有别的吗？”梁海紧紧地盯着冯发。

冯发摇了摇头。

“好的。可是我觉得，你忘了一些东西。”梁海说，“那些东西是不会跑的。”他强调，接着又好似漫不经心地说：“你好好把你试图隐瞒的东西说出来吧，冯发。我们已经仔细检查过你的车了。”

冯发沉默不语。

“现在你有什么想说的吗？”

“有棒球棍，我想起来了，警官。”冯发恐惧地抬起了头，喃喃地说，万分沮丧。汗珠在他的脖子上闪着光。胡大为在旁边吐出一个又一个烟圈。

“你为什么迟迟不肯承认这个呢？”

“忘了。”

“棒球棍上的痕迹是怎么回事？”

“什么痕迹？”

“经检查，棒球棍昨天被水浸泡过，是怎么回事？”梁海的语气由平和逐渐严厉起来。

冯发的腿在抖动，额头上沁出豆大的汗珠，缓慢滚动着不愿意流下来。

“棒球棍被水浸泡过，是怎么回事？”梁海又重复了一遍问话。

“我想起来了，我的车在山谷下面碰到了河流里的石头，当时我全面检查了一下车。”冯发喉结动了两下，咽了一下口水又接着说道，“检查时发现后备厢的泳包黏糊糊的，才发现里面的洗发液洒了，车后备厢的垫子上、棒球棍上全粘上了这东西。”

“然后，因为你守着河，就把棒球棍清洗了。”梁海把话头抢了过来。

“是的，是的。”冯发忙不迭地点头。

“我补充了你的剧本。”梁海似乎心不在焉地伸出手，仿佛又要转动灯罩。然而，当冯发吓得缩成一团时，他便把手拿开了。胡大为死死地盯着冯发，一支接一支地抽着烟。房间里的空气令人窒息。信一阁很想把窗户打开，但他知道关上窗户也是审讯方法之一。

“鉴定报告显示司马诚在坠崖前已死亡，也就是说司马诚在坠下山谷前应该就被你打死了，然后连车带人被你推下了山谷。”梁海做了一个推的动作，语气平和。

冯发面如死灰，瘫坐在椅子上。

“冯发！”梁海身子一边向后靠，一边接着说，“我们打开天窗说亮话吧。不要再遮遮掩掩了。我们能推测出整个事情的经过。但机会还是留给你，现在说了依旧算你自首。”

冯发坐在办公椅上，身体有些摇晃。看样子，仿佛他随时都会崩溃。

沉默大概五分钟后。

“事情是这样的，你在会车时撞了奔驰，你撒谎说车子左前杠是在山下撞在河流里的石头上，河水冲刷了痕迹，这样的逻辑得需要多少巧合？”梁海打破了沉默，停顿了一下接着说道，“撞车后，你与司马诚发生了争吵，你从后备厢拿出棒球棍打晕或打死了他，然后你想到了你的车没有上保险，干脆一不做二不休，把司马诚抱到了座椅上，将车推下了山谷，这样才能解释你身上为什么有司马诚的血，然后你应该是考虑将棒球棍扔掉，但又怕一旦被找到，更无法解释，于是你清洗了凶器，当你恢复理智时，感到前所未有的恐惧。你打电话报警是想投案自首，不过后来你却失去了承认罪行的勇气。只说你看见一辆车子翻下了山谷。”

“冯发……”梁海接着说道，“你要把握住这唯一的机会。”

“我没有撒谎，我的车子确实是在山下撞的。”冯发唉声叹气地说。

“撒谎是有些人的天性。”梁海拿过信一阁的笔录，一边翻阅一边慢慢地说道，“就是在你从何地来到马陵山盘山道的问题上，你都撒了谎，因此后来你说的一切都有可能在撒谎。而你对于身上的血迹、车子左前杠的撞痕、棒球棍的清洗都没有作出让人信服的解释。”

“我是无辜的，警官，”冯发嘶哑地低声说，“我是无辜的。”

梁海站了起来：“司马诚死在马陵山，这和三国时庞凤雏死在落凤坡一样，都犯地名啊。”然后附在胡大为的耳边低语道，“他认罪只是一个时间问题。”然后向信一阁点了点头，离开了房间。

第三天下午两点，胡大为到梁海办公室进行了汇报。

“全招了，梁局，这小子干的事比他长得还猥琐。”

“他的供词详细吗？”梁海吹了吹漂浮在杯子面上的茶叶，啜了一口茶问道。

“详细到他在马陵山树林里撒了一泡尿。”胡大为回答。

“梁局，你真厉害，你的推理没错，冯发撞了奔驰车，司马诚下车骂了他，结果这小子拿出棒球棍跟在司马诚身后袭击了他。”胡大为说着，摸了摸自己的枕骨，“打在司马诚的后脑上了，当时司马诚倒在奔驰车旁，连冯发自己也不知道司马诚是晕倒还是死了，这家伙一害怕再加上车子没有保险，就伪造成司马诚自己开车坠下了山谷。”

“嗯，”梁海点了点头，“我只是希望我们的审讯能中规中矩。老胡你这审讯可是持续了很长时间，这显然是不合规矩的。”

“是的。不过我们警察也不能老拘泥于规章制度，梁局，就冯发这样的犯罪嫌疑人，如果不是持续审问，根本突破不了。再说了，现在不让打、不让骂，真的没有别的好办法。”胡大为说着接过了梁海递过来的烟，“期望嫌疑人主动交代案情，比把我胡大为变成女人都难。”

冯发，后经检察院公诉到法院，因存在毁尸灭迹情形，法院认定情节特别恶劣，没有自首、立功等从轻、减轻情形，最终以故意杀人罪判处死刑。

第三章　蝉鸣

冯发案发生后的第二年，情人节下午三点。110 接到报案，西郊牲畜屠宰场发生一起命案，梁海带上肖楠、胡大为、信一阁、左秀（左秀是一名三级警司，当兵出身，开车技术娴熟），五人一车，直奔案发现场。

车上梁海打了一个电话，给云汉市中级人民法院刑事一庭的杜秋。

肖楠，公安大学毕业的警花，二十六岁，法律专业硕士研究生学历，一毕业就通过公务员考试，被招录到东印区公安分局做了一名正式警察。

肖楠不乏在司法系统工作的朋友，从他们处多少听说过杜秋的事情。印象最深的就是听说这位刑事法官的父辈做矿产生意，家里藏书有五万多册，而且不乏珍本、善本。

他的名字——杜秋，日本演员高仓健主演的《追捕》中的主角也叫“杜丘”。

“梁局，您跟杜法官熟悉？”肖楠带着对杜秋的好奇问道。

“哦，我和杜秋一起参加过沈阳刑事警察学校举办的一个学习班，他情商、智商都很高，精力充沛，只是可惜了。”梁海一边说着一边点燃了手中的“红塔山”。

“老梁，您该不会是见才起意想把他挖过来吧？”胡大为跟着梁局一起出生入死多年，彼此以老梁、老胡互称。

梁海没有未卜先知的能力，当然也不会预料到随着杜秋的借调，云汉市将会发生一系列的谋杀案。

“先借调，咱们局最近压力很大，需要充实力量。”

“要我说，审判和侦查是两个思维。”警龄十年的信一阁颇不以为然。

车子风驰电掣，十分钟后，到达了西郊牲畜屠宰场报案地。

“杜秋毕业于警官院校，对侦查很有天赋，在学校时协助当地公安机关破获过几件大案。”梁海下车前，扭头冲着四人郑重地说了一句。

“我们相信梁局的眼光。”胡大为一边说着一边下了车。

“你们知道在学习班里，杨教授送给杜秋的绰号是什么吗？”梁海说完，停顿了一下以表示接下来所说内容的重要性。

“蝉！”在众人都屏住呼吸准备接受一个惊奇的答案时，听到的却是一只昆虫的名字。

“蝉”有点意思，昆虫。杜秋，秋天里的“蝉”。肖楠开了一句玩笑：“蝉蜕蛇解、金蝉脱壳、黄雀伺蝉，关于蝉的故事和成语多了去了。”肖楠在说这句话的时候眼前浮现出小学语文老师手持教鞭站在黑板前指着“寒蝉凄切”等成语让自己造句的样子。

“居高声自远，非是藉秋风。这是唐代诗人虞世南写的一首五言诗《蝉》，身居高枝之上，可以傲视群虫，不用借助秋风，传声依然遥远。这是我当初给杨教授的回答。”

“是这个意思吗？老梁。”胡大为带着疑问。

“梁海同学，你的解释是正确的，想居高枝傲视群雄，需要什么？需要在专业上十年如一日的钻研，有了这个本领才能更好地去发现、追捕罪犯！杜秋，在大学就是我带出的学生，一个提取痕迹的特殊方法他整整实验了四年。杨青云系列强奸案，时隔十五年被杜秋找到线索……你们可以课下去研究下蝉的习性。”梁海模仿着当初杨教授的声音、形态说了这段话。

“蝉的习性是什么？梁局，您一定查了吧？”左秀问道。

“后来我查了一下，蝉很奇怪，它会挖洞把幼虫产在地底下，蝉蛹在羽化前会在地下积蓄三年、五年甚至十几年，之后才钻出土层，爬到树上，蝉蜕，飞到树上，一鸣惊人！其实我们做公安的也要学会蝉的坚持、隐忍，一直到抓住罪犯，一鸣惊人。”梁海的解释给大家带来了思考的素材，同时也对杜秋有了一份期待。

案发现场是西郊的一个牲畜屠宰场，因为下午不是屠宰时间，来往行人很少。屠宰场臭气熏天，充满了牛粪、血液和死去的动物的气息。屠宰场西北角放着一辆黑色两轮手推车，车旁横躺着一具男尸，头发覆着半个脸，尸体旁边是一根棒球棍，在棍子的一端有很多血迹，死者的头部明显陷了进去。棒球棍旁边有几张散落的面巾纸。

梁海五人并排站在屠宰场门外，虽然一阵阵恶臭让肖楠下意识地要去捂住口鼻，但职业让她拒绝了这个动作。梁海又点燃了一支“红塔山”。

一辆奔驰轿车急速驶来，停在距离五人三四米处，杜秋下车跑了过来。

他是个身材健美的男人，个子不高，肩膀很宽，两块胸肌在白色衬衫下有节奏地滚动，他有一张坚毅的瓜子脸，高额头，明亮的眼睛，比电影中的侦探多了几分冷峻。

肖楠的注意力全在杜秋身着的黑色“布克兄弟”上。

“梁局好，学生没来晚吧？”杜秋扫了一眼五人后微笑着将目光定格在了梁海脸上。

“哈哈哈，你可不是我的学生，我是你的学生才是。”梁局说着扔掉手中的烟头，“来，我给你们介绍一下杜秋杜法官，原在市法院高就，最近刑事案件多发，咱们人手不够，我就把他借过来了，借用一年。杜秋呢，我们在刑事警察学院一起参加过一个刑事侦查培训班，年轻人很不得了，从侦探思维到技巧方法让学校里的几位教授都刮目相看，刚才我在车上也跟你们说了，临结业时杨教授给他起了个绰号‘蝉’，我们都要向杜秋同志学习。”

杜秋没说话，只是笑笑，那表情表明是欣然接受了这种礼貌性的夸赞。

“这是刑事侦查大队大队长胡大为，老胡擅长提取口供；这是信警官，为人仗义，有一个爱好，喜欢买彩票；这是左秀，枪法不错；这是肖楠，公安大学毕业，也是我们局很少的能放在一线的女警官。”杜秋听着梁海的介绍，重复着“多多关照”，和他们一一握手。

“开始吧，大家带上工具，都仔细些。”梁局挥了挥手。

胡大为走在最前面，其余三人跟在后面，梁局瞅了瞅杜秋，点头示意了一下，两人才一同走了进去。

尸体旁是一大堆呕吐物。左秀先上去进行拍照，杜秋在尸体旁从把手那一端捡起了带血的棒球棍，向胡大为要了几只证物袋，将把手放入证物袋后，攥在手中。信一阁在寻找着周围的脚印，以确认这里是不是第一案发现场。

“信警官，请你不要再动。”杜秋忽然喊道。

怎么了？大家的目光分别扫向二人。

“你抬下脚。”杜秋说着，夹起了信一阁脚下的面巾纸。

“这他妈不是尸体，这是个人体模型，梁局。”胡大为忽然高声喊了起来。

除了梁局和杜秋之外的其他三人，迅速聚在了尸体周围，“真的是人体模型。”三人异口同声说道。

“梁局，这是谁搞的恶作剧，扰乱治安秩序，一定要处理！”信一阁刚刚让杜秋喊了那么一嗓子，心情的不愉快全表现在了语气上，胡大为很配合地啪一声扔掉了手中的证物袋。

“好了，你们都过来吧。”梁局摆了摆手，大家呈扇形围在了梁海身前。

“我现在告诉大家，这是一个模拟的犯罪现场，杜秋在借调来之前，我想让他以模拟现场的方式与大家做一个交流，你们都了解一下自己的底。”

五个人都不吱声。

胡大为心想：“他妈的，原来是模拟！”

信一阁心想：“靠，模拟现场竟然还打了110。”

左秀心想：“我去！模拟现场整得比真的还真，姓杜的这小子可能、大概、也许真有点不简单。”

肖楠心想：“这咋能整得这么恶心，那血，那呕吐物，他不能称为‘蝉’，整个一‘幺蛾子’啊。”

杜秋想：“模拟犯罪现场全被破坏了，怪不得你们局里有那么多积案。”

“杜秋，你给他们讲讲，他们都错在哪里了。”梁局打断了所有人的联想。

“好，那我就给大家说一下你们刚才的不当，哦，不对，是错误。”

肖楠心想：“你这一停顿以为要谦虚一下呢，没想到更骄傲了。”

“在进入犯罪现场前，应该先由带着相机的左秀进来拍照，等他进行了完整的摄像记录后，大家才能进入现场。”

说得好像有点道理，所有人都集中思维，目光注视着杜秋。

“左秀进到现场只对尸体来个照片。但在美国作家杰夫里·迪弗的侦探小说里，应该是这样的：首先要拍摄一张现场全貌照片，然后拍摄一张中等距离的照片，最后拍摄一张尸体的特写照片。”杜秋看着左秀，这个三十岁左右年纪，皮肤白皙，相貌端正，却浑身透着自由自在的男人。

“小说都是编的，杜秋你不能拿小说编排的情节来说案子啊。”左秀听到自己被一个借调的人点名批评，很不是滋味地进行了“回敬”。

“杰夫里·迪弗在小说中所写的技巧恰恰是上次学习时杨教授亲自认可并进行演示教学的，你可以问梁局。回去最好了解一下这个作家为了写作都做了什么，再发表评论。”杜秋说完转向了信一阁。

“信警官，你可知道现场的一张面巾纸，意味着什么？”

“杜秋，你就直说吧，除了是一张纸，它还能意味着什么？”

“它意味着那上面有可能有犯罪嫌疑人的汗液、唾液甚至精液，那代表着犯罪嫌疑人的全部DNA，你却把它踩在了脚下。”杜秋说完，又转向了胡大为。

“胡队，你刚刚一听说这是一具人体模型的时候，就扔掉了证物袋，请问如果这是犯罪嫌疑人故意布置的第二现场怎么办？”

不等胡大为回话，杜秋直接面向肖楠，严厉地说：“肖警官，我不知道你今天为什么喷了男士的范思哲爱神，我想说的是，我们一天中任何时候都可能要到犯罪现场去，我们和中医一样，不过我们的理论是望、闻、问、找，这闻到了什么？牛屎味？呕吐物和血，再加上香水的味道？”

肖楠没想到杜秋竟然向貌美如花、淡雅如兰的自己开戗，一时根本想不到如何对付，将头偏离四十五度表示抗议。

“谢谢大家听我一一提出问题，我昨天用一下午的时间布置了这个现场，特意选择了这个臭气熏天、脏乱不堪的地方就是想让大家体会真实的犯罪现场环境，我用鸭血模拟人血，又用鸭血和蘑菇汤模拟了呕吐物，一切看起来都很真实吧？”杜秋换了一种平和、诚恳的语气。

杜秋像是在做一场真人秀，但观众都自认为是业务精英，杜秋表演得越多，以梁海为首的观众就越漠然。

“在距离案发现场十米之外的路上，你们见到了几个人，都什么打扮？”杜秋指着门外问道。

“很重要吗？”肖楠反戗了一句。

“观察，是侦查的第一门功课。”杜秋知道自己必须亮出底牌，否则一名法官很难融入警察的群体中，警察说法官——你们就是敲锤的，法官说警察——你们不懂法。

“刚才我下车时，除了各位同仁，一共还有四个人，车左边两米处是一名男性，肤色较深，年纪约三十五岁，一米七左右，一百四十斤上下，短发，黑色，身着黑红相间的运动夹克，淡黄长裤，棕色皮鞋，鞋跟很高；右手一枚大金戒指镶嵌着一枚绿宝石；脖子上有一道浅浅的疤；吸一支细烟，喜用左手拇指与食指捏着烟蒂。

“车前四米处，是一名女性，年纪在六十岁至六十五岁之间，矮胖，手里提着沃尔玛的购物袋，穿黑大衣，左膝破个洞，粉色的发帽，身高一米六左右，体重大约九十斤。

“还有一名男性，在背对着我们的路上，快步行走，干瘦型，松垮的上衣，显示体重在短期内降得厉害，下身是黑色运动裤配着一双黄胶鞋，鞋码四十二……”杜秋眼都不眨，一气呵成。

没等杜秋说第四个人，梁海已率先鼓起掌来，其他人也在梁副局长的带动下拍起了手，气氛变得异常热烈，只有肖楠静默表示怀疑并问了一句：“杜秋，你是背段子呢吗？到底有没有这些人我们又没注意。”

“你要向杜秋学习。”梁海转头对肖楠说道，“车左边的男性我注意了，确实如杜秋所言。”

肖楠呆呆地站在一边，杜秋在下车和大家寒暄的时候，没见他仔细瞅过路上的任何人，却对四个陌生人的身高、体重、穿着、举动、样貌都做了精准的掌握。精准到右手一枚大金戒指镶嵌着一枚绿宝石，脖子上有一道浅浅的疤。

肖楠侧目杜秋，目光里有了些许崇拜与钦佩。

梁局面向杜秋，两人对视。

年轻人的成长有时候需要杀杀他身上的傲气和威风，梁海想着，微笑着转向大家，说道：“杜秋刚才有一个细节，大家也都看到了，他走近尸体显然发现了棒球棍是凶器，他专业地从把手那一端拿起棒球棍将击球端放进证物袋，但这是错误的，对于这件凶器，我们真正需要的是什么？我们不但需要击球端的血迹，还需要棒球棍把手上的表皮细胞，因为用棒球棍击塌一个人的头骨是需要很大力气的，所以手和棒球棍之间必有摩擦，凶手一定会在把手上留下表皮细胞。”梁海向杜秋笑了笑接着说道，“我们看到的一切都有可能是表象，有时候不要急，一定要分析。比如这个棒球棍，确实留下了血迹，但最重要的是留在把手上那些肉眼看不到的东西。”

大家鼓掌，杜秋向梁海深深鞠了一躬，恳切地说道：“梁局，承蒙赐教，以后还请多多指点。”

杜秋上了自己的车，跟着梁海的警车直接去了警局，他在回想这个模拟现场，其实他最开始是想对梁局提出意见的：在犯罪现场抽烟，而且丢下了半截烟头，这是对现场的破坏。梁局破获大案无数，之所以不注意这些细节，一定源于他有案必破的自信，通过他对棒球棍的分析，就能断定那句传说的真实性。

没人能破——梁海破不了的案。

第四章　寒蝉凄切

他醒了，他发现自己像胎儿一样蜷缩在一个行动的车上，他的嘴和眼睛、耳朵都被封住了，他的脑袋爆炸似的痛，他感觉自己双手被粗暴地扭到背后和脚踝死死地绑在了一起，路程很远，他像个圆球一样随着车的颠簸滚来滚去，除了滚，他什么也做不了。

他意识到自己被绑架了，在那个和女人幽会的秘密房间被绑架了，他第一时间想到的就是那个女人，该死的女人竟然没有关门，一定是她串通别人来绑架的自己。可她没有理由啊，她爱他，她家里不缺钱花，何况自己每次都把她弄得那么舒服。那一定是矿上的人，前段时间有个工人死了，赔了五十万，家属还来闹，自己找了几个社会人摆平了这件事，该不会是家属的亲戚吧，要是那样不如多给个百儿八十万，那毕竟是一条命啊。他又想到生意伙伴，自己坑了几个老板，可坑得都是悄无声息没有一点儿破绽！又想到自己前段时间去澳门赌博，一掷千金，该不会让赌博集团盯上了吧。最后思绪又回到情人这里，绑架自己的也有可能是她们中间谁的丈夫或者男朋友！最后他的思绪平稳了，无论是谁，只要能让他说话，他就能安然无恙，因为他有的是钱。

车子终于停下了，男人打开车厢门，用盖着他的那块篷布又把他包裹了一层，把他一把扛在肩上，他狠命地晃动着身子，但是没用的，想象自己已经沦落成这个男人的猎物，而且还不知道绑架他的这个人究竟要做什么。

时间应该是后半夜，男子扛累了，就放下来拽着篷布拖着走，地上的石头有时撞到他的脑袋、眼眶，刺着他的肋骨，但他没有任何办法自我保护，他试图大声呜咽，可是根本发不出声音来。他又昏厥了过去。

不知道昏迷了多长时间，他醒了过来，天应该亮了。他浑身疼痛，像是得了一场大病，隐约听到外面有断断续续的哭声。他侧卧着、蜷曲着，眼中的泪水顺着胶带内侧流到嘴边，咸咸的，他努力用鼻子进行着呼吸，怕自己就这样被憋死，此刻的他很绝望，他冷静地分析，这不是被绑架，这是要被谋杀。他不知道自己待在多大的空间里，此时，除了能听见哭声外，还能听到铁门的开关声。

他忽然意识到一个问题，平时只要他不联系那个女人，那个女人不会主动联系他，他们的关系特别隐秘，去外地玩都是搭乘不同航班，住宿是用这个女人的名字开房，而他们的秘密房间却在这个女人的闺蜜名下，她的闺蜜从没去过这个房子。即使这个女人知道自己失踪了，碍于名声她一定不会跟警察说认识自己，更不用说秘密房间的事情了。而他老婆平时忙着其他生意，再加上两人根本就是各找各的，除有事联系外就很少联系！他的两个儿子花天酒地，除了要钱外不会找他，天啊！他就这样在这个世界凭空消失了，等到大家意识到他失踪了，一切都晚了。

想着想着他蜷缩的身子试图跪在地上，乞求上天，赶紧让那个男人出现，给他钱，一千万、五千万、一个亿，不！十三个亿全给他，只要他放了自己，可是那个男人一直没有出现。

第五章　接血

杜秋在走廊里撞见了匆匆忙忙的胡大为。

“胡队，您这忙什么呢？”

“抓了两个惯犯，涉嫌绑架，刚刚看守所打过电话来，说这两个嫌疑人有点新情况要汇报。”胡大为停下来，微笑着看着杜秋。

“杜秋，你可以跟着老胡过去看看这个案子，有点儿特别。”梁海副局长拿着公文袋正要去市里汇报工作，恰巧碰到他们，“杜秋，后生可畏，但一定要多向老同志学习，去吧去吧。”梁海的眼神充满关怀，像是对自己孩子一样。

杜秋跟着老胡赶往看守所，路上，大概了解了案子的经过。

云汉市这些年像全国其他城市一样，房地产打了鸡血似的，一天一个价，这样一个三线城市房价竟也蹿到一万五，水涨船高，土地均价也涨到了八百多万一亩，所有的钱都涌向了房地产。钱少的存房，钱多的储地，钱不多不少的联合在一起储地。地的储备越来越少，政府就提高拍卖底价。东印区有一块六十亩的住宅建设用地，本来三年前就答应给巨富地产公司了，因为财政资金缺口，政府从巨富公司免息倒了一个亿，承诺借期三年，如果到期还不上就以这块地抵顶。结果钱没还上，地涨到了三个亿，巨富公司巨老大就找政府了，看看是给钱还是给地，政府给的答复是卖了地还钱，本来能挣的两个亿没了，但一直在本市搞开发，有些人是不能得罪的，刚换的区长对于以前区长答应的一概否定，就一句话“一切严格按照法律程序来”。欠钱肯定还钱，但地是要走招拍挂程序的。

巨老大忍了，但一算账，这块地如果开发成大平层，面向富人阶层，即使四个亿拿下来还能纯挣一个亿。这几年在房地产界如沐春风，套路太熟了，在政府公布招拍挂拍卖公告后，巨老大安排自己的侄子暗中进行了调查，算上自己一共五家公司报名，论实力都一般，实力大的公司都知道这地原本就是人家巨老大的，天天都在一个行当里，不好意思出手。那其他四家小公司干吗来了呢？是想开发吗？肯定不是！巨老大心知肚明，这四家是来“接血”的。

何谓“接血”，这是云汉市这些年创造的一个词，本源自矿业，后来演化到房地产等行业。矿权实行招拍挂后，有几个聪明人找到了发财的道，这条道儿既狠又野，随便注册个公司，凑个几百万用来交保证金，一有矿权拍卖就去报名，真正买矿的人最怕这样掺和，因为拍卖叫价时他一举牌，加价就几十万到一百万，所以就得想法买通他，私下里小的给个一二百万，大的给个三五千万，他们撤场，价格不会上涨，往往真的买主就按底价拿了，咋算都合适。其实法律上有一个词叫“串通投标”，说的就是接血。也有人有疑惑，那接血人交了保证金，万一没人举牌，他又不买，不是赔了保证金吗？大可不必有此一虑，拍卖前，他们早就打听好了，这个矿哪家公司提前做了工作，那么这家公司肯定志在必得。房地产土地拍卖的“接血”和矿权拍卖的“接血”，如出一辙。

第二天开标前，巨老大带着侄子和司机从几个保险柜和公司凑了两千万现金，每二百五十万装一个兜子，总计八个兜子。给除去巨富公司外的四家公司每家准备了五百万。

其余三家都很顺利地接受了，答应唱标时不会参与竞价，最后司机开车拉着巨老大到了虎尾置业谢虎的私人庄园。

谢虎热情地接待了巨老大，泡上狮峰极品龙井。

“巨总，尝尝这个茶，是西湖十八棵树的新茶。”五十多岁的谢虎一身唐装。“小伙子也坐，来的都是客嘛。”谢虎指了指沉船木茶台西侧的椅子。

巨老大示意拎着两个兜子的司机坐下。

“谢总，真会享受啊，你爱好狮峰龙井在咱们业内可是出了名的，这茶价值不菲吧？”巨老大平时不屑跟谢虎这样的人来往。谢虎中专毕业后工作了一段时间就混迹于市井，后来靠着“接血”完成原始积累，也开发了几个楼盘，钱来得容易，花得也大方。

谢虎很熟练地依照冲泡绿茶的茶艺过程给巨老大和司机各倒了一杯：“尝尝，巨总，这一斤可就花了我八十万啊！”

巨老大虽然也是富豪，但八十万元一斤的绿茶还真是第一次喝到。

“嗯，不错，鲜美极了！”小学文化的巨老大平时不饮茶，也不知道咋评价，喝一口，感觉涩中带点甘甜，就随便恭维了一句。这就像巨老大请大领导吃饭，品尝法国干红“柏翠莫埃尔教皇”一样，一支这样的干红要一万八千元，领导问巨老大感觉怎么样，巨老大的回答永远都是：“酒体不错，单宁很涩。”

谢虎笑了笑，闭着眼，举着杯子，细细地品尝，时而点头，时而摇头。

巨老大是个急性子，大事没办完呢，哪有时间在这儿喝茶。

“谢总，我明人不说暗话，明天那块地不是要开标吗……”

还没等巨老大说完，谢虎放下茶杯，摁了下烧水键。

“巨总，我给你说说这十八棵树的来历啊，相传在清朝乾隆年间，当时吏治清明，国泰民安，乾隆爷南下巡游，你也知道乾隆爷是六下江南啊。”

巨老大满脑子都是地的事，哪有时间听故事，但毕竟有求于人，别说谢虎讲故事了，就是要写一部三十万字的长篇小说，估计也得等他写完。

于是皱着眉，把双肘戳在茶台上，闭着眼作认真听讲状。

“到了杭州，进了胡公庙，住持给泡了茶，茶端上来之后，看那杯茶，就像咱们喝的这个。”谢虎说着倾斜着杯子给巨老大看，“汤色碧绿，芽芽直立，栩栩如生啊。乾隆啜饮之下，只觉清香阵阵，回味甘甜，便向和尚打听此茶的名字，才得知此茶原来为西湖龙井茶中的珍品。后来你猜怎么着，皇太后患病，乾隆便命宫女拿去泡制，供太后品尝。太后慢慢品饮，感觉特别舒爽，心情大好，病就痊愈了。”

巨老大心想，她是痊愈了，我这儿急病了。看出来了，今天这谢老虎不但“接血”还要显示自己有文化，没办法，谁让自己有求于人家呢，听着吧！于是将认真听讲状改为洗耳恭听痴呆状。

谢虎接着说道：“乾隆爷见状，忙传旨下去，封胡公庙前茶树为御茶树，派专人看管，年年岁岁采制送京，专供太后享用。因这胡公庙前共有茶树十八棵，从此，就称为‘十八棵御茶’。”

谢虎稍一停顿，巨老大瞅着机会忙把话题抢过来。

“谢总，这给您拿了五百个，您别嫌少，明天还得您多多帮忙。”巨老大指了指司机刚放下的两个兜子。

谢虎瞧都没瞧上一眼，接着说道：“龙井茶向来以‘狮龙云虎梅’来排列品第，即狮峰山、龙井山、云栖、虎跑和梅家坞。其中以狮峰龙井为最，这个狮峰龙井被誉为‘龙井之巅’啊。乾隆爷在位六十年，活了八十九岁，这狮峰龙井是功不可没啊。”

“谢总，我这儿还有点急事，你龙井问道这一套，我着实不懂，你就给个痛快话吧。”巨老大微怒。

“五百个，都不够我这儿包龙井钱。”谢虎又给巨老大倒上一杯，接着说道，“巨总，那块地如果三个亿拿到手能赚多少，我们心里都有数。”

“那你看这样行吧，除了这五百个，我再给你拿一千个。”巨老大说着站起来指了指窗外的劳斯莱斯，“我把车先押在这儿，两个小时内钱到位。”巨老大做事一向稳准狠，一步到位。

“巨总，我不是那个意思，这块地呢我们也想开发，是我们合伙人的意思，我也不好做主。”谢虎摊开双手，貌似非常歉疚，“另外，现在查得紧，违法的事咱们也不能做啊。”

巨老大忍住火气，站起来一仰脖灌了一杯茶，“那我们不打扰了，告辞。”

“别急着走啊，巨总，你光临寒舍，我这儿写一幅字送你。”谢虎说着，就乐呵呵地硬拉着巨老大走到茶台东侧的书案上。早有人准备好了笔墨。

谢虎提气，运气，挥毫泼墨了一幅“如山如水”，“巨总，仁者乐山，智者乐水，如山如水才是静雅人生啊！”巨总冷笑了一下，接过来交给司机：“那明天恭候谢总了。”

“好的，明天见。”谢虎轻声说道，一直把巨老大送到了车上。

“回去把这幅字给我放洗手间，擦屁股都他妈嫌硬。”巨老大气呼呼地对司机说道。然后抄起电话开始调集资金。

第二天的拍卖现场实在是热闹，五家竞拍，其余三家都不举牌。只有巨富公司和虎尾公司两家举牌。巨富是001号，虎尾是002号，从三个亿一直举到四亿五。

唱标人：“001号三个亿，三亿一次。”

虎尾：举了下牌，“加两千万。”

唱标人：“002号三亿两千万，三亿两千万一次。”

巨富：举了下牌，“加三千万。”

唱标人：“001号三亿五千万，三亿五千万一次。”

虎尾：举了下牌，“加两千万。”

唱标人：“002 号三亿七千万，三亿七千万一次。”

巨富：举了下牌，“加五千万。”

唱标人：“001 号四亿两千万，四亿两千万一次。”

虎尾：举了下牌，“加三千万。”

唱标人：“002 号四亿五千万，四亿五千万一次。”

这时候，整个拍卖现场进入白热化，就算地上掉个针也能听到。

唱标人接着喊道：“002 号四亿五千万，四亿五千万两次。”

巨老大早就算好了，四亿五拿地，如果自己的建筑公司干，管理好了还能剩五千万，管理不好就赔钱，但如果扣除财务成本，挣那五千万也就刚够投入这四亿五的利息。

唱标人接着喊道：“002 号四亿五千万，四亿五千万三次。”

巨老大瞅了一眼一身唐装的谢虎，想到他那“龙井问道”和“如山如水”，火气上涌。举牌：“加五千万。”

在场的都是懂行的人，都惊呆了，敢情巨老大这是“冲冠一怒为赔钱”啊！

结果可想而知，谢虎站起来，微笑着说道：“恭喜巨总，改日去我那儿品茗。”

“操，装鸡巴啥儒商，就你那几个糟子儿，改日我请你喝尿。”巨老大骂完，气冲冲地下楼了。

当天晚上，谢虎被绑架了。

最有嫌疑的是四个人，一个是巨老大，放的血太多了，等于损失了一个多亿，深仇大恨自不必说。还有另外“接血”的那三个老总，因为黄庄了，按照规矩，要把接的血给原数退还，造成这种结果的是谢虎，所以这三人都有可能绑架谢虎。

但根据公安局前期的调查结果，确定是接血的三位老总中的谭姓老总派了两个兄弟在一家酒店门口将喝得醉醺醺的谢虎给弄到车上的，然后拉到了东郊一个防空洞里。

谭总提出的条件很简单，让谢虎拿五百万出来，谢虎坏了他的好事，损失当然要由谢虎承担，谭总认为这根本不是绑架，因为这钱是谢虎给弄没的，这就是个民事纠纷，谢虎给家人打了电话，但等他家人拿着钱到防空洞的时候，里面只剩下被捆着的谭总的两个兄弟，谢虎不见了。

杜秋仔细地听着老胡说完整个案件过程，陷入了沉思，一边思考一边问道：“胡队，谢虎该不是被巨老大的人弄走了吧？”

“我们调查过巨老大，他不承认，也没作案时间，谢虎就这样消失了，我们找了两天，活不见人，死不见尸。”

“按照正常逻辑推断，谢虎极有可能是巨老大的人绑走了。”杜秋接着说道，“第一，谢虎让巨老大少挣了一个多亿，巨老大肯定会报复；第二，两天了，谢虎和绑匪都没和任何人联系，奇怪吧，所以绑匪肯定不是为了钱，还是报复啊。”

“但是巨老大为人老谋深算，他就是报复也不会现在就出手。”

“胡队，我觉得这恰恰是巨老大的聪明之处，他不是直接绑，他是截和，螳螂捕蝉，黄雀在后。”

看守所在一个两山相夹的“八”字口处，从市里到这儿的一段路比较崎岖，两人在车上就案情探讨了近一个小时，才到了目的地。

在审讯室里，分别会见了两个嫌疑人，杜秋努力根据他俩供述的被袭击的过程，在脑海中还原案发经过。

防空洞是我国五六十年代特殊时期的人防工程，现在各市的防空洞基本上都闲置无用。谭总爱酒，各种香型都很喜欢，而防空洞是绝佳的储酒场所，就通过关系租了云汉东郊山上的一座防空洞，改造了一下，并接上电，用来储酒。

这个防空洞建设得比较隐秘，在东郊南山的半山腰上，一般很难发现。要想进入需要经过两道“门”。第一道门是一个简易门，简易门用钢筋和破铁皮焊接而成，门上挂有铁链和锁，为了遮人视线，简易门上还搭了几块破帆布。再往里走三米是第二道门，这是一个防盗门，进了第二道门，打开灯，真的是别有洞天，酒香扑鼻，整个洞深近八十米，高近五米，中间是一条石板小路，路两边全都一排排摞着盛满酒的大酒瓮。两侧还有对称的十个耳洞，每个耳洞的岩壁上都挂着“禁止烟火”的提示牌，耳洞里除了酒瓮外还有一个饭桌、一个麻将桌，夏季谭总有时候会和朋友带点熟食来这个天然空调屋喝酒、避暑、搓麻。

谭总派赵亮和李超把谢虎绑架后，五花大绑带到这个防空洞，他把两道门关上先回去了，临走时嘱咐两人一定看好人质，直到接到他的电话指示才能放人。

谢虎嘴上贴着封条，本来喝醉了，这下全清醒了，躺在耳洞的地上一直呜呜啦啦地叫唤。

“谢总，你咋叫都没用，这是山上，还在洞里。”赵亮踢了谢虎一脚。

“你轻点，他这大老板，细皮嫩肉的金贵着呢。”李超在盘算着五百万能给自己分多少。

赵亮没想钱的事，他这辈子就爱酒，跟着谭总就图一个天天有酒喝，所以一进来闻着这陈年酒香，腿就打晃。然后看见了耳洞的桌子，桌子上不但有酒具，还有下酒菜，几袋花生米和一瓶“老干妈”。

“李哥，咱俩整上两壶呗。”

“胡闹，咱俩在这儿看着他呢。”李超向躺着的谢虎抬了抬下巴。

“他在这儿。”赵亮指了指防空洞的四周说道，“没人看着都跑不了。何况还绑着，还有两道门。”赵亮像只狗一样嗅着酒香，“嗯，透瓶香啊，这里面有三年的，也有十年的，还有二十年的茅台年份酒。你看在这儿呢，”赵亮一路嗅到谢虎的脚下，拿下了一个十斤的小酒坛，“这里面绝对是茅台年份酒，谭总给我尝过一口，就这味儿！”

“再好不也就是一坛酒嘛，至于把你馋成这样？”

“李哥，这茅台酒不但好喝，还能治癌症、头疼头晕、不孕不育、脱发、阳痿早泄，要不咋那么贵呢？”

“啥？还能治不孕不育？”

“一口生千金，一坛保证生个大胖小子！”

“真的？”

“试试就知道了。”

“造了它！”

“造了它！”

李超又过去看了看谢虎的绳子，没啥问题，两人就打开两个酒坛，就着花生米、“老干妈”，对坛吹了起来。

夜，繁星点缀。

两个人把深山喝成了梁山。

“五魁首啊，六六六,八匹马啊，一心敬。”

“你输了，来一口，大点口，大点口……”

月亮也被陶醉了，一直在深山的洞口徘徊。

和月亮一起徘徊的还有一个黑衣人，像是梁山李逵。雨披，滑雪帽，黑色的鞋套，手中提着锤子。

黑衣人在月光下用锤子敲开了第一道门，走进三米，站在第二道门前轻轻地敲着防盗门。

“听，你听，是不是有人敲门？”李超扒拉一下赵亮。

赵亮脑袋趴在桌子上，两手耷拉在饭桌下，“就你这拳，吹鸡巴牛逼，操，看你那个屌色……”喝多的赵亮说话基本离不开生殖器了。

门继续轻轻地敲着。

“应该是谭总来了，忘了带钥匙了？别人没人知道咱们在这儿啊。哎呀，肯定是家属给钱了。”一想到钱，李超趔趔趄趄地去打开了防盗门。

砰的一下跟着一声闷哼，李超的太阳穴挨了一锤，重重地摔在了地上。

“李哥，你他妈去哪儿了，操，喝不过我了吧。”赵亮话音刚落，抬头看了一眼，惊呆的大嘴还没闭上，脑袋上已经挨了一下，扑通摔倒在地上。

谢虎睁大眼睛看着这一切，此时他的手脚虽然已经经过痛、麻、没有知觉三个阶段，但他还是兴奋起来，终于有救了。

可紧接着，谢虎的枕骨挨了一锤，晕了过去，晕倒前他只看到眼前出现了一个宽宽的额头。

黑衣人从雨衣里拿出胶带，把谢虎的头一层层地包裹起来，只留鼻子出气，然后把原先的绳子解开，拿出自己带的绳子将谢虎手和脚绑在一起，这种捆绑方式使谢虎像婴儿一样蜷缩起来，然后将他装进了随身带的麻袋，扎上了口。

黑衣人将李超拖进了耳洞里，用原来捆谢虎的绳子将他和赵亮捆到了一起。

然后朝四周瞅了一下，确信自己没有留下任何痕迹，就拖着麻袋往外走去，一边走一边用锤子敲碎了身边的酒瓮，防空洞里成了酒的汪洋。

出了洞口，黑衣人扛起麻袋向左拐，三十米处是个山洼，那里停着一辆小货车。

第六章　追踪郊狼

早上上班前，杜秋打电话叫肖楠一起去自己的书房取点东西。

一进到杜秋的书房，真可谓左图右史，汗牛充栋。一百五十平方米的房子，全是西西弗书店样式的书柜，书柜均以红棕色木头做骨架，以钢架做里面的书架。

一进门，玄关处的横梁上高悬四个大红字“明镜高悬”，玄关下面放着一个雕花条案，条案上是一个树抱石崖柏根雕，根雕前摆着孟子、荀子、孔子、韩非子、庄子五子雕像，孔子居中，条案后面墙上挂着一幅半山半海的图片。

客厅两侧的墙面上全是整列的书柜，像进了一家有规模的书店，客厅最里面是一个茶台，外面是大办公台，上面放着古代案牍、文昌塔、独占鳌头雕塑、一台屏幕很大的台式电脑，紧挨着茶台另一侧的窗前横放着一个长条桌，桌子上中间位置摆着白色的毛泽东塑像，两边分放着一束百合、一盆君子兰、一个雪茄柜、咖啡冲滤壶、研磨器、奶泡机和几瓶威士忌。

客厅之外的另两间屋子也全是书柜。最里面的屋子有一个大的鱼缸和两组书柜，全是古籍，上面里侧横梁处悬挂着一块木雕，上刻“垄亩居”三字，外侧横梁挂着一幅某著名作家的书法作品“耕读传家”。屋子外面的走廊墙面上挂着四幅高士图，走廊上的书目全是关于历史、政治、法律的。

客厅左侧的屋里挂着一副红底黑字的对联“轻舌摇动是非立断，朱笔一落生死攸关”。除书柜外，有一台划船机，还有一个木人桩。

“蝉，哈哈，才知道梁局为什么说你是蝉，你隐藏得太深了，这得有多少书啊！”肖楠随意抽了一本哲学书，一边翻一边聊天。

“这里有五万册吧，我喜欢书，特别是悬疑推理侦探类的。”杜秋指着客厅的两排书架继续介绍，“你看这些嘛，全是世界大师的悬疑推理作品，爱伦·坡、横沟正史、杰夫里·迪弗、阿加莎·克里斯蒂、劳伦斯·布洛克、迈克尔·康奈利等等，一共七千册。加上间谍类的，还有工具书类的，诸如《证据现场》《血迹会说话》《犯罪密码》等书籍，推理和推理类相关的一共一万册吧。”

“天啊！”肖楠放下了哲学书，两眼四顾，“这些推理书你都看过？”

“这些年看了有两千册吧，你喝咖啡还是茶？”

“喝茶吧，我喜欢喝绿茶。”

“你还打木人桩？”肖楠拿着茶杯走到了另外一个屋，对着木人桩打了两下，“咏春、叶问，是不是这样？”

杜秋笑着摇了摇头，摆了几个咏春小念头的姿势。

“嗯，挺帅。”

客厅右侧的屋里除书柜外，中间有一个棕色大桌子、几张旋转凳、四台电脑以及各种检测仪器，有三台不同样式的显微镜、各种颜色的塑料盒、宽口瓶、N95口罩、护目镜、密度仪、气相色谱分析仪、各种烧杯。

“Oh my god，这是你的私人刑侦实验室吗？”肖楠问道。

杜秋笑着点点头，从书柜后面拿出两个箱子，“我有时间会在这里研究，看看吧，我的百宝箱。”说着把箱子拎到了客厅，放到了办公台上。

打开第一个箱子，里面是一台标准复合台式显微镜，一台偏光显微镜；打开第二个箱子，里面分门别类地装满了瓶瓶罐罐和各种科学仪器，EDTA真空血液采集管、醋酸、二甲基联苯胺、试剂、马格纳刷、尺子、卡纸、金属粉末、电子影像机、醋酸盐纸，还有一根根小棍棒、黑色胶带、荧光粉，等等。

“你这就是个鉴定中心啊！”肖楠坐下来，拿出箱子里的显微镜摆弄着。

“虽谈不上鉴定中心，但至少我能用这两个刑事鉴定工具箱在现场组建一个犯罪实验室，这些年我一直在学习痕迹分析员、血迹分析员、枪支检查员的相关知识。”杜秋喝了口茶，“我们喝的是安吉白茶，说是白茶，但它其实归类为绿茶，这就是知识的重要性，要求甚解，不能一知半解。”

“你这辈子就是干公安的材料，蝉，这称呼真适合你。”

“我大学也是穿了四年警服，而且我学的就是刑侦专业，从警官大学毕业后，考取了法律职业资格证书，然后考公务员到了市法院，所以我本来就应该和你们并肩作战的。”杜秋一边说着一边收拾桌上的箱子。

“嗯，早就是同志。”肖楠调皮地敬了个举手礼，“蝉，你这儿为什么叫垄亩居呢？叫蝉居更好。”

“清风明月入怀抱，余年还做垄亩民。”杜秋解释的时候，说得很慢，语调凝重。

“书房还是有点异味，装修多久了？”肖楠问道。

“装修了半年又晾了半年，做过甲醛检测了，没事的。”

“可得注意，前几天报纸上报道有一个老人得了白血病。”肖楠说，“就是因为甲醛超标，太可怕了。”

“谢谢肖警官关心。”杜秋微笑着说道，然后检查了一遍电源，确定都是关闭状态才锁上门。

二人提着两个“百宝箱”回到了局里，杜秋去跟梁副局长做了汇报。

梁海坐在办公室，刚刚接了一个电话，与杜秋打了招呼。

“梁局，您怎么了？”听着梁海的语气不对，杜秋欠身问道。

“巨老大被讯问后，虽然他没有作案时间，但现在还不能排除他与谢虎失踪案有关，局里决定先限制他出境，这方方面面的电话没完了，让我们把决定撤了，这就是金钱的力量。”梁海说着啪地将手机扔在了办公桌上，“我看他这就是想跑！”

“您消消气，谢虎下落不明，在巨老大的嫌疑洗清之前，肯定不能出境。”

“你那边有什么进展吗？”梁海扔了一瓶矿泉水给杜秋，“坐下说。”

“梁局，是这样的，我申请重新勘查谢虎绑架案的防空洞现场。”

“好，我同意你的意见，对于谢虎绑架一案成立专案组，你任组长，一会儿我跟领导说一下。”梁海了解自己的顶头上司，是从民政局过来的，对公安的工作一窍不通。

“洛卡德法则告诉我们，犯罪行为人只要实施了犯罪就一定会留下痕迹，我同意你带队再次勘查防空洞。”

杜秋很佩服梁海，机敏、能干、爱学习、凡事敢作敢为，像这个年龄的老公安对于一些专业法则张口就来，实属难得。

梁海刚才所说的“洛卡德法则”是法国刑事科学技术专家埃蒙德·洛卡

德阐述的一个著名原则，在1912年，他侦破了涉及埃米尔·葛尔宾的案件，这个银行职员被怀疑掐死了他的女朋友，案发时葛尔宾确有不在场的证据，但是洛卡德检查了他的指甲，在指甲内发现了细小的皮肤组织，而这些皮肤组织上面的粉末，与死掉的女子脖子上的粉末相同，面对这个证据，葛尔宾认罪了。

洛卡德据此认为犯罪行为人只要实施犯罪行为，必然会在犯罪现场直接或间接地作用于被侵害客体及其周围环境，自觉或不自觉地遗留下痕迹，包括皮肤碎片、弹药残留物、油漆纤维、毛发等。

从梁海办公室出来后，根据杜秋的分工，杜秋、信一阁、左秀各自组成三个调查组开展工作。

杜秋带着胡大为、肖楠，换上水靴，拿上百宝箱和防水袋，直奔防空洞。

防空洞已经被公安局拉上了围封，距离这里一公里处就能感觉到酒气袭人。

到了防空洞第一道门前，杜秋停了下来。

“肖楠，你看过《福尔摩斯探案集》吗？”

“这么有名的书肯定看过，高一时就看过啊！”肖楠看向杜秋微笑着说道，“蝉，你想说什么？”

“我认为柯南·道尔笔下的福尔摩斯神探一定是位观察大师，他虽然也会使用各种科学技术，但首先他是位观察大师，不要指望我们手里拥有一根魔杖，只要在现场一挥……”杜秋做了一个挥舞的动作，“那些证据就能呈现出来，我们必须开动脑筋而且要严格按照程序来。”

“明白了，蝉。”胡大为像是在杜秋体内看到了福尔摩斯的影子。

“现在把面前的这个现场划分成三个网格，防空洞外的马路是第一网格，其他有走动痕迹或者车辙的为第二网格，防空洞里是第三网格，我们采用条状搜查模式，也就是对每个网格的条状区域来回进行搜查。”杜秋看了下现场，脑海中对比了一下条状搜查模式和螺旋式搜查模式，认为条状搜查模式更适用于当下。螺旋式搜查模式一般是选取一个中心点，从这个中心点以螺旋的方式向外搜查。

“杜秋，这里面我勘查过一次了，我比较擅长野外作业，这次我就负责外面两个网格吧。”胡大为说着将手中的一个箱子递给了肖楠。

“辛苦您，那我带肖楠对防空洞里面进行勘查。”杜秋说完和肖楠一起，每人拎着一个百宝箱进了防空洞第一道门。

打开防空洞的灯，又拿出了强光手电筒，走了大约三米到了第二道门，一个白色的防盗门前。

“肖楠，你带着枪呢吗？”

“从局里走的时候我领了枪啊，你别吓我啊。”

“不是吓唬你，凡是来到这样偏远静谧的犯罪现场，最好带上枪。”杜秋回头说道。

“明白！”肖楠说着走上前准备拉开虚掩着的防盗门。

杜秋拉住了她，“等等，赵亮和李超的笔录里都说听见了敲门声，我们看看绑架者用什么敲的门，小心脚下，有流出来的酒。”说着话，将箱子递给了肖楠，“你拿一会儿。”杜秋戴上了头套和手套，又给拎着两个箱子的肖楠戴上了头套。

杜秋拿着强光手电仔细地对整个门进行检查。

肖楠静静地看着杜秋。

他的专注，再加上学问赋予的优雅和从容的举止，使他看起来像是小说《莫斯科绅士》里走出来的绅士，而不是整天围绕案件焦头烂额的法官或侦探。

十几分钟后，他把手电的光束集中在了门锁眼左边十厘米处，“你后退，把箱子放在高一点的地方，把箱子里的防水袋拿出来套上，尽量让箱子别被酒浸泡了。戴上手套，再从棕色箱子里拿出一张卡纸和一把马格纳刷子，还有蓝色包装纸袋。”杜秋将目光集中在手电筒的光束上，光束的尽头隐约有一点痕迹。

肖楠忙按照杜秋的指示，找出了这些东西。

“先把卡纸给我，你过来举着手电，保持这个位置不要动。”

肖楠接过了手电，他拿着光滑的卡纸顺着光束贴到了刚看到的那一点痕迹上，贴了大约三秒钟，撕了下来。然后和肖楠一起退到箱子处。“把刷子和蓝色包装纸袋给我。”肖楠递了过去。他拿着刷子，打开蓝色纸袋蘸了几下里面的金属粉末，然后掸到了卡纸上。

一个清晰的圆形印记，带着明显的纹路呈现在了卡纸上。

肖楠激动地说道:“蝉，这是他留下的？”

“一定是，看样子像一个锤头或者圆形的金属头，绑架者一定是担心留下指纹，用它敲的门。”杜秋说道。

打开防盗门，门下的酒水泛起了一缕缕涟漪，肖楠被酒气呛得咳嗽起来。

“案犯有一定的反侦查经验。”杜秋站在敞开的门口看着洞里沉积的酒水和酒瓮的碎片，“这些酒瓮是被故意敲碎的，为的就是毁灭痕迹，也难怪老胡他们第一次勘查时没找到什么线索。”

两人一起往里面走去，手电光束照遍了墙壁四周，没有再发现有价值的线索，到了第三个耳洞看见了饭桌，“第一次勘查时的花生米和老干妈辣椒酱都拿回局里了？”杜秋问道。

“是的，胡队说拿去化验室了。”

“做 DNA 鉴定了吗？”

“一会儿问下胡队。”

“绑匪如果是巨老大雇用的，一定是出大价钱请的高手。”杜秋说着，按照条状搜索模式仔细看了几个来回，又蹲下身子查看着桌子上下，拓了六个指纹。“绑架者戴着滑雪帽，穿着雨衣，又敲碎酒瓮让酒水把地面淹了，行事有条理不慌乱，把这六枚指纹和胡队他们上次取的指纹对比一下，看有无收获。”

“是！”

“回去后，安排几个人过来把地面上的酒水舀干、过滤，千万别用扫帚和水泵，看看有没有掉落的物件。”

“好的，我回去马上安排。”

“走吧，看看胡队外面的工作情况。”杜秋把手电筒交给了肖楠，自己走到防盗门外收拾箱子。

两人从防空洞出来的时候正巧胡大为也刚刚回来。

“胡队，你们上次拿回去的花生米和辣椒酱还有餐具做 DNA 鉴定了吗？”杜秋见到胡大为急忙问道。

“啥？DNA 鉴定？没有啊，我们只做了指纹鉴定，指纹鉴定显示只有赵亮的。”胡大为糊涂了，这玩意做啥 DNA，能做出来吗？

“现在打电话给鉴定中心让他们抓紧检测一下那些物品的 DNA，如果案犯吃过那里面的东西，就一定能检测到。”

“案犯把现场处理成这样，他会停下来吃东西吗？”肖楠疑问道。

“永远不要丢掉在犯罪现场找到的任何东西。”杜秋严厉地说，“我大学在公安局实习的时候，遇到过一个杀人案，那个杀人犯原来是一个教授，智商和反侦查能力都很高，我们追踪了一个月没有收获，后来在受害者家的冰箱里找到半瓶喝剩下的可乐，在可乐瓶口我们从他的唾液中分析出了DNA，所以永远不能低估你的对手，但也不能无限高估你的对手。案犯的认知可能就是现场不能留下指纹、脚印等痕迹，但有可能他那时候也想喝一口酒，然后用戴着手套的手反复抓了辣椒酱吃，唾液就一定会留在上面。”

胡大为竖起了大拇指。肖楠忽然记得大学里学过这个，但理论和实践在自己这儿就是“泾渭分明”。

“胡队，外面的网格排查完了吗？有什么发现？”杜秋看向胡大为。

“大路上没有什么发现，但是在左边这块雪地上发现一个脚印，我们上次也勘查了这个方向，没有看到。”

“上次勘查完不就围封了吗？”肖楠问道。

“是的。”

“我们去看一下。”杜秋说完拎着两个箱子跟着胡大为向左边走去。

“我帮你拎一个箱子吧。”肖楠走过去要拿箱子。

“谢谢，我自己来。”杜秋谢道。

北方的2月，山上还有积雪未化，出来洞口的左侧方向有半个鞋印清晰地留在了雪地上。

杜秋进行拍照，肖楠做记录。

“我回去取石膏。”肖楠蹲下来仔细看了看。在雪地提取鞋印的一般方法是用石膏浇注，然后把脚印完整地拓下来。

“不用了，百宝箱里有。”杜秋笑了笑，“雪地上提取脚印，有三种方法，一是你所说的石膏浇注法，二是用一种叫雪地脚印蜡的产品，三就是用硫黄。我在我老家的雪地上试过，比较后发现用硫黄是最有效的方法，你们猜我怎么知道的第三种方法？”杜秋抬头笑着看了看胡大为又转脸看了看肖楠。

“蝉，请讲。”肖楠笑着回复道，她笑的时候嘴角会说话，不笑的时候眼睛会说话。

“在肯·福莱特的小说里，当时我也半信半疑，试验后确定是真的！可见有写作使命感的作家，他的文字从不说谎。”

“蝉，你可以写一部推理小说，你看你懂法律，懂侦查，阅读的悬疑推理方面的书又多，我感觉再加上虚虚实实的一些东西一定很好看。”

针对肖楠这个建议给予回答的是胡大为，他认真地看着杜秋郑重地说道：“你一定要重视这个提议，我也感觉可行，把你办的案子加进去，艺术加工一下一定能行。”

“把案犯抓到，我试试，咱们先干活！”杜秋说完，从棕色皮箱里拿出一瓶液体二氧化碳，一块固体硫黄，又拿出了一个搪瓷反应容器，将固体硫黄用液态二氧化碳融化，然后将反应器里的液体硫黄直接注入到了鞋印里，硫黄遇到雪的时候立刻冷却，半个完美的鞋印模型浇注完毕。

胡大为和肖楠不约而同地鼓掌。

“你俩看一下这个鞋印的深度，估计这个人得有三百斤左右，这说明了什么？”杜秋看着浇注的鞋印问道。

“他一定是背着或者扛着谢虎在走。”胡大为接话。

杜秋拿起石子在雪地上计算着数据，“鞋印来自一种军用皮靴，四十四码，靴子外有塑料鞋套，谢虎体重一百三十斤，嫌疑人体重在一百七十斤以上，根据体重和鞋号，推测嫌疑人身高在一米七五以上。”

“他扛着失踪人走的目的就是不想留下拖痕，那不远处就一定有他的交通工具。”肖楠进行了补充。

“对，你俩分析得很对，我们顺着鞋印的方向再查找。”

但出乎三人的意料，没有找到轮胎的印记，推测当时罪犯用的交通工具有可能停在没有积雪的地方，这两天，风吹走了所有痕迹。

“为什么不请周文王带着八卦图来帮忙？”胡大为瞅着防空洞后面的大山调侃道。

“如果迟迟不能破案的话，”杜秋沮丧地说，“到时候我会考虑你的建议。”

三人回到局里，总结了防空洞的现场勘验结论后，一起去了看守所，对李超和赵亮进行第二次讯问。

东印区公安分局是一栋封闭的建筑，就像一座为防止围攻而建造的碉堡。

它完美地展示了当代执法机关的模样，各角落都安有监控探头，墙上的围栏还带着尖刺，门口排放着雌雄两个石狮子。楼的顶部塑着一个很高的金属塔，夜晚会发出耀眼的黄色光芒。局里的领导说那是避雷针，为了美观做成了塔的形状；老百姓说那个塔是公安局找风水师安放的，为了压制邪魔，减少犯罪。

案件调查室是位于这个大盒子里的一个小盒子，里面除了两张松木桌和几个文件柜，还有两块白色写字板，一个大的投影幕布，投影仪安装在后面的墙上。墙上贴满了未破的案子和嫌疑人的照片。

杜秋穿着黑色高领衫，正在吃早饭。桌面上放着一个三明治和一杯咖啡。

他吃了最后一大口，然后去里面的洗手间漱口，回来收拾笔记。

案件调查室里比之前更加忙碌和嘈杂。更多的警员和后勤人员正忙着输入数据，比对案子的细节。

白色写字板上写着谢虎的名字。黑色的粗线条连接着他的家庭成员、同事以及共同好友的名字。

胡大为看着现场报告。“既然已经成立了专案组，我们给这个犯罪嫌疑人定个编号吧。”

左秀看向杜秋：“你定个编号。”

肖楠建议说：“今天是2月24号，就用今天的日子，二二四吧。”

“不明嫌疑犯二二四。”杜秋肯定道。

“对赵亮枕骨上的创伤进行分析，推测凶器是一把钝器，可能有一定重量，应该有几公斤重，但绝不会超过五公斤。”胡大为说道。

“创伤有无血迹？”杜秋打开电脑，迅速找出来一个表格，表格投放在会议室的大屏幕上。

“有。”胡大为回复道。

“嫌犯的作案工具上也一定留下了血迹。对比防空洞门上留下的敲击痕迹分析，你所说的榔头状器具应当是圆形防爆锤。”杜秋将表格放大，“大家将在案件侦查过程中取得的笔录、现场报告、证据都说一下，我填写。”

开头是：不明嫌犯二二四。下面分出几栏，分别标注上：侵害人外表及特征、犯罪工具、被侵害人、侵害人及侵害原因。

“根据两次对赵亮和李超的讯问，加上在防空洞的勘验可以确定二二四身高在一米七五左右，穿雨衣，戴滑雪帽。”暖阳照在肖楠纤细笔直的身上，让她的声音也温暖起来。

“鞋码四十四。”胡大为做了补充。

左秀挠了挠头，这个动作告诉大家，自己这边没啥进展，“我们这一队调查了谢虎的每一个生意伙伴、女人及民事案件当事人；排查了防空洞方圆十里以内的监控探头拍到的画面，没有什么有价值的线索。”

“你那一队呢？”杜秋递给信一阁一个充满希望的眼神。

“我们集中力量调查了巨老大这些天的活动情况，其本人在谢虎失踪的时段里没有作案时间。”

信一阁的回答像是让左秀想起了什么，他眉头紧锁：“我们调查谢虎的朋友圈子时发现这家伙没啥朋友，全是敌人！无论是男人、女人，没有一个人说谢虎是个好人的。但看谢虎的履历，其学历并不低，毕业后还在本省的高校工作过一段时间。”

“学历和素质有啥关系，我学历低，按你的逻辑，我的素质就不高？”每次局里统计学历时，胡大为都激动得像一座活火山。

“你那哪叫学历低，”左秀瞥了一眼胡大为，“你是全日制初中毕业。哎，胡队，我问你，上次你给新来的小兄弟们是不是讲了一个刘邦命李白七步成诗的故事？”

胡大为怒气冲冲，指了指左秀，“你个小王八犊子，要不是今天这个场合，我给你抽筋剥皮。”

“嗯，还排山倒海呢。”左秀眼睛眯成一条缝看着胡大为。左秀说完哈哈大笑，又感觉自己不能把案情调查会搅和成联欢晚会，忙收住笑声，听起来像是速度一百八十迈的急刹车。

胡大为冷笑了一声，“左秀我问你，局里每一层楼安几个马桶，为什么？”

“为啥？”左秀问完之后一吐舌头，像是要把这句问话卷回来。

“喂你。”胡大为说完哈哈一笑，大家都跟着笑了起来。左秀摇了摇头，微笑着说了句：“老狐狸。”

杜秋心想，老胡也只是外表憨厚，然后一句话将“出轨”的谈论拧回了车道，“雇用赵亮和李超的那个谭总抓了吗？”

“抓了，涉嫌绑架、串通投标，已经整理材料，打算移交检察院了。”肖楠回答道。

“经侦那边有了调查结果，谭某与谢虎的第二次失踪没有关系。”左秀补充道。

杜秋盯着墙面上的投影记录，脑海中填补着画面，一个穿着雨衣、戴着滑雪帽、举着防爆锤的人迎面走来，身材健壮。

第七章　官途

某年，袁才因盗窃罪、抢劫罪、猥亵罪数罪并罚被判处十年有期徒刑，减刑后于1998年出狱。家中唯一的亲人也已过世，投靠无友，举目无亲。于是，他才白天在外游荡，晚上就待在一个公厕里。

某日在东城大街上见一卦摊，摆摊者系一老者，山羊胡子，瘦骨嶙峋，戴着民国版的圆形墨镜，以竹竿挑一招牌，上书“算命”，下书“卜卦”，中间画一黑色八卦图。

“来一来，算一算，祖传算卦秘方，兴国又安邦。”

“好来好去又好收，多财多宝亦多忧。门前沙灯高高照，户内空囊度春秋。你啊，回去把门前的柳树移了，保证今年有个好收成。”

“你说东，他说西，你打柴，他抓鱼，你骑马，他赶驴，你摘桃，他摘梨，互不相让不投机。你俩回去，床头放一对铜葫芦，我这儿也有的卖，五十一对，管保夫妻和睦，夜夜云雨。”

袁才在地上铺一个纸壳，平躺在老者卦摊前晒太阳，两手交叉在脑后，跷着二郎腿，叼着草棍，眯着眼边听边乐。到了中午，就去饭店门口，拄个棍子，拿个碗等着，下午接着听，没事就和老者闲聊几句，老者越发说得神乎其神。

三个月后，袁才让老者给自己卜了一卦，老者看完卦象，冷着脸说道：“你六亲缘薄，伤克子女，命宫阴暗，命中有劫，流年大凶，冲克太岁。”嗅了一下袁才满身的汗臭，紧皱眉头：“你再不远离此方位三十里，必有血光之灾。”

第二天，西城大街上出现一卦摊，以竹竿挑一招牌，上书“算命”，下书

“卜卦”，中间画一黑色八卦图，八卦图旁写着四个大黑字“神算袁才”。

“好来好去又好收……你啊，回去把门前的柳树移了，保证今年有个好收成。”

“你说东，他说西，你打柴，他抓鱼……你俩回去，床头放一对铜葫芦，我这儿也有的卖，五十一对，管保夫妻和睦，夜夜云雨。”

小学没读完，却能自学成才!

除了这以外，袁才还学会了办假证、刻假章，那时候没有实现网上查询，想干啥去花钱弄个假证，再找找关系沟通一下就办了。于是，打官司的可能聘到拿着假证的律师；去做剖腹产时主刀大夫可能昨天还是个庖丁；认识三个半字的流氓被抓到派出所后竟然搜出来一个清华大学毕业证。

袁才在这方面下了不少功夫，逐渐占领了云汉市的整个假证市场。

某年立春，来了一对夫妻，三十岁光景，衣着虽不光鲜，倒也干净利落，男的因为太瘦，颧骨突兀，十指如钩，夹着一个破了皮的黑色公文包，唯唯诺诺地来到卦摊前。

“算什么算，顺其自然就行。”男的小声嘀咕着。

“又算不死你。”女人白了男人一眼，“师傅，算一卦多少钱？”

“算不准分文不取，算准了人民币一百元。”

“你看看他是干啥的？”女人指了指男人，回头用怀疑的眼神看着袁才。

袁才用游动的目光打量着男人，西服里面一件白衬衫，黑色公文包，必是政府工作人员。男的这么瘦，女的看重卦钱多少，一定不是大官儿。拿着公文包应该是去上班，却是步行，证明单位离这里很近，离这里近的单位是区教育局和区公安局，他绝对不像公安人员。

“看这位先生的眉毛，根根威猛，但嘴角处又带着慈祥，一定是具备了严父、慈母的双重人格，”然后又抬起右手，五指并拢，用其他四指点了几下大拇指，念念有词，“工作是老师或和老师相关。”

“哎呀妈呀，这也太准了！快，再好好看看。”女人很是激动。

“伸出左手。”袁才接过男人伸过来的左手仔细看着手心。“看你的事业线，你应该是管教师的，但前途现在很不明朗。”说着又瞅了瞅男人的脸，“颧骨高，是异相，有高官骏马之福。”

“师傅你太厉害了，在哪儿上班您都能看出来！实不相瞒，他们单位过几天要提拔正科，我们没钱没势的担心弄不上，看看您能有啥法儿没？”

男人拽了拽女人的衣角，“组织有程序，你在这儿瞎说什么啊！”

“这还不是为你好啊，你办公室那个龟孙不是天天给你使绊子吗？你迟到半个小时，他能说一个月在单位没见过你。都说你们局长前几天还挪坟地了呢，就你犟。”女人戗了男人一句。

“在不少朋友眼中，我是如假包换的袁半仙，你到底算还是不算，我这儿还忙着呢。”袁才冷冷地对男人说道。

“那就算算吧。”男人在女人面前表现得很怯懦。

“你工作一直不是很顺，办公桌右边是不是堆了很多东西？”

男人道：“是啊，但是我对待工作很努力。你怎么知道我右边堆了好多文件？”

袁才心想，工作中大多数人都惯用右手，左撇子终究是少数，你在右边摆满东西，干起活来难免磕磕碰碰。至于工作不顺，你老婆刚说了你办公室那个龟孙，没少捣乱。

袁才当然不能给男人解释自己是怎么知道的，接着说道：“所谓左青龙、右白虎，青龙豁达，白虎小气，甚至睚眦必报。所以办公桌布局，应该尽量将东西堆在左边，右边空着。你在右边堆满东西，压着白虎，它老人家自然不高兴，肯定给你点麻烦尝尝。遇到小人也就不奇怪了。”

“那我怎么办？”见袁才说得很在行，男人眼睛放光，变得主动起来。

“这个好办，你就把东西都放在左边，反正青龙兄不介意。至于右边，你只放水杯，每次喝水，你拿起杯子，心里默念一声‘白虎兄，打扰了！’我保你官运亨通。”

男人听完鞠了一躬，“谢谢师傅，若这次能如愿，一定再表重谢。”

两人表达完感谢之词，留下一百元钱，高高兴兴地走了。

一个月后，区教育局公示：

蒋小春，男，三十一岁，党员，汉族，拟任正科级领导职务。下派到东郊镇当镇长。

两人又去了袁才的卦摊，千恩万谢，蒋小春高兴之余说道：“人生两大喜，久旱逢甘霖，街上遇大师啊！”随后互留联系方式。

这以后，没事时，两口子就请袁才吃饭，来来去去很是熟络。

六年后，立夏，蒋小春在镇长的位置上干了三年，荣升镇书记又干了三年后，县里空出了一个副县长的位置。

袁才这些年举着算命的招牌行走江湖，硬是闯出了一个“袁半仙”的称号。不再摆摊了，买了一处一百多平方米的地方，美名“天机处”，进行了装饰，专门用来看相算命，有时候也出去看看阴宅阳宅，平时没事再看看地摊上买来的《奇门遁甲》一类的奇书，以助长自己忽悠的本事。

蒋小春夫妻俩又登门造访。

见这“天机处”，内屋挨着后墙摆放一太师椅，太师椅前有一案台，案台上有蓍草、罗盘、砚台、毛笔、朱砂，屋子挂着郭璞、杨筠松的画像，高悬鬼谷子、袁天罡的挂轴。

屋顶画着日月星辰，地上刻着八卦图，左侧房里供着郭璞神像，烟雾缭绕。

见蒋小春越发红光满面，红光里隐隐还能看到些许油光。因为常有来往，袁才知道蒋小春本人比较能干，当镇长、书记这段时间，把镇里的大小村落、远近山川全都走遍，再加上他有个一直讳莫如深的老领导帮衬，估计这副县长的位置八九不离十了。

“我今年周岁三十七了，副县长这个位置对我来说很重要，还得麻烦大师指点迷津，事成必有重谢。”蒋小春端起袁才刚刚泡的茶，吹了吹茶梗，呷了一口，“嗯，好茶，上等的碧螺春。”

“这是五万元，不成敬意，再谢、再谢。”蒋小春的老婆把一个纸口袋放在了桌上。

“自己人这样就太客气了，我看一下你的生辰八字吧。”袁才一身暗红色唐装，穿着千层底的布鞋，左手拿着一把鹅毛扇，右手翻开了日记本，查到了前几次记录的蒋小春的生辰八字。

“从你的生辰命相来看，正值大运十年的元年，升职有望，但你命中缺土且阴间有债，你得补。”

“咋补？”

两口子急切，同问了一句。

袁才摇了摇鹅毛扇，“你需要请一尊太上老君和一尊武财神供养家中，一尊在财位，保发财；一尊在神位，保升官。关键时候还能互保。”

“马上请，马上办。”蒋小春放下茶碗，“那还有其他需要注意的吗？”

“每日晨起在神位烧三炷高香，初一、十五要拜财位！你的办公室我需要过去看看再说。”

“烦劳大师赶紧帮忙布置。”女人一边认真地在笔记本上记着，一边说道。

袁才听到“大师”这两个字，很是受用地咕噜噜喝了几口茶。

“我怎么还有阴债呢，整得这么吓人。”蒋小春站起来向四周拜了拜说道。

“前世债，今生补，你的阴债债主过不了背阴山啊，背阴山有河无水，有林无鸟，有鬼无烟，你要给他搭一座桥。”

“那烧一座纸桥吗？”

“恐怕不行，你们镇里是不是有一座桥叫大板桥？”

“是的，是的。”

“你回去把那桥的名字改了，就叫岱江（蒋）桥，不但把背阴山的桥搭了，这桥还能把你带起来。”

两口子忙站起来给袁才鞠躬，蒋小春的仕途就需要这样一座桥，一座袁才指点的桥，还有老领导那座大桥。

请了神像，拿了香火，晚上又带着袁才去看了办公室，袁才布置了靠山石，帮着挪了办公桌的位置，呈向阳靠山之态，一边说着“是非成败转头空……这个是绝对不能悬挂的”，一边摘去了办公楼里那幅市书协主席写的《滚滚长江东逝水》，夜里三人又去大板桥头烧了些纸衣纸马。

第二天，镇里的大板桥的牌子换成了“岱江桥”，镇里“大板桥更名”大会上，所有人都交口称赞我们有一位有文化的领导是多么幸运的事情，土里土气的大板桥叫了一百多年，今天终于旧貌换新颜，一片夸赞之词。

一个月后，蒋小春升任副县长。

三年后，立秋，蒋小春在副县长的位置上干了三年，政绩突出，当县长的呼声此起彼伏。

三年来，袁才靠着给达官显贵、企业大亨看风水，在市里买了五套房子，找了一位比自己小二十岁的女孩做老婆，一年后添了个千金。

“天机处”来往人众，房子太小不够用，袁才就买下了市里东郊山上的一座破庙，这座破庙当年“破四旧”的时候被拆了一半，一直闲置不用，通过蒋小春的斡旋，袁才买了下来，然后让信众以道家的名义四处化缘，修葺一番。

半山腰上是一个十八级的台阶，台阶下有块“不许荤酒入山门”的石碑。上了台阶，是三十亩地的一个四合院。进了山门正中间是正殿，左侧有十间静房，右侧是三间偏殿，院子中间是一棵菩提树，树干粗到一个成年人都抱不住，树后面高悬着一口大钟。

山门上原来的牌子是“药王山”，袁才给改成“袁守诚道观”，这几年袁才之所以在云汉市四区八县甚至国内都小有名气，是因为他靠上了他家的“亲戚”袁守诚，袁守诚何许人也？《西游记》里叙述，袁守诚是唐朝钦天监袁天罡的叔父，神机妙算，能算出几时下雨，一共降下多少雨点。

袁才三年前看的《西游记》，看了这一段恍然大悟，袁守诚是袁天罡的叔父，要说袁天罡就更厉害了，预言武则天有一帝之位不说，还和李淳风一起著作了《推背图》，《推背图》乃是唐太宗李世民为推算大唐国运令两位道士编写的，共有六十象，推演了数千年。一日，李世民问袁天罡李姓唐朝国祚几何？袁天罡没说话，只画了二十一个李子，李世民不知所云，袁天罡只说天机不可泄露，结果李姓一朝共历二十一帝。明朝时还有一象，袁天罡只画了一个门，门内一匹马，后世应了，那是一个“闯”字，李闯王的闯。

袁守诚，算到了雨点的点数，斗败了龙王。

袁天罡，预测了帝王，预测了国祚。

袁才？

一笔写不出两袁，几百年前就是一家子，于是找不出一个近亲的袁才硬是自己造了个族谱，除了前两位和他自己的名字是真的，剩下全是编的。从所谓唐代术士袁守诚起，经袁天罡、袁三三、袁六六等众多“列祖列宗”，一直到中华人民共和国公民袁才。

看着自己的名字别扭，和认的祖宗老差点事，于是改了个名字，配合老祖宗袁天罡的三十六天罡，袁才应了七十二地煞，改名袁地煞。

袁地煞在道观的偏殿塑了袁守诚和袁天罡的塑像，塑的时候找不到原型就比照了门神尉迟敬德和秦琼。偏殿的墙上以巨幅画作介绍了袁守诚卜雨、袁天罡推演乾坤和自己与这二老的传奇关系。

一日，蒋小春夫妇再登山门拜访。

男人衣着光鲜，女人一身贵气。进门先去正殿给元始天尊烧香磕头，再到偏殿去见袁大师，只见袁大师手拿鹅毛扇，脚踏云头鞋，口中念念有词："天回地转履六甲……"蒋小春夫妻俩默默地站在袁守诚的塑像边上看着袁大师练完一套天罡步法。

早有道童过来备了点心、茶水。寒暄之后，直奔主题。

"大师，我们县长调到别处去当书记了，位置空了出来，还得您老出山啊！"蒋小春说着拿起茶壶给袁地煞添了茶。"这里面有十万元香火钱，一点小意思不成敬意。"说着把一个黑色袋子推给了大师。

大师喝了口茶，没说话。早听说蒋副县长在位三年，已有雁过拔毛、当代和珅之"美誉"。

"大师，如果老蒋能顺利当上县长，我们在云汉市最繁华的地方给您孝敬一个一百平以上的大厅。"女人看着大师不太满意，忙不迭地加注。云汉市一百平的大厅少说也得二百多万啊。

大师心里一惊，心说："当官还是比算命来钱快。"嘴上却是另一番话，"哪里话，这些年你也看出我这道行深浅来了，特别是我的祖先袁守诚、袁天罡……"把《西游记》的故事和《推背图》的来历又讲了一遍。

"第一次见您，我就和我媳妇说了，您这人一身的仙风道骨，就是天上下来的仙人，想不到竟与二位神人有同族之亲，恭喜袁大师认祖归宗。"蒋小春说着恭恭敬敬地上前给袁守诚、袁天罡的塑像分别磕了三个头。

"我就想着哪天有了钱给我老祖宗塑个金身。"袁地煞说完瞅着女人。

女人心领神会，"对，一定塑个金身，这个我们来，我和老蒋我俩来办。"

袁大师当然不会拒绝，"我保你平步青云。"

掐指算起，脑海中却是与自己的小娇妻轻解罗衫之事，一刻钟后长嘘了一口气，"难啊，难啊。"

蒋小春紧张地道："大师明示。"

"和你竞争的不少于三人，且都很有实力，其中有一位和你的老领导还有联系。"

"那可如何是好？"夫妻俩同声问。

"非种生基不能及啊！"种生基是袁大师一次出去吃饭听一位江西老表说的，就用到这儿了。正好借着这个机会练练套路。

"啥是种生基？"蒋小春忙问。

“这种生基就是选寿墓，生人当死人办，将生者的发肤连同生辰八字都埋入坟中，再运用风水作法，冲喜挡灾，长寿暗藏，升官发财，无人能及。”袁大师想着十万元现金，二百多万的房子，再加上塑像金身，得糊弄一个让他们认为神秘且值得的办法，这个办法最玄乎。

“做了就一定能当上县长？”蒋小春倒惊出一身冷汗。

“这是主要的助力，也少不得你去找老领导周旋一下。”大师回答。

“只要能当上县长，您别说发肤衣物了，就是让老蒋去躺上两天都行。”女人双手合十。

袁地煞所说的种生基在现实中，也确有港台明星、名人热衷此道，生基别称寿墓或生坟，“基”是根本之意，道教有“三魂七魄”之说，魂魄分散于天地及身体之内，生基之术是将含有生人精魄的发、指甲、血、衣等，书写生辰八字，一起纳入棺木，择日埋入龙穴，再持咒作法，上祷天庭，下告山神。但这属于享受非分之福，所以生人必须积德行善，偿还福报，否则必会晚福不保。术士因此法术得财必须散去，否则必出人祸，折寿而亡。袁大师不懂此术奥秘，该当有大劫临身，这是后话。

土葬是明令禁止的，需要提前沟通好。蒋小春联系了他在公安局一个最要好的同学，同学协调了民政部门。

一日，秋风瑟瑟。袁大师披着大氅，拿着鹅毛扇出了山门，到了蒋小春家的墓地，看山，看水，看向，看穴。

“这水主贫富荣耀、财富人丁。入山观水口，登穴看明堂，凡水相结、相织、相交、汇合之地多为吉地，主后人富贵有才。你家这阴宅前有一条河，左边是条路，路为克水，不错不错。”说话时，鹅毛扇和脑袋一起轻摇，“风水宝地啊，必是高人所点，你看这案山与朝山宽广、明亮无遮挡，明堂宽阔后代才能看得高、走得远，思路远大，让蒋家人才辈出。”

蒋小春心想，这就是老太爷当年喝多了，拿着拐棍一点，说了句：“我死了就埋这儿。”没想到一下子点到正穴上了。

点上香炉，烧了纸钱，金银元宝、别墅花车一应俱全，大师净手后拿了罗盘，上下左右，好一顿测量，最后在蒋小春爷爷的坟墓旁选了一个地方。

“你看这口、这向，不过有一弊端，只发你蒋小春这一支，你的其他兄弟姐妹日后可能日子会不太如意，可好？”大师又卖弄玄虚。

“只要能当上县长就好。”蒋小春双手合十。

“今有袁地煞敬告诸位，蒋小春藏寿墓于此，列祖列宗保佑他早日遂了心愿，再烧金山银山。”大师说完，一手持毛笔，一手摇扇子，吟唱了起来。

“先点墓：我今把笔对天庭，二十四山作圣灵，孔圣赐我文章笔，万世由我能作成。点天天清，点地地灵。点人人长生，点主主有灵。点上添来一点红，代代儿孙状元郎。进乎，发乎。”

“再破土：天上三奇日月星，通天透地鬼神惊……天灵灵，地灵灵，六甲六丁听吾号令……进乎，发乎。”

待蒋小春夫妻俩将所点地方挖开了一个七尺见方的地方后，大师开始驱龙喝山：“手把罗经八卦神，盘古初分天地人……前有朱雀旺人丁，后有玄武镇明堂。左有青龙送财宝，右有白虎进田庄。此是我葬听我断，一要人丁千万口，二要财宝自盈丰……五要登科及第早……八要寿命好延长……十要贵显永无疆。”

喝山之后，按照金、木、水、火、土找好方位，大师将写好的生辰八字连同蒋小春的衣物、指甲、头发还有几枚铜钱一起放到棺材里。

“俗话说，风水师三年看地、十年点穴，同样的山川格局，葬的棺木深一寸、浅一寸，结局都千差万别，所谓差之毫厘，谬以千里。”大师一边说着一边拿着尺量好尺寸，长宽高都是七的倍数，蒋小春跟着大师的指示或挖或平，对好尺寸后将棺材放进去，烧香掩埋。

“棺材棺材升官发财，你必升无疑。”事毕，大师重重地拍着蒋小春肩膀说道。

蒋小春一激灵，好像看见自己直挺挺地被埋在里面。

袁大师看着蒋小春一脸煞白，过来安慰了一句，后又附在耳边低语了几句。

大师本是流浪人，今时怎能掌天地，不过巧事遇愚人罢了。

想那看阴宅祖师的郭璞，所著《葬经》流传于世，但自己和整个家族的下场却相当糟糕。有人说：“郭璞精于风水，宜妙选吉地，以福其身，以利其子孙，然璞身不免于刑戮，而子孙卒以衰微，则是其说已不验于其身矣。而后世且颂其遗书而尊信之，不亦惑乎？”所谓风水，既是人之德行，寿墓与自掘坟墓又有何异？

不出三月，蒋小春真当上了县长。

上任伊始，他做了一梦，梦见自己和媳妇去了南极，冰天雪地中看到极光，还捡了一箱金条。无意中和属下说起这个梦，赞叹梦里的美景。

一月后，蒋县长真的和媳妇到了南极，在雪地与极光中，大腹便便的他四处比照着自己做的那个梦。

回到家里，做工程的老王又往家里抱了一个箱子，“南极的水太冰了，拿箱地产的矿泉水，您暖暖身子。”

“谢谢你啊，王总，尽心安排了这次南极之旅，常联系。”蒋小春没有倒水给老王，也没有让老王坐下来的意思。

但于老王而言，一句“常联系”就够了。

老王走后，蒋小春看着一箱金条，感慨了一夜，原来做了县长真的能美梦成真。

三年后，立冬，传闻市纪委可能在调查蒋小春县长。

夫妻俩又出现在山门。

“大师，你得救我。”蒋小春搓着双手，穿着长款貂皮大衣的女人跪在大师的祖宗像前泪流满面，磕头不已。

“不要慌嘛，说说出了什么事。”大师现在已经三个老婆了，夜里有点累，说话还是一脸睡态。

蒋小春说了自己的担心，感觉纪委人员随时能把他留置。

“你那县的风水我看过，衙门口正对着公安和法院，那是两把枪，天天对着你，你能太平吗？回去赶快把门改了。”大师已经练到炉火纯青的地步，所有事物都能信口开河地忽悠。

蒋县长扔下三十万的香火钱，答应如果能转危为安，日后再重谢。

赶紧回了县里，先命令所有人员都走后门，然后封闭了大门，一夜之间把原来的侧门改成了大门。

蒋县长的仕途和最后这两天的行为何其相似。正门不走，走后门（老领导），然后再走旁门（袁大师），并自掘了一个活死人墓！跳楼后更是一片唏嘘！

是的，蒋县长跳楼身亡了。

改完大门的方向后，蒋县长从县里去了一趟市里，晚上住到了在市里的一处以其弟弟名义买的房子里。这套房子在二十三层，客厅很大，外加一个浴室和厨房。家具虽然很少，但都是名贵木材制成。房里有电视机，还有书架，上头堆满了书。

蒋县长泡上茶，看了会儿书，洗了澡、穿上了睡衣，把自己收拾得很干净，打开窗户跳了下去。

圆形咖啡桌上留下一本精装版的《史记》，里头夹了张纸片标示着他读到哪里——差不多已经看完三分之二。

劳伦斯·布洛克在小说里曾写过这样一段话：

> 剃刀太痛，
> 河流太湿，
> 氰化物让人变色，
> 药物则引起抽筋；
> 枪支不合法，
> 上吊怕绳子断掉，
> 瓦斯味道不佳——
> 所以你还是活着好了。

但蒋小春找到了第八种方式——跳楼。

公安到的时候，茶水尚温。勘验现场，得出结论：蒋小春系自杀身亡。

有云：儒家教你仁、义、礼、智、信，道家看破金、木、水、火、土，释家参透生、老、病、死、苦。蒋县长可谓没学会，没看破，没参透，将一身命运寄予大师之手。

蒋妻亦入狱，在狱中恍然大悟，都说“临时抱佛脚”，怎么最后去找了道士？后悔不迭。愚蠢至极，可悲至此。

第八章 殒命雷劈山

一个雨季的夜里，不绝的雨伴着大风。家家关门闭户。

东郊这座山叫雷劈山，是半个山，传说古代雷公为了惩戒一员站在山上的叛将，一声惊雷劈没了半个山。

袁守诚道观，就在这雷劈山的半山腰上，青色的墙、灰色的瓦，金色的神像举着拂尘龇着獠牙，红色的神像举着算盘，铜铃般的双眼里红色的颜料像是在流血。院里的大钟在风中噼里啪啦地呜咽着，菩提树的树枝随风摇曳。

道观里住着袁地煞和两个道童，道童早早睡下了，袁地煞听着雷声心神不宁，正在给祖宗上香。

在微弱的灯光下，看到袁天罡的塑像双目流血的那一瞬间，一个冷战，袁大师手中的高香断为两截，他知道雷劈山的传说，急忙跪倒在地，磕头如山响。

忽然，大师感觉脑后一股阴风，“祖宗啊，别劈我，别劈我。”一低头，他看到一个黑塔似的影子，神仙亲自下来了。这些年袁大师一直靠传说故事忽悠于世间，搞得有些事他自己都信了，而经信众吹捧，他感觉自己也确有神通，可这一刻他的神通告诉他，真是神仙来了。他跪着转过身，叩头不已，嘴里喋喋不休：“神仙，神仙，且饶过我这一回，我明天，不不，马上就滚蛋。”

“砰”一下，他感觉自己的太阳穴被重重一击，眼睛里喷射出数道金星。大师抬头，鹰眼观瞧，一人身披雨衣，戴着斗笠，灯光下黑黑的脸，手中高举一把锤子，上身也跟着弯了下来。

“我操，这不是神仙。”大师嘀咕一句，由“跪”的姿势迅速调整成“连滚带爬”。

他在后面紧跟着大师，在他看来，大师已是囊中猎物。

铁锤挥了起来，在空中画了一道充满凶狠且愤怒的弧形，击向大师的头部。

大师抓起地上的一个香炉，朝他扔了过去，正打在铁锤上，使铁锤偏离了目标。然后勉强站起身子，拔腿开始跑，他从后面立刻追了上来。

“哦，天啊，救命，救命，救命啊。”大师喊着救命，围着菩提树转圈跑。

他不理会他的叫声，继续追赶。

“我明白了，你是来抢钱的？正殿神像下面的柜子里有三百万，我全给你，还有金佛也给你，求你饶了我……饶了我……”

钱不是他的目的。

这时雷劈山上，风越刮越大，没人能听见大师的呼救。他继续像只野兔一样加快了脚步，却不小心在地上滑了一跤，等他起来时，大师已跑到铜钟旁边。

那是一口需两人合抱才能勉强抱拢的古老铜钟，周身红彤彤，钟上一根粗绳悬在一根连接正殿和静房的横梁上，横梁除了大钟以外挂满了祈福的飘带。

院外没有灯光，只靠偏殿的微弱亮光能看到大钟的一点轮廓，大师满身泥水，蜷缩在钟罩下面，双手合十祈祷着别被发现。

黑衣人起来后，找不见大师，急忙按照大师的逃跑方位，向铜钟这边跑来，四周寻了一圈没找到踪迹，除了越来越大的风声外也听不到别的什么声音。

“你别怕，我只是抓你回去审判。”他低语道。

大师寻思，你以为你是阎罗王啊，你审判谁啊！掐指算算这是哪路“神仙”，才意识到自己只会掐指，不会算。

他停下脚步，掏出了手电筒，一道光束照向了静房，又消失在茫茫夜空中。

黑衣人的手电光扫到了大钟下面，发现了大师的影子，他整个身子扑了上去，撞到了大钟上面，锤子被撞飞了出去，手电筒被撞掉在地上。

“哐”一声，整个大钟落了下来，正正当当不偏不倚将大师罩在了里面。

钟绳被撞断了。

隐约听见大师在里面的抓挠、碰撞和咆哮的声音。

他冲到钟跟前，双手紧紧地抱住钟，双脚深深地把住泥泞的地面，两臂青筋暴出，嘴唇咬到发紫，他试图用尽全力去挪动，但是试了几次都纹丝不动。

“你不能这样死。”他拍着大钟号啕大哭。

哭了一会儿后，他捡起锤子，去了偏殿，因为敞着门，雨水已经慢慢地流了进去，捡起大师刚才扔掉的香炉，将香灰倒在了雨衣兜里，又迅速把香炉拿到外面用雨水洗了一下放回原位，最后检查了一下现场，慢慢地退了出去。

走到静房的时候，他停下了脚步，静静地站了一会儿后，毅然出了山门。

风刮了一夜，杜秋昨晚做一个痕迹实验太晚了，就住在了垄亩居。早上起来打开窗户，呼吸了一下新鲜空气，又打了一会儿木人桩。

他煮了一杯咖啡，准备吃点早餐就去局里。

电话铃响了，“杜秋，速去雷劈山道观。”是梁海打过来的。

“是！”

从梁局急促的声音判断，一定是有大案发生了，杜秋拿了件外衣，拎上现场鉴定工具箱，跑了出去。

雷劈山在云汉市的东郊，和谢虎失踪的防空洞遥遥相望，中间是一条上山的小路。

山下警灯闪烁，“袁大师死在里面了。”一名警察给杜秋打了声招呼。道观四周围起了黄色的警戒带。

杜秋拎上箱子一口气跑上了十八级台阶。

道观里聚集了十几个人，公安的、消防的、急救中心的。一进门看到身着警服戴着白色手套的梁海，旁边跟着举止稳重的胡大为，肖楠蹲在静房前的角落里。

一口大钟横卧在一边，大钟的旁边平躺着一具男尸，一股臭气扑鼻而来，救护人员站在尸体的左侧，表示回天乏术，右侧是两个小道童哭哭啼啼，垂肩而立。

左秀蹲在尸体旁正在照相。

杜秋跟大家打了声招呼，走上前几步，脚下的地虽是砂浆和石子硬化过的，但还是有积水从鞋侧面渗进来。

“死亡多久了？谁报的警？”刚说完这句话就被眼前的一幕惊呆了。

尸体整体肿胀呈暗紫色。死者的嘴张得能放进两个苹果，眼珠子几乎要暴出来，两个鼻孔、嘴里都充满了血。脑后的发髻散开后又团成大小不等的几团，头顶还有四到五处光秃秃的地方，而尸体的手里还攥着一缕一缕的头发。指甲全都脱落，十个指头都露出了白骨。屁股下是一摊大便。道袍敞开着。一只脚有鞋子，一只脚没有鞋子。

钟罩是被消防人员挪开放到一边的，观察钟罩里面全是一道道带血的抓痕，现场已被封锁。

杜秋初步判断死者系在大钟里窒息而死，死前非常痛苦，试图撞翻大钟没有成功。

戴上手套、口罩开始检测，胡大为过来进行记录，梁海在旁边做指导。

“尸斑已经出现暗紫色，上下眼睑有粟状出血点，锁骨上下窝处有散在的溢血点，嘴唇、脸部发绀，呼吸困难时有大小便排出，符合窒息死亡特征。”杜秋仔细地观察尸体，他一边说，胡大为一边记录。

“看尸斑情况，死亡时间应当在五个小时前。”梁海说道。

“是的，梁局。”杜秋回答。

“检查身体是否受到过其他外力袭击？”梁海问道。

“没有发现外力袭击的痕迹。”杜秋不明白，没有遭遇袭击，袁地煞怎么会被钟罩扣住，“梁局，谁报的警？”

“两个道童。”梁海实在忍不住烟瘾，点燃了一支烟，深吸了一口，“道童早上起来，看到大钟在地上，师父的道袍有一块压在钟罩下面，就报了警。”胡大为补充道。

“道童怎么说的？”杜秋将尸体的头部翻过来，仔细检查着。

“昨晚风大，挂钟的绳子是几年前的劣质产品，他俩推断是师父在偏殿上完香，拿着手电筒去正殿拿东西，走到钟下的时候，恰好那时候一阵狂风吹过来，绳子断了。”胡大为重复了道童刚才做笔录时说的话。

“如果是这样，他可真够倒霉的。”杜秋在尸体的头部没有什么发现，“先把尸体拉回停尸房，法医会进一步尸检。”杜秋脱下带血的手套放到废物袋里包好，又换上了一副。

手电筒被当作证物放在了证物袋中。

接着，杜秋、胡大为和梁海一起去了偏殿，“这个袁大师可谓远近闻名啊，很有神通，本事也很大……”一边走一边给杜秋简单介绍了袁地煞。“小肖，先带那两个道童回局里。”梁海进入偏殿前对着肖楠说道。

仔细地检查了偏殿后，没有任何新的发现，地上全是积水。

“杜秋，你过来看一下，这个香炉是不是有点问题？”梁海拿起了袁守诚塑像跟前的香炉说道。

杜秋急忙走上前去接了过来，“这个香炉里面还有水，没有香灰，奇怪了。”

“会不会是袁大师来到偏殿时清洗了香炉？”胡大为说。

杜秋没有回答，快步走到了袁天罡的塑像前，案台上也有一个铜制香炉，香炉里有半炉的香灰。

“如果袁地煞要清洗香炉，为什么只清洗一只呢？”杜秋将手里的香炉拿到太阳光下仔细观瞧。

“梁局、老胡，你俩看，这香炉底部有磕过的痕迹。”梁海和胡大为凑上去一起观察，果然发现香炉底部有拇指大小的两块碰痕。

“从痕迹上看是最近脱落的。”梁海说道。

“可是我刚检查尸体时没有发现头部及身体有任何被外器磕碰的痕迹，一会儿还得详细问下道童。”杜秋回答。

这时左秀进来了，举着相机继续对每个细节进行拍照。

杜秋将香炉放到了证物袋里交给了胡大为，“梁局，我们去正殿看一下吧。”

正殿很规整，因为一直关着门，雨水没有进去，里面也没有被翻动的痕迹。

杜秋出来的时候和胡大为一起把钟上的绳子，还有绕在横梁上的绳子都捡起来放到大的证物口袋里。

“是要检查一下绳子的断裂原因吗？”梁海冲着正在点头的杜秋竖了竖大拇指。

杜秋回到局里，马上和肖楠一起提审道童刘六。

左秀和胡大为一起提审道童赵辉。

二十平方米的会见室里，一张桌子，桌子前的木凳上坐着瘦弱的刘六。此刻他表情淡定，根本没有师父新亡的悲痛。

杜秋和肖楠进来坐到刘六的对面，杜秋负责发问，肖楠记录。

肖楠先给刘六宣读了法律赋予的权利义务。

“别紧张，我们就是了解一下你师父死亡的前后，你们道观里发生过什么。”

刘六看着杜秋点了点头。

“说一下你的基本情况吧。”

“我叫刘六,十九岁，孤儿。”

“来道观几年了？怎么来的道观？”

“三年了，我在给大师娘搬家的时候遇见的师父，师父说我挺能干的，就把我带来道观了。”

“大师娘？”做记录的肖楠不由自主地问了一句。

“对啊，我有三个师娘，我三师娘比你还小呢，和你差不多好看。”道童对肖楠说道。

“你别乱联系。”杜秋制止了刘六。

“你昨晚几点睡的？”

“很早就睡了，你知道的，下雨天是最好的睡觉天嘛，睡得昏天黑地。”刘六说着伸了个懒腰。

“睡得那么熟？大钟落下来你们都不知道。”杜秋语气变得严肃。

“昨晚风大，大钟离静房又远，我们不可能听到啊。”刘六很委屈。

“你和赵辉一起睡的，他也没听见大钟落下来的声音？”

“他睡觉更死，有一次师父带他去给人看事儿，他在酒桌上坐着就睡着了，师父只好说他这个徒弟到打坐时间了。”刘六说完笑了，杜秋和肖楠也忍不住笑出了声。

“你师父几点睡的，你知道吗？”

“不知道。”

“你最后见你师父时是几点？当时他在做什么？”

“大概七点多吧，师父在洗香炉。”

“在哪里洗香炉？为什么要洗香炉？”

“我去偏殿上香时，端着供盘，一不小心供盘碰倒了香炉，师父骂了我，说我把香炉磕了，我就出去了。”

“你出去后，你师父又上香了吗？”

“这个我不知道。”

“你端的供盘里都放了些什么？”

“有苹果、香蕉、火龙果。”

“你确信？”

“我确信。”

“你师父平时忙吗？他一般晚上几点睡？”

“他老人家道行深，这几年挺忙的，晚上有时候很晚才睡。”

“你看下这个手电筒，是你师父的吗？”杜秋说着从相机里找出了手电筒的图片给刘六看。

“应该是我师父的。”

“你早上几点发现你师父被扣在钟罩里的？”

“早上六点多，每天这个时候我俩都起来打扫院子和房间。”

“谁先发现的？谁报的警？”

“我啊，我出去就看见钟罩在地上扣着，师父的袍子压在了外面，我就四处喊师父，可是没找到，我就报警了。”

“你看到压住的袍子，就确定你师父在里面？”

“除了袍子，还有从钟罩里流出的血，我就感觉应该是出大事了。”

“你报警咋说的？”

“我打的110，我说我师父可能被罩在大钟里了。”

“你有三个师娘，你师父为什么自己住在道观里呢？”

“他基本上每隔几天就要在道观里住上两天，有时候晚上他在道观里准备一下第二天要给人做法事的用品。”

“好，我的提问暂时到这儿，肖楠你还有要发问的吗？”

“稍后，我们会决定你可不可以离开，你看下笔录签字吧。”肖楠向刘六交代完，又转向杜秋说道，“我没别的问题了。”

出了局里的审讯室，杜秋说道："刘六的回答基本没啥问题，供盘我在偏殿时看了也确实是那几种供果，都能对得上！可就是我问他几点睡觉时，他打哈欠那个动作从心理学上来说是在掩饰什么。"

"行了，蝉，总不能是这两个小道童杀了师父吧，他打哈欠只能说明折腾这一早上他累了。"肖楠说完也打了个哈欠，"你看我是不是也像在掩饰什么？"杜秋摇着头笑了笑："我去和胡队比对一下两人的谈话笔录，然后看有无破绽，如果确定没问题，就要放人了，你带几个人去调查一下袁地煞的几个老婆，看看能不能有什么发现。"

"要我看，这就是个意外，袁地煞这名字起的，这回真的去地下了。"肖楠一想到一个道士有三个老婆，情绪就上来了。

"不要激动，永远要把个人感情和案件客观事实分清楚。"杜秋严肃起来。

"明白了，杜大神探。"肖楠说完，乖巧地退到了一边。

杜秋和胡大为碰了下讯问内容，赵辉和刘六说的没有出入，一起去跟梁局做了汇报。

"外围核查完，鉴定出来后，如果没有其他问题就按意外事件结案吧。"梁局感叹了一下，"好好的一个人，扣到钟里闷死了，用他们风水师的话讲，这就是因果。"

"那把刘六他们两人放了？"杜秋请示。

"放了吧！"

第九章　死因

清晨、白天、正午、黑夜，时间呈现着一种紧密的连续性，他看不清时间的变化，但至少应该已经三天了。

他只穿着一身睡衣，地上很凉，他的双脚双手又不得解放，一切都失去了知觉，此时他溺在自己的排泄物里。

在他短暂的睡眠里，他梦到自己在监狱里被活埋，或者在冰冷的大海里被厚厚的冰碴扎死。他不是因为寒冷、痉挛、饥饿醒来，而是被噩梦惊醒。他努力抬高上身拍打地面，因为他的胳膊在痉挛，可最终证明他做的一切都是无用功。

他在计算着，自己以这种方式死去，要多久，七天？估计用不了七天。

他第一次回来时，他的心怦怦直跳。

他的脚步沉重而缓慢。

他乞求他能揭开他嘴上的封条或者把他双脚和双手的绳结解开，他给他一千万，不，一个亿。但他同时也乞求，千万别揭开罩在他眼睛上的布，但即使揭开了他也会紧紧地闭着，绑匪撕票百分之九十都是被看见了面孔。

他踢了他一脚，踢得不重。

“你不要喊，喊也没用，我给你揭开嘴，你吃饭，喝水。”

他终于听到了这个男人的声音，是那么温和且富有磁性。

“刺啦——”他感觉自己的胡须都被胶带揭了下来，但他喜欢这个声音，他顾不得疼痛，大口大口地喘着气。

“我是薛老九，云汉首富薛老九，兄弟你可能不认识我，我给你一个亿，你放了我。”薛老九一边喘气，一边表态，说话的速度像是疾驰而过的动车。

“我知道你是薛老九，我不要钱。”声音低沉。

“那你要什么？我的女人？哪个？我都能给你。”钱是薛老九认为拯救自己的最大希望，听对方说不要钱，立马说出了另一种他认为是最具诱惑的东西。

“我要你的命。”声音轻缓却犹如霹雳。

“我不喊，我不喊，兄弟你能告诉我，你为啥要我命吗？”薛老九急切地问。

“吃饭、喝水，三分钟。”他不再回答他的问题，命令道。

接着，把馒头狠狠地塞进薛老九口中，薛老九忙狼吞虎咽地吃了下去。

“我不喊，我不喊，能不能不再贴胶带？”薛老九咀嚼着，说道。

他的头又被重重地击打了一下，醒来时嘴上已经贴上了几层胶带。仍旧只留着鼻子去呼吸。他甚至想到出去一定要给他的鼻子买大额的保险，他的鼻子最爱他。可一想到那句“我要你的命”，他觉得自己一定会死在这里，一定会。他不后悔刚才没有喊叫，因为如果喊叫了，他会早早地挨上那一锤。

现在只能一切听他的，等待能够逃跑的机会。

他躺下去，绳结让他前后都抬着，他一点点地挪动着绳结去蹭地砖。

又过了不知多长时间，他陷入了另一种昏迷，他的精神不能再集中在绳结上，他感觉自己的肌肉全部都要融化了，只剩下骨头，自己全身逐渐被僵硬侵蚀，从头到脚都在同时痉挛。

他不想死，他开始小范围地活动，先动动十个脚趾，再动动十个手指，他的意念从脚趾开始到小腿、大腿、小腹再到胸到脑袋，他的手试着攥上再松开，攥上再松开。

他拼命地哭，尽管眼泪早已经哭干了，他感觉自己的灵魂飘了出去，在屋檐上看着自己痉挛的样子，嘲笑似的叫了一声“薛总”。

身体状况开始恶化，好像不再是他的，精神也已经一分为二，他很确定，他就要死了。

最惨的是他死了都不知道因为什么死的。

他不能死，他还有那么多可以享受的东西，绝对不能死，绝对不能！在这种意识支配下，他继续努力去蹭着绳结。

第十章　渔夫与鳟鱼

谢虎没找到，局里又接到失踪案的报案。

报案人开着宾利来的，梁海亲自在办公室接待，陪着喝了一会儿茶后，又送到小会议室这边来。

梁局表情凝重，双眉紧蹙在一起。

“杜秋、老胡，这是薛总的夫人，薛总半个月前出差一直没回来，现在也没个信儿。他是我市著名企业家，市长、书记多次到他的矿山指导过工作，你们一定要认真对待。”

梁局说完向薛总的夫人点点头，“嫂子，你放心吧，我们马上查一下，不会有大问题的。”又转向杜秋，“有任何情况，及时向我汇报。”

“是，梁局。”

梁海走后，肖楠拿了一把凳子给报案人，微笑了一下，开始做笔录。

报案人五十多岁的光景，略胖，一身紫色装扮凸显贵气，看不出什么牌子的衣服，应该是私人定制。她不时地用面巾擦着眼睛。

“能给我倒杯水吗？”报案人低声说道。

“可以。”胡大为起身给她倒了一杯水。

报案人握着纸杯，并没有喝，她只是想暖一下手，或者缓解下情绪。

“我们可以开始做笔录了吗？”杜秋先试着征求一下报案人的意见，看着梁局刚才的表现，心想对待这些人可不能马虎，都是为市里税收做过大贡献的人。换个角度看，也都是在云汉市只手遮天的人，她如果不满意，转眼就能给你调整个工作，比如去信访局接访。

“可以开始了。”报案人放下水杯，象征性地整理了一下上衣衣领说道。

“说一下你的名字、职业、身份证号。”仍是杜秋发问，肖楠做笔录。

“乔艳艳，五十一岁，金鼎矿业商业部经理，身份证号是……”

“说一下你和被报案人的关系及他的身份信息。”

“薛林贵，在家里排行老九，大家都叫他薛老九。”一听到“薛老九”这个名字，三人都停顿了一下，杜秋更是一惊，这薛老九号称云汉首富，手眼通天，传说家里有两架湾流 G650 私人飞机。

“薛林贵失踪了？”杜秋想到谢虎的案子，惊问了一句。

乔艳艳瞅了一下杜秋，“你知道我们家老薛？”

杜秋做了解释：“哦，乔总，我跟薛林贵不认识，不过对他的大名早有耳闻，你报案说他失踪了？”

“对，我老公。”乔艳艳没等杜秋说完就把话头接了过来。

“那你说一下基本情况。”胡大为疾步走了过来。

“老九半个月前给我打过一次电话，说矿山选厂那边有点事，他想去看看，我俩平时都各忙各的，几天不联系也正常，可这次时间太长了，我就试着给他打电话，可是电话关机了。”

“你什么时间给他打的电话？”

“五天前吧，发现他关机后，就问了他几个朋友，都说没有跟他联系。”

“那为什么今天才报案？”像这类案子一旦形成刑事案子，通常夫妻一方都是最大嫌疑人。杜秋严肃地问道，脑子里却老蹦出二二四、二二四。

“老九有去澳门赌博的习惯，我以为谁都联系不上他，他可能又过去赌了，就没报案，昨天我忽然想到他经常订票的网站，就试着用他常用的一些数字做密码，还真给碰对了，结果查了一下他最近根本就没订过机票，所以才来报的案。”乔艳艳说完，喝了一口水。

“他有没有跟你说过最近要去哪儿，或者在生意上有什么麻烦？”

“我俩各忙各的，从来不交流这些，不过以前有一个拿炸药去我家寻仇的，那人是梁局亲自抓的，听说后来被人撞下山崖了。”

“这个事情我们了解。”

“那在我印象中，他没再和其他什么人结过怨了。”

“也有可能有些事你不知道，不是吗？”肖楠停下笔问道，因为刚才记录时，报案人两次说他们是各忙各的，故有此问。

乔艳艳点点头，低下头摆弄着衣角，不再说话，杜秋看到这个表现，从心理学的角度分析乔艳艳有话想说但又在犹豫能不能说。

“乔艳艳，如果按照你描述的情况，薛林贵有可能被绑架或者是更坏的结果。当然我只是假设，所以你知道的情况要全部告诉我们，以便于我们快速找到方向。”杜秋提高语调说道。

“饱暖思淫欲嘛，老九这些年在外面女人肯定少不了，我看他是毁在女人手里了。”乔艳艳说到自己老公的女人时，竟然没有一点怨恨的意思，这让杜秋略感诧异。对于乔艳艳的这个态度，肖楠已经有解，不是说了嘛，各忙各的，这两口子都没闲着。

“那你知道他在外面和具体的某个女人的关系吗？”杜秋继续发问。

“不知道，这些事他哪能让我知道啊！”乔艳艳明显不耐烦了。

杜秋考虑薛林贵的失踪可能跟情人有关系，“薛总失踪前有什么反常表现吗？”

因为跟薛林贵聚少离多，所以乔艳艳没有再提供什么有价值的线索。

梁海找到杜秋，两人马上去了市公安局，对薛林贵失踪案做了汇报，市局指示，二十四小时内必须找到薛林贵的最后落脚点，同时市局立即将此案报市委、政法委。

梁海亲自带队，指示杜秋和胡大为查看薛林贵的办公室、家里及经常去的场所，看有无线索；肖楠调取了薛林贵的最后通话记录；左秀带两位警察调查薛林贵失踪前十五天接触的人员。

忙了一天后，晚上大家聚齐到小会议室，整个屋子都是泡面的味道。梁海吃的是面包，“这些年吃泡面把胃吃伤了，有一次我跟踪一个毒贩，毒贩进去打麻将打了两天，我们趴在草丛里干吃了两天方便面。”呷了口水，漱漱嘴，又接着说道，“把情况都说一下，做下汇总。”

“在薛林贵的办公室、住宅及常去的茶楼、酒店、保龄球馆，都没有发现有价值的线索。”杜秋先做了介绍。

肖楠说：“薛林贵的最后一个电话是打给市国土资源局的方浅，这个和左警官调查的一致，我和左警官已经给方浅做了笔录。”

左秀听完肖楠的介绍点了点头，“我走访了薛林贵失踪前十五天接触的人，其中最后一个是方浅。”

“说一下对方浅的询问情况。”梁海点燃了一支“红塔山”。

“方浅说，薛林贵有一天晚上给她打过电话，是咨询采矿权证延续的事情，别的没了。”左秀说完，梁海扔给他一支烟。

“我看下笔录。”杜秋说，肖楠把给方浅做的笔录递了过去。

杜秋仔细地看着。

笔录中记载：方浅，女，三十四岁，汉族，公务员。2月11日晚上，我在福星大厦八楼吃完饭，正要走的时候接到了薛总的电话，他问我第二天是否正常班，他要安排公司的人去办采矿证延续的业务……

“方浅没说实话。”杜秋放下笔录，面向梁海说道。

“你接着说。”梁海示意。

“福星大厦共计二十一层，十层以下是餐室，十层以上是客房。”

“没问题啊，这有什么问题吗？”左秀问道。

“问题就出在这儿了，福星大厦未设十八楼、十三楼、十四楼和八楼的楼层，而是用二十二、二十三、二十四、二十五的数字补的这四个数。”杜秋去福星大厦吃过饭，职业的敏感让他特别注意了楼层的设置，没想到用在这儿了。

“要散，要死，要扒，扒。”梁海恍然大悟，自言自语道，“那方浅为什么说谎呢？杜秋你马上传讯方浅，咱俩一起讯问。”

大家都很敬佩杜秋的仔细，肖楠面向他行了一个抱拳礼。

接到传讯后，方浅赶了过来。

杜秋眼前一亮，这个女人像是从时尚杂志里走出来的女郎，虽然三十四岁，但皮肤却像二十出头，个头很高，腿部秀丽且修长。心想乔艳艳老怀疑薛林贵外面女人多，这么漂亮的女人不会是其中之一吧？

肖楠做记录，梁海和杜秋一起讯问。

“方浅，对吧？”梁海问道。

“是的。”

“我叫梁海，东印区公安分局副局长，这位是杜秋警官，这位是肖楠警官，由我们三人对你进行问询。”

“明白。”

“这是人命关天的事，你要说实话。”梁海严肃地说道。

方浅点了点头。

“我刚才看了你的第一份笔录，你说是在福星大厦八层吃饭的时候接到的薛林贵电话，可据我所知福星大厦就没有设置八层，你解释一下。”杜秋直入主题。

“那我是记错楼层了吧。”方浅淡淡地说道，表现得像是薛林贵真的跟她没有一点关系。

“你和薛林贵认识多久了？”梁海问道。

“认识三年了，我是在办证窗口，他做矿山生意，除了相关办证的工作外，我们平时没啥交集。”方浅回答得很自然。

“薛林贵给你打电话的时候多吗？”杜秋接着问。

方浅犹豫了一下像是回忆两个人打电话的次数，“不多，一共打过几次电话都是咨询矿证的事情。”

“那就不对了，根据我们调取的薛林贵的通话记录，显示你俩近一年来，每个月至少有九次通话，你解释一下。”杜秋说着从办公桌上拿出了薛林贵的电话详单扔给了方浅。

短暂的沉默。

“我申请让梁局长和肖警官出去，涉及隐私，我只想跟你一个人说。”方浅沉默了一会儿对杜秋说道。

杜秋瞅了瞅梁海，意思让梁海决定。

“肖楠，咱俩先出去。”梁海站起来和肖楠一起带上门走了出去。

方浅开始低声哭泣。

“你不要激动，有什么你知道的情况都可以跟我讲。”杜秋坐到肖楠刚坐的位置上按动了键盘，边问边记。

“我一年前在薛林贵公司的年会上喝多了，醒来却发现躺在了他办公室的床上，我们就那样在一起了……2月11日晚上，完事后我就回家了，可没想到出了这事，你得替我保密，要不我的家庭、工作就都完了。”方浅一边用纸巾拭着鼻涕一边说道。

“稳定下你的情绪，你刚说的那个房子除了你俩知道外，还有人知道吗？”

“登记的是我闺蜜的名字，可我保证我闺蜜连去都没去过，剩下没有人知道那个地方。”

“好的，你放心，涉及隐私部分，我们不会对外公布的，我们需要马上勘查现场，你得带我们过去。”

方浅犹豫了一会儿，似要说什么终是没有说出来，只长叹了一声。

到了锦府小区，方浅带着梁海、杜秋、肖楠、胡大为进了一楼102室。

进门前，杜秋给每人发了两根胶皮筋，让大家套在鞋上，以方便区别开鞋印。

屋里很整齐，没有一点打斗的痕迹，床上扔着薛林贵的手机，衣物都在床前的更衣凳上。被子掀开了一半。像是薛林贵半夜没穿衣服跑了出去再也没有回来。

方浅详细地讲述了她当晚进门后换鞋、洗澡、和薛林贵在床上睡了一会儿、关灯、关门、从地下室开车出去的过程。

“你是说从地下室到外面路上这段监控，薛林贵已经安排物业关掉了是吗？”杜秋问道。

“是的。”

“为什么？”梁海大声问道。

“他害怕别人发现我俩的关系。”方浅低下头小声说道。

“这个薛老九，这个薛老九。”梁海气愤地连连说道，“看现场情况，能确定是绑架吗？”一边说着一边戴上手套走上前去，拿起了薛林贵的手机，想在手机上找到有价值的信息。“手机没电了。”说着又放回原处。

杜秋分析现场情况，还在犹豫案件能否定性为绑架，一阵微风顺着阳台吹了进来。“梁局，这里有漂白剂的味道。”杜秋仔细地嗅着，一直到了洗手间，“漂白剂一般是罪犯处理现场使用。”戴上白手套的杜秋拿起了洗手间里的一个盆，“这个盆应该是从厨房拿过来的，用它稀释的漂白剂，然后他一定擦拭了盆边放在了洗手间里。”

“门锁没有破坏，他是怎么进来的呢？”梁海问道。

“刚才方浅交代她进来的时候没有关门。”肖楠说道。

“犯罪嫌疑人进来后一定躲在哪里，找一下，确定他躲的地方。”梁海的面部表情简单到只有焦躁。

“大家可不可以先退到门外，让我一个人走下网格。”杜秋目光在梁海脸上停留一下又扫向所有人。

“可以，我们先出去下。”大家跟着梁海在门外看着杜秋。

杜秋开始以客厅为中心一圈圈螺旋式地走网格，半小时后当检查到主卧衣柜时有了发现，衣柜里面的底板上有一点点白色的干胶状痕迹，杜秋立即从鉴定工具箱里拿出刷子、棉球棒等进行取样。取完样后，喊梁局他们进到屋里来。

“梁局，我怀疑犯罪嫌疑人是躲在主卧的柜子里。”杜秋说道。

梁海和胡大为过去看了看衣柜，衣柜大得足可以藏下一个人。

“有什么发现？”肖楠问道。

杜秋举了举手中的塑料证物袋，“有一点白色粉末，时间太长了不能凭味道辨别了，但我看像是胶水一样的东西。”

“马上用你工具箱里的显微镜看看到底是什么东西。”梁海指着杜秋的棕色箱子说道。

杜秋用镊子夹起白色胶状物放在载玻片上，然后放到双目显微镜下进行观察。如果是刚接触刑事鉴定科学的警察，一定会马上把显微镜调到最高倍率，将证物放至最大。但根据实践经验，最适当的检视倍率其实不是很高。杜秋一开始只放大十倍，接着又调成放大到三十倍。

“是精液。”杜秋说道。

“精液怎么跑到柜子里去了？”梁海急走了过来。

杜秋将显微镜让给了梁海。

梁海接过了显微镜：“真是精液，衣柜和床相隔多远？”梁海高声问道。

杜秋忍住笑没说话，梁海这意思是要确定精液是不是薛老九射过来的。

“方浅，你说一下你俩活动完后，薛老九射里面还是射外面了，有没有甩到衣柜这边？”梁海紧盯着方浅问道，也是着急失踪的薛林贵，市里给了死命令，找不到薛老九，自己这个副局长就干到头了。

“他每次都是在我安全期和我在一起，所以他……不可能……射外面。”方浅哭着说道。

梁海心想，按照这个逻辑，绑匪、薛老九、方浅这三个人，他奶奶的一起高潮了。

“杜秋，马上送去做 DNA 检测。”梁海发出命令。

“没用了，过去这么长时间，没有特殊保存的精液根本无法做DNA检测了。”杜秋解释道。

“对对。呵呵，绑走一个人留下一堆没用的精子，这小子的作案手法也太特立独行了，我都被气晕了。他一定是躲在衣柜里，看见这对（“狗”说到一半又咽了回去）男女在搞，然后在衣柜里他妈的撸出来了。”梁海一边推测一边骂，表情有些怪异。

“也许精液是薛林贵留下的。”胡大为在侦查方面较为保守，除非有确凿的证据支撑，一般不做推测。他这个大队长也是纯粹混资历上来的。

梁海瞅着胡大为，心里冒火，“我刚才问你们这个现场能确定为绑架吗？你们都哑巴了。我告诉你们，都不用去看薛老九没来得及穿的衣物和未带走的手机，”他嘴干得咽了口吐沫，指着胡大为的脑袋继续说道，“凭直觉，警察的直觉，一进门就知道薛被绑架了。”

“你分析得对，再加上精斑和漂白剂能佐证你的推断。”杜秋担心他再说出太出格的话来，忙打断他，“梁局，按照你的推断，犯罪嫌疑人是在衣柜里看到薛林贵和方浅做爱，然后自己手淫。”

梁海狠狠地盯了方浅一眼，又转向杜秋，“这只是我的推断，但精斑一定是自慰留下的，而且精斑是在衣柜的门框上，所以不可能是薛老九藏到自己的衣柜里撸出来的吧。”掏出红塔山，闻了闻又装进了烟盒里，“这个房子，方浅交代只有她和薛老九知道，所以精斑一定是嫌犯的。”

“梁局，薛林贵和谢虎都是本市的富豪，两人都是失踪案，一段时间后绑匪可能会索要赎金。”杜秋看了一下肖楠刚做的记录，“我建议并案。”

“你们的意见？”梁海询问的眼神瞅向肖楠和胡大为，胡大为点头表示同意。

“薛老九和谢虎有共同特点，而且都是被绑架。”梁海停顿一下后点了点头，“我同意杜秋的意见，先将这两起案件并案侦查，如果出现新的情况，再做调整。你们今晚加班，调小区周围路口的监控，两个人都飞了？”

梁海情绪仍然很激动。

“好的，犯罪嫌疑人一定是按照地下室没有监控的那条路线撤退的。”

“那他应该有一个车。”

“我们回去就调。”

胡大为弯腰系上了松开的鞋带，肖楠装起了笔和笔记本，杜秋整理着自己的百宝箱。

当晚，调了2月11号晚上锦府小区各路口的所有监控，一无所获。薛林贵不想让任何人知道他和方浅在一起，小区物业的保安人员早都打点得唯命是从，他们接到薛林贵的电话后，就将进出车辆通道的监控全部关掉了，到案发时都没打开过，原因是他们得等到薛总的车走了之后，才能把监控打开，结果薛总的车到现在也没见出去过。

周六早上，带着诸多疑问一直到半夜才睡着的杜秋，起床后拧开了悬疑推理书系旁边的复古黑胶唱片机，优美的弦乐在垄亩居的各个房间的书柜间像一条鱼一样穿梭，唱片机播放的是奥地利作曲家舒伯特的《鳟鱼》。杜秋往杯子里倒了一杯尊尼获加，点燃一支沉香，在屋内踱着步，音乐包围中，他像是徜徉在阿尔卑斯山区林木葱茏的山野之中，优美的景色，清新的空气，爽朗的夏日时光。五重奏像是在描述鱼儿、溪水和渔夫的关系，前三章的静谧温柔的钢琴曲和吉卜赛风格的中提琴曲，给人以温柔、明快、妩媚、可爱的情感，到了第四变奏，强大的和弦和阵阵的哀伤像是渔夫投网和小鳟鱼的挣扎。

杜秋喝了一大口威士忌，周五晚上住在垄亩居，周六一整天会一个人喝酒、看书、喝茶、抽雪茄，所有思考也会集中起来，已形成习惯。此刻他在想，二二四是鳟鱼，自己是渔夫，可是现在连鱼的影子都没见到。

局长、区长、市长都在密切关注着两起失踪案的细节和侦办进度。但杜秋却讲不出任何细节，也没有任何进展。

两个人是死是活到现在都不能确定，杜秋又倒了第三杯威士忌，他在苦苦寻觅这两人失踪的共同点。

一个房地产老板在招标会后参加一场晚宴，出来靠着树根撒尿呢，就被绑了，后来绑匪找到了，老板却又被另一个绑匪绑了。

一个云汉首富和情人睡了一觉从床上就没了。

都是富豪阶层，但两人的外围人员都调查了，没有作案可能。

二二四究竟是出于什么目的？这些人在二二四那儿究竟有什么样的链接？

绑架富豪，多半都是勒索钱财，可现在绑匪任何要赎金的信息都没有。

二二四该不会在模仿推理电影里按照金木水火土做什么仪式吧，可翻了《易经》的书，通过两人近亲属的笔录看了下出生年、月、日，两个人都是水命，这个推测排除了。

那是在惩罚什么吗？像《七宗罪》中那样杀死那些暴食、懒惰、嫉妒、傲慢、贪婪、淫欲、愤怒的人吗？

谢虎在巨老大给五百万并承诺再追加一千万的情况下仍要去追求那一个亿的利润，何其贪婪！

薛林贵拥有的女人数量据说像满天繁星，但这满天繁星也没冲破他的寂寞，他还是在万花丛里继续寻寻觅觅，这是淫欲！

二二四究竟是不是按照《七宗罪》的思路在进行？谢虎和薛林贵现在是死是活？如果被杀，那为什么不当场杀死，而是要先把人绑架？如果还活着，他们究竟被弄去了哪里？现在所知道的都是第一犯罪现场，是不是还有第二、第三以及终极犯罪现场？

如果不是按照《七宗罪》的模式，他的目的又是什么？

扑朔迷离，一切都没有思路，但杜秋想到的又都像是思路。

夜里睡不着，想起了雷劈山道观，又想起了失踪案。袁地煞死得太蹊跷了，虽然定性为意外事件，但杜秋还是感觉这个定性太草率了。

第十一章　暗夜无边

云汉连续失踪了两个富豪，机票开始一票难求，富豪阶层人人自危。

早上，杜秋被梁海叫去了办公室。

办公室里，梁海面前的烟灰缸里装满了长长短短的烟蒂，烧水壶咕嘟嘟地一直在响。

“绑匪到现在也没一个信息。”梁海疲惫地双手搭在胸前，靠在椅子上，“云汉首富前十，剩下那八个都跑了，今早市长给市局发了虎威，说什么影响到了市里的招商，一个三十个亿的项目马上落地，结果落地到外省了。”

杜秋曾想过连续两个富豪的失踪肯定会在社会上造成影响，但没想到影响会这么大，公安对这种社会影响根本没有应对预案。“这种情况越是宣传案子进展，越是对整体环境不利，唯一的解决办法就是查出嫌犯的真实目的，然后确定保护对象，再进一步找出嫌犯。”

梁海长嘘一口气，点点头。

连续忙活了几天，却一无所获。

晚上杜秋和胡大为、左秀、肖楠去了单位楼下的一家川菜馆。

“今天我请大家。”杜秋尽量掩饰着内心的失落。以前办案的心境都是起、落、起、落、起，目前针对这两起失踪案的心境一直是落、落、落、落。

服务生陆续把菜端了进来。

“这水煮鱼里加了什么啊？”左秀说，“一点都不麻。”

“咱云汉市就是不一般，八大菜系都来过，你现在尝尝哪家都一个味儿。”杜秋夹了一块鱼腹肉，“什么鲁菜、粤菜、川菜，不出一个月全整成家常菜。”

“我一直有个直觉，那道士死得蹊跷，钟罩正好就在他走过的时候落下来？这种概率估计得千万分之一。”饭前说好的不提案子，但杜秋还是忍不住。

“我看他是报应。”胡大为放下筷子，端起一盅醋一饮而尽，职业要求工作日不允许喝酒，胡大为血压高就喝醋。

“袁大师一把鹅毛扇善点阴阳二宅，听说一路把蒋县长给点跳楼了。”左秀说完，自己笑了起来。

“对呢，全世界估计就一个道士不拿拂尘，拿鹅毛扇。”胡大为进行了补充，又喝了一盅醋。

一人夹菜，一人喝醋，一人端起了茶杯。

杜秋思考着不再说话。

这时一身运动休闲装的信一阁跑了进来，手里拿了两张彩票，“中了两千。”

大家鼓掌，“下一次，小信中个大的，一定请我们喝茅台。”胡大为说完，招呼服务员给信一阁拿来了餐具。

服务员又端上来一盘歌乐山辣子鸡。

“他家这个菜做出了地道的川菜味。”信一阁将菜转到了肖楠面前，“大家多吃点。”

“和川菜相比，我还是喜欢吃四川火锅。”肖楠夹了块鸡放进嘴里，“你们谁知道，重庆的火锅为啥有鸳鸯锅？”

大家沉默，论吃这一块，谁也无法和肖楠比。

“长江和嘉陵江汇合于重庆朝天门，多大一个鸳鸯锅。”肖楠急喝了一杯白水，估计是被辣到了。

“哦，孤陋寡闻了，第一次听说鸳鸯锅是这么来的。”信一阁斜了一眼肖楠，“我还以为鸳鸯锅里炖着鸳鸯呢。”

“夫妻肺片里没夫妻，鸳鸯锅里无鸳鸯，道观里有可能住着假和尚。”杜秋总结道。

“蝉总结得很到位，我就知道鱼香肉丝里没有鱼，胸罩里没有胸。”左秀说完瞅了肖楠一眼，肖楠喉咙滚动，明显被噎了一下，旋即站起来踹了左秀一脚。

“道观里住着假和尚，杜秋，你不会还怀疑关于袁道士是意外死亡的定性吧。”胡大为又喝了一盅醋。

“一个故事只能有一个结果，如果写推理小说，我不会写得那么简单，道士经过，钟罩正好那时候被吹落，道士像中了五千万彩票一样被扣在里面。”杜秋一边摇头一边拿起醋瓶子给自己也倒了一盅醋，“我一直感觉道士死亡这件事和二二四有某种联系，我不知道是常看推理小说养成的思维习惯，还是我的第六感。”

“要我说不会有任何关系，你看二二四的案子都是失踪，这个不是，现场也没有任何二二四出现的痕迹。”胡大为又喝了一盅醋，“这玩意儿挡辣，要不你们也喝点。”

“我们可不喝，喝多了小心腐蚀了你的胃。”肖楠吃得差不多了，拿出随身带的漱口水去了饭店的洗手间。

“醋和醋酸不一样，咋会腐蚀呢？这点常识都不懂。”胡大为笑了笑。

杜秋不说话，一口接一口地吃着菜，也喝了几盅醋，忽然像是想到了什么，抬头问道：“左兄，绳子的化验结果出来了吗？”

“化验了，是断裂，并没有切割的痕迹。”

“明天麻烦你让实验室把整个绳子做个酸的检测。”

“好，没问题。”

“哈哈哈，我这喝醋，把杜秋喝出灵感来了。”胡大为又端起一盅。

餐后，杜秋买单时，胡大为一直捂着肚子。

“你咋了？”左秀笑着问道，“醋喝多了吧？”

“有点反酸。”胡大为说道。

第二天上午十点，左秀回到办公室，“嘭”一下推开了门，“杜秋，绳子上检查出了强酸成分。”说着把一张表递给了杜秋。

“真的是这样。”杜秋急忙接了过来。“十五米长的一根绳子只有中间这一块有强酸成分，左兄，这不是意外事件，这是谋杀。”杜秋激动地说，“梁局在吗？”

“刚路过的时候看他办公室关着门呢，应该在市里开会还没回来，失踪案这么久侦破不了，听说省厅来人了。”

“咱俩先去一趟道观。”杜秋披上衣服，拿上钥匙，冲出了门。

道观里，一片死寂，大门紧闭着，敲了几声，无人开门，左秀一脚踢开了门。

“刘六？”

“赵辉？”

两人围着道观喊了一圈，也不见人影。

“老胡，你和肖楠马上带人去火车站、汽车站，刘六和赵辉有问题。”杜秋急忙打了电话。

两人又来到正殿仔细查看。

“左兄，这个佛像被挪动过，上次我查验的时候不是这个角度。”

左秀上前看了下正殿佛像的位置和底座下面的压痕，点点头，“挪开它看看。”

佛像是石膏制作的，两人不费力就搬了下来，下面是一块红布，掀开红布是一个梨花木的柜子，掀开柜子，空空如也！

“你看。”杜秋从柜子底部左角处捡起了一块碎片。

“这是百元大钞的一角，杜秋，这儿原来是放钱的，这俩小子是杀人越货。”

“这儿还有些压痕。”左秀指着佛像说道，“应该是在佛像上面拿走了什么东西。”

“嗯，应该是下面一个人驮着上面一个人拿到的。”杜秋说完蹲在了佛像下面，“左兄，我驮你看看。”

左秀小心地骑在了杜秋的脖子上，杜秋双手紧把着左秀的双腿，一挺身，站了起来。

“还真是，这两个耳朵里的灰尘上都有一块圆形压痕，看来有东西放在这儿，刚被取走不久。”左秀又仔细看了其他地方，再没有什么线索。

两人离开正殿，去了静房，静房里的被子没有叠，洗脸盆扣在了地上，可见人走得很匆忙，再转到偏殿，偏殿还是第一次勘查的样子。

两人赶回局里时，梁海已经回来了，一起去做了汇报。

“两个小道士杀了一个老道士，还做成意外事件，我竟然还把他俩放了。”梁局吼道，“那两个失踪案，省公安厅挂牌督办，所有进展都要随时报省公安厅督察组。”

“梁局，这不是您的错，刑事诉讼法规定十二小时放人，现在人没抓回来，有些事情还不能确定。”杜秋一边说着一边给梁海杯子里添上茶水。

梁海拿起了电话：“喂，我跟你们说，那个女人的笔录给我重新做，你们咋抓的人，领导的情人你们给当妓女抓了。”一边说着一边朝左秀和杜秋他俩摆了摆手，示意他们先出去。

二人从梁局办公室出来后不久，胡大为和信一阁传来消息，在火车站把刘六扣了，但肖楠在汽车站那边没有追捕到赵辉。

提审刘六。

“你挺能演戏啊，说吧，咋回事？”杜秋开门见山。

“我告诉你们赵辉藏在哪儿了，算不算立功？”刘六瞪着一双像在觅食的老鼠眼扫来扫去。

“算不算立功，法院定，但坦白从宽的道理你应该懂。”肖楠俊脸如霜。

“赵辉去了北城他姑姥姥家，你们抓到他之后我再说，否则我啥都不知道，反正人不是我闷死的，你们抓了他，我俩对质完，你们得放我们走。”

“你以为这是在哪儿？在道观？我还得等你烧上香再起卦？”杜秋喝道。

“说吧，先说绳子怎么回事。”杜秋说。

“绳子断了，把老道扣里面了，绳子咋了，你们不是都清楚吗？”刘六整个就是一滚刀肉。

“绳子是断了，那绳子中间是谁放了强酸？”杜秋拍了桌子。

“你们咋知道的？”刘六说完赶忙用手去捂嘴。

“你这点伎俩，公安都识破不了吗？”肖楠抬头问道。

“哎呀，妈耶，天灵灵地灵灵，这可不关我事，全是赵辉那狗杂种的主意，你们问他去吧，我就是旁观者。”

“刘六，收起你那一套吧！你在这儿喊啥都不灵，赵辉一会儿肯定归案，如果他先交代了作案过程，那坦白从宽的政策就轮不到你了。”杜秋看着刘六的表演，给了他心理上重重一击，合伙作案的人一旦归案一般都争先恐后地撂了，当然前提是你必须得掌握了关键证据，比如本案的绳子上的强酸。

“好，我说，我说。”刘六开始鼻涕一把泪一把地进行回忆、陈述。

刘六进了山门后，袁大师每月只给六百元工资，平时大师在外面不高兴了回来就体罚赵辉他们二人。两人几次想离开道观，无奈大师把身份证扣在手里，说等雇到人就放他俩走，后来大师又以教他俩技艺为诱惑，说是保证他俩一生荣华富贵。刘六心想，这是画了多大个饼，就大师那两下子他早看透了，不过背诵点口诀，再看两遍《西游记》，遇到大户人家了，就让赵辉他俩出去踩点，在街巷邻居那儿探听点消息以做他忽悠的资料。袁大师越忽悠，找他的人越多，特别是他“认祖归宗”之后，大师的作为也越发令人发指，有时候遇到有姿色的妇女，就给人家性交转运，有时候在静房，有时候在偏殿，财色双收。

有一次，蒋县长来看事，把一对金佛送给了大师，说这对金佛是花了六十万请来供奉的，大师就放在了正殿佛像的耳朵里。刘六他俩想着把这金佛偷到手一走了之，可又怕暴露就心生歹意，赵辉认为杀了大师也是替天行道。

二人想了好多办法，最后打起了大钟的主意，于是趁着下山替大师打听消息的机会，从一个化工厂的垃圾桶里找到了几个半瓶的盐酸和硫酸，回来后趁着大师不在，都浇在了绳子挂着钟罩的那一块，然后根据手机搜索的信息，确认麻绳涂上这种强酸两周后最容易断裂，两人原本计划让刘六拿点重要物件放到钟罩下面，诱导大师过去弯腰捡的时候，两人合力往下一拉大钟，就扣在里面了，然后取出金佛一人一个，等大师闷死之后再报警，计划相当完美。

可是谁也没意料到，在二人设计的意外事件之外真发生了意外。

那天晚上，风很大，他们很担心绳子提前断了，那就功亏一篑了。所以二人根本无法睡觉，趴在窗子上看着外面。

这时候黑衣人出现了。

两双眼睛在静房里看着一幕一幕的发生。

赵辉在他姑姥姥家成功被捕，抓捕时，他姑姥姥正在小棚里帮着赵辉藏钱呢，一百五十万。

通过刘六和赵辉的共同回忆，黑衣人和道士当晚一共说了三句话。

“我明白了，你是来抢钱的？正殿神像下面的柜子里有三百万，我全给你，还有金佛也给你，求你饶了我……饶了我……”

“你别怕，我只是抓你回去审判。”

“你不能这样死。”

这三句话完全没有边际，杜秋一再问刘六和赵辉，确定是这样说的吗？刘六两人都很确定，因为在那惊悚的夜里一共就听见黑衣人和道士说了这三句话，所以绝对不会错。

二人接下来解释了为啥一直没交代黑衣人的原因。

因为他们无意中听到了正殿神像下面柜子里藏有三百万，而黑衣人根本不是奔着钱来的，钟掉下来就走了。刘六和赵辉一合计，本来也是要造个意外事件，干脆就按照原计划演下去，不暴露黑衣人，警察就没有任何线索去抓黑衣人，不抓黑衣人就永远不会有第三人知道三百万的存在，一拍即合，两人商量好了给警察的供词，包括香炉被冲洗过、供盘等等细节。所以第一次讯问时，他们都表现得很无辜，隐瞒了关于黑衣人的所有信息，包括他带来的那个手电筒。结果如预想的一样，公安很快将两人放了回去，两人回去后立即取出金佛，分了现金，刘六那份放到了道观山下废弃的下水道里，准备过段时间再回去取。

他们交代，黑衣人走的时候，好像看到过他俩，因为有一个细节。

黑衣人走的时候，路过静房时在门外站住不动了，刘六当时吓得用被子蒙住了头，可黑衣人站了一会儿就走了。

对于黑衣人的描述，二人的供述较以前公安的掌握更为细致，一米七五的个头，戴的雨帽外面又扣着斗笠，看不清面部，身材魁梧，从偏殿追出来的时候是左手拿着锤子。声音粗犷洪亮，听声音不太年轻。

根据刘六和赵辉的供述，这次虽然不能准确捕捉到黑衣人的指纹、DNA及面部特征，但能确定黑衣人就是二二四。

杜秋立刻安排警员押着刘六和赵辉回到道观指认现场并找出了刘六藏匿的一百五十万。

杜秋在案件研讨会上说了几个重点：一、年龄应该在三十五岁到五十岁之间。二、他应当是发现了刘六和赵辉，但没有袭击二人，其犯罪目标很明确。三、反侦查能力极强，有可能受过相关训练。四、现场找到的证物手电筒，是博悍牌矿用便携式防爆大功率手电筒。

梁海补充了两点：五、谢虎失踪的案子发生在道观对面的山上，因此二二四的第二犯罪现场可能就在雷劈山附近。

肖楠又补充了一点：六、二二四的目的是要绑走袁地煞而不是杀了他，如果是同一人作案，那么失踪的谢虎和薛林贵现在还活着的可能性很大。

根据六条意见，杜秋和肖楠一起对二二四犯罪侦查表格做了补充。

“失踪人谢虎、薛林贵和袁地煞之间又有什么联系？”杜秋一手拿着笔，歪着头瞅着屏幕，表述着疑问。

“两个富豪、一个算命先生，鬼知道有什么联系。”梁海掏出香烟点燃。

“犯罪嫌疑人有可能是矿上的工人。”杜秋用手指着手电筒一栏的信息，侧身说道，“开始因为刘六和赵辉在笔录中陈述手电筒是被害人袁地煞的，所以对该重要证物没有具体分析，现在看这枚证物的防爆、大功率等性能，均指向是矿工所使用。”

“杜秋这个观点我不同意，正常老百姓家里现在用这种手电筒的也很多，因为光线强，照射远，摔不坏，它不具备确定使用主体的特性。”信一阁表达了否定意见后，瞅着梁海。

梁海倚靠在座椅上，大家从他的疲惫状态看出了区里、市委这些天给他的压力。他的目光从信一阁的脸上慢慢移开到屏幕上，“信一阁忽略了一点，失踪人员之一的薛老九是矿主，这就是连接手电筒和矿工的桥。我同意杜秋的观点，下面的工作重点是排查雷劈山附近的所有矿工。还有一点，我要强调。”梁海坐直了身子，“悬赏金额经请示和研究，确定为十万元，悬赏通告马上以线上及线下的方式宣传出去，要动员群众的力量。”

杜秋从公安局出来后，直接去了垄亩居，累得瘫在椅子上，这两天排山倒海而来的压力和焦虑，此刻在他身上开始显现出来。他的眼皮有些沉重，但嘴角却露出不屈不挠的刚毅。他不疾不徐地点燃了一根雪茄，深深吸了几口。

从谢虎和薛林贵的失踪及袁地煞的遇害来分析，二二四有没有可能是滥杀？杜秋想着站起来从书架上搬下所有有关滥杀案件的参考书。重新点燃雪茄，啜了一口咖啡。他看了《好人杰克》《波士顿刽子手》《曼生》……发现，无论哪一个案件都没有一定的模式。每个滥杀案的凶手都是独立的个体，个个动机不一，被杀的人也不固定，互无联系。二二四很像是滥杀。

这几个案件现在变成了家喻户晓的充满了激情和悬疑的通俗连续剧。杜秋拿出笔，在纸上列着所有可能。

绑架薛林贵和谢虎、追杀袁地煞的是不是同一个犯罪嫌疑人？目的是仇怨、滥杀还是惩罚？夜里三点，反反复复想着各种可能的杜秋拨通了梁海局长的电话，梁海也被这个问题困惑得无法入睡。干脆两人都起床，相约在岱江桥旁边的大坝上会合，那里有市民早起锻炼的河岸长廊。

梁海对杜秋所列的可能逐条进行分析，认为同一个人作案的可能性大。谢虎和薛老九的家人都一直未接到勒索电话，袁地煞道观里的三百万也没有被取走，可以肯定二二四不是为了钱实施犯罪行为，而且谢虎案和袁案都有目击证人，通过目击证人对罪犯的外表描述也应该是同一个人。

杜秋认同梁海的看法，但他们都明白，这只是推测，任何可能性都有。

"我听说本来我是要被调去检察院负责公诉工作的，结果被您截和调到了这里。"杜秋瞅着梁海，"刚借调过来就出了一系列重大的刑事案，我的压力很大。"

梁海续点了一支烟，耳边是晨风吹动树梢的声音，杜秋的声音夹在其中，"你最擅长的不是审案而是侦查，我把你借调过来是想在这儿磨炼一段时间后把你推荐到省厅去。"说完拍了拍杜秋的肩膀，"你是公安厅厅长的苗子，好好干吧，也算帮我。"说完头也不回地朝着桥的另一端走去。

第二天上午，乔艳艳来报案。

此时的乔艳艳已没有了薛林贵刚失踪时的焦灼，雍容华贵，趾高气扬。男司机戴着墨镜，帅助理替乔艳艳拎着包。

司机和助理都被拦在了门外。

胡大为递给乔艳艳一瓶矿泉水，乔艳艳两手托着矿泉水看了酸碱度，放到了桌上，还瞥了一眼，像是在瞥胡大为撒过的一瓶尿。

"我丈夫有消息了吗？"乔艳艳率先发难。

"正在调查中，乔总，你今天来是什么事？"胡大为示意旁边的年轻警员开始记录。

"五天前，绑匪给我打了电话，让我准备二百万。"乔艳艳在说话时，脸在上下抽搐着，胡大为生怕她脸上的敷粉掉下来。

"这么重要的情况，为什么才说？"杜秋走了进来。

"我说有用吗？"乔艳艳霍地一下站了起来，"我花了二百万了，连老薛的毛儿都没看见。"

“你稳定下情绪，咱们都是一个共同目的，就是快点找到老薛，你急我们更急。”杜秋坐在了乔艳艳面前，“说一下过程吧。”

原来，乔艳艳在五天前接到绑匪的一个电话，说给二百万就放了薛林贵，但是不能报警，报警就撕票。乔艳艳担心绑匪真的撕票，就按照绑匪要求，自己去五十公里外的砬子沟送了二百万不连号的现金，结果钱送了，等了五天也没见着薛老九的影儿。

按照电话号码追过去，是市里一个搬迁小区的投币公用电话，周边没有监控。

第十二章　民间神探

晚上，电视上正在播放东印区公安分局稳定民众记者会，梁海站在“长枪短炮”面前。

“失踪两个了吧？”山生拿着一棵大葱，端了一碗面条蹲在沙发旁，沙发上放着一碟酱、一盘咸菜、几棵葱。

山生的老婆玉莲正在绣十字绣，儿子范杨在餐桌的另一边写作业。

山生他母亲在前山上干活时生的他，所以就起了范前山这个名字，小名山生，读初中的时候，他母亲得重病死了，父亲是木匠，爷爷当年也是木匠。

“你说这人也够厉害的，绑了两个杀了一个，公安硬是破不了案。”四十五岁的玉莲双颊干瘪，颧骨很高，此刻正戴着花镜穿针引线。这个女人除了脸上的一颗大痣之外，再没有可以描述的地方。

“这个梁局长很牛逼，据说就没有他破不了的案。”山生咬了一口大葱，继续看着电视。

梁海敬礼，身子呈扇形慢慢转了半圈才将手放下。“我们要给东印区的老百姓道歉，要给涉事的家属道歉，给云汉市一百万人民道歉，失踪两人死亡一人，现在连嫌疑人的影子我们都没找到，这是我们的失职。”

“一天天就知道开会，开会多于行动。”山生擦了擦嘴，将目光转向玉莲说道。

“梁局长，请您说一下案子具体有什么进展？”有记者发问。

“有，可以肯定地说通过几个案子的蛛丝马迹，我们已经确定了正确的侦查方向。”梁海回答的声音很有底气，让人看到了希望。

“那方便透露一下吗？给老百姓一颗安心丸。您也知道的，东印是云汉最繁华的一个区，现在到了晚上没人敢出来，对经济的影响是巨大的。”又有记者发问。

“对不起，这是侦查秘密，在这儿不方便说，请理解。总之犯罪嫌疑人已经露出了马脚，我们正在拔草寻蛇。”梁海心里也急，如果不出这几档子事，他应该调去另一个区的公安局做一把手了。

“记者会有啥用啊，啥都不说。”

“全是官话、套话。”

“行了，一个立过好多功的公安局局长能站着说话就不错了。”

“纠正一下，他是副局长。”

“我听说了，转正是早晚的事。”

下面的记者和观众开始议论纷纷。

“请大家肃静，听说你们现在已经将悬赏金额提高到了十万元？”一个高个子、戴眼镜的记者站起来试图将大家谈论的方向引到悬赏上去，他是梁海在媒体方面的朋友。

“是的。”梁海点了点头，然后整理了一下衣领，环视一周，坚定而缓慢地说道，“借助群众的力量是我们的光荣传统，赏金是对提供犯罪嫌疑人线索的一个奖励，同时举报违法犯罪也是我们公民的责任和义务。”

山生听到“悬赏”“赏金”几个字，放下了半碗面条，双眼紧紧地盯着电视。

“犯罪嫌疑人有可能携带大量现金，别的无可奉告。”

听到梁海这句话，山生像是被电棍捅了一下。

“请问怎样才算有效举报，如果老百姓发现了犯罪嫌疑人报了案，你们没抓住，怎么办？”山生看到电视直播中一位女记者在提问。

“如果确定是嫌犯，十万元一分不会少。”梁海肯定地回答道，“屏幕下方就是我们接受线索举报的电话。”

“这可是发财的一个好机会。”山生放下碗，自言自语道，“找到或发现嫌犯，一个电话就是十万，这得刮几年大白才能挣这么多钱。”

“行了，你就别做白日梦了，那比中彩票还难。”玉莲一边收拾着碗筷一边说，“再说了，就是发现也不能说，多危险啊。”

“孩子现在上小学，将来上大学，安家娶媳妇不需要钱啊，就咱俩去出苦大力，得啥时候挣够。”山生走到厨房拿起水瓢从水缸里舀了半瓢水，咕咚咕咚喝了下去，“我去金鼎矿上溜达一圈，李甫这几天有钱了，听说要赌把大的，谁赢了不得给我分个喜钱啊。”然后掀开门帘走了出去。

这是一个农村四合院，山生家住着五间砖房，院里左边是三间厢房，一间仓房，右边是猪圈，院子中间靠右侧停着一辆小货车。

三头猪在圈里不停地哼哼，饿了也哼哼，饱了也哼哼，在哼哼中等着过年的那一刀。

“爸，你这么晚干啥去？”听着小货车启动的声音，正在做作业的儿子打开窗户问道。

“好好做作业，早点睡觉，我去矿上转一圈就回来。”山生一边说着一边倒车。

“你该不会是真帮着公安去找犯人吧？你赶紧把车给我熄火。”玉莲一边在胸前擦着手一边跑了出来，“我看你真是想钱想疯了，你不要命了。”

“刚看新闻，我还真发现了点线索。”山生这句话混杂在机动车的尾气中，车已经开出了院子。

“民间神探马玉林，是一个连自己名字都不会写的农民，何况我还是初中毕业呢。”开着车的山生自言自语道。其所说的马玉林是六十年代真实存在的传奇人物，是一名牧羊人，其码踪的本事出神入化，只要看一眼羊群踩过的土地，就可以迅速、准确地判断出羊群的种类、数量、重量、毛色特征等，后来成了当地公安的一名编外警员，屡破大案。

回到家后，已经是凌晨一点了。

山生躺在床上，辗转反侧，寻思明天报案时咋说。玉莲跟孩子在西屋，已起鼾声。

“老长征，哈哈哈。”

“抗日战争都胜利了，你打了七年啊，山生。”

每天晚上山生都会从这样的噩梦中醒来，所以每晚都挣扎着不敢入睡，他百度了一下，精神病学上叫“梦魇”。

所以他想转移自己的注意力，成为民间神探也许是方法之一。

“是警察吗？我要提供重要线索。”对方故意压低声音，再把低音放慢加重，像是特务对接暗号。

“你好，我是杜秋，你正常说话就行。”杜秋接起办公桌上的电话，按了录音键，“请问你叫什么名字？家住哪里？哪方面的线索？”

“十万悬赏金这个事，准吗？”对方在“事”和“准”两个字之间做了一个重要的停顿。

“准！”杜秋斩钉截铁，切断了对方的怀疑，“你在哪里？见面谈。”“我叫范前山，东郊镇的一个农民，我发现雷劈山后面金鼎矿业的岩工李甫最近赌博，挥金如土。”山生咳嗽了一声，接着说道，“据说失踪的薛林贵当年在矿井里睡过他的老婆。”

“信息可靠吗？你在哪里？见面说。”杜秋脑海中迅速处理来电信息，李甫是矿工，手电筒这一证据恰恰指向矿工；挥金如土，乔艳艳最近刚刚被勒索了二百万；还有就是其与失踪人之一的薛林贵有过纠葛。根据掌握的信息形成这三条线索图，按图索骥。

“可靠，如果最终就是他干的，我找你们公安局要奖金。面就不见了，一旦不是他，李甫得整死我。”山生说完又撂下一句，“千万替我保密。”才挂了电话。

杜秋才意识到，原来举报对老百姓来说是刀口舔血的营生。

立即将此重要信息反馈给了梁海，正在市局开会的梁海请假返回局里，在案件分析室同杜秋和胡大为一起制定了侦查方案，一个方案两步走，先由杜秋和左秀到矿上确定嫌犯情况，胡大为、信一阁等带领十名特警完成矿山的外部包抄。如果确定李甫是犯罪嫌疑人则即刻实施抓捕。

一块雕刻着繁体“金鼎矿业”四个大红字的巨型花岗岩矗立在选厂的门前，杜秋、左秀身着便衣来到了矿区。矿区中间是一条宽十米的水泥路，右边是生产区，左边是生活区。

“他这儿的生活区就是以前的老矿区。”左秀指着左边的一片连山的区域说道，“这五个横巷矿井组成了一个小社会，我的一个线人以前说过，这里面一号巷是小姐住的；二号巷是专供赌博用的；三号巷有矿工在这儿开了饭店、宾馆；四号巷是诊所药店。”

杜秋知道横巷就是矿上平行探矿、采矿时留下的山洞。此时有几个矿工在晾衣服，其间几个妇女在一个横巷矿井前进进出出。

“那五号巷呢？”

“五号井离这四个比较远，一直关着，不知道做什么用的。”左秀指了指半山腰一片桦树林中间。

“这么明目张胆，公安没来查过吗？”

“矿工没什么消遣的地方，咱们做过统计，把这儿查封了，社会面就会出现大量的治安甚至刑事案件。”

“还有数据统计呢，饮鸩止渴？”杜秋将头转向左秀一边问道。

“薛老九根子不硬，后台不稳，能做这么大吗？”左秀说着话，手不自觉地伸进衣服里摸了摸手枪。

一个戴着安全帽、灰色衣服上套着“安全检查”红袖箍的人拦在了前面，“你们是做什么的？要去哪里？”

“到那边去，想赌两把。”左秀指了指矿上的左边生活区，走上前去掏出五百块钱塞给了矿工，“老哥，行个方便。”

红袖箍大方地把钱装进了裤兜，又从上衣兜里拿出一根烟点上，抽了几口，“你们来对时候了，李三百昨晚输了七十万。”

“李三百？这个名字挺有意思。”杜秋笑着说道。

“李三百其实名叫李甫。”红袖箍吐出一口烟圈，“他爹希望他有文化，姓是李白的李，给他起了‘甫’字，是杜甫的甫，李甫。后来有人嘲笑他大字不识还占个唐诗三百首。”上过小学的红袖箍谈论起没上过学的李甫一脸鄙视，“咔嚓一个霹雷，李三百诞生了。”

“咱们靠边点说。”左秀把红袖箍拉到了路边一棵杨树旁，心里想着：“给你这五百块钱不挖出个两千万的宝藏来，你甭想跑。”随后问道：“一个矿工能输七十万，哪来这么多钱？”

红袖箍跟着左秀和杜秋走到路边，摇了摇头，“不知道他咋来这么多钱，不过看你俩出手这么大方也是个有钱的主儿，一会儿要是赢了，别忘了给我闹俩吃喜儿的钱。”

“那是当然，我们这位老板常去澳门赌，这几天工作太忙走不开，来这儿过把瘾。”左秀指了指杜秋，杜秋点了点头。

走进生活区，四处散落着啤酒瓶子、白酒瓶子、方便面盒子、避孕套，三三两两的男男女女懒散地或晒着太阳，或打着扑克，远处有几只狗在一个垃圾堆里龇牙咧嘴争抢着什么。

“听说你们这儿的薛老板睡过矿工的媳妇？”杜秋一边走着一边低声探问。

红袖箍放慢了脚步，“你说薛老九啊！他睡过的女人多了去了，李甫的媳妇他也睡过，还是在矿井里。”

“那李甫知道吗？”左秀补问。

红袖箍怪异地瞅着左秀，“他知道能咋啊？”一只黄狗跑上来，红袖箍踢了黄狗一脚，黄狗叫了两声跑远了，“我跟你说，他以前天天骑个摩托车驮着他老婆出去卖，他老婆上楼，他就在下面抽烟。有一次他抽了一盒，他媳妇才下来，他气得冲到楼上多要了二百。”左秀和杜秋不知道红袖箍说的是真是假，了解到相关信息后便不再多问。

很顺利地找到了正在宿舍炖菜的李甫，面前的李甫和嫌疑人画像隔着一条黄河的距离。

最多一米六五的身高，不到一百斤的体重，长方脸瘦得像立起来的菜刀，头发稀疏蓬乱，一套高档黑色西服像是要包裹住他所有的不足。西服没有系扣，在他弯腰翻炒锅里面的东西时，西服的衣角和里面粉色衬衣的衣角就都贴在了锅边。

左秀看到了一锅鸡冠子。

“昨晚输大了，今天这是整个鸿运当头。”红袖箍拍了下李甫的背。

“是王队长啊，当时你也在场，昨天我是不够容智，但凡我容智一点，应该在第二场的时候就及时收手。”李甫说着，“哐当”一声将铲子磕在了锅上，“那样我能赢二十万，我实在是太不容智了。”

红袖箍是矿山保安队的队长。

杜秋和左秀面面相觑，任杜秋读书万卷，也不知道李三百所说的“容智”是何意思。

“不但你输了，老山羊不也输了三十多万？你说老山羊从哪来的那么多钱？”红袖箍说完感慨了一句，“这些矿工多少钱，最后也全输给外乡人了，年年如此啊！”

“老山羊的钱来得不太明白，咱也不问，这是规矩。”李甫一边擦着手一边疑问道，“这二位是？”

“这是你的财神爷，都是大老板，要来跟你玩两把。”接着红袖箍又吹嘘了一番，经他一番演绎，杜秋的父母都在美英法德跑保险，左秀在上海拥有五家金店。

捞本的机会来了，李甫立马关掉火，右手从锅里捞出几个鸡冠子，说着“走走走，去洞里”。趿拉着鞋，满嘴流油地走在了最前面。

“老山羊呢？把他也叫上，这不够手啊。”杜秋提议。

“他这几天没出工，随叫随到。”红袖箍说完打了个电话，“这小子挺能装，说不跟陌生人玩。”挂了电话后，面对杜秋说道。

杜秋悄悄地给左秀发了信息：李甫不符合二二四特征，我怀疑老山羊。

左秀回复：李甫和老山羊的钱，都可能来路不明。

杜秋回复：你确定老山羊位置，通知胡队带回局处理。

“看来咱们得亲自去请啊，王队长。”左秀走到红袖箍跟前，“否则我们白跑一趟。”

“找别人行吧？”红袖箍问正往山洞里走的李甫。

“最好是老山羊，来的都是大主顾，别人下不了那么大的注。”山洞里传来了李甫的回声。

直到胡大为收到左秀通知带队冲向老山羊所在位置的时候，杜秋才跟李甫亮明身份，两人都被带回了警队。

有句话叫作：失之东隅，收之桑榆。意思是早晨弄丢了，傍晚得到了。可调查结果是“失之东隅，失之桑榆”，早上失去了，晚上也没得到。

据李甫交代，前不久中了三百万的彩票大奖，因为欠了外面很多钱，所以一直没跟别人说。去领奖金时也像这个城市其他中彩票的人一样，黑衣服，黑口罩，装扮得不像是去领钱倒像是去抢钱。而对于其老婆被薛林贵睡了一事，两人当年的解决办法是薛林贵给他一个月涨了一千块工资。

在杜秋同李甫谈话时，杜秋才弄明白李甫一直说的“容智”，其实是“睿智”。

老山羊招供：在矿上干活期间，工钱到手去一号井；工钱没到手，借钱去一号井；借不到，偷；偷不到，赊。后来看着李甫花天酒地，每天在一、二号井中厮混，由羡慕生嫉妒，由嫉妒生歹念，在听说薛老九失踪后，萌生了敲诈一笔钱财的想法，于是冒充绑匪向乔艳艳勒索了二百万，到案发时，输得只剩十五万了。

当山生听说举报的李甫不是犯罪嫌疑人时，好像是别人从他手里生生地抢走了十万元一样，来回在院子里踱步，他知道这样的机会并不多，但他也要去寻找其他线索，一旦真的帮助公安破了案，悬赏奖金是一方面，弄好了，也能像民间神探马玉林一样被聘请到公安局，做一个编外警察。

第十三章 《漫长的告别》与铁王座

周六，梁海去省里开会回来，胡大为提议给梁局接风，问梁海都想叫上谁、想吃什么，梁海告诉老胡，不用老胡买单，自己拿出一个月的工资请专案小组吃顿好的，犒劳一下大家，肖楠几次说她喜欢吃西餐，尊重女士，那就订个最好的西餐厅。

晚上大家一起聚到了法莱曼西班牙餐厅二楼的一个餐室，杜秋带了红酒，信一阁回家给孩子做饭要晚到一会儿。

这家西班牙餐厅的老板以前一直旅居海外，餐厅规模不大但是食材非常考究，上等的食材是法莱曼品质的保证。法国空运来的生蚝、澳大利亚运来的顶级牛肉、意大利来的芝士、西班牙飞过来的火腿……云汉市矿老板多，消费高，该餐厅也是目前云汉市唯一一家提供顶级澳大利亚和牛肉的牛排餐厅，这种和牛肉可谓是“牛肉中的劳斯莱斯”。

服务小哥儿开始介绍菜品，重点介绍了“劳斯莱斯”。

“听说梁局请客，我就选了这家最好的西班牙餐厅。”肖楠坏笑了一下。

“那就点‘劳斯莱斯’。”服务小哥儿急忙推介，心里面按照人头计算着提成。

“我给你们说好了啊，我抽红塔山一般一天只限一包，这回我是看着兄弟们为了二二四的案子着急，我心疼你们，但我一个月工资就七千块，吃超了我可不管。”梁海连连摆手。

“啥‘劳斯莱斯’啊？多少钱？梁局不够的我补。”胡大为心想一头牛市场价是一万元，我们一共六个人，还能吃了半头牛？于是拍着胸脯大包大揽了。

“告诉他多少钱，小哥儿。”杜秋笑了。

“一千八。”服务小哥儿响亮地报价。

“这不得了嘛，就点它。”胡大为说完，擦了擦额头上的汗珠。

“一份儿。”小哥儿说话大喘气。

胡大为站了起来，“奶奶的，这是黑店吧！”

大家都瞅着胡大为，看他如何处理这种魑魅魍魉都处理不了的尴尬场面。

“算了，就拣你们这儿便宜实惠的上吧，我们是工薪阶层。”梁局说完朝胡大为摆了摆手，示意他坐下。

“那建议贵宾点战斧牛排吧，来自澳大利亚，二百七十天的谷饲安格斯牛肉，每份二百七十元。”

“你们听见了吗？一天一块钱，二百七十天，就二百七十块一份儿。”胡大为说着竖起食指比画了一下。

“你这样，七千元钱，酒水我们自带了，我们点了战斧牛排，剩下的你们看着安排。”杜秋知道再点下去，老胡这饭就没法吃了。

从上菜开始，餐厅特别提供了六种全球精选海盐：普通海盐、北欧迷迭香、火山灰、烟熏、野生菌菇以及大蒜风味的海盐。最重要的是，盛盐的小勺子，还是使用贝壳一个一个雕刻而成的。

胡大为挨个倒点放小盘里，狠狠地瞅着肖楠说：“花这么多，都尝点。”

“小心您的血压，另外这些盐不在咱们点的范围内，都不能带走。”肖楠心想自己是不是太实在了，定在这里吃饭，结果把胡大为架到火上烤，老胡是不论谁花钱都心疼的主儿。

“俗话说，好马配好鞍，好牛还得配好刀。”服务小哥儿端着刀盘走了进来。

杜秋仔细地看了一遍，心说自己在上海的一家西班牙餐厅吃过一次顾客能选刀的西餐，和这个刀阵类似，顾客都可以免费选择一把刀使用，刀阵中每一把的价值都在一万以上，左起往右分别是：美国的 Lamson Sharp、法国的 Laguiole、日本的旬 Shun、日本的 Global 和英国的 Antler。

先让大家选吧，但是如果让自己选，一定要那把最锋利的日本的旬 Shun，看那大马士革钢层层叠叠的延绵云纹就非常喜欢。而且对付这战斧的话，旬的锯齿能分分钟把厚牛排切成小块！同时，杜秋心里给肖楠推荐了那把法国的 Laguiole，刀柄是琥珀做的，还刻有标志性的小蜜蜂！给梁海推荐了英国的 Antler，那把刀看起来很有质感，而且刀柄用的是鹿角。

“小伙子你是不是姓杨？”胡大为举起餐盘中的叉子和刀问道，心想这咋还卖上刀了呢。

服务生摇了摇头，“我姓宋。”

“都一样，都是从梁山上下来的。”胡大为想到了电视剧《水浒传》里的杨志卖刀。“我们要免费的刀，你们哪来这么多骗钱的花活儿。”

“这就是免费的。”服务小哥儿低语了一声，心里其实一直在“问候”着老胡的母亲。

“哦，免费的啊，那就按顺序一人拿一把。”杜秋忙替胡大为解嘲，又担心在选刀环节，胡大为非要一把青龙偃月刀，所以做此提议。

“这段时间大家都很辛苦，二二四得抓，但我们也不是机器人，也得生活，所以今晚大家都少喝一点。”梁海让服务生给大家倒上红酒。

“我整不了这玩意儿，服务生帮我拿瓶牛二吧，五十二度的。”胡大为看着眼前的刀刀叉叉，眉头蹙成了一个疙瘩，“再帮我拿双筷子，有榨菜给我整两袋。”

“我说老胡啊，你也得跟上时代步伐，现在生活条件好了，啥也得尝试一下。”梁海劝道。

“你喝咖啡，我吃大蒜。”老胡说起话来眉毛一挑一挑地在动，像是跳动着两个字“挑衅”。

“胡队，你就是一个 ETC。”杜秋微笑着说道，大家茫然，“就知道抬杠。”

众人大笑。

梁海点燃一支烟后问肖楠：“不介意吧？”肖楠微笑着摇摇头。

“各位先生、女士，请问牛排要几分熟？”服务生弯下腰小声问道。

“全熟！”胡大为喊道，胡大为还是习惯于和兄弟们在门口的菜馆弄上一盘爆炒羊杂、一盘老虎菜，条件允许的情况下再加半斤牛肉，整上一壶白酒，看着来来往往的食客，猜测他们的人生。

“老胡有情绪，这样啊，吃完后我陪你再去撸串。”杜秋说道。梁海则吐出一口烟接过了杜秋的话，“老胡，我就喜欢看你现在这损样儿，哈哈哈哈。”然后瞅着服务生，“给我来八分熟。”

杜秋心想，胡大为是不懂就说不懂，梁海是半懂不懂，牛排有全生、近生、一、三、五、七分熟，哪来的八分熟？“我要五分熟。”杜秋笑着对服务生说道。

“我来九分吧。”左秀说道。

“我和他的一样。”肖楠指了指杜秋。

地中海煎鳕鱼、法式焗扇贝、法式煎鹅肝、奶油芝士三文鱼、被称作“沙拉之王”的恺撒沙拉、战斧牛排、俄罗斯红汤、烤面包等陆续端了上来。

随着牛排一起上来的还有三款芥末酱：法式芥末酱、松露芥末酱和蜂蜜芥末酱。

“老胡，这个还是别尝了啊，这是芥末。”

胡大为对梁海的善意提醒报以白眼。

服务生给大家倒上了红酒，胡大为也拧开了服务生刚从外面商店给他买回来的牛二，服务员要拿杯子时被制止了，老胡喝这玩意儿一向是对嘴吹。

杜秋先啜了一口柠檬水，静静地看着大家，如果想深入了解一个人的性格、风格，就先和他（她）吃一顿西餐。

各自餐盘里放着三把刀，一把带锯齿的，一把中等大小的，一把小巧的。

正确的使用方法是，带锯齿的是用来切牛排的，中等大小的刀是用来切大片蔬菜的，小巧的刀刀尖是圆头的，顶部有些上翘，是用来切开小面包，然后用它挑些果酱、奶油涂在面包上。

梁海无论切什么都用那把中等大小的刀，作为公安局副局长的他利落果断，不拖泥带水，不选择锯齿的因为不够锋利，不选择小巧玲珑的因为不够豪气。

信一阁一直都用那把锯齿的，这种刀最安全，凡是选这种刀的人行事都非常谨慎、稳重。

肖楠则一直瞅着杜秋，也跟着啜着柠檬水，这种人比较聪慧，因为她知道杜秋抽雪茄，品威士忌，一身的英伦风，还煮各种咖啡，所以西餐礼仪这一块一定是内行，所以杜秋不动，她也不动。

老胡那不叫吃，那叫开造，完全把西式牛排吃出了啃猪蹄、吃手把肉的感觉，还伴着呼噜噜喝汤的声音。这种人完全活出自我，凡事容易意气用事。

“杜秋你俩喝那玩意儿有意思吗？换红的，咱们走一杯，感谢你们对我的支持，”梁海嘴里嚼着肉，举起酒杯，“第一杯咱们配合下老胡的情绪，陪着他按照白酒的规矩喝一个整杯的。”说完一仰脖干了，把杯子底扣过来倒倒，示意自己真的全干了才放到桌子上。

老胡一下来了兴致，一大口白酒下去，脸上瞬间挂上了彩虹。

杜秋举杯，“左兄，肖楠，按照梁局的指示办。”也干了，心想这样喝红酒不如学老胡整个牛二了。

“我慢点，我慢点。”肖楠单手优雅地握着杯子。

“一切行动听指挥。”话音刚落，左秀的一杯也倒到了肚子里，你能听见那酒水在他嗓子里翻滚着冒了几个泡才进到食道里。

梁海继续道：“大家开怀畅饮，今天就是喝酒，不谈二二四。”说着又举杯干了。

不提二二四还好，一提二二四，都默默地跟着梁海的节奏把杯中的酒干了，包括肖楠。

“梁局，二二四是人，是人就会留下破绽，我们有信心拿下他。”杜秋接过服务生的分酒器给梁海倒了半杯。

“刚说完不说二二四吧，要不说咱们这个职业没办法，吃饭喝酒上厕所二十四小时都想着案子，”梁海举起酒杯和大家碰了一下接着说道，“杜秋说的这个道理我赞同，为啥赞同呢？那十二生肖牛逼吧，还各有所缺呢，何况人乎？”又干尽了半杯。

“十二生肖各有所缺是怎么回事？”挨着杜秋的肖楠低声问道。

“是明朝张岱所著《夜航船》上面记载的。”杜秋回答道。

“读书人才能做到人间清醒啊，都倒上，干了这一杯，让杜秋给大家讲讲。”梁海竖了大拇指，他欣赏杜秋好多方面，其中一点就是特别像年轻时的自己，再忙也要读书。

“好好，我在梁局面前可是伯乐前相马，俞伯牙前说琴，不过我倒可以效劳，代梁局说一下这十二生肖各有所缺，”杜秋啜了一口红酒一口气说了下去，“说的是鼠无胆，牛无牙，虎无颈，兔无唇，龙无耳，蛇无足，马无趾，羊无眼，猴无腮，鸡无肾，狗无味，猪无寿。”

一阵掌声，但除了梁海外都没太听懂，梁海举杯号召大家又喝了一杯，“小肖属什么的？”

“属鼠的。”肖楠美丽的脸颊在红酒的烘托下终于有了女孩应该有的娇媚。

“胆小如鼠，说的就是鼠无胆。”梁海点燃了刚刚熄灭的半支烟。

“那牛无牙、虎无颈咋解释呢？”肖楠感觉很有意思。

“牛没有上牙，都让肉包着呢，所以它反刍。这虎没脖子，老虎不吃回头食，老虎要吃食物得整个身子转过来，我记得杜秋是属虎，小信属牛吧？”

“是的，梁局，我属虎。”

杜秋的话音刚落，信一阁点了点头。

“但话说回来了，对案子咱们不能学老虎，得经常回头看。”梁海抽了一口烟，兴致上来了，“我属蛇的，蛇无脚啊。老胡属猪，猪无寿，谁家养猪养十年啊，都是一年或两年就杀了吃肉了，所以猪无寿，但不代表老胡无寿，因为这是说猪的。”

大家哄笑起来，又纷纷举起了杯。

“左兄，你还没说你属啥的呢？”杜秋问道。

“我属羊。”左秀放下杯子说道。

“哈哈哈羊无眼，你个死羊眼枪法竟然那么准，哪天咱俩再去靶场打上几轮。”梁海大笑，举起杯和左秀碰了一下，“你们都是我的好兄弟，人和属相一样都各有缺点，所以要学会包涵。”二人一起干了一杯。

酒过三巡，虽然因为二二四还没抓到，大家不能尽兴，但酒这东西却是越有心事越容易醉。

梁海豪气干云，一句“实干兴邦”，又让服务生开了一瓶，胡大为不甘落后把白酒倒在碗中，冲大家嘿嘿一笑，“你以为我能喝一壶，其实我能喝一湖。”一饮而尽。

信一阁连干三杯，擦擦嘴面向杜秋说了一句：“你问我酒量怎么样，我指着大海的方向。”

轮到杜秋了，杜秋抿了一口，“横饮长江尽，竖饮黄河干。”

杜秋一句话，整个行酒令中的江河湖海全有了，大家拍手叫好。

又喝了一会儿，杜秋给肖楠加了伊比利亚火腿配曼彻格芝士和法式布蕾，法式布蕾最适合女士，嫩滑得含在口中就可以把它融化掉，焦糖甜美却不腻人，味道令人着迷。

带来的十二支红酒都喝光了，梁海让服务小哥儿算了一下账，六千八百元，“花开半妍，酒喝微醺，我们明天还得加班，咱们今天就到这里，为了戒酒，干了这杯，撤！”梁海看了看手表。

大家跟着梁海表了决心。

离场前，杜秋又看了一眼桌面，心里暗道：局长就是局长。

梁海的菜盘规规矩矩，刀叉平行摆放在垫盘上，刀口向外，叉尖向上，表示他不再用餐了。

杜秋自认很注意细节，但刚刚酒兴起来后全都不在意了，看看自己的刀叉还呈八字形，刀口朝内，叉尖向下放着，表示他要继续用餐，可是人已经散了。杜秋心里暗暗佩服，梁局长真是高手。

第二天上午大家加班，杜秋拿着两件礼物去了梁海的办公室。

“谢谢您，梁局，昨晚让您破费了。”杜秋说着将一个紫色盒子放在办公桌上，盒子上面放着一本书顺势推给了梁海，书名是凹进去的金色字体《漫长的告别》，作者的名字是〔美〕雷蒙德·钱德勒，暗黄色腰封上印着三行醒目的黑字。

> 雷蒙德·钱德勒，“硬汉派”一代宗师，“犯罪小说的桂冠诗人”；
>
> 村上春树阅读十四次并极为推崇的作品；
>
> 美国推理作家协会票选150年侦探小说创作史上优秀作家第一名。

“昨天您请客，我回送您个礼物，来而不往非礼也。”

“去把门关上。”梁海示意杜秋。

“在这儿叫哥，你梁哥，你是我小兄弟。”梁海坐在椅子上面对关上门走回来的杜秋说道。

“这本书是你藏书阁里最好的一本吗？”梁海拿起书，随意翻阅着。

“我收藏的书每一本都是最好的。”杜秋在梁海办公桌前面对他坐下来，“这本书的故事很精彩，您可以读一下，缓解下工作压力。”

“猜猜这个是什么？”杜秋已经坐下来了，指了指盒子。

“护肝片？”梁海侧着头看着盒子疑问道。

“护肝片，哈哈哈，我给你护肝片干吗呀？”

“昨晚我喝酒了啊，现在不是流行送这玩意儿吗？领导喝酒送护肝片，让领导保护好他的‘小心肝儿’。”

“错了，再猜。”

“钱？金条？你这可是让我犯错误呢！”

“你就逗吧，好好猜，比较适合你的心意。”

“男人三大心仪之物：手枪、伟哥、权力。”

“马上要猜对了。”

“你小子该不会真给我整了一盒子伟哥吧？”

“不和你开玩笑了，我给你打开看看。”杜秋说着打开了纸盒，小心翼翼地拿了出来。

“你等等，我想想这是什么玩意儿，我在哪儿见过。”

杜秋把东西端端正正地放在了梁海面前，微笑着等着他回忆。

“《凛冬将至》？不是……是《北国僵尸》？不对，想起来了。”梁海激动地拍着脑袋，“是《权力游戏了人间》那部美剧里的铁王座。”

“《权力游戏了人间》？小说原名叫《冰与火之歌》，改编后电视剧的名字叫《权力的游戏》。”杜秋大笑了起来。

在梁海面前呈现的是《冰与火之歌》中的铁王座的等比例模型，精湛的工艺，使造型中的每一把剑都更加立体逼真，层次分明，尽显王者气势。

“铁王座由七大王国首位征服者伊耿·坦格利安所造，是熔掉了上千把敌人投降时丢弃的利剑，花了四十九天时间打造完成的，高高的台阶也由利刃打造而成，这是权力的象征。”杜秋说道。

“我猜对了吧，手枪、伟哥和权力。”梁海说着双手端起来欣赏着这个由剑打造的座椅模型，“铁王座，听这名字我就喜欢，铁王座，看来我这个代理局长‘代理’两字能很快去掉。”说完豪爽地笑了起来。

“你可别摆在这儿，让人看见你得上头条，副局长办公室摆个铁王座。”杜秋笑着站起来双手扶着椅背说道。

“那肯定是啊，我拿回家去摆着，我特别喜欢，谢谢你啊，小兄弟。”说话时，梁海的眼睛并没离开过这个黑乎乎的物件，茫然地抽着烟。

第十四章　死亡拼图

走过岁月漫漫，谁也未能破案，云汉人民谁也没有拥抱平平安安。直到几个月后……

他跟踪了她几天，把握住了她的规律，她叫王敏，六十二岁，退休后返聘在云汉市丰收区区政府管档案工作，周一到周五会按时上下班，周六晚上会到敬老院探望母亲。

他跟踪她到了她家单元门口几次，一个很繁华的小区，四处全是监控，她从单位回家的路是一条主路，没有任何机会下手。

敬老院的位置比较偏僻，这些天，市政正在修管网，挖出来的土方在距离敬老院东门五十米处堆了一个大土堆，完全遮蔽了监控。管网修完了，土堆一直没回填，踩点那天，他跟路人假装抱怨土堆挡着路，太难走了。路人说市政在忙其他水网的改造，这个坑估计得半个月之后才能填上，坑周围立了几块牌子，上面歪歪斜斜地写着几个大红字“前方是坑，车辆绕行”。

这个敬老院是私人开办的，老板骗了一笔国家项目资金跑了，只剩下合伙人苦苦支撑，一共有二十一位老人。

幼儿园前排长队，敬老院门前无一人。何况是晚上的敬老院，本来人迹罕至，再加上前几天刚死了两位老人，所以晚上更没有人过来了。

王敏丈夫这些年身体不好，孩子正在读大学，全家只有她一个人挣工资，就把年迈的母亲安顿到一个比较便宜的敬老院。周六又在一个补课班打了份零工，下了班回去给爱人做完饭大概晚上六点多了，她骑上电动车去了敬老院。

她母亲和其他两个老太太一起住，可一周之内那两个老太太相继病逝，只有母亲一个人孤零零地躺在床上。王敏给母亲洗了脚，做了按摩，又把从家里带过来的煮鸡蛋、酸奶、红糖放到橱子里。

“妈，我接你回去住段时间吧。”王敏给老人按着脚说道。

“你那么忙，家里还有个起不来床的，我可别回去给你添乱了。”老妈说着话，眼里噙着泪，“敏儿啊，你说你这命也够苦的。”

“嗐，您老可别老替我考虑那么多了，啥人啥命，都是注定的。”王敏继续按着脚，“那两个老太太没了，我这头皮发麻，上次我来的时候王老太太还给我剥橘子呢。”

“我这几天也睡不好，昨天晚上还听见王老太太趴在我耳边说，床下的盆子是她的，让我给她保管好，也不知道是梦还是自己胡思乱想的。”老人说完恐怖地瞅了瞅房顶，“人身子不能弱，身子弱了乱七八糟的东西容易上身。”

“哎呀，妈你可别说了，我这一会儿都不敢回去了。”

“她儿子昨天来拿东西，说王老太太到了殡仪馆把眼睛睁开了，又咽了一回气。”

“你可别瞎想了，妈。这时间不早了，我得回去了。”王敏说着看了看手表，显示晚上八点一刻了。

“我告诉你啊，等我到了那天的时候，你们可得确定我死没死再埋，停尸一定要满三天，真有活过来的。”

说得王敏浑身发抖。

“来，拿上这个。”老人拿了块红布给王敏塞到上衣兜里，“你出去后，骑上车了一直到家，千万别回头，人的每个肩膀上都扛着三盏灯呢，不过活人看不见，死人看得见，你要一回头灯就灭了，就容易鬼附身。”

“知道了，老妈，你早点休息啊，都八点半了，下周六我再来看你。”刚才与母亲的聊天内容让王敏紧张得后背全是冷汗，逃跑似的离开了敬老院。

出了院门口，右拐是个大土堆，政府修管网弄得路上全是土块，这条路又没有路灯，王敏打算过了土堆再骑上电动车，路上空荡荡的，既没有车，也没有行人，刚才老太太说得她心里阵阵发毛，各种恐怖片的图影全都涌现出来，伸着舌头满嘴是血的僵尸，留着长发披在眼前的女鬼，她握着车把的两只手的手心全沁出了汗，谨记母亲教诲，不能回头。

他躲在土堆后，穿着雨衣，戴着滑雪帽，手上戴着黑色手套，左手紧紧握住扳手。

敬老院的监控探头距离只到土堆这里。

看到推着电动车的王敏出现了，他紧紧地跟随在身后，到了管网维修处裸露的沟边，他会毫不犹豫地朝着枕骨猛击一下，他在后面计算着王敏的身高和她与沟的距离及电动车后座的影响因素，保证一击必中。

王敏感觉身后有脚步声，可是刚出来时没发现有人，越发紧张起来，身上的冷汗一下子浸透了全身。不能回头，不能回头！走到沟边的时候，仿佛看到无数僵尸将骷髅头趴在沟沿上，呼喊着她的名字，她屏住呼吸加快了速度。

猛听见后面有脚步声跑了过来，接着就是耳后的风声。

机会来了，他紧跑几步，到了王敏车子后座的位置身子轻轻一跃，左手的扳手正中王敏后脑，只听见王敏闷哼一声，连同车子一起栽进了沟里。

完美，接下来的程序是过去开车，将她捆绑起来放到自己的车上，然后去处置。

车，停在对面的树林里，他迅速穿过中间的小路向着车的方向跑去。

这时候忽然听见远处传来装载机的轰鸣声，疲惫的司机接到政府命令，在别处干完活后，过来这里加班把土回填。

他在树林里，看着开过来的装载机，嘴里默念着："不要停下来，不要停下来。"

但装载机还是停在了土堆旁，司机的经验很丰富，很快铲起了一铲土，在铲土的过程中滑下来的土将昏过去的王敏盖住了，只剩下电动车的半个车身露在外面。

他咬牙跺脚，默念着："她不能这么死，不能这么死。"

推土机铲满一斗土后，往后倒了倒车，路上漆黑一片，只有推土机车头的两束光直射到前方，即使站到沟边，如果不低头仔细往沟里瞅，也根本不会发现什么，司机掉转车头，停顿了一下，一斗土哗啦倒了上去。

"操你妈！"他捶胸顿足。

接着，一斗又一斗的土倒了下去，直到将沟填平，司机开着推土机带着胜利完工的喜悦回去了。

云汉市公安局在最近的一次"二二四系列失踪案"案情综合分析会上，

对现场勘查、调查访问、初步摸排所获线索情况做了汇总，并且对案件性质、作案时间、地点、动机、工具、过程、嫌疑人个人特点作初步研判，进而有针对性地确定侦查范围、划定侦查方向、制订侦查计划。另外，会上决定，凡是云汉市的失踪案件，无论哪个区哪个县，都直接报到东印区公安分局专案组，这是更好地集中线索唯一的办法了。

市委书记罗正良参加了该次会议，会上，罗书记对东印区公安分局张局长和云汉市公安局贾局长作出了严肃批评，“两起失踪案，一起命案，你们这么长的时间一个都突破不了，你们怎么面对云汉人民？”罗书记啜了口茶，“张局长，你表个态，二二四系列案多久能抓到人。”

张局长心想，梁海加上借调来的杜秋还有胡大为、左秀、肖楠，现在几乎全局的刑侦精英都在侦办这个案子，到目前为止连犯罪嫌疑人的目标规律都没查到。犹豫了大概一分钟，低着头说道：“罗书记，鉴于案子的特点，我确定不了要多久才能破案，但我们保证尽快、尽快。”

“梁海，你是东印区公安分局的副局长吧，也在直接领导这个案子的专案组，对吧？”罗书记将头转向了梁海。

“是的，罗书记。”梁海说话时尽量把腰板挺得笔直。

“那你说，多久能破案？”

“四个月，罗书记。”梁海大声说道。

“那好，我给你六个月，你现在是东印区公安分局的代理局长了。”

就这样，梁海因为一句话，从公安局的二把手一步成了局长，虽说是代理，但只要顺利地侦破了二二四系列案，这“代理”两字很快就会去掉。

凌晨四点多，杜秋接到胡大为电话，“杜秋，马上下楼，我在楼下等你了。”

“找到二二四了？”杜秋霍地一下坐了起来，这段时间做梦都是抓到二二四。

“上车再说。”

杜秋拎上“百宝箱”下了楼，看到左秀、肖楠已经在车上了。

“什么情况？”关上车门后，杜秋急切地问。

“半小时前有人报案至丰收区公安分局，丰收区有个叫王敏的人失踪了。”

左秀说道。

“在哪儿失踪的？有没有具体地址。”

“她丈夫说她晚上七点多去了上坎街的那个私人养老院看望她母亲，之后就再也没有回来。”胡大为说道，“我们现在去上坎街。”

“对，先去养老院。”

凌晨时分路上没车，左秀打开警报，以一百五十公里每小时的速度，十五分钟后到了养老院，立即询问了老太太，得知王敏当晚离开的时间是八点半。

四个人出了敬老院，慢慢按照王敏回程的路线开着车。

“太像了，太像了，左兄你慢点开。”杜秋瞅着窗外自言自语。

“你是说太符合二二四的作案特征了吧？”肖楠猜测。

“对，防空洞、雷劈山雨夜的道观，和这没有路灯、人迹罕至的上坎街多像啊。”杜秋回来时坐到了左秀的后边，这是王敏回程的路线。“停车，停车，左兄拿上手电筒。”没等车停稳，杜秋已经冲了下去，“这里刚刚被填过。”

四个人举着手电筒看了一圈，上坎街左侧的路面上还散落着些土块、石子，被填满的地方明显有一个低洼。

胡大为的手电筒光束里出现了一枚紫色发卡，左秀忙走上前去先用手机拍照，然后固定位置，再拍照，放到证物袋里。

同时，肖楠和王敏的丈夫连线，王敏的丈夫确认这枚发卡是媳妇儿出门时候佩戴的。

“赶紧问一下这里最近是否有过施工。”

胡大为听了杜秋的话，马上拨打电话，拨打了七八分钟后才有了确切信息。

“杜秋，市政的朋友说这里修过管网，有个坑一直空着，一些市民一直打环境举报电话，他们昨天晚上加班填上了。”

“几个人填的？几辆车？见没见到人？”杜秋急着问道，他有种预感，王敏在自己的脚下。

“我问了，他说他问一下马上回信。”胡大为说道，“回信儿了，回信儿了。”又“喂喂喂”接起了电话。

得到的回复是：“马二子昨晚在别处干活了，接到通知后开着一辆 50 的装载机过来的，当时没发现有人。”

“局里回话，王敏的朋友、亲戚、同事，都说没见过她，而且她也不在单位。”肖楠汇报了局里的查找情况。

胡大为拨通了马二子的电话，递给了杜秋。

“马二子，我是东印区公安分局的杜秋，有些事你要如实回答。”

“听清了，您说吧，杜警官。”

“你昨晚驾车喝酒了吗？”

那边犹豫中——

“喝酒了吗？你如实回答，否则我们立即做酒精检测。”

“太累了，政府老让加班，就喝了三瓶啤酒。”

“好，你来到上坎街是啥时候？看见人了吗？”

“没有啥人啊，九点左右到的，发生啥事了？”

“你到了这里，有没有撞到人，在填埋之前，下车观察过周围吗？”

“没有啊，我忙着回家睡觉，去了就把土回填上了。再说了，那么晚那么偏僻的地方哪来的人啊！”

“好的，你在家等着，稍后会有公安局的人找你做笔录。”

杜秋挂了电话，“我这就给急救中心打电话，肖楠，联系消防部门，说明情况，让他们马上派人把这个坑挖开。”

“老胡，给局里打电话，安排人先把马二子控制起来。”

肖楠明白法官出身的杜秋这句话所隐藏的执法者哲学。

天逐渐亮了，消防部门十几个人和一台挖掘机在紧张地作业，左秀负责指挥。

杜秋让每个在现场的人都把鞋套上橡皮筋，然后沿着敬老院到土堆这一段路开始条状搜查，来回走了几次没有什么特别发现，然后又以原土堆处为中心开始螺旋式搜查模式，当走到上坎街右侧时看见了对面的树林，在树林外侧发现了两处被踩倒的草，已形成草甸。

“肖楠，把箱子给我拿过来。”

“发现什么了？”肖楠拎着箱子走过来问道。

“把尺子递给我。”杜秋接过尺子量了两个草甸的深度和宽度，“二二四来过。”

“什么？还真的是他。”肖楠惊诧，真的又是二二四。

“一定是他，四十四码的鞋，因为草太软了，估算不出体重多少，但一定是他。”

肖楠趴在地上仔细地看了一会儿草甸的方向，“他为什么在这儿徘徊？”

“他是在等什么？”杜秋自言自语道，“这里又出现了车辙，他把车停在了这里。”杜秋伸开双手大致量了一下脚印和车辙之间的距离。

“难道是他绑走了王敏？”杜秋说道，“这也符合他的作案特征。”

“肖楠，胡队，你俩把这个位置车胎留下的痕迹提取出来。”杜秋指着地面。

奇怪，看这脚印的大小像是二二四，但作案方式又不像，二二四每次都把现场处理得很干净，怎么会留下这么明显的脚印和车辙。

电话响了，杜秋接起了电话，是梁局长的。

“杜秋，又有失踪案子？”梁海问得很急促。

“是的，梁局长，在丰收区，估计基本情况你也了解了，我们现在和消防部门的兄弟们同步工作中。请指示！”

“跟二二四有关系吗？”

“刚提取了一个脚印和二二四的符合，但还不能肯定。”

“有了情况及时向我汇报。”

“是！”

刚挂了电话，就听见了左秀的喊声：“蝉，你们赶紧上来看一下。”

三个人放下手里的工具就跑了过去。

装载机和人员都停了下来。

“里面有一个人。”杜秋指了指刚刚挖开的坑。

当消防人员挖到快两米深的时候，露出了一个人的屁股和一条腿还有一个电动车的把手。急救中心的人员摇了摇头，按照程序穿好防护服下到坑里，确认人已经死亡。

“马上控制现场！”杜秋命令道。

因为天快亮了，到现场的人越多，对分析现场的干扰就越大，及时封锁犯罪现场能够最大程度保护一切物证。

肖楠和胡大为迅速从车的后备厢拿出黄色封锁胶带，将现场用警戒线围起了一个区域。杜秋协助划出警方用来通信联络的安全区，不能拿着对讲机或电话走到哪儿打到哪儿，必须到划定的安全区里，然后在下方设置了各种车辆包括救护车的进出通道，最后用白色胶带确定了刑事侦查人员、刑事技术人员及消防人员、救护人员的进出通道。

四人穿上了防护衣，戴上口罩、手套，这在刑事现场是必需的，避免互相污染。依照杜秋的指挥，肖楠对所有进出现场人员进行登记，包括进来的人、走出去的人、什么时候到达、什么时候离开都做了记录。

胡大为和左秀跳到坑里，清理了余土，左秀按照程序拍摄完后，二人一起将尸体翻了过来。尸体高度在一米六左右，女性，六十岁上下，微胖，脸部黑紫色，有几处破皮的地方粘着黏土，眼皮和下颌处已经出现尸僵，全身肿胀，上身穿紫色外衣，下身穿黑色裤子，黄色电动车，车筐里有一个黑色手包。

左秀又拍摄了一张远距离的照片，然后对脸部、伤口进行近距离特写拍照。

经确认，她就是王敏。

杜秋检查了尸体的嘴里和呼吸道，又清理了尸体的头部，果然在脑后枕骨处提取到了一枚擦伤，并在颅骨中间发现了一处骨折，按照常理推测，王敏在向后跌倒的时候头会不由自主地倾向一侧，这是人体基本的动作，因此如果是向后跌倒在坑里，就不会使颅骨中线部分出现骨折的状况；如果是扑倒在地，则又不可能伤到后脑勺，所以王敏是后脑受到了袭击跌进了坑里。看擦伤的形状确定是扳手所致。除此之外，在尸体上再没有找到其他线索。

“从尸僵看，死亡时间三个小时以上。”杜秋站起来换了一副手套说道，“从作案手法上看是二二四，可惜现场昨天被马二子填土时破坏掉了。”

“马二子不会有问题吧？”胡大为问道。

“他可能构成过失致人死亡罪，我猜测二二四跟踪王敏到了土堆这里之后，敲了王敏枕骨一下，王敏张大嘴还没喊出来就趴在了坑里，然后二二四把电动车也扔了下去，跑到对面的树林里等。”杜秋指了指街右侧的树林，“通过他在树林里徘徊的脚印可以推测他应该是在等深夜，等到绝对不会有人经过的时候，再把王敏扛出来，所以他备了车，但是意外发生了，马二子开着装载机过来把土填上了。这里没有路灯，晚上九点左右，马二子又喝了酒，回填之前并未下车查看。”

“我同意你的分析，谁都不会想到坑里躺着人。”肖楠说了自己的意见。

“我去调下敬老院的监控吧，也许会有发现。”左秀提议。

“尸体拉回去做尸检。左兄你安排人手去寻访一下王敏的生活、工作情况，越详细越好。胡队你和肖楠留下来跟我一起拔草寻蛇。”杜秋说完，向树林走去。

调查就像是做拼图游戏，一张图应当由一百块小的拼图板组成，而你手里只有几块，也许十块或者三十块，但需要这十块或三十块拼图板都来自这个图的恰当部位，才能解决这个难题。

杜秋手里的这些拼图板都来自图的角落或边缘，所以就没有方向，他必须努力去寻找，新的锤子痕迹或者车胎的痕迹都有可能就是那几块起决定作用的拼图板。

第十五章　无证之罪

树林里留下了鞋印和轮胎印。肖楠接过左秀的三脚架和相机，对五个鞋印分别进行了远景、中景及近景拍摄，然后加上比例尺拍摄了特写照片。

杜秋用明胶提取膜提取着鞋印，“这几个鞋印和防空洞雪地上的那个鞋印都存在变形。”

“是不是地面的原因？”胡大为问。

“遗留在潮湿土壤表面的鞋印，鞋子踏入水分过于饱和的土壤，离开地面时，鞋印会稍微发生聚拢，就是实际鞋子的尺寸要比这大。”提取完鞋印后，杜秋站起来说道。

“雪地上的鞋印当时的结论是四十四号，这个呢？”肖楠问道。

“这个也是四十四号。”

“这个现场的鞋印比防空洞那个还要清晰，看花纹是运动鞋，清楚地体现了他足弓、足前和足跟的受力，足弓前侧的受力较重。”杜秋指着草地上的鞋印说道。

轮胎是所有证据中非常复杂的一种，必须了解轮胎的组装、磨损、类型，光一个类型就有载客客车、轻型卡车、重型卡车，而每一种车的类别中又有若干型号，有的是原车配备的，有的是后来更换的，还有的是某种类型的汽车所特有的。另外轮胎气压大小、承载多少都会有重要影响。

不可否认，汽车是痕迹证据最好的来源，杜秋曾审理过一起假借车祸的故意杀人案，在该案中犯罪嫌疑人坚称他当时是坐在副驾驶的位置上，但是在事故中，撞击所产生的摩擦造成安全带上的塑料部件温度迅速升高，使人衣物上的纤维嵌入到安全带的塑料部件中。杜秋在安全带上发现了蓝色的纤维，而事故发生时犯罪嫌疑人恰是穿了一件蓝色的衣服，后经纤维检验判定在事故发生时就是犯罪嫌疑人在开车。

“轮胎与路面接触并承受车辆的重量，因而轮胎的痕迹能够反映车辆的运动轨迹，轮胎的宽度与负载有关，相同的轮胎在负载加大时变形也加大，轮胎痕迹也比负载小的时候宽。”杜秋的自言自语是在厘清自己的思路，实际上他不需要任何回答。“把紫外线手电筒递给我。”

胡大为打开箱子，从三把手电筒中选了一把标注着“紫外线”的递给了杜秋。

杜秋拿着手电筒弓着腰仔细地跟着轮胎印一直向林子外面走去，那是车子的运动轨迹，在快到公路边上的时候停了下来。

在树林和公路的接合处但还没有出树林的地方，有一米长的一排清晰的轮胎印。树林里比较潮湿，其他地方都长满了草，只能隐约看到轮胎碾过的痕迹，唯独这一米是一块光秃秃的空地，车轮便留下了明显的凸起花纹。

“把计算器给我。肖楠你用尺子量一下轮距，垂直于轮胎痕迹，从痕迹的中点测量，测最短、中等、最长三个数据给我。”肖楠和老胡测量完后汇报了数据，杜秋计算出了轮距。

“你看这个左边的轮胎有个很大的裂口，按照这个痕迹找出他重复出现的位置。”杜秋蹲在两个车轮印记中间的位置上仔细观察。

“在这里。”肖楠站在车轮痕迹的外面指着公路边上，也就是一米关键长度的末尾处。

“测量这一段距离，把车轮的周长给我。”杜秋站起来拿起计算器，用车轮的周长除以圆周率就是车轮的外径。

“这个轮胎痕迹纵横混合花纹。”胡大为提示。

“对，看宽度截面估计这辆车没有装载货物。肖楠量一下轮胎宽度。”

有了前后轮胎的宽度、周长、轮距、外径及花纹特征，杜秋得出了结论。

一辆五菱之光单排小货车，左后轮胎有缺口，花纹的细沟部分间隔不均匀，可以确定左后轮胎是一只更生胎，更生胎就是把破损轮胎的磨损部分重新加上一层橡胶，制作上新的花纹，重新加以利用的轮胎。

“肖楠，马上给交管部门打电话，查一下上坎街和福星路东西交会处路口，昨天下午五点到夜间十点的监控。”杜秋说，“把所有五菱之光单排小货车经过的录像都拿到局里。”

“胡队，车在树林里开出来，在这里右拐了一下，这是朝向东印区的方向，咱俩沿公路找一下，看它往哪个方向开去了，车轮上有从树林里带走的泥土，会形成立体痕迹，轮胎的圆弧形擦痕凸起的地方为车辆行驶方向，当它到了干燥地面的时候所带泥土形成的颜色是由深到浅，浅色一端是行驶方向。”杜秋拿着紫外线手电走到公路上，“公路隔着树林的上面是上坎街，他没有穿过树林，应当是从这条公路走的，如没有泥土做参照，就根据车辆痕迹找他的方向。”

“要注意些什么？”胡大为在杜秋面前越来越没有自信。

“车辆在快速行驶时，因空气的压力差作用，会使路面的尘土形成扇形痕迹，扇形的底端就是行车方向。”杜秋说道。

“肖楠，我的箱子里有石膏和明胶，你把一米范围内所有能见到的轮胎印全都提取了。”

三人分工后，杜秋和胡大为一前一后寻找着轮胎轧过的痕迹，大约一公里后，到了第一个路口，这里有一个摄像头，路的下面是一个夯土斜坡，在斜坡上又出现了目标车辆的轮胎印。

“他斜着下来，一定是躲避摄像头。”老胡说道，杜秋点了点头。

过了路口，车越来越多了，再也寻不到目标车辆的痕迹，又走了三公里还是没有搜寻到，前方出现了岔路，一条是公路，向右斜出一条通往东郊的乡村公路，路口有信号头和一个摄像头，“你顺着公路再找一下，但他最大可能是顺着乡村公路的方向走了，因为乡村公路上一个监控都不会有。”

杜秋说完，掐着紫外线手电筒顺着乡村公路找了过去，早上曾经刮了一阵强风，没有找到任何有关车的痕迹，走了一公里后公路上的破损处有一处水洼，围着水洼蹲下来仔细看了一圈，发现在水洼的前方有一处喷溅的扇形面，这肯定有车经过。

三人快到中午时回到局里，交管部门已经将视频拷贝过来，在证据检验中心，三人盯着大屏幕看了两个小时，共计五个路口，一共出现三台目标车辆，但放慢镜头查看，轮胎都不相符，再扩大三辆车的前挡风玻璃，一个是女司机，一个是二十岁的小伙子，还有一个六十多岁的老人。

在其他路口没有看到能够躲避监控的空地，城市街道一般情况下都是球形摄像机，这种摄像机在没有人为操作的情况下，只看特定区域，可以断定二二四是在第二个路口直接向右倾斜奔东郊方向去了。

回到杜秋的办公室，左秀也是刚刚回来。

杜秋冲了四杯咖啡，两杯佛莱吉斯，两杯麦斯威尔，中午肯定就是咖啡加面包了。

“左兄，你那边什么情况？”杜秋早上没吃饭，此时向着桌上的面包发起了猛攻。

“信一阁还在带队摸查，刚梁局长的秘书通知我回来，省厅要一个案子的紧急材料。据我了解的信息，王敏是从镇里调上来的，平时为人善良，相夫教子，还很孝顺，在单位口碑也很好。”左秀本身很瘦，折腾半宿，两个眼睛显得特别突兀。

“她有没有什么道德失格的地方，比如贪财、出轨这些？”杜秋若有所思。

“没有！单位同事、居住小区的邻居、管委会对她评价都很高。”

“她丈夫怎么说？”肖楠啜了一口咖啡问。

“我最开始就是调查的她丈夫，她丈夫听说王敏死了，抽搐过去好几次，根据她丈夫的叙述，这些年他们的日子一直很平淡，王敏也很本分。”左秀接过胡大为扔过来的面包，说话间他已经吃到第四个了。

“失踪了一个矿老板、一个房地产商；死了一个道士、一个退休的政府公务人员。他们的年龄、性别、职业和住所都不同，找不出他们中间有任何联系。”老胡总结了一下并提出疑问，这也是大家的疑问。

“我看他是滥杀，他有心理疾病，会随时随地发病。”肖楠轻咬着嘴唇，眼前又浮现出了王敏的尸体。

“这些人被挑中一定是有原因的，二二四每件案子都做得很缜密，第二例失踪案的时候，我怀疑他是在惩戒道德失格的人，看看前三例，他们贪婪、欺诈、淫欲，至少正常人对这些人的做法都很气愤，而这种气愤如果放到一个受过严重挫折并且有一定反社会心态的人身上就会形成心理疾病。”杜秋站起来，拿了一袋佛莱吉斯、一袋麦斯威尔混在了一起又冲了一杯浓咖啡，“这种心理疾病会导致他产生自己要除恶除暴，履行社会治理职能的幻觉。”

“但王敏的出现，证明你的推测是错误的。”左秀拍着身上的面包屑说道。

“是的，这不是二二四的规律，但他一定有规律，我们接下来的工作重点应该再详细侦查一下这些失踪人和受害人生前和谁有过恩怨过节，哪怕一点点矛盾也要查，看看有没有联系点。”杜秋说。

“我同意杜秋的意见。”胡大为倒了杯清水，他不习惯喝咖啡。

“上午，我在搜寻轮胎痕迹的时候，在王敏被害现场出来四公里左右的地方有一条岔路，这条乡村公路是通向东郊方向的。”杜秋说，“雷劈山道观和防空洞都是在东郊，上坎街离东郊多远？”

“四十公里。”左秀回答。

“二二四很可能就住在东郊附近或者他的第二犯罪现场设在了东郊。”胡大为综合杜秋和左秀的问答进行分析。

“雷劈山道观那个案子发生后，我们推测二二四在东郊，半个局的力量把东郊镇翻了一个遍，访了五百多户，没有线索。”左秀认为杜秋和胡大为的方向错了。

“另外，上坎街现场的鞋印和其他犯罪现场提取的鞋印对比，二二四的身高标准和鞋号是确定的。”杜秋停顿一下，看着大家都在低头记录，又继续说道，“但是凶器换成了扳手，凶手有一定的反侦查能力，既然定格在东郊，那么东郊距离雷劈山较近的南洼村和北洼村是重点，接下来要把这个区域按照网格模式进行彻底摸查，重点是五菱之光小货车，肖楠一会儿将轮胎制膜给大家发下去，凡是有这辆车的，即使和我们所知的痕迹不相符，都要登记。”

此时，梁海冷着脸出现在杜秋办公室的门口，走进来大声喊着：“掘地三尺也得把人给我挖出来！早上，市长亲自给我打的电话，市局专门派了痕迹检验小组进驻我们局配合我们，现在老百姓在背后戳着我们的脊梁骨骂，旅游局局长也跟我诉苦，二二四抓不到，今年夏季的旅游彻底凉了，三个亿的收入没了。”

“帽子越扣越大。”杜秋嘀咕了一句。

“不是帽子，是压力，是责任！杜秋，你把人都给我带回来，我亲自审。”说完摔门走了出去。

“他也难受，罗书记封他一个代理局长，但是张局长还天天准时上下班，你说梁局难不难堪，如果书记给的六个月时间案子没破了，他这个‘代理’两字又得换成‘副’了。”肖楠说道。

“说不定‘副’都保不住，直接和杜秋一个办公室了。”左秀说完瞅着杜秋，抿嘴笑。杜秋作势要将手中的杯子甩过去。

“梁局冲锋陷阵的时候，你们全是小屁孩呢，他身上的枪伤就七处，刀伤就别说了！他是有担当的好干部，所以才着急。”胡大为啜了一大口水，“我们要讲政治智慧，不要背后议论领导。”

胡大为是梁海的老搭档，这么些年两人在很多大案上一起出生入死。

杜秋、肖楠、左秀互相看了一眼，默不作声。

胡大为见自己冷了场，便以工作建议转移了话题，“我建议对东郊车辆的勘查分两步走，第一步先统计一下谁家里有五菱之光单排小货车，第二步，我们重点查人。”

“东郊镇一共四个大自然村，东洼村的位置离案发现场近七十公里，因此不在此次排查范围内，我们分成三组进行排查，胡队带一组排查南洼村；左秀和信一阁带一组去西洼村；我带一组排查北洼村。”杜秋进行了任务分配。

“我呢？杜秋你忘了我了！”肖楠喊道。

“你去排查五菱之光的销售处，看看全市这几年销量多大，主要销往哪里。”杜秋说道。

“哼，你分明是歧视女性，我告诉你杜秋，大学的时候我得过‘全国警校手枪射击大赛’的一等奖，‘监狱警察散打大赛’的三等奖。”肖楠知道杜秋的想法，大男子主义作祟。

弯曲的刘海，光滑白皙的皮肤，大眼睛里闪烁着光芒，保证她用食指搭在鼻梁和下巴之间，指头不会碰到唇，科学认为这是最完美的五官组合，浑身带着一股天真烂漫，却有时喷着男士的范思哲爱神香水。警察的刚性美被这一抹女子的温柔衬托得恰到好处。杜秋在想，一切都很好，除了性格有些乖张。

“一切行动听指挥。”杜秋一句话作答。

下午两点，二十辆警车前后驶出了东印区公安分局，警灯闪烁，十九辆奔向东郊，一辆驶向车市。

他昨天晚上回到家时已经是晚上十一点多了，开着车从上坎街出来上了乡村公路又绕到雷劈山的后面，山后面有两条河，河水很深几乎没过轮胎，开着车来回走了几趟，确认车子携带的泥土全部被河水冲刷干净才开回家。

下车后马上把四只轮胎全部卸了下来，转移到别处。他读中学时，物理和化学成绩每次都满分，想不到现在能学以致用。房间里有一个黑色的不带盖的铁桶，先将手套烧掉，又拿出一瓶盐酸仔细地清洗了扳手上面的血迹，出来后将用过的盐酸倒进了正房后面的下水道里，然后轻轻地把院子扫了一遍，洒了一遍水，等晾干后没有一点扫帚扫过的痕迹。

回到自己的房间后已经两点多了，他躺在床上，五指狠狠地掐着自己的大腿，人在愤怒的时候容易出错，下坎街的现场没来得及处理，留下太多痕迹，像是一场战役后留下的尸体，横七竖八地摆在那里。警察很快会找到车的痕迹，他在思索自己的善后工作和院子里的一切东西，不能再有疏漏。

他不敢睡觉，如果一旦昏昏沉沉地睡去，就开始做噩梦。一会儿身在大江大海里与鳄鱼搏斗，一会儿在雪山悬崖上与虎豹争食。

时间进入下午，村里来了五辆警车，二十多位警察挨家挨户查看、询问、做笔录。

北洼村在一个靠山的斜坡上，像一枚鸟巢贴附在那里。村子一共四十户人家，两街两道串联其中，房子是传统的红砖红瓦，一户一院。人畜分离的居住模式在这里还没有实现，左边是住房，右边是牛棚，时见牛、羊、马、猪、狗、野猫穿行于村里、麦田里、树林里，组成了一幅完美的生态画卷。可惜这里一直没出过凡·高、莫奈这样的印象派画家。

这里没有画家，这里有凶手。

从村西边到东边第十户，符合嫌疑人身体特征条件的一共有两个人，其中一人有一台五菱之光小货车，但有车的人，年龄特征又不符合。另一个人则没有作案时间。

第十一户，家里住着一个老光棍，拿着酒瓶子硬说自己就是杀人犯，警车开走的时候还在后面追，嚷嚷着一定找个养老的地方。

第十二户和第十三户正在因为牛吃了庄稼打架，双方有拿菜刀的、有持铁棍的，都吵吵着“你动我下试试”，就是没人先动手。

化解了双方矛盾后，赶往第十四家。

打架的双方瞅着警察的背影，讳莫如深的眼神像是羊进了狼圈，鱼扔在猫面前。两家的妇女在面对这件事的时候竟然找到了共同语言：“咱们一起报案吧。一旦是他，还有十万可拿。”

稍胖一点的女人，甩着罗圈腿，三步并作两步地追了上来，“警察同志，等一下，等一下，你们的悬赏是真的吗？”

杜秋和两名年轻警察回过了头，停下了脚步。另一个戴着暗红色头巾的妇女此时也追了上来。

杜秋点了点头。

“谁提供有价值的线索，能够让公安机关据此线索抓获犯罪嫌疑人，奖金十万。”旁边一名个子稍矮一些，身材魁梧，三十出头，名叫王柏的年轻警官做了回答。

“其实，我们知道这几件案子都是他做的。”“罗圈腿”压低声音，食指在肚脐下的位置偷偷向上指着第十四户人家，眼神同时示意警察要注意她的手指。“红头巾”忙不迭地点着头。

“去车里说。”杜秋瞅了瞅第十四户院子紧闭的铁门，走回了警车旁边。

“罗圈腿”和“红头巾”，一个化身福尔摩斯，一个变身侦探柯南。但她俩讲的故事却让所有人毛骨悚然。

这户人家，主人是一名姓李的猎户，绰号“城南李子”，年轻时在云汉很有名气，那时候的城南李子无人不知，无人不晓。“严打”后，城南李子跟着的边姓大哥折了，大哥临刑前嘱咐他娶了自己的未婚妻，要个孩子，这样就等于他也有后了。城南李子带着大哥的未婚妻退出江湖，在东郊北洼村买了这一套宅院，五年生了仨孩子，老大起名叫边林雪，算是完成了大哥的嘱托。

城南李子自此以打猎为生，马鹿、狍子、野猪成为一家人肉食的主要来源，鹿角和皮张卖钱用以维持家庭开支。后来，国家对这方面开始治理，他名义上封了枪，实际上还偷偷摸摸地进山狩猎。

生活平静得像水一样，直到一块石头落下激起了巨大涟漪。

边姓大哥的仇家城北三章找到了城南李子，一个黑夜，双方在北洼村第十四号宅院进行谈判，城北三章让李家交出边林雪，他们认为这女人怀的孩子本就是边姓大哥的。城南李子当然不会交人，双方展开厮杀，据说全是砍刀上阵，结果边林雪一刀砍断了城北三章老二的头。因城北三章寻仇在先，边林雪最终被判处死刑，缓期两年执行。

城北三章当年是谢虎的打手。

故事才开始——

第二年年三十晚上，因边林雪没有判处死刑，城北三章的老大和老三带着老二的老婆孩子、孩子的爷爷奶奶，在除夕夜十二点，爆竹声声、烟火满天花满楼的时候，抬着花圈，拿着烧纸，连哭带喊地走进了十四号院。老大拿着纸钱和点燃的香顺着院子的边墙上了房顶，揭开瓦片，就像上坟压坟头纸一样，把纸钱压上，把香立在了房顶的正中间。

城南李子和老婆正在屋里煮饺子，两个孩子看着门外这些人跪着烧纸、烧花圈，哭闹起来。城南李子从地窖里拿出猎枪就要冲出去，被妻子拦住了。妻子赶紧把孩子领进屋，关上门，报了警。直到警察到了才将闹事的带走、围观的驱散。

后来，章家老大、老三以寻衅滋事罪被判了缓刑。

怪事接二连三地发生了——

除夕夜后三个月，城南李子的老婆吊死在后山沙漠英雄坡的一棵歪脖子树上；再三个月，二儿子中风没抢救过来；又三个月，三女儿从拉草的车上掉下来摔死了。

城南李子发送完小女儿后，开始四处寻找章家老大和老三，找了一年多也没找到。

从他回来那天起，没人见他说过一句话。

白天在家，晚上出门，没人知道他去了哪里、干了什么。

整个叙述以“罗圈腿”为主，“红头巾”及时做着纠正和补充。杜秋一直猜测犯罪嫌疑人有可能是受过什么重大打击后患上了心理疾病，然后展开滥杀，而且城南李子夜间行动这点也符合案情特征。且以前是江湖大哥，像绑架这些事现在做起来也是轻车熟路。重要的是城北三章曾经做过失踪人之一的谢虎的打手。

“你说的城南李子多大岁数？”杜秋从副驾驶转头问道。

“五十六七岁吧。”“红头巾”抢答。

“身高呢？”

“一米七五上下，很壮实。”这回“红头巾”没抢过“罗圈腿”。

杜秋心里一颤，除了年龄之外全部符合嫌犯的画像特征。立即安排王柏将提供线索的两人的身份信息、联系方式做了记录。然后掏出对讲机命令另一组由左秀、信一阁带队的警员迅速到第十四户宅院门口集结。

王柏慢慢推开了锈迹斑斑的铁门，院内死一般的沉寂，像是停着几具尸体。一条青砖铺成的一米宽的小路直达正房台阶，路的左边杂乱地堆着一些柴火，柴火里夹杂着几床破旧的被褥，右边是牛棚连着车棚，地上有车轮碾轧过的痕迹。

“是小货车的轮胎印儿。”杜秋走过去迅速做了比对，心里已经做出了百分之九十九的判断，二二四就隐藏在这里。

杜秋用手势发出命令，左秀带领五位警员迅速对三间正房形成合围，信一阁退到院子的大铁门处进行守卫，王柏则拍响了正房的木门。等了一分钟，没人回应，王柏举枪率领两名警员冲入屋内，除了一只黑猫从门缝里叫唤一声钻了出去，再无其他声音。

杜秋走了进来。

三间房子里面，白色的墙面像是刚刚刷过一遍白漆一样泛着冷气和白光，炕上有一套行李，灶台上有一口锅，灶台一面的墙上用锅底灰写着好多不规则的“杀”和“死”，再无他物，就像这个家从始至终没有人居住过的样子。

搜索城南李子经常去的区域均无结果。走访周围百姓，都说他自从家遭横事后都不和邻里来往，但晚上开车出去、白天在家睡觉这个规律得到被走访人的一致认可。

证据要用网格的形式去寻找，包括在犯罪现场寻找罪犯痕迹。

对于案件的分析报告，也要用网格的形式，这个杜秋一直在列，每当出现新的证据就会更新报告表。

对于嫌疑人有可能出现的现场也要用网格的形式，比如东郊及东郊方圆五公里之内的区域划成横向网格，在网格中捞针。

对于嫌疑人出现的规律也要用网格的形式去寻找，包括对失踪人和受害人的朋友、亲属和与其有过矛盾的人组成的一张大的关系网纵向划出格子去找线索。

规律形成闭环就能确认嫌疑人在网格中的哪条线上了，再把线上的所有人抽出来，对照报告表的证据网格，像摆拼图一样，它恰好在那个格子里，就能破案。

城南李子李青，现在是整个证据网格中找到的最关键的一块拼图。

虽然大家都确认李青就是二二四，但按照事先定下的方案，排查继续。

杜秋带着王柏和另一名年轻警员敲开了北洼村从东数第四户的门。

开门的人虎背熊腰，大方脸，穿了一身没有领章的灰色保安服，脚上的皮鞋遗留着擦过后的污渍，左手拿着手机，右手给进来的人招手，脸上堆满了笑。“警察同志辛苦，警察同志辛苦。”

“我们是东印区公安分局的，过来例行检查。请问你叫什么名字？”杜秋环视院子四周，王柏拿出笔录问道。

“咱们打过交道的，警察同志，我叫范前山啊。”

杜秋感觉这个名字特别熟悉，转头的瞬间记起了这是当日提供李甫可能是犯罪嫌疑人的那个举报人。

“谢谢你给我们提供的线索。”杜秋走上前握住了范前山的手，范前山比较拘谨，象征性地晃了两下，忙把手抽了回去。

“警察同志，我的觉悟也没那么高。”范前山挠了挠头，“我们家世代都在这山里，连我的小名都叫山生。忽然有十万元悬在那儿，而且案子就发生在我们这儿。”山生说着咽了下口水，“我们当然得争取，还请警察同志替我保密。”

“这个你放心，对于举报人我们有保密规定。”王柏停下手里的笔说道，“我们会严格按照规定执行。说一下你家里的情况，把你的身份证拿给我看一下。”

“好，好，我这就去屋里拿。”山生应着。

山生出来的时候，拿着身份证的手上还拿着一包云烟。

“范前山，汉族，1973 年出生，籍贯是云汉市东印区。”王柏拿着山生递过来的身份证念道。

“你家里几口人？都是做什么的？”

“我家里三口人，老婆玉莲早上送我儿子上学去了。”范前山拿出一支香烟，“我们啥都干，刮大白，种菜，卖菜，我还会点木工，生活不容易，啥挣钱就干点啥。”

三位警察拒绝了山生的烟，山生自己点燃，深吸了一口。

“你这辆车什么时间买的？”杜秋在王柏同山生做笔录的时候，对停在院子里的五菱之光小货车做了仔细检查，小货车的左后轮是旧轮胎，但没有裂口等痕迹。

“差不多两年了。我们这地方要说拉个货、跑个腿啥的还就得这个车。”

“你了解你们村的李青吗？”杜秋拍着手上的土走到了山生面前。

山生瞬间瞪大了眼睛，心里对十万元悬赏又生起了无限希望，像是本来医院通知的是癌症晚期，后来被告知拿错病历了一样激动，“我咋把他给忘了。”

山生的陈述和“罗圈腿”与“红头巾”的叙述基本一致。

“我叫杜秋，如果有他的信息及时告诉我。”杜秋给山生留了自己的电话。

“那要是根据我的线索抓住了他，十万元奖金还算不算数？”山生放下了满脸的笑，很郑重地问道。

“在你前面还有提供线索的，按规定是将悬赏金奖励给第一个提供有效线索的人。”杜秋做了解释，“不过现在悬赏奖金已经涨到二十万了。”

“那如果我提供的线索比他们的更接近抓住罪犯呢？”山生急切地问道。

“那样局里会协调保证每一位举报人的奖励，”杜秋说着走出了门，犹豫了一下，回头嘱咐了站在门口的山生一句，“但是抓罪犯是我们警察的事，你们只将现在知道的信息提供了就可以了，不可以犯险。”

山生忙不迭地点头。

留下王柏带领两名警员守候在十四号院，杜秋同其他小组人员会合，又对雷劈山、防空洞等东郊周边进行了地毯式搜查，始终未找到李青的踪迹。

除杜秋和左秀回局里汇报外，其余人等按照最新部署，将东郊刚排查过的三个村，通往外面的国道、高速、乡道等路口全部设卡。

将已经排查出的七十三台五菱之光单排小货车列为重点，每家每户的小货车每一天干农活时都去了哪里也做了登记。

犯罪嫌疑人初步确定，闭环形成，公安在东郊布下了一个大口袋，等待着城南李子钻进来。

第十六章　心刃

第四天中午十二点，杜秋正要和肖楠一起去楼下食堂吃饭，手机铃声响起，那边传来一个熟悉而又气喘吁吁的声音：“杜警官，我发现李青了，我是范前山，我举报。”

“你慢点说，他现在在什么位置？”

“在北洼村通往北边沙湖的二十七公里处，这儿有牌子，你们快过来。”山生放低了声音，小到杜秋感觉自己都得屏住呼吸仔细听，否则都听不到，“李青从车上卸下了两个麻袋，麻袋里面好像装着人。”

“李青在干吗？”

“正在沙漠上挖坑。”

“你等在那儿不要动，李青有任何行动你也不要再动，保证自己的安全。”

“谢谢杜警官，你们快点吧。”山生说完挂了电话。

杜秋立即调动守在东郊南洼村的警力，胡大为、信一阁接到命令后火速带队赶往在北洼村通往北边沙湖的二十七公里处。

肖楠在局里找了一辆丰田霸道和杜秋一起风驰电掣般冲出了东印区公安分局的大门。

胡大为见到了蹲在路边几墩沙柳旁边的山生，简单交流后，弃车带队冲入了沙湖中。

沙湖并不是真的有湖，而是这片沙漠方圆十公里，有一个湖的面积那么大，所以当地人叫它沙湖。

沙湖上有两条拖动物留下的痕迹。

沿着拖动的痕迹追击。

十名警员的鞋子立即陷了进去，眼前是一望无际的沙漠，脚下全是流沙，可谓寸步难行。

“把鞋子都脱掉。”胡大为率先把皮鞋扔在了一边，脱掉鞋子后，大家的速度快了一点点，但跑不到一分钟，沙子的阻力就让人不得不蹲下来喘息。

三十分钟后，远远地看到五个隆起的沙丘，像坟堆一样。

胡大为心里一惊，李青该不会是杀了五个吧，难道还有公安局没掌握的？四处找寻，依旧没有李青的踪影，胡大为认为这个时候如果有只好的警犬在就好了，一想到警犬，胡大为不由得伤心起来。因为警犬被他烀着吃了。

市局当年给东印区公安分局配了两条警犬，一个叫战狼，一个叫战虎。因为使用警犬的次数有限，区公安就把两条警犬放到区看守所代养。伙食有三个档次——吃得最好的是警犬，其次是干警，最后是犯人。

一年后，在一次追击盗窃犯团伙的时候，胡大为想到了警犬，于是牵出了战狼和战虎。当嫌疑犯冲到山顶后，胡大为跟着其踪迹很快也冲了上去，接着连局里最胖的那个警察都冲到了山顶，却迟迟不见两只警犬。等胡大为往山下一看，差点没当场气死过去，战狼累得在半山腰狂吐不止，战虎则蹲在旁边伸长舌头喘气。

胡大为下山后竟发现战虎被狡猾的盗窃犯吊了起来。看着被养得肥胖如猪的警犬，胡大为又气又恼，自语道：“不吃，白瞎了。”晚上就请局里几个好哥们吃了顿狗肉。

结果，胡大为自己赔了市局十万元，还给了记过处分。

映入杜秋眼帘的先是一辆五菱之光小货车，然后是几墩沙柳，最后是蹲在路边的山生。

“他们已经进去追了。”山生站起来指着沙湖方向说道。

肖楠停下车，迅速给四只车胎放气，如果不放气降低胎压，车子开进去就会陷在里面。而且沙湖这地方也就是四驱越野才能进来。

“你怎么发现他的？”杜秋冲着山生简短地问道。

“我来地里干活，看到了他，就跟过来了。”山生说完，咧嘴一笑，“该我发财。”

“这里危险，你赶紧回家吧。”

“那行，我回去等好消息了啊，杜警官。”山生说完，低着头，甩着两只胳膊，哼着小曲往北洼村走去。

杜秋和肖楠驾车赶到五座沙丘时，见胡大为和警员都累得坐在地上。

五个隆起的沙丘列成一排，每个沙丘相隔大概两米远，杜秋观察了沙丘的大小和沙子的流动情况，又查了近几日这里的天气预报，确信这五个沙丘都是近三天才堆在这儿的，右边两个是刚刚埋过的。

有一行脚印通向沙漠深处——

大家都有一个想法，这其中一个里埋着的是谢虎，一个里埋着的是薛林贵。

有两名警员从越野车上拿下了工兵铲，信一阁上了越野车。

三人继续驾驶越野车沿着脚印追击，丰田霸道地在沙漠间轰鸣，太阳照在沙漠上像是种下了火种，这些火种又在沙漠中间熊熊燃烧。经过几分钟的颠簸，到了一个近乎九十度的沙坡前，这就是沙湖中赫赫有名的英雄坡。

要正面冲上这么陡峭的沙坡，非得是专业玩沙漠的高手不可，脚印在这里也向另外的方向拐了过去。肖楠驾车随着脚印的方向继续右拐，再右拐，看到了英雄坡侧面的一棵树，树头歪着，杜秋想起了“罗圈腿”和“红头巾”说的城南李子的老婆吊死在英雄坡的歪脖子树上，想必就是这棵树。

车越来越近，眼前出现的景象让杜秋擦了擦眼睛。肖楠惊叫一声，一脚刹车将车停下，不由得抱住杜秋的左臂。

浩瀚的沙湖，生长着一棵老榆树，象征着生命力的顽强，但在象征生命力的老榆树上吊挂着一个人。此人面部扭曲，嘴巴大大张开着，长长的舌头伸在外面，甚至能看见舌根，面庞红得像是在滴血，眼睛要被挤出眼眶，两只裤腿都被蹬到了脚踝处。

杜秋拍了拍肖楠的肩膀，过了一会儿，肖楠才从惊吓中缓过神来，三人下了车，一只乌鸦此时围绕着悬挂的尸体盘旋，见到有人过来，才暂时放弃了一顿美餐。

杜秋用随身携带的警用匕首割断了绳子，和信一阁一起拖住尸体放到了地上，照片对比，死者是李青。

城南李子吊死在他老婆曾吊死的同一棵树上。

胡大为那边挖掘完毕，映入大家眼帘的是一具具完整的鹿骨头，都摆成了鹿的形状。

回局里的路上，杜秋在想，城南李子应该是将家里的不幸归结到自己这些年的打猎杀生上，因此才将以前打死过的马鹿的鹿骨进行了安葬以求救赎死去亲人的灵魂，做完最后一件事选择了和老婆离开时的同一地点、同一死法。

本来案件已形成闭环，但猎户城南李子的自杀又让闭环有了缺口。

案件进入胶着状态，梁海和专案组召开案情分析会，重新梳理方向。

第一，排查和失踪人、被害人有过恩怨和一般矛盾的人，包括所有大小纠纷，一定要找到二二四选择他们做目标的原因。

第二，扩大查找范围，东郊及东郊方圆五公里的范围内，年龄锁定三十岁到六十岁的人，只要离开东郊必须报公安局批准。

“大家再说一下自己的意见。”梁局起身接起电话，开会时已经摁了几次了，看来是有急事，接完电话，梁海整个脸像是谁在他下巴上挂了一块冰凌。

“怎么了，梁局长？”胡大为问道。

“就在咱们开会的时候，响水镇派出所的邓所长打来电话，他辖区的一个冷库里面冻死了一个人。”梁海挠了挠头。

“梁局，会和二二四有关系吗？”杜秋问道，其余人也都发出同样的疑问，看来大家想到一起去了。

“电话里没说，邓所长只说被害人进入冷冻间，被人反锁了门，等发现时，人已经成冰尸了。”梁海说着摸摸自己的兜，忘带烟了，胡大为赶忙点燃一支，梁海摆摆手，“我抽不习惯你们那个，”继续说道，“对了，冷冻间门外发现一个钱包，别的没说什么。杜秋、老胡、左秀，你们三个人马上过去。”

“梁局，那我们按照会上刚才的布置开展工作？”肖楠问。

“对，散会，杜秋，你们有了情况第一时间通知我。”梁海说完站起来离开了会场。

杜秋看了下手表，下午四点三十分。

案发冷库位于东印区响水镇下面的板石村，距离东印区二百三十公里，板石村是半农半牧，但它是整个云汉市北部牧区牛羊的屠宰点，村公路北头是一个三岔路口，也是来往牧区的必经之路，原上草冷库就建在这个三岔路口的后面。

左秀拉响警报，车速飞快，一百四十公里每小时，穿过市区走一段国道，再走一段乡村公路，在乡村公路上车速明显慢了下来，大约两小时到了村子。

已经快进入秋季。屠宰的季节开始了，云汉市市民吃的冷冻牛羊肉大部分都是从这里出去的，整个村子车水马龙，牛羊的叫声混成一片，像奏响的二重乐，时而还有几匹骆驼走进原上草冷库的大院。

街上布满了牲畜的粪便，混合着尿臊气、汗臭及饭店炒菜的味道，穿着蒙古袍的牧民、灌下大量啤酒之后醉眼蒙眬的人，还有一些腰前的钱褡子鼓鼓的二道贩子，在气味中穿行。

警车警灯闪烁，警笛嘶鸣，路人纷纷闪到一旁，有牲畜的牧民拿着鞭子驱赶着牛羊，警车慢吞吞地行驶到了原上草冷库。

邓所长等在门口，虽然死了人，但是整个院子里还是挤满了牲畜和业内的人，有倒卖皮张的，有收购肠衣的。

“为什么不封街？”杜秋问邓所长。

“派出所就三个人，另外两个兄弟去追几个偷牛贼了，一个人根本封不了街。”敦厚的邓所长一脸的无奈。

“老邓，带我们去看下现场。”胡大为说道。

院子最里面的冷库是用氨气制冷的大型冷库，冷冻车间也就是速冻车间，两个小时内完成速冻，完成速冻后再把肉倒到冷藏车间去保存，然后再由冷藏车发往各地。

邓所长带着杜秋三人到了冷冻车间，被害人单运来的亲戚正跪在车间的现场围封线外号啕大哭，周围聚集了上百人，这些不相干的人每人都想看看尸体，而且还在交流着自己的猜测，大家都像是电影里的神探一样。

见警察来了，有位年长主事的老人试图把大家劝到一边，但众人就是不愿意离去，杜秋说了一句：“这里面的人有可能是氨气中毒。”然后戴上了头套、口罩和手套，人群哗啦跑了一大半，只剩下二十多个亲戚还在原地跪着。

戴头套、口罩、手套是常规勘验现场的硬性要求，围观的人还真以为是有毒气体泄漏。

邓所长寻思自己刚才喊破嗓子都没能阻止这些人对于现场的踩踏破坏，结果杜秋一句话就解决了，不由得频频点头。

穿戴好后，四人进了冷冻车间内部。

冷冻车间很大，有五百平方米的样子，里面全是一列一列的管子，每一列的铁管又形成一米宽的一排，每列管子有六七米高，列与列之间是一米宽的横道，能进来一个手推车。管子上面全冻着厚厚的积雪，积雪上面一排排码着冻透的肉卷。车间的屋顶、墙壁全是冰霜。

杜秋他们一进到车间内部，顿觉像是坠到了零下四十摄氏度的冰窟，身子唰一下落入冰泉。

邓所长带着他们走到了第三列管子跟前，管子旁边盘腿坐着一个胖胖的“雪人”，光着上身，双手举在胸前做烤火状，地上摞着几十个肉卷，几件衣服放在肉卷旁边，整个人的头发、脸上全是冰挂，眯着眼睛，看似微笑状态，微张着嘴，嘴里面全冻成了冰，冰下面是稀疏的胡子，全让冰雪连接在了一起，就像一个白色的雕塑。

尸体见多了，但是像这样的冰尸却是第一次见，大家心情低沉如黑云积聚，既然是被冻死的，为什么还光着上身？

“为什么尸体是这样的状态？”左秀问邓所长。

“他这冷库管理不规范，前几年也出现过这么一个事故，但那次是个意外，我后来了解了一下原因。”邓所长搓着手继续说道，“人在这种环境下开始是呼救，接下来是自救，想办法加衣服，找不到衣服自救就会出现幻觉。”

“什么幻觉？”左秀问道。

“他会发现这里面所有的肉卷都是柴火，他就把它们堆起来，你看他旁边有一个单独的肉卷没？”邓所长指了指尸体旁边，果然那里单独放着一卷肉，“他把这卷肉看成了火把，用火把点燃了柴火，然后坐下来烤火，这是第一重幻觉。”

左秀说：“太惨了，还有第二重幻觉？”

“你看单老板死的时候，脸部微笑，上衣脱光，是因为他到最后有了第二重幻觉，”邓所长指着尸体继续说道，“这种极端寒冷的环境干扰了他大脑的温度控制部分，导致大脑无序地传递信息，他错误地认为他被温暖包围，所以会微笑着平静死去，唉，可怜！”

“其实按照侦查学的解释，在寒冷的环境中，人的血管收缩以供应血液，然而如果长期非常冷，控制血管的肌肉会先瘫痪，从而导致血管扩张，这时一些温热的血液会流过皮肤，人们会感到很热，所以就脱掉衣服，”杜秋对于单运来为什么会脱掉衣服做了补充解释，“左兄，进行拍照。”杜秋在犯罪现场，除了与证据相关的言语不会流露一点个人感情，这就像飞机的机长，不能因为风景分神而撞山。

因为移动尸体可能改变物证的原始状态，因此要对现场进行拍照、画草图或者录像来记录现场未改变时的情形，并用标注号码的卡片来记录，杜秋作为刑事犯罪现场勘查指挥人员一直坚持这个工作原则，即使已经判断犯罪分子并没有进到过冷冻车间里面。

“他不会往外打电话吗？”胡大为问。

“这里面温度太低了，估计为防止手机冻没电，就扔在外面了。”邓所长推测，“我来之后，他好多家属都在里面，但是没碰尸体。”

“现场没有打斗痕迹，里面一直就是他自己，左兄先拍照吧。”杜秋说完，又围着冷冻车间看了一圈，“胡队，打电话安排把尸体拉回去让法医做检查。”

出了冷冻车间，外面是一个两米见方的铁案子，案子上放着一部手机和一个黑色钱包。

“这个黑色钱包原来在冷冻车间门口的地上，是后来被人捡到的。”所长说着指了指门边。

杜秋上前推了一下铁门，“这么重。”

“这个门里面四层铁皮，铁皮中间全夹的海绵，就是为了保温。”主事的长者拄着拐棍说道。

“所以里面的人喊破喉咙，外面也不会听到。”杜秋仔细看着门上的锁，是老式的搭扣锁，黄色的门鼻子上挂着一把三环牌子的大锁。

“你们谁先发现的？”杜秋问道。

“是我。”一个高高瘦瘦的小伙子举起了手，“我往里送肉时，看到地上有一个钱包，捡起来放铁案子上了。打开锁我就开始摆肉，然后到第三列时就发现我舅舅了。”小伙子说着用手擦着眼泪。

“当时门是锁着的吗？”杜秋瞅着小伙子。

“是的，我用钥匙打开的。”

“勘查现场吧？”胡大为面向杜秋。

“没意义了。”杜秋瞅了一眼站在门前的死者的二十多个亲戚，心想刚才还有上百人，整个现场早已经被破坏掉了。走上前拿起了铁案子上的黑色钱包举起来问道："你们确认这个钱包不是死者的？"

"钱包不是我老头子的，那个手机是他的。"一个六十岁左右的妇女红肿着眼睛说完又哭了起来。

"马上把这个钱包拍照传回局里，让专案组传给二二四系列案的亲属看看是不是失踪人或受害人的物品。"杜秋打开钱包看了一下，里面共三层，第二层有一张一百元的纸币，合上钱包后递给了左秀，然后面向小伙子问道："你没动过里面的东西吧？"

"没。"小伙子连忙摆手。

左秀将钱包拍照后放入证物袋内，然后提取了锁上的指纹。

胡大为戴上手套，捡起铁架子上的手机放入了另一个证物袋中，"这个手机我们拿回去用一下，回头再还给你们。"

"大家都节哀，我们会尽快给家属一个答复。看看找个熟悉这里的人，带着我们把厂子的各个场所及出口看一下。"杜秋面向站成扇形的人群说道。

"我去吧，我在这儿干了五年了，我熟悉。"小伙子站了出来。通过小伙子的介绍，大家有了了解。

原上草冷库有一个二百亩地的大院子，分为厂圈、屠宰车间、过磅间、卷肉车间、算账间、冷冻车间、冷藏车间和压缩机房。

要想进入冷冻库有三个通道。

左侧经过侧门进入屠宰车间、过磅间、卷肉车间再进入冷冻车间、冷藏车间。

中间正门经过结账间进入冷冻车间、冷藏车间。

右侧经过侧门进入压缩机房，再通过压缩机房进入冷冻车间、冷藏车间。

杜秋等四名警察先跟着小伙子从左侧门进入。

左侧门的旁边是用铁蒺藜围起来的一个大的厂圈，牲畜进入院子后，先给各户的牛羊打上颜色记号以作区分，然后赶进厂圈。轮到哪一户屠宰的时候，从厂圈直接顺着一个上坡道将同一颜色记号的牛羊赶到屠宰车间。

进入屠宰车间，有两位阿訇负责把牛羊杀死，阿訇只管念经文、捅刀子，马上会有人把羊挂上滑道。

三十多位穿着白衣戴着口罩拿着明晃晃刀子的屠宰工在自己的位置上站定，他们的面前是一个滑道，分工明确，有剥皮的，有取下货的，有卸骨头的，有剔肉的，一只羊最多十分钟就分割完毕。

过了屠宰车间是过磅间，两个人，一人过磅一人计数，卖主可以进入过磅间。

从过磅间往右再走就是卷肉间，中间是过道，两侧是不锈钢案子，五十多人穿着塑料外罩，戴着头套、口罩，再将过磅后的肉排酸、修割、打卷，小伙子就是在这个车间工作，负责把卷好的肉放入冷冻车间，但冷冻车间的门为了满足冷冻效果，上下午各开一次。

过了卷肉间是结账间，过了结账间就是冷冻车间。冷冻车间和冷藏车间紧挨着，但冷冻车间和冷藏车间各自有门，不能互通。

这条路径规定其他非工作人员不能进来，经现场询问几个车间的工人，这些天并没见到过陌生人。

正门进来，是结账间，卖主是从结账间进入过磅间看完斤数再返回到结账间算账，结账间有一个现金出纳、一个会计。左侧门进入也好，正门进入也罢，在结账间这块是能会合的。

杜秋看见结账车间此时挤满了人，大部分是穿着蒙古袍的蒙古族人，都在排队结账。

右侧门，进去是压缩机房，机器轰鸣，用来把氨气输送到冷冻车间和冷藏车间达到制冷和储存的效果。压缩机房共有两位压缩机工，白天一位，夜间一位，今天值班的是一位六十多岁的干瘪老头，根据他的陈述，得到以下信息。

单老板这些年只要开始生产，每天都会亲自去冷冻车间和冷藏车间看温度，因为冷库的温度决定肉的质量，冻得深了太耗费电力和氨气，一不注意一天就会浪费一两万元钱，冻得浅了在运输途中就全坏掉了，所以说温度控制是冷库的命脉，单总每天都会亲自检查。有时候从正门进去，有时候从压缩机房这边进去，从哪侧出去也不确定，检查两个库大概二十分钟左右。

压缩机房的值班人员和结账车间的工人都没注意单运来今天是几点进入冷库的。

杜秋推测单运来是从正门进入，而凶手也是从正门进入的，是了解单运来规律的人，在单运来进去之后迅速锁上了门又从正门逃走了。通过整个院子的布局看，逃走有两条路线，一是院子大门，一是后小门，当然凶手也有可能就在工人里面。

到了后小门，看见大铁门是锁着的，打开门后没有见到一个脚印。

如果逃走就一定是走了大门，大门出去是公路，公路对面十米处就是大山，在这十米距离的范围内全是未割的麦田。把麦田周围仔细搜寻了一遍，没有其他可疑痕迹。

走完整个院子后，杜秋等人去了单运来的办公室，将办公室作为临时工作场所。

这时杜秋接到了肖楠的电话，那个钱包有了反馈信息，乔艳艳确定钱包是失踪的薛林贵的。

“当时去薛林贵失踪现场，丢失钱包这个情况乔艳艳报案时为什么没说？”电话那边的回复是：“当时不知道丢了钱包。”

杜秋惊坐在椅子上，全局在东郊堵截了四天，结果二二四出现在离东郊二百多公里外的板石村，而且害死一人后又消失不见了。

“东郊离咱们单位是四十公里，单位到这儿是一百三十公里，也就是假如二二四在东郊，那么到这儿是一百七十公里，来回是三百四十公里，开车往返需要近五个小时，如果是小货车至少要七个小时。”胡大为算了一笔账。

“从东郊到这儿，还有没有其他路？”杜秋问。

大家都摇头。

“路两侧全是大山和河滩地，只有这一条路可走。”邓所长回答。

“肖楠，你们统计一下，东郊的重点被调查人群今天都去了哪里，要详细。”杜秋给肖楠打了电话，“如果重点人群中有人离开过东郊超过五个小时，那他极有可能就是二二四。”杜秋挂了电话对大家说道。

“邓所，你把今天所有的卖主和工人都找过来，胡队配合你。我和左兄负责询问。”

一直到晚上十点，陆续领回五十一名工人和三十五个卖主，还有三位卖主回牧区了联系不上。带回来的都是当天截至下午一点前，即发现单运来被冻死之前在结账间结过账的人。

工人都互相证明没有去过案发现场。

在对卖主的询问中，除了两条模糊的信息外，其余的信息几乎都是说：“当时挤在五十平的空间里忙着结账拿钱，没注意是否有人进去过冷冻车间。”

两条模糊但是比较有价值的信息，一条来自一个当地人，据他说在上午十一点多的时候见到单运来从正门进入结账间，急匆匆地左拐去了冷冻车间，当时还打了声招呼，然后拿了卖羊钱就回家了。另一条来自一位老牧民，他说：“我不戴表也不知道时间！我估摸大概是中午的时候，好像看见一个人戴着白色口罩和老花镜，穿着藏蓝色蒙古袍进了左边那个门，一会儿就出来了，经过我身边时还轻声咳嗽了两声。当时我想这个人是不是得了肺病，还戴着口罩。”牧民说的是蒙古族语，蒙汉兼通的邓所长在旁边进行翻译。

对于身高、体重及外表特征的回答是：“比我高（老牧民是一米七），因为穿着蒙古袍，体形健壮。戴没戴手套没注意（仔细想了想后），确认戴了一顶鸭舌帽。”

对于看见他出门后往哪个方向走的回答是：“忙着结账没注意。”

根据这两条信息能推算出单运来进入冷冻车间的时间，还有二二四的基本特征。

忙完这些已经凌晨了，杜秋等人又分别和死者的亲属核实了单运来的家庭、朋友关系。

单运来本来有正式单位，五年前下海经商，看准冷冻肉的市场来到板石村建了这个冷库，媳妇一直做生意，儿子单伟在一个县里的法院工作。家庭朋友关系也都很简单，暂时未发现可疑人员。

回到局里后，肖楠和信一阁还在东郊带队挨户排查。左秀将手机、钱包还有相关检材都送去了痕检中心。杜秋给梁局长汇报了原上草案发现场的情况，梁海气得拍了桌子，“不抓到二二四，我给你们跪着唱《血染的风采》。”

梁海同杜秋、左秀又奔向了东郊。路上信一阁汇报了情况，已经按照会上的扩大意见查完东郊及其五公里范围内的五菱之光小货车共计三百一十辆，还差二十三辆没核实完，这二十三辆中包括杜秋第一次带组排查的那七辆。

梁海电话里命令：“一定要将这些人昨天一天的行程查实，具体到每一个小时。”然后继续说道，“杜秋那七辆我们去查。”

梁海亲自带队从北洼村查起，“红头巾”家的小货车发动机坏了小半年了，从“红头巾”家出来后去了范前山家，推开门后看见范前山坐在正屋的门槛上抽烟。

“老范，今天没出去干活？”杜秋问道。

“准备出去刮大白，刚电话通知说你们要过来呢，杜警官，我看李青的尸体让救护车拉回来了。”山生摁灭了手中的烟，站起来说道，“真的不是他。”

山生的老婆玉莲系着围裙不说话，紧紧地跟在山生的身后。

杜秋摇了摇头，“这是我们梁局长。”杜秋介绍道，然后把山生两次举报线索的情况低声告诉了梁海。

“昨天他报案是几点？”梁海低声问道。

“十二点，我们到沙湖见到他的时候是十二点半。”杜秋说。

“冷库那边的案子，报案时间是几点？”

“我接到电话的时候看了下手表，是四点半。”杜秋停顿了一下，回想了一下尸体检验的情况，接着回答道，“实施犯罪应该在昨天下午两点左右。如果是驾驶小货车作案，从东郊到案发冷库至少要三个小时。”

梁海不再说话，目光扫了一下院子四周，带队走了出去。

一行人从范前山家出来后，又把剩下的几户都核对完才回到局里。

在局会议室，梁海召集大家开会。

“大家都说说吧，我们的侦查方向是不是错了？”梁海开场。

“东郊离咱们单位是四十公里，单位到原上草冷库是一百三十公里，也就是假如二二四在东郊，那么到原上草冷库是一百七十公里，来回是三百四十公里，开车往返需要近五个小时，如果是小货车至少要七个小时，轿车也要六个小时。”杜秋站起来做了汇报。

“板石村和东郊之间除了这条公路，无路可走。”左秀补充。

“可是据我们排查，所有被防控人员没有一个人连续四个小时离开过东郊。”肖楠端着一摞表说道。

“重点防控人员有没有到外地出差的？”杜秋问道。

“因为好不容易找到了突破点，所以对于重点防控人员的出差申请我都没有批准。”肖楠回答。

“奇怪了，我们的方向错了？二二四不在东郊？”胡大为发出疑问。

“如果在东郊，除非飞过去。”信一阁一句话打破了紧张低沉的气氛。

“钱包、纸币上的指纹出来了，经在指纹信息库里比对，钱包的几个指纹是薛林贵和被害人单运来的外甥的。”左秀说道，“被害人的外甥在冷冻车间门口捡到的钱包。”

“我们把失踪人和被害人的DNA及指纹都找到后，专门做了登记以方便比对。”肖楠向梁海做了汇报。

“纸币上和门锁上的指纹呢？”杜秋问道。

“门锁上的指纹已经被稀释的漂白剂擦掉了。”左秀摊开双手表示着遗憾，“纸币上有三个不同的指纹，正好都在采集的指纹信息库里，一个是薛林贵的，另两个年龄非老即小都排除了嫌疑。”

“奇怪，二二四带着薛林贵的钱包，里面还只有一张百元大钞。”王柏站起来，人比较年轻，资历又浅，所以好多问题不敢问，但他感觉这是个问题。

“只有一个可能，钱包里原来有很多钱，让二二四花得只剩一张了，二二四每次拿钱包和钱的时候都戴着手套。”信一阁试着进行解释。

“还有一个可能，二二四故意将钱包丢在现场转移我们的注意力，现在我们不知道二二四到底是怎么分的身，但我的意见重点还是东郊。”杜秋分析道。

“我不同意你的意见。”会上产生了分歧，胡大为说道，“现在通过大规模的认真排查，东郊的重点防控对象没有时间作案，那接下来的工作重点必然是放弃东郊，重新确定方向。”说完盯着梁局，等着表态。

梁海扫视了大家一遍，目光经王柏到胡大为再到信一阁看似要定格在肖楠，又捕捉到了正在低头沉思的杜秋。见无人再说话，他咳嗽了一声，清了一下嗓子说道：“二二四是我这么多年遇见的最狡猾的犯罪分子，如果二二四是为了转移视线，转移我们在东郊的包围，那他怎么去的原上草冷库是工作重点，而不是轻易否定我们现在的侦查方向。”

大家没人反对梁海的意见。

“我同意梁局的观点，二二四的作案目的同样也是我们急需掌握的，只有掌握了作案目的，才能预测到下一个受害者是谁，目前看来，如果能守株待兔一定比主动出击效果好得多。”杜秋说道，“而且王敏受害案中，犯罪工具小货车的走向直接指向了东郊的南洼、北洼、西洼三个村。从雷劈山、道观等犯罪发生地看，附近没有发现小货车的痕迹，所以犯罪嫌疑人一定还在东郊。”

“已经排查过两次了。”左秀说道。

“那说明查得不细致，再查，嫌疑人跑到近二百公里外杀个人，说明不是滥杀，一定有某种关系。”梁局的语气七分生气，三分着急。

“通过现在摸查的信息，失踪人及被害人互相之间没有一点联系，梁局！方向不能再错了，我坚持把力量抽回来放到东郊以外去。”胡大为坚持自己的意见。

“王柏、信一阁带领五十人继续锁定东郊，老胡、左秀带领三十人在全市范围内比对所有目标货车，杜秋你必须马上找出二二四的作案规律。有任何新情况二十四小时随时向我汇报。”梁海说完，重重的一拳擂在桌子上表达着决心，鼓舞着士气。

散会后，杜秋让肖楠把最近拍摄的所有货车照片给他带上，他做了借用登记后，回到了他的世界去寻找蛛丝马迹。

因为他是“蝉”。

第十七章　失踪拼图

每个人都有一个专属的世界，杜秋的这个世界在垄亩居。一个人、一杯威士忌、一支雪茄，燃一支沉香、藏书万卷、春水煎茶，这里承载着他对人生、对社会问题、对案件的思考。

他拿出一支奥利瓦双公牛雪茄，用雪茄剪剪去雪茄帽，倒了一杯红茶，又倒了一杯尊尼获加，用火柴点燃雪茄，然后关上灯，整个黑暗里只见雪茄的那一点火光一明一暗。父亲积累的财富让他能专心创作、办案，不为生活分心。

在烟雾缭绕中思考。

二二四的钱包一定是个烟幕弹，通过以往二二四对现场处理的方式来看，他绝对不会大意到把钱包丢在现场。之所以这样，只有一个解释，他以此告诉警察，绑架薛林贯和谋杀单运来的是同一个人，东郊的被防控人员没时间作案。如果根据调查结果放弃东郊，那么二二四就成功突破了公安在东郊的包围。

脑海中重复所有证据，最有利也是最能破获案件的是作案工具五菱之光小货车，如果车还在东郊，那一定是换了轮胎，而且更换的是二手车胎。

杜秋啜了一口红茶，又吸了一口雪茄，口腔里感受到了巧克力的味道又把烟雾吐出来，雪茄是不能吸的，而且一支雪茄中每一段的味道都不一样，如果把红茶换成威士忌、雪碧、红酒，味道又是千变万化。

在黑夜里，杜秋闭着眼睛，他将自己的全部都替换成二二四，幻想自己穿着雨衣戴着头套举着圆形铁锤，追击着一个又一个的目标，杜秋在感受二二四的犯罪心理。

系列杀人案的案犯通常在童年受到过刺激，这就会导致成年后的不正常行为，比如玩火、对动物残忍，并敌视社会。但这种情况的爆发阶段是在二十五岁到三十岁之间，而据现有证据，杜秋对于二二四年龄的判断是三十五岁到五十岁之间，百分之九十的概率是在四十岁到五十岁之间。

那二二四一定是长大后因为某件事或者几件事受到了强烈刺激。对于犯罪心理的分析应该建立在罪案发生前、发生时和发生后的行动上，比如谋杀时随意使用现场的凶器，那么表明犯罪是出于冲动，没有预谋、没有计划的杀人行为都比较随意。而二二四穿雨衣、戴滑雪帽来隐藏自己的真实面貌，还携带着作案工具，诸如圆锤和绳索等，符合“预谋型系列杀人犯”的类型。虽然还没确定失踪者最后的结果，但多半凶多吉少。

当时笃定城南李子就是二二四，就源于对心理性疾病犯罪的分析。但李青没有犯罪，而是走向了另一个极端。

忽然一个念头闪现在杜秋的脑海间，他猛然睁开眼，去打开了灯，灌下去一整杯威士忌，后背汗津津的。

以前自己认为二二四小时候受到虐待，直到现在都没有一个幸福的家庭，以至于他不需要任何钱财，所以对于雷劈山道观的三百万分文未取，全是错误的。

通过刚才站在二二四角度对每一起案件的回放能得出的结论是：一切都反过来。他有一个幸福的家庭，童年没有多大痛苦的回忆，反而是成年后受到了强烈刺激，之所以想方设法把犯罪目标绑架，就是不想在第一现场留下更多证据，不去取钱也是这个道理，他不想留下痕迹。雷劈山、上坎街两个案子应该都是绑架过程中发生了意外，原上草冷库的案子之所以直接选择杀人，是因为杀人就是锁上门这么简单，比绑架留的线索还少，那其他两个失踪人一定也已经被杀害，因为从冷库的案子看他的目的是杀人。

假设失踪的人都被杀死了，二二四之所以要先把人绑架，他一定有一个自己认为不会留下一点痕迹的处理尸体的场所。绝对不是拙劣的分尸或掩埋，杜秋想到了强酸。

黑暗中的杜秋后背淌下了冷汗，他了解过世界上很多连环杀人案，二二四会不会像杰弗里·达梅尔那样处理尸体？

你可以想象你所看过的电影、电视剧、小说中最恐怖、最邪恶的杀人犯，以你所有做过最可怕的噩梦作为衡量标准，再乘以五，可能与杰弗里·达梅尔的恐怖有些接近了。

1991年发生在美国威斯康星州密尔沃基的杀人狂案。在十几岁的时候，达梅尔就有杀人并与尸体进行性行为的幻想，十八岁的时候第一次杀人，并将尸体装在塑料袋里，埋到了他家屋后的树林里。后来作案数起，警察到了尸体处理现场，在达梅尔所居住的牛津公寓213号，发现“冰箱里有个人头”，当警官猛然关上冰箱门大声叫起来的时候，又在一个冷藏室里发现三个人头，橱柜里藏了两个人头，房间里每一个空间都充满了杀人的血腥和恐怖，打开炖锅，里面是腐烂的手和阴茎，大小瓶子的甲醛里泡着大小不等的生殖器。他处理被害人尸体的方法是用强酸溶解，把尸体变成一摊泥，但他会把阴茎和人头留下来做战利品，有时候甚至会吃他们的肉。当警方从他的公寓里把他的酸溶液抬出来的时候都要借助呼吸设备保护自己。

那么再搜寻和本系列案有关的场所，一定要注意是否有酸腐的气味。再者，能让他连续杀人，刺激到他的这个事情一定是让他生不如死。之所以将作案场所进行分割就是为了避免暴露。

从原上草冷库的案子分析，二二四一定了解单运来及送货工人进出冷冻车间的时间和规律，能了解这个规律的就一定在那里工作过。

他一遍遍地想，“嫌犯”的身影呼之欲出。“他”的轮廓存在于纸上，存在于杜秋心中。“这个冷酷可怜的家伙。”杜秋大声叹息，想不透自己为什么竟对这样一个凶神恶煞的“嫌犯”怀有几分恻隐之情。

犯罪嫌疑人二二四：

1. 成年后受到过强烈刺激。

2. 绑架的目的是杀人，不是为了做某种仪式抑或其他目的，而是为了更好地掩盖罪证。

3. 家庭可能很稳定。

4. 熟悉的区域是东郊。

5. 一定在原上草冷库工作过，知道冷冻车间的工作流程。

6. 车胎被更换了。

7. 现场有存在大量强酸的可能。

这就是一杯威士忌、一杯红茶和一支雪茄给杜秋的收获。

杜秋拿着雪茄和红茶走到了自己的鉴定工作间，那上面堆着几摞厚厚的照片，全是五菱之光单排小货车的内外特写。

看完照片后已是凌晨，大部分照片都是车内的衣物、食品、香烟、废报纸一类的东西，跟随的摄影人员都做了特写。有一张照片的图像是小货车破烂的座椅上放着一张报纸。报纸有三个非常醒目的标题：一、室内装修选材需谨慎，已致一老人罹患白血病。二、老公公“扒灰”，合欢有子，企图瞒天过海，结果家丑外扬。三、公园遛狗引争执，专家召开联席会议进行论证。

现在这报纸为了搞噱头，博眼球，在题目上各显神通。杜秋看了看，将照片放回了那散放的高高的一摞里。

早上，有一点小雨，天气转凉，空气清新，初秋是一个将要收获的季节。

杜秋虽然不是专业的犯罪心理画像专家，但根据昨晚对于二二四心理的评估和现有的侦查结果及作案特点，对于凶手做了下面的文字描述。

> 二二四，男性，年龄在四十岁到五十岁之间，身高一米七五左右，体重一百七十斤上下，身体强壮。父母健在或有子女，或者二者兼具。成年后受到过很大刺激，如果未有过军人和警察的职业经历，那么文化层次不低且思维缜密。

他将这份分析的文字内容呈报给了梁海，梁局长一字未改。

左秀这些天在外围第二次排查失踪人和被害人关系时有了一个重大发现，薛林贵五年前在国道上出过一次车祸，肇事另一方是范前山。第一次排查时因为考虑到事故报了保险，而且双方均未受伤，就没将范前山列为同薛林贵有矛盾的对象，因为现在专案组推断案犯就在东郊附近，才将范前山、薛林贵肇事矛盾、绑架联系起来后呈报给专案组。

范前山四十多岁，很健壮，父母过世，有一个儿子，一米七五左右的身高，这些都符合杜秋给犯罪嫌疑人的画像，现在又有了关键因素——他和失踪人之一的薛林贵有过交集。

杜秋直接否定了范前山作案的可能，虽然他同薛林贵发生过冲突，但因为一场交通肇事演化成五年后的绑架杀害不符合逻辑，而且在原上草冷库案发时，范前山没有作案时间。另外，范还是两次线索的提供者。

但因为有了线索，就要例行调查，下午两点多，杜秋叫上左秀一起去了范前山家。

“梁局一天急得晕头转向，面向社会的悬赏金额又提升了，还是没有人发现线索。”左秀驾驶着警车说道，“二二四作案这么隐蔽，怀疑他在动手之前每个目标都跟了很久，你看看他选的这些场所，只有失踪人和情人两个人知道的幽会房间，少有人前往的防空洞、道观，偏远的敬老院、冷库，但愿他的行动已经结束了。”

“如果是心理问题造成的，作案就会越来越快，在连续多次作案成功后，二二四的自信心早已膨胀起来，接下来有可能改变作案过程，疯狂且毫无理性。”杜秋那一晚在垄亩居的思索让他对二二四有了较为清晰的认识。

到了范前山家里，已是下午三点，只有玉莲和儿子范杨在家。

“我们是东印区公安分局的，我叫杜秋，以前来过你家，这位是左秀警官，这是你儿子吧？”杜秋指着范杨问道。

“对，我儿子。”玉莲放下手里的饭碗说道，范杨站了起来，羡慕地瞅着这两位警察叔叔。

“怎么这么晚才吃午饭？范前山呢？”左秀一边问一边环顾四周。

“我们也正等他呢，不是去干活，就是去找线索了。唉，这人想发财都想疯了，咋劝都劝不住。”玉莲说着往裤子上蹭掉手上的饭粒，“孩子饿了，我俩就先吃了。”

“范杨，你怎么没上学啊？”杜秋微笑着问道。

“叔叔，我今天发烧。”范杨腼腆地回答道。

“就这一天没去上课，已经在家哭了两次了，就怕耽误课程。”玉莲说到儿子时一脸的骄傲，“你们快先坐下，他马上就回来，要不我打电话催催。”

“多懂事啊，那一定学习很好。”杜秋坐下来说道。

“一直前三名，他爸爸一直给他补课。”玉莲倒了两碗水分别递了过去。

“哦，那他爸很厉害啊，啥学历啊？”杜秋瞅了左秀一眼又回过头说道。

“他啥学历啊，就初中毕业。”玉莲刚说完就听见门外的车响。

范前山开着小货车进了院子。

“刚在门外看见警车了，是来咱家的吧？”山生熄了火，下车问道。

杜秋、左秀、玉莲从屋里走了出来。

“哎呀，是杜警官，快快屋里请。”范前山热情地迎了上去。杜秋习惯性地瞅了一下手表，下午三点十五分。

“今年在下村包了二亩地，我把水渠修了一下，否则一到秋收就没时间了。”山生穿着水靴，下身有很多泥巴，“你们有事吧？”

左秀拿出了笔录，准备记录。

“你和薛林贵认识吗？”杜秋问道。

“就失踪那个薛林贵？”山生反问了一句。

杜秋点了点头。

“我跟他不熟，但前几年我开着小货车在国道上碰过他的车，我印象非常深，”山生说着笑了笑，“他当时开的是大路虎。”

“你们怎么碰的车？起争执了吗？当时都有谁？”

“他超我车来着，没起啥争执，当时就我俩啊，就是两个车都刮了一下，后来报保险了。”山生说着走到车旁边指着小货车的左侧，“就碰到这儿了。”

杜秋第一次来的时候已经注意到了，那是一块旧剐痕，后来补了漆。

“你们该不会怀疑我吧？都五六年了，就这么点事。”山生满脸的不可思议。

“有了新线索，我们例行检查。”杜秋笑着说道，“接下来，我和左秀警官要对你的房屋进行一下搜查，”杜秋说着拿出了搜查令递给了山生，“别紧张，就是有了新线索，我们得重新核查，这是公安的工作流程。”

“我配合警察工作，只是你们别吓着孩子。”山生双手接过了搜查令。

“先看哪间屋？”山生问道。

“厢房和仓房。”杜秋说道。

仓房里是农具，厢房里是粮食和饲料，还有几袋子化肥，杜秋在厢房里仔细看了一圈。

“有个事情我要向您汇报。”山生在门口站着说道，左秀则一直站在离山生不远的地方，这是一人搜查一人防范的模式。

“你说。”杜秋瞅了瞅房顶，那里有一个燕子筑的巢。

“我这厢房下面有一个地窖，杜警官。”山生从后面扯了扯杜秋的衣袖。

“你说它干啥啊，他们又发现不了。”玉莲在院子里喊道。

“闭上你的嘴，这是公安局的搜查令，你懂啥啊。”山生说着走到厢房的右侧角落用力将上面的柜子挪开，又单腿跪下，拿掉了上面的四块八十乘八十的地板砖，地板砖下面是一个木板，拿掉木板后有一个黑乎乎的洞口。

“这有一个梯子，可以下去，等我打开灯。”山生说着走到门边上摁了下开关，厢房屋顶上的灯和地窖的灯是一个开关控制的。

“这里面是什么？”杜秋问道。左秀站在了山生后面。

“一个地窖，我们家种菜去市场卖，有时候卖得不好就储存在这里。”山生回答得很自然。

“为什么上次没说？”左秀问道。

“你们上次也没说搜查啊？”山生说着瞅了瞅杜秋。

“一个地窖弄这么隐蔽干啥？”杜秋问道。

“市政府不让老百姓在地下乱挖，会破坏管网和电缆，我们偷着挖的，担心检查，所以做了隐蔽处理。”山生走过去将地板砖和木板摞在了一起，“下去看看吗？”

“左兄，你和老范待在上面。”杜秋说完顺着一个铁梯子走了下去，“让老范的老婆待在外面”，下到一半的时候抬头面向洞口喊道。

“你小心！”左秀回道。

整个地窖呈长方形，有一米多高，中间有几个钢管立柱连着厢房的立柱，面积是厢房的三分之二，借着灯光可以看到里面的木架子上散堆着一些白菜、土豆，秋初的雨水少，所以地面不是特别潮湿。

其他一无所有。

忽然手机响了，“梁局，你……”杜秋接听了电话。

“什么？几点？好好，我马上过去。”杜秋挂了电话，急忙爬出地窖，“老范，谢谢你的配合。”说完就向院子外面跑去，左秀紧紧跟上，“怎么了，杜秋？”

“方浅半小时前失踪了，手机显示在虎湾水库。”山生和玉莲都愣愣地站在门口。

“快，直接去虎湾水库。”杜秋说道。

左秀伸手将警报器扣到车顶，警笛一路长鸣。

虎湾水库位于云汉市的西郊，有六千亩的水域，归丰收区管辖，因为市里统一部署，凡是近期失踪类案件全归梁海领导的重案小组办理，而且方浅本就是失踪人薛林贵的情人。

穿过市区经丰收区又行驶三十公里到了虎湾水库，库区两岸是高耸入云的奇峰怪石，有的像海豹出水，有的似鱼跃龙门，有的如鸟雀归巢，有的像银蛇出洞。五百米长的拦河大坝建于两山之间，大坝两端用白色石条铺砌了八十八级台阶。

秋天的湖面平静辽阔，湖水蔚蓝清澈，碧波万顷，水天一色，鸟飞鱼跃。秋风吹过，湖面叠起一层层涟漪，仿佛人间仙境。

杜秋按照肖楠电话里的指引，一个小时后来到了水库南岩山下的一块巨石旁，石头上有隐约可见的貌似四个虎爪印的痕迹，相传唐代名将李存孝在此打死过一只猛虎，因此周围老百姓把这块巨石称为打虎石。

巨石旁边塑着十八个罗汉石人。

胡大为、肖楠、王柏，还有一位三十几岁、打扮时尚的女人围在一起。

“杜秋，我们在这里发现了方浅的手机。”肖楠举着相机正在拍照。

杜秋和左秀接过了胡大为递过来的手套、口罩、橡皮筋，穿戴好后，走到了巨石旁边。

一个白色的苹果手机在巨石的底座左下方的草丛里，杜秋捡了起来，手机的后壳被摔裂了，屏幕下边磕了一下。按开手机后，发现机主与名称标注为“亲爱的燕子”的人电话和信息往来频繁，机主还有一条给“亲爱的燕子”的未发出去的信息，显示的内容是“雨衣”，时间是三点。

因为巨石周围一直到公路上都是混凝土硬化地面，再加上当天风很大，撒上粉末后，没有发现可供提取的鞋印。

“我闻着有漂白剂的味道。”肖楠把证物袋递给了杜秋，杜秋点点头。

“凶手用漂白剂简单处理了现场，看手机上面的信息我怀疑是方浅故意扔掉的。”杜秋说道。

“你们过来，这上面有新的磕痕。”胡大为在第一个罗汉石人前喊道，第一个罗汉石人距离巨石有两米远，“可能在这里发生过打斗。”

杜秋走上前去看了下痕迹，点头说道：“像是锤子或扳手类的硬物磕掉的，左秀对这一块进行拍照。”

左秀从肖楠手里接过照相机和卡尺，肖楠对于手机的拍照位置、拍照方向等均做了记录。

又在周围搜寻了半小时，没有发现其他有效痕迹。

打扮时尚的女人叫燕子，到了车上，杜秋抓紧对她进行了问询，肖楠登记完燕子的身份信息后开始做记录。

“说一下你知道的情况。”

“方浅老公上午去了泰国，因为这些天乔艳艳也就是薛林贵的老婆一直说要杀了方浅，方浅很紧张，我俩约好下午一点，我去她家给她做伴。我一点到的她家，门锁着呢，我一直打电话，两个小时都没人接，就赶紧报了警。”燕子说话很快，着急的样子溢于言表。

“方浅她老公知道这件事吗？”杜秋问道。

“乔艳艳去家里闹过几回，她老公最近不咋跟方浅说话，应该在考虑离不离婚吧，这是方浅跟我说的。”燕子擦了擦眼泪继续说，“你们赶紧把乔艳艳抓了吧，一定是她。”

“方浅家离这里多远？”

“不远，我估计是她在这儿散步往回走的路上让人跟上了。”燕子继续猜测着，她希望这种猜测能提醒警方。

“你知道方浅最近还和什么人结过怨吗？或者有什么不正常的表现？”

“没有，那件事发生后，她情绪挺低落，我一直陪着她。”

“方浅手机里有一个未接电话，标注的是亲爱的燕子，这个人是你吗？”

“是的。”

“你把电话、住址留下来，保证二十四小时开机，如果有问题我们再找你。”

“好的，谢谢。”

给燕子记完笔录，回到局里已是晚上七点，梁海紧嘬着烟，焦急地等待着案情汇报。四小时前用了一根火柴，剩下的全是续燃。

迅速整理了一下报告，杜秋和胡大为来到了梁海的办公室。

“梁局，情况越来越复杂。”杜秋看见梁海办公桌上的烟灰缸里一堆烟头，知道他一定非常郁闷，不只是梁海，重案组的每一个人都背负着巨大压力。

“光天化日之下人没了。”梁海瞪着眼睛喊道。

“先消消气。”胡大为打开两瓶矿泉水，又给梁海的茶杯里添满水，一颗一颗的铁观音在杯子里漂浮伸展开来。

“案子什么情况？和二二四有关系吗？快说。”梁海啜了一大口茶。

“从虎湾水库的现场看，和二二四的作案方式一致，漂白剂、锤子或扳手等硬物的痕迹以及方浅要发出去的信息能形成一个证据链条证明绑匪就是二二四，”杜秋说道，“当然还要排除乔艳艳的作案可能，因为乔艳艳这些天一直在找方浅。”

“什么信息？”梁海又点燃了一支烟问道。

“‘雨衣’加了一个逗号，我怀疑方浅和二二四在虎湾打虎石旁边有过打斗，方浅乘机写了这条未发出去的信息，雨衣正是二二四作案的装束。”杜秋说完瞅了瞅胡大为，胡大为点了点头。

“在薛林贵失踪现场，二二四也是用漂白剂清理的现场，对吧？”梁海问道。

“是的。”杜秋拧开了手里的矿泉水，“但是二二四的作案风格一向是选择冷门而又隐蔽的场所，作案后会把现场清理得很干净，这次却是在虎湾水库，虽然那里人不多，但毕竟是公共场合，这很跳跃，二二四到底想干什么？”

“让我看就是对我们的挑衅。”胡大为一仰脖，咕噜噜灌下去一瓶矿泉水。

“老胡分析得对，他现在充满自信，就像一条狂暴的鲨鱼，随时可以作案。”梁海说完若有所思地吐出了长长的烟圈，“杜秋带人走访一下虎湾周围的人，看有无目击证人，老胡传讯乔艳艳，无论什么人都不能逾越法律这道鸿沟，但一定要注意态度。”

“是。”两人同时回复。

“杜秋，我下午给你打电话时你说在东郊？”梁海问道。

“是的，局长，我在东郊北洼村的范前山家做例行检查。”杜秋说道，“他和薛林贵在五年前有过一次交通事故，我和左秀去问询了一下，找您签搜查令时您不在，我们就找张局长签的字。”

梁海摁灭了烟蒂，“他有什么问题吗？”

“没有。”杜秋摇了摇头，“这个人一直为了悬赏奖金给我们提供线索，这次也很配合我们工作，主动把自己家有地窖的事都说了。”接下来，杜秋说了整个搜查过程。

“按你的叙述，范前山三点一刻回去的，方浅三点发出的信息，也就是说方浅三点失踪的。他也没有作案时间啊。”梁海分析道，“你们工作还是要讲些方式方法，不要让给我们积极提供线索的老百姓失去积极性嘛。”

“是的，从虎湾到北洼村开车得近一个小时，范前山确定排除。方浅的闺蜜一直怀疑乔艳艳。”杜秋啜了一口水。

“乔艳艳不知道二二四的作案方式，不可能也穿着雨衣，拿着锤头、漂白剂吧，我感觉问询乔艳艳只是例行程序，意义不大。”胡大为说道。

杜秋、胡大为出去后，梁海狠狠地擂着桌子，二二四到底是谁？究竟在哪儿？他打开抽屉拿出自己的手枪把玩着，在疾恶如仇的公安局局长心里，谁遇到二二四都可以当场将他击毙。

胡大为晚上加班传唤了乔艳艳，乔艳艳喊着方浅就是她找人先奸后杀的，分尸了，抛湖里喂鱼了。直到胡大为苦口婆心做了两小时工作后，她才平息下来，她喊的一直是她想做的，可是还没做呢，方浅就失踪了。

然后由大喊大叫进化成大笑大闹，但过程可没有猴子变成人那么漫长，“那个贱人不知道用了什么妖术把我们家老薛迷惑了，这回好了，两人向阴曹地府双双飞去了。”然后拍打着胡大为的肩膀又说，“老娘的床上功夫不是吹的，上上下下，左左右右，前前后后，薛林贵这个杂种他竟然给那个贱人买了房子专门幽会。我去那房子看了，真他妈大的一个床啊，我打算把房子开发利用了，开个贱人博物馆，床就是一号展品。”

“可是我不能没有老薛啊，我猜绑匪一定是要钱的，我得救他，钱我都准备好了，绑匪为什么一个电话都没有呢？”乔艳艳说着说着又疯疯癫癫地哭了起来。

第十八章　林深时见鹿

方浅和其他失踪人一样，像热天泼在地上的一瓢水，蒸发掉了。

原上草冷库的案子也没有进展，因为靠近牧区，地域偏僻，单运来每年用工都是随时用随时招聘，从没进行过登记，干一天给开一天的钱，干三天给开三天的钱，这些年在冷库干过的人太多了，况且一到屠宰季节，住到单运来那里的天南海北的客商也特别多，都没有记录，根本无从入手。

单运来从机关辞职后就下海经商，这些年没和任何人结下过可以要人命的仇，二二四究竟是怎么了解到单运来的活动规律成了谜。

回到办公室后，杜秋的视线又落在桌上，桌上摆着二二四相关系列案的报表。

杜秋比对着现有的证据，专心思索着，被眼前的这些信息困扰着。

方浅是薛林贵的情人，只有这两者有联系，其他均无任何关系。

这里面会不会有烟幕弹？六个人中有一个或两个是烟幕弹，为了掩盖住某种规律。如果有，那么二二四真正的目标是不是已经全覆盖了？如果没有，那么下一个目标是谁？

如果还有目标，那是不是预示着还要制造更多的烟幕？这些烟幕像是一根根绳子牵住了杜秋的办案思维。

失踪人和被害人是：薛林贵、谢虎、方浅、袁地煞、王敏、单运来，那作案人会不会是他们其中一个？当然已经确定作案人是男性，可以排除方浅，那会不会是其他失踪两人中的一人，放出一个烟幕，然后作为失踪的人去杀其他人？

肖楠这段时间将失踪人和被害人的履历图梳理出来，钉在了办公室的白色墙壁上。

谢虎，原来在湖东省农牧学院工作过，后来辞职下海。

单运来，本来是云汉市东印区教育局局长，后来辞职下海。

王敏，生前在云汉市丰收区政府管档案工作，1991 年到 1999 年年底在东郊镇派出所工作，属于事业编制。

又是东郊的信息。

谢虎、单运来、王敏有一个共同点——都曾经在正式单位工作过。

谢虎和薛林贵、单运来有一个共同点——都是老板。

而袁地煞与其他人之间都没有共同点。

方浅是薛林贵的情人。

谢虎、单运来、王敏、袁地煞都是六十岁以上。六人中的四个人都是六十岁以上，这是一种巧合吗？

杜秋挠挠头，如果找不出规律，就不知道二二四下一个目标是谁，不知道下一个目标是谁，就不能提前做好守株待兔的准备，这样自己始终处于被动状态。

“谢虎在大学工作过，单运来在教育部门工作过，这里面会不会有某种联系？”杜秋自言自语道，然后默默地看着白色墙壁上的履历图，“王敏是怎么调到丰收区主管档案工作的？”

“调查过了，王敏在派出所时负责东郊镇居民的档案管理，退休后被返聘到丰收区的。”左秀翻开记录本回答了这个问题。

“先从薛林贵查，从每个人出生的时候开始查，每一年干了什么都要查。”杜秋眼睛盯着履历表中每个人的名字，“一定让他们都说话。”

用了两天时间将薛林贵的履历情况基本调查清楚了，小学逃学，中学逃学，逃学基本把他十六岁前的人生都概括了；十六岁到二十六岁的十年，打工又都概括了。

二十六岁时认识的乔艳艳，乔艳艳家里当时做不锈钢生意，专门生产不锈钢厨具和桌子中间的不锈钢转芯，企业做得半死不活。当薛林贵娶了乔艳艳并辅助不锈钢企业发展后，企业像打了鸡血，所有产品的批发价格比市场正常批发价低了百分之十，利润却提高了百分之十五，三年内淘汰了国内百分之七十同行业的企业。

同行业都被打蒙了，不知道薛林贵怎么做到的。后来厂里的一个师傅以五百万的价格出卖了这个秘密，原来薛林贵在接触这个行业时，把所有原料进行了计算，又经过一个月的实验，成功从产品中抽了几个百分比的镍出来，镍在不锈钢制作的产品中是最贵的元素，而用铁等其他便宜金属代替后，产品的硬度和质量不降反升。

三十岁是薛林贵人生的滑铁卢，师傅的出卖技术造成厂里产品的大量积压，当年乔艳艳二胎又没保住，薛找了一个寺庙吃斋念佛待了半年，从庙里出来后，如有神助，连续办了六个探矿权证，其中有三个都是富矿，一跃而成云汉首富。

三十岁到他失踪前的人生，基本被各种生意和女人包裹着，一段段传说成了云汉人民津津乐道的谈资。而与司马诚的矿权之争让他入账几个亿，有人说是他逼死了司马诚，但司马诚已死，再无对证。

“我们从这些资料分析，薛林贵最大的仇家就是司马诚。”杜秋挠挠头，最近头发掉得厉害，“可是司马诚已经死了。”

“我们换个环境也许思路能换换。”肖楠提议。

在单位楼下的茶书馆里，杜秋找了一个小包间，亲自给肖楠和胡大为泡上茶。

“碎银子，我喜欢喝这个。”胡大为啜了一口茶，“司马诚死了，冯发被判了死刑，司马诚死后做了 DNA 鉴定，骨灰是他老婆领走的。”

杜秋借调前在云汉市中级人民法院刑事庭工作，关于冯发这个案子，虽然他不是合议庭成员，但听庭长说起过。

肖楠笑了笑，“老胡把司马诚的死介绍得这么详细，是担心你像写推理小说一样去思考。”

“不鸣则已，一鸣惊人，关键一直不鸣啊。”胡大为拿杜秋“蝉”的绰号取笑他。

“司马诚有没有特别要好的朋友或者合作伙伴？”杜秋问胡大为。

“坊间传，他被薛林贵骗了四个亿，全是外债了，你信他还有朋友、还有伙伴吗？”胡大为拿起茶桌上的陶制乌龟茶宠把玩着，“江湖是什么，电视剧中李雪健扮演的张作霖怎么说来着？对，想起来了，江湖就是人情世故。”

杜秋沉默了，肖楠也沉默了，三人谁也不再说话，默默喝茶。沉默许久，杜秋站起来又烧上水，“如果不是梁局长，薛林贵一家都被炸为灰烬了。”

胡大为点点头，“梁局长是大才，天生干警察的材料，不让他去掌舵市局都屈才了。可惜了这些年，不跑不送原地不动啊。”

“天道无常啊！”杜秋想到薛林贵和司马诚感慨了一句。

从薛林贵的人生履历中找不出案犯的任何线索。

“肖楠，帮我和左兄订下午去省里的机票，我们去回顾一下谢虎的人生。”杜秋说道，眼睛不小心扫到了茶桌下肖楠修长的大腿……

杜秋记得某一天晚上喝完酒后叫了代驾把肖楠送到了她家楼下，杜秋扶她上楼的时候，闻到了她身上爱神香水混杂着红酒酒香的味道，有那么一刻，他的手不小心碰到了她的脸，他酒醒了一半，忙松开了她。她喝多了，喃喃地说着：“谢谢你送我，谢谢你，蝉。”肖楠一个人住单身公寓，杜秋把她扶到了床上，脱掉鞋子，抬起她的头枕好了枕头，又往床头放了一杯水才走了出去，回头看时，肖楠已经甜甜睡去。

回到垄亩居，杜秋又倒了一杯波本威士忌掺在佛莱吉斯咖啡里。咖啡和酒的两种味道相辅相成，而咖啡因和酒精也可以互相平衡，一个让你保持清醒，而另一个则抚平你杂乱的意识。

就在放肖楠在床上的那一刻，强烈的意志控制住他吻上去的冲动，一个正常男人心底的冲动，咖啡的苦和波本的烈让杜秋努力平静地躺在了沙发上……

他起身悄悄下楼开车回到了肖楠的住所，门是虚掩着的，他走到了床边，一只手放在她肩上，将她的身子转过来，肖楠忽然抱住了他，他们彼此拥抱、亲吻着，然后杜秋一只手放在了她的臀部，将她拥紧。

狂热与浓烈包围了他俩。

他们又吻了对方，这次吻得很深，然后褪下衣服。

“我爱你。”肖楠喃喃道……没多久，他们就陷入迷乱状态。

杜秋感受到了肖楠的某种熟练。

潮水退去，杜秋的脸颊感觉到她的呼吸，她的嘴唇轻轻摩擦着杜秋的嘴唇。

……

忽然感觉身上好冷，一个冷战，杜秋在沙发上从梦中醒了过来。

人说，林深时见鹿，海蓝时见鲸，梦醒时见你。可实际上，林深时雾起，海蓝时浪涌，梦醒时夜续。

弗洛伊德的理论没错，一切都是潜意识作祟，否则根本没有所谓的意外。

第十九章　精神病院

晚上杜秋和左秀飞到了湖东省的首府苏京市，住了一晚，第二天去了湖东省农牧学院，这是谢虎曾经工作过的地方。

初秋，有苹果清甜的味道。象牙塔里的初秋还夹杂了青春和活力。

教务处是一幢哥特式建筑，夹在学校的足球场和篮球场之间，外表布满了岁月的痕迹，脱掉的墙皮，搭配着新换的百叶窗，简直就是幽暗与光明的矛盾集合体，楼前的那些各地捐赠的石雕述说着它在九十年代的辉煌。

新中国成立后，中等专业教育属于精英教育，由全国统一高考录取，入校后实行免费义务教育，国家分配工作，但是录取的人数非常少。从上世纪八十年代初开始，本科和中专开始“分家”。为了给快速发展的各个行业输送人才，工商财、农林水、师范、医护类等中专学校，开始实施从初中招考学生的政策。考上中专学校的学生，不仅由国家安排就业，还可以解决户口问题。政策实施的头几年，初中最优秀的毕业生，特别是乡镇里的学生，都选择报考中专学校，造成了一类学生读中专、二类学生读普高的现象。当时，能读中专的，确实都是学习成绩最好、天分最高的那一批学生。

二十世纪最后二十年，这所中专院校孕育了许多各行各业的精英，光省市级主要领导就多达三百位。到了二十一世纪，随着大学高校的兴起，它却逐渐变成了职业学校。

教务处一个身穿白衬衫、棕色长裤，打了一条紫色领带的胖胖的男人在办公室接待了他们，紫色领带在阳光的照射下特别刺眼。

“紫色领带”给自己倒了一杯水，面无表情。那些从这个学校里走出去的大人物撑起了他的傲慢。

他操着湖东省西部口音，手指上的烟渍和身上浓浓的烟味都显示他烟抽得很凶。

“这是我们的工作证和执行公务证。”

“不用，说吧，查谁？”

“谢虎。”

“那小子，他又闯祸了？”

“不是，他失踪了。”

“失踪得好，被我们开除后，据说混得还不错，挣了很多钱。”

“什么？他不是辞职下海了吗？”

“谢虎那张嘴吐出的话没法信，他在我们这儿犯了事被开除了，我只知道这些。”

“因为什么被开除的？”

“好像是伪造学籍的事，你们知道的，他一向不老实。”

“伪造谁的学籍？”

“这个我就不知道了，当时怕社会影响太大，老院长亲自处理的，内幕就他清楚。”“紫色领带”不耐烦地打了个电话，那边没有接听，他絮絮叨叨地说道。

杜秋和左秀对望一眼，明白这是送客的意思。

“那麻烦你把老院长的名字和住址给我。”

“他疯了，在丹霞疯人院，你们去找罗疯子就行了。”“紫色领带”有些不耐烦地应付道。

对于谢虎是被开除的这一点，从他下海后在云汉的表现看，两人都不是很意外。但意外的是，有可能的线索或希望却在一个疯子心里。

丹霞疯人院位于苏京市去往云汉市的一级公路的起点处，电动推拉大门上面挂着“丹霞精神疾病理疗中心”的牌匾，红底黑字。左侧墙壁上写着：疾病从不遥远，正常也只是相对而言。右侧墙壁上写着：只要精神不死，就要狠狠地活下去。

“这个案子破不了，咱哥儿俩估计也得来这儿。”左秀说道。

“就没有破不了的案。”杜秋说得斩钉截铁。

门口登记处管理得很严，有两个保安。说明来意后，保安往院里的接待处打了电话。

出来接他们的是一位护士，穿着一件带着两个兜的白大褂，双手一直插在兜里，相比于教务处的那位“紫色领带”的冷漠，插兜护士的表现又太热情了。

“哦，你们找的罗老，他叫罗晓金，原来可是个风云人物，前段时间住进来的。”走在前面的护士停下脚步回头瞅着杜秋继续说道，“你们从云汉来，那边天气怎么样？空气怎么样？你结婚了吗？几个孩子？哦没结啊，那姐给你介绍一个……”

一直插兜，是一种自我保护；一直说话，是压抑隐蔽环境中的一种宣泄。

杜秋微笑着一一回答，左秀假装往两边看，他可不想接过杜秋他俩的话题。

再走进去就看见了一排排蓝色的建筑，中间是一座黄色三层楼，四周有花花草草的点缀。

为了防止病人逃跑，这里的病区及逃生出口都用铁栏封锁着。

铁栏外站着一群拿着生活用品和一袋袋水果的病人家属，他们在排队探视。

“现在是二楼病人的做操时间，在这里千万别提‘精神病’三字，否则你会后悔一辈子的。”护士诡异地说道，脑海中浮现的是上个月一个过来探视母亲的女人说了一句：“精神病人也得洗澡。”结果被临床的精神病大妈咬掉了拇指，在一片惊呼和撕扯中，大妈坐在墙角兀自疯狂地咀嚼着。

“广播体操，现在开始，一二三四、二二三四……”喇叭里的口号清晰响亮，但眼前这群穿着天蓝色病服、动作各异的人仿佛听的不是同一个广播。

左秀的脑海里，直接和电影里面描述精神病人的大喊大叫、摔东西、躺在床上接受电击的景象联系在一起。

杜秋想的是：精神病院，仿佛监狱般的存在。

三人进入了黄色小楼。

进了小楼，在病区门口探视区，一些家属正默默地剥着手里的水果递给病人吃。

一层是女病区，女病区的病人不喜欢陌生来客，正在过道来回走动的几个病人闪到了一边，过道起点的高处挂着一台电视，这也许是精神病人唯一的娱乐了。杜秋等人的突然来访，让她们都停下手里的事情，或跪在地上，或弯起腿双手抱在胸前，警惕地观察着。看着她们不安的眼神，杜秋感受到，来自社会的异样目光对她们来说——格外沉重。

“看见那个女的了吗？”护士指着一个蹲在过道墙角啃苹果的肥胖女人说道，“老公外遇，她把她老公的阴茎割掉，把他情人的孩子从五楼摔下去，孩子被摔死了，还有那个……”护士指着靠墙站着的一个大个儿中年妇女，“她在这儿住了十几年了吧，从来没有出去过。”

三楼是男病区，有一个新来的年轻病人犯病了，正在歇斯底里地哭喊着，三个男护士和一个医生正一起合力按住他的手脚，用特制的轮椅把他安全转移到专门病房。

“接下来几天，他都会被分配到独立的房间并戴着和床连在一起的脚链。”插兜护士像导游一样给他俩介绍这一幕幕的景象，“你们看那几个戴着手链脚链的病人，他们正在护士长的带领下分批去体检，体检是为了更好地控制药物带来的副作用。”

顺着护士手指的前方，有五个人穿着统一的蓝色服装排成一队，都戴着手链和脚链，前两个人特别高，后两个人特别矮，中间的那个人一直在跳跃式前进，忽高忽矮。

杜秋心想，中间那个可别是罗校长，带着这种担心问道：“请问罗校长在哪里？”

“马上到了。”护士又诡异地笑了笑，让人毛骨悚然。

三人走到楼道的尽头一拐弯进了一个饮水间，二十平方米的房子里有一个石桌子，桌子周围散放着三个凳子，后面放了一把皮椅子，椅子上面坐着一位灰白色头发、戴着黑框眼镜，并且散发着学者气息的老年男人。

“他就是罗晓金，唯一一个不像精神病的精神病，哈哈哈哈。”护士笑完，猛然把手拿出来捂着嘴，她才意识到开始就警告过他们在这里面不能提“精神病”三个字，然后像犯了精神病一样跑了出去。

杜秋注意到护士一直插在兜里的那双手，那是一双满是疤痕的手，他不知道造成这种结果的原因是：护士年轻的时候双手被两个精神病人在体检的时候摁住当作猪蹄啃过。

“你俩随便坐。”罗院长指了指旁边的凳子。

“我们是……”左秀刚一开口，就被罗院长摆手制止了。

“云汉市东印区公安分局的，大个儿的叫杜秋，矮一点的叫左秀。”罗院长重复了刚才门卫给他打电话说的话。

“罗院长，您这是？”杜秋从眼前这位老人的言谈举止中察觉不到一点病人的痕迹。

左秀对这位罗院长倒早有耳闻，是我国最老一代的留学生，在美国斯坦福大学读的管理专业，才华横溢，能力非凡，当时回国还是湖东省的一把手亲自请回来的。

据说，他在国家各部委都有过硬的关系，回国就任湖东省农牧学院院长后，农牧学院的各项发展在全国都名列前茅，自己在教育界也是声名显赫，而自己的学生如今大部分也都成了栋梁之材。

他退休后，农牧学院就像在滑雪场高级滑道的顶端迅速溜到了底端。

“我退休后，就开始失眠、出现幻听、敌对周围的一切，经诊断是被害妄想症和精神分裂，转院几次，最后到了这里。”罗院长说话思路清晰、逻辑性强，因为留学的经历，说这句话时还夹进了几个英语单词。

但杜秋从这句话中紧紧抓住了“被害妄想症”。他感觉这位罗院长“有问题”，以自己在心理学方面的知识来看，罗院长不是精神病人。

“罗院长，我们这次来是有件事情想向您核实，希望您如实回答。”杜秋说着，左秀记着。

“好，只要是我知道的都没问题。”罗院长点头说道。

“关于谢虎。”杜秋说到谢虎的时候，紧紧地盯住了罗院长的表情。

罗院长听到“谢虎”两个字，脸部抽搐了一下。

罗晓金跟谢虎必然有着某种能触动他的联系，这种联系表现到脸上，更说明他的精神是正常的。

“他失踪了，新闻上天天报。”罗院长停顿了一下说道。

“是的，罗院长，我们就是为这个案子来的，想必您也知道不只是谢虎，还有多位失踪者和受害者。”左秀回复道。

“我们在找他们之间的联系，一方面是能分析出犯罪嫌疑人的犯罪目的，另一方面根据这个联系保护犯罪嫌疑人的下一个目标。”杜秋补充道。

沉默，整个空气都像凝结了一样。

“院长，您作为高级知识分子，如果知道和这些案件相关的信息，请一定如实告诉我们。”杜秋从包里拿出一本书，放在了罗院长面前，是自己这几天正在阅读的雷蒙德·钱德勒的《湖底女人》，“这是我正看的一本书，送给您了，整个推理过程很缜密。”杜秋想，这种方式也许能和院长走近一些，他预感到院长这儿有一个大包袱。

“喜欢读书的年轻人不多了。”罗院长感慨了一句，拿起书翻了翻，“喜欢外国文学？”

杜秋点了点头，“尤其喜欢略萨的作品，再就是英美作家的推理小说，除了雷神，在我心里，小说家雷蒙德·钱德勒是神一样的存在，还喜欢劳伦斯·布洛克和杰弗里·迪弗。”

“哈哈，劳伦斯·布洛克以前住在格林尼治大街，我上学的时候还见过他，是因为见了他才开始读他的小说的。”罗晓金没想到自己在美国的青春岁月和面前这位警探有了某种交集。

“他的雅贼系列不错，侦探马修塑造得也很成功。”杜秋最喜欢也最不担心无话可说的就是藏书、读书这些话题。

“去过美国吗？”罗院长抬头问道。

“没去过，走过一些国家，但唯独没有去过美国，其实我真的想去小说中的第五大道、地狱厨房感受一下。”杜秋说得很诚恳，态度很谦恭。

“读了这么多书，你认为中国人和美国人价值观有什么不同？”中国和美国个体的价值观问题一直是罗晓金出国留学回来后思索的问题。

杜秋停了一下，整理了一下思绪，此次来访可不是纵谈中美价值观问题的，也不是来交流书单的，是要找到二二四的作案目的，所以得想办法靠到问题上来，但在罗晓金面前又来不得半点胡说。

“我是学法律的，搞过刑事审判工作，现在又借调到公安局，我就从法律人的角度和您探讨一下，两国人民关于生死这一人生价值观的问题。”一边说着，杜秋一边偷偷地观察罗院长的表情，罗院长坐直了身子，两眼多了些许光芒，那是一种聆听的渴求。

“美国大部分人信仰基督教，基督教相信人有来世，所以美国人不怕死，把自由看得比生死重要；中国人怕死，不是因为没信仰，是因为中国人比较实际，只相信自己看到的。”罗院长没有说话，杜秋继续说道，“这就是死刑存废的关键，让我说中国永远不能取消死刑，美国基本没有死刑的原因是他们相信来世，法院判决三百年，是把来世的来世都判了，这个是让他们最恐惧的；而我们中国人不相信来世，只信生死，所以死刑才是最能震慑的。”

罗院长拍手说：“好，从死刑存废上去分析这个问题，我还是第一次听说，观点有待商榷，但新颖，有自己的想法。”

“可是我们手里这个案子已经死了三个人了，其他三名失踪人员还生死未卜。”杜秋感觉火候到了，赶紧将所聊话题的方向转回来，“院长大智慧，万请指点迷津。”借求教之名再戴顶高帽。

“唉！”罗院长的一声长叹，空气又恢复了流通，“任何事情都有结束的时候，无论是一个官司、一场恋爱，或是一桩失败的婚姻。任何恩怨也有开始的时候，无论是一点利益、一份感情，或是整个人生。但我没想到会酿成一场杀戮，不杀了我，杀手圆满不了啊。”

杜秋心里一惊，坐直了身子，颈椎一直不好，再加上连日奔波，后背像压了石头，心情随着二二四不断放出的烟幕也是乌云密布。“罗院长，为什么您会跟这件案子联系上呢？谢虎究竟是什么原因被开除的？”

“这从哪儿说起呢？具体我也不知道这些人的失踪、遇害和我想的这件事到底有多大关系，但我感觉有关系。我说一下过程，你们看看我的忧虑是否有道理。”

整个事情是这样的——

上世纪九十年代，正值改革开放之初，一切都欣欣向荣，包括教育事业，一部分海外游子也都跃跃欲试回来报效祖国，我就是其中一员，回到湖东后来到了农牧学院做院长，当时是全省唯一的一所中专院校，但那时候的中专生堪比现在的北大、清华学生，初中升入中专后，学习三年，毕业后就分配工作，一般都去了党政机关，所以当时的湖东农牧学院就是高校中的黄埔，一时风头无两，所有初中学习好的学生基本不会去初升高，而是直接选择考中专。

最高峰时学院有八个系，两万多人。谢虎就是那个时候被招录到学院工作的，这人胆大心细，敢闯敢干，和我年轻时候很像，所以很得我的器重，就安排他管理招生工作。

问题就出在这里。

有一天一个叫孟飞的学生在外面盗窃被抓了，抓他的原因不是盗窃，而是假造身份。因为在抓他之前，东广市还有一个孟飞也被抓了，东广的孟飞莫名其妙，自己连续在家打了三天牌怎么会因为盗窃被抓呢？但警察坚持证人举报的就是这个孟飞，结果从公安的信息档案里一调档发现，这个身份证号的孟飞在我们学院读专三呢。

假孟飞原名叫曹立，是顶替孟飞来读的书。

罗院长啜了几口水，又继续回忆——

孟飞考上了湖东省农牧学院，但没收到通知书，经过当地的一系列操作，另一个学校的曹立拿着伪造的孟飞的身份证和录取通知书来报到。当时网络没有这么普及，连身份证都没联网。所以没收到通知书就是没考上，就这样，真的孟飞就弃学了，同时曹立开始了大学生活。

那个年代学籍管理混乱、落后，很多人的命运都因此被改写了。我们国家 1985 年确定的身份证制度，但在 1999 年之前国家一直未对居民身份证确定统一号码，在这之前存在身份证号码重复的现象，甚至身份证的内容都是手写的，因此随便就可以伪造个户口、身份证，还可以买卖户口，所谓的“空挂户”，花钱买个身份就可以了！而且直到现在有的人也有两到三个身份，因为最后人口普查的时候都给确认了，你在公安网站上查，哪个身份都是真的。

“你等一下，罗院长，曹立拿着伪造的身份证，你们学校辨别不出来吗？”杜秋问道。

“公安都很难辨别真假，那时候哪有什么防伪啊！谢虎的问题恰恰出在这儿了。”

罗院长接着做了叙述：

最初造假很容易，只要和当地教育部门沟通好，他们根据录取分数伪造好档案，然后投档到我们学院，谁来学校报到我们就接收谁。后来发现冒名顶替上学的太多，我们学校就拿到了部委的文件，要求考生在考试前先填报志愿，填报志愿的时候我们要第一时间掌握学生的信息资料。本来这样的程序能杜绝所有问题，但俗话说“事在人为”，问题出在了谢虎身上。

谢虎主管招生工作，他能辨别出来，每个人最初报考时，我们这儿会有一份考生的照片和基本信息，我们就是根据这个基本信息发放录取通知书。所以无论身份证真假，只要来上学的人和最初信息的照片对不上，就是假的，很容易辨别。

但是谢虎在收取了每个人两万元钱后，全都开了绿灯。

“每个人？天啊，这种情况会很多。”杜秋和左秀都感觉这是闻所未闻的学府丑闻。

“对，这件事出了后，真的孟飞拿着一杆猎枪追了谢虎一条街，后来真孟飞被拘留了，考虑到事出有因，关了几天放了。假孟飞家里出了一大笔钱给真孟飞，算是把这事压下了。”罗院长说完咳嗽了起来，“最近一直失眠，在这里面还是住不习惯。”

“我有个疑问。”杜秋问道。

“你说。”罗院长比刚才介绍情况时语气平和了很多。

“您没有病，为什么会住在这里？那个真孟飞不是已经安顿好了吗？”

“唉……”又是一声长叹，罗院长继续说道，“没事谁愿意和一帮精神病人待在一起，昨天一夜碰见三个光着屁股梦游的。”

“假孟飞当然是被开除学籍，相关人员也因伪造证件等罪行，分别被判处了刑罚。”

“那谢虎呢？”

“他不知道用什么办法，反正没被拘留，也没被判刑。”

杜秋和左秀都静静地听着，如同听一部悬疑推理剧，生怕落下哪一个细节。

“但是这个事情一出，我作为一把手天天承受着社会各个阶层的考问，特别是媒体，他们一旦发现我就会把摄像机的镜头贴在我的脸上，把长长的话筒戳在我的脸上，有时候说话还会把口水喷过来，你会感觉有无数个苍蝇的影子在眼前飞，我就用工作疏忽来解释、应对。还好我在公安部的学生起了作用，记者才停止了长篇累牍的报道。谢虎的工作是保不住了，但在他走之前，我得弄明白这些年他干了多少票啊，得进行补救，不补救是要出大问题的，是教育界的丑闻，是教育界的大问题。”

罗院长停了一会儿，望向窗外，好像窗外有人给他投影过去的一切一样。他长叹一声接着说道：“结果他交代一共干了二百三十一票，他毁了二百三十一个人，也往社会上输送了二百三十一个‘李鬼’。”罗院长说着激动地拍着桌子，水杯里面的水喷溅了出来，“只这一项，他收入了五百多万，在那个年代相当于五千万。”

杜秋和左秀也是一惊，谢虎真是肆意妄为，这叫什么？这是抢劫，抢劫的是每一个人的命运。这是盗窃，盗窃金融机构或珍贵文物都有死刑，那如果盗窃了别人的人生呢？

“这么多人够判他无期了吧。”杜秋掩饰着自己的愤怒。

“唉……”又一声长叹后，罗院长一屁股重重地坐在了椅子上，左手顺势猛一扒拉，将水杯摔碎在了地上。

护士跑了进来，一边喊着不要让病人太激动，一边收拾了碎片。

“我自幼家贫，通过多年的努力，终于实现抱负，此生最引以为傲的是将湖东省农牧学院办成了国家的一流学府，这是我的成绩，每每也曾与胡适、傅斯年作比，可最终我的一切都将毁在这里，璀璨之后变为烟火之灰吗？我不允许自己这样做。但其实我走的这一步将使我遗臭万年。”罗院长抽泣起来，泪水滑落，老人的泪有些浑浊，也许不是多少个年去岁来而是人生的这段经历浑浊了眼泪。

没人打扰他，直到他自己平静下来，接着说道：“谢虎给我罗列了一大堆利害关系，关乎学院的命运，关乎我的声誉，关乎我是否会失去自由，等等。我被他说动了，默认了他的所作所为。”

“那是什么？”杜秋知道要找的答案快理出头绪了。

“一天晚上，学院里的一个档案室线路老化起火，连同那二百三十一人的基础档案共计七百余份全部烧毁了。”罗院长逐渐平静了下来。

“你的放任铸成大错，当初的错误永远不会得到纠正，因为你的一己之私，彻底颠倒了这二百三十一个人的命运。一把熊熊烈火，真是春秋笔法。”杜秋很激动。

罗院长摇了摇头，“木已成舟，回天乏术了，只是可惜了农牧学院，如果没有那次浩劫，我有信心把它打造成全世界最优秀的大学。唉，惶惶七十余春秋，书剑两无成啊。”

左秀给杜秋递了个眼色，意思是让他平复一下情绪。

“那你应该回家颐养天年啊，你来这里干吗？”杜秋冷冷地问道。

“谢虎失踪了，你不觉得会和那二百三十一个人有关系吗？”院长盯着杜秋问道。

“有没有关系，现在不确定。但失踪人之一的王敏恰恰主管过档案工作，失踪人之二的单运来在我市东郊区教育局工作过，谢虎在你们这儿工作过。我们推测这其中是否有某种联系才找到这儿来的。”

罗院长对着杜秋点了点头，“对，我也看了新闻，知道这些失踪人的信息，所以我才躲到了这里。”

“为什么要躲？”

“谢虎失踪后，我猜测是否和那二百三十一人有关系，直到单运来和王敏遇害后，我更加确认了这件事一定和档案、和教育系统有关系，这个杀手一定会杀光所有改变他命运的人。”

“躲到这里面，倒是个好办法。”左秀环顾了一下四周说道，“没有人会想到你住进了精神病院，即使想到也很难进来。”

“白天他不会进来，晚上进来这里，大部分都是灯火通明，最主要的是还有几个梦游的疯子。”院长补充道。

“那你可以寻求警方保护啊。”左秀接着说道。

“我不想跟任何人说这些事！今天你们来了，我感觉我的怀疑是对的，所以将我所知道的一切和盘托出。再者我现在跟公安的朋友说有人要杀我，他们会当成个笑话听。”院长恢复平静后又有了学者范儿。

“你在笔录上签个字吧。”杜秋说道。

“你们抓紧回去吧，说不定凶手已经在追击下一个目标的路上。”罗院长站了起来，签完字，走到门边做出送客的姿态。

“真假李逵啊，如果真是这种联系，目标里一定有那个冒充李逵的李鬼。”

杜秋一边说着一边拉着左秀急匆匆地向门外走去。

和罗院长没有任何告别的语言，因为无法评价和定位，二人都不知道说什么。像是一台打印机打印了一张需要的信息，如此而已。

从精神病院出来后，在赶往机场的路上，杜秋打电话给梁海汇报了情况，找到二二四的最快方法就是找到“李鬼”，梁海局长立即带队前往市教育局。

连着几天，杜秋经常会莫名想到身处精神病院的罗校长，有种似曾相识又似是而非的感觉。一日，当他在垄亩居偶然瞥见书架文学译作角那本《魔山》时恍然大悟，托马斯·曼笔下的高山肺病疗养院与现实生活中的精神病院竟有着某种莫可名状的关联。原本神志正常的罗校长，突然间成了世人眼里的精神病患者；而前往疗养院本是为了探望患病表兄的大学生汉斯，却意外成了那里的病人。汉斯在疗养院混混沌沌一待就是七年，待他终于抛弃等死的思想离开疗养院时，外面一战的炮声已经打响；罗校长为了躲避追杀，藏身于奇幻荒诞的精神病院，他将在这里滞留多久，等待他的又将是什么呢？

多年司法和刑侦工作的经历却让杜秋觉得现实的诡谲奇幻很多时候更甚于文学世界，希望早日将二二四缉拿归案，让罗校长不至于在精神病院一待多年，还能有机会以清醒的状态回归日常生活。

第二十章　蝉影重重

杜秋第二天早上七点回到云汉，直奔教育局。

梁海正带队在市教育局档案馆查询。

梁海、胡大为、肖楠、信一阁四人在一个全是竖立着的档案架前挨个翻阅。

档案员是一个年轻的小伙子，熬了一夜，打着哈欠在一张破旧的办公桌前做着登记。

“梁局，他这儿没有电子档案吗？”杜秋脱掉亚历山大麦昆的风衣放到了桌子旁边的衣服挂架上。

“每个单位从今年年初才开始对以前的档案进行电子录入登记，教育局这块进行得慢，从后往前录，还没收录完。”

“有什么线索吗？”

“现在查出我市三个曾经在湖东省农牧学院学习的学生。”梁海说着凑近了杜秋的耳边，“真有一个顶替别人名字上学的。”

“谁？”杜秋惊问。

“王海川王副市长，他原名叫秦岳，你过来看。”梁海拉着杜秋来到最左边的一排档案柜旁，拿起了一个牛皮纸袋子，上面写着“王海川学籍档案”。

梁海把档案袋打开后，抽出了一张卡片，卡片上的照片真的不是王副市长。

“真的是这样吗？那真正的王海川会不会是凶手？”杜秋因为急迫，声音的分贝陡然增高。

“你过来。”梁海拉着杜秋走了出去。

在档案室外面的廊道里，梁海点燃一支烟深吸了一口。“我给局里打过电话核实了，真的王海川三年前死于癌症，所以不会是他。”

“那王副市长这个情况，咱们咋办？”杜秋问道。

“哪个王副市长，你见过什么吗？我知道什么吗？”梁海的眼睛紧紧地盯着杜秋，“你要记住，我们啥都没见过，把你前三分钟的所有记忆都抹去，”拍了拍杜秋的肩膀，“如果你还想进步。”

“那我们岂不是像罗院长一样了，毁灭证据，让角色在台上继续唱戏？”

“他戏唱得不好吗？主管工业，咱们市里哪年不是在全省名列前茅。他不努力吗？去年发大水，第一个冲上一线的是谁？真的王海川死了，如果现在向组织汇报了我们的发现，后果就是又毁了一个秦岳。”梁海用力地嘬着烟，烟燃烧的速度很快，像极了杜秋此时血液流过心脏的速度。

“我知道你的想法，梁局，你担心即使汇报了，对王副市长也没有任何影响，而你我这辈子的前途也就交待了。”

“不是担心，是百分百会和你说的一样，风风雨雨三十年，不说宦海沉浮，但我看得清楚，罗院长纵容谢虎烧毁了二百三十一人的档案，这是他的大智慧，我敢说罗的手里肯定有一份二百三十一人的名单，而这名单中就有已经成长为龙凤之才的。”梁海笑了笑，又意味深长地补充道，“这其中，贤人感谢他，恶人想杀他。”

“那罗院长躲在精神病院里，是真的担心二二四会找上他吗？”杜秋感觉到梁海的锋利，不是警察的锋利而是在世事沧桑中磨炼的男人的锋利，以及更深的官场哲学。

万千生活中，人人怀里都藏着一把刀，即使最软弱的孩子或女人。只不过有的人刀刃向外，有的人刀刃向内。杀人者、刀刃向外者会经过一个与敌人搏斗的漫长过程；而刀刃向内者只在须臾之间，因为他对你一直笑着。

“躲进精神病院一方面是怕二二四杀他，还有一方面是他担心那个名单上的恶人会杀了他灭口。当然这个名单对罗来说，有可能未体现在实物上，而只是他的一个记忆。”梁海说道。

“甚至在未出现其他失踪人之前，他认为谢虎也是被灭口的？”

“对。罗很矛盾，这些人在这种纽带下能成为死党，但在死党中间也有想永远让他闭嘴的，睡榻之侧，焉能有虎？”梁海又吸了一口烟，猛然甩手扔掉了烟头，“比如某一天，一位学生打电话约着罗去喝一杯咖啡，或者一杯红茶，抑或一杯威士忌，罗喝下的时候感觉有一点点苦杏仁的味道，然后经过一阵痛苦后，就死掉了，就这么简单。”

“杏仁的味道？氰化物。”

“聪明的蝉。”梁海竖了下大拇指。

“哐”的一声，门被打开了，肖楠端着一本卷宗冲了出来，“梁局，是范前山。”

“竟然是他。”这时档案馆里的人也都跑到了走廊上，成半环形围着梁海，大家都踮起脚尖急于看到究竟是怎样的一种文字呈现。

梁海接过了档案袋，走进了档案室，胡大为给档案室的年轻小伙儿说明了公安的工作纪律，要求他在未结案之前，对所知道的一切进行保密，并让他先回避。

档案袋的封皮上写着：单伟（曾用名范前山）。

梁海抽出第一张卡片，杜秋急忙看了一下照片的位置，是范前山，虽然变化很大，但他的方脸让杜秋印象很深，这就是侦探识人最重要的方法，记住最重要的点，即使经过岁月的变迁也能一眼识破。

湖东省云汉地区教育委员会

（1996）　　　　　　档案号 1867

中考考生资料袋

姓名：范前山

准考证号：1911031

身份证号：150414197103062×××

初中毕业学校：湖东省云汉市东印区东郊镇中学

中考分数：政治 88 分、语文 91 分、数学 90 分、物理 83.5 分、化学 98 分、外语 81.5 分、听力 80 分，总分 612 分。

“考这么好的分数！”梁海一边说着一边抽出了第二张卡片。是一份复印的录取通知书。

最上面一行是大字标题：湖东省农牧学院录取通知书

第二行是校训：大学之道，志存鸿鹄

内容如下：

亲爱的范前山同学：

欢迎你进入国家“元贞人才”工程的重点院校：湖东省农牧学院。

杏花红处青山缺，山畔行人山下歇。学院位于美丽的杏花山下，秉山之苍翠，临水之浩瀚。致天下之治者在人才，成天下之才者在教化，教化之所本者在学校。在这里，有六经三史，诸子百家。诸学子定能学富五车，书通二酉，誉天地之大，褒日月之明。

欢迎你，新同学！你将在这里扬帆起航，积土而成山，积水而成渊，天道酬勤，止于至善。

范前山同学：

祝贺你被录取到湖东省农牧学院学习！

考生号：1911031

身份证号：150414197103062×××

录取专业：法律

就读学院：湖东省农牧学院法律系分院

学制：三年

就读地点：湖东省苏京市

报到时间：一九九六年九月一日

院长：罗晓金

湖东省农牧学院

一九九六年七月

然后还有一张卡片记载着单伟的个人信息，和范前山的一模一样，不过特别说明范前山是单伟的曾用名。单伟的母亲叫范雅芝。

“看来这个单伟去上学的时候改了身份证随了母姓，用范前山的名字上完学后，回来又把名字改成单伟。”梁海抬头瞅着杜秋说道。

“升学考试是千军万马过独木桥，他们这是偷军换马啊！这些伎俩估计单伟能说清楚。”肖楠的语气充满了鄙夷。

胡大为急切地说道：“那先抓捕范前山吧，二二四一定就是他。”

“大家说一下意见。”梁海说着拿出了烟，但意识到是在档案室里，闻了一下又放回兜里。

“王敏当初在东郊镇管档案，谢虎在农牧学院管招生，单运来又是单伟的父亲，这三个人都关联了范前山，我认为应当对范前山采取措施。”左秀发表了意见。

“还有一点，如果二二四是范前山，那么接下来的目标一定有单伟。”杜秋补充道，“我的意思是现在应对单伟进行调查与保护。”

“还可以守株待兔，那现在两者的矛盾是——是否惊动范前山。”信一阁说道。

世上有不少人无法自己当主角，不能自己当编剧，却能修饰补充别人所写的剧本，让一本平凡的剧本变成最佳剧本，信一阁就是这样的人。

“当前的工作：一是对范前山采取措施，同时调查保护单伟。二是调查其他失踪者和受害人与这个事件的关系。三是依照我们的推论，假定范前山是凶手，那迅速确定除了单伟之外是否还有其他目标。”梁海紧锁眉头。

杜秋忽然记起，有一天晚上在垄亩居查看关于东郊的涉案嫌疑小货车勘查图片的时候，其中一张照片的图像是范前山家里的小货车，破烂的座椅上放着一张报纸。报纸上有三个非常醒目的标题……

对这张图片印象比较深的原因有二：第一，杜秋第一次去东郊调查的时候，对范前山印象较深，因为范前山给公安提供过线索；第二，文章的题目比较吸引人，但只是第一页的题目，并没有看到内容。

“梁局，你稍等一下。”杜秋忙打开手机，上网打开了《云汉晚报》的网页，并相继搜索“老人罹患白血病”“老公公扒灰”“遛狗引争执”等关键信息。

“肖楠，记录这几个名字，马上打电话给局里户籍大队查一下他们的身份信息”，杜秋一边快速地滑屏一边念道，“王国明、赵春辉、刘金芝。”

“王国明，原来的东郊镇中学校长。”肖楠说道。

“你认识？”杜秋没听见肖楠打电话，抬头问道。

“范前山的档案里有啊。”肖楠修长的身子靠在一个铁皮档案柜上，递过来一个微笑，“初中毕业证上，就是王国明作为校长签的字。”

“范前山车上有一张报纸，而报纸内容有关于东郊镇原校长的信息，这说明他的下一个目标有可能是王国明。”杜秋瞅着梁海说道。

“对，这更加大了范前山的嫌疑，综合大家的意见，现在分配任务。”分配任务时，梁海的声音由男低音瞬间转换为男中音，“杜秋带两人负责单伟的调查和保护工作，左秀、信一阁带两人负责王国明的调查和保护工作，我和老胡带人去范前山家实施秘密布控和抓捕。”

“是。”

回答得很有气势，二二四这段时间给大家造成的压力太大了，现在终于有了头绪，虽然没确定范前山就是二二四，但每个人心里都认定他就是二二四。

没有一个人是住在客观的世界里，我们都居住在一个各自赋予其意义的主观世界里。但所有人都认为这次主观世界的认定是对的。

“二二四是连环犯，凶狠毒辣，行事诡秘，大家一定要小心，如遇反抗可以视情况开枪。”梁海眼睛扫向大家，眼神里满是关怀和嘱托。

“梁局，我申请同你们一起去参加布控。”肖楠请战。

牛仔裤，白色针织衫，马尾辫，肖楠因为长得漂亮，穿什么都好看。但她是从青春期开始才变漂亮的。以前，她只是一个灰姑娘，黑瘦黑瘦的，像相声里所说的以为她母亲领着个猴。但蜕变还是发生了，像巨浪从海底涌起，快速变形，几年的时间，肖楠就变得光芒四射，散打、枪械又赋予了她野性美，每天早上在路上跑步时，都迎来男人的注日，因为她上下颤动着男人想掌握的东西。

“也好，憋了这么久，花木兰也该出山了。”梁海同意了肖楠的请求。

肖楠回望杜秋，他俩互望了对方一眼，彼此未语还休的那句话是：“你小心。”

“你过来一下。”梁海叫住了杜秋。

杜秋回过头，“梁局，你还有什么事情吗？”

“这两天我把方浅一案的证据看了一下，无论是作案手法还是现场痕迹都和二二四一致，可以断定是他绑架走了方浅。”梁海肯定的语气是对自己多年断案经验的自信。

“可是作案时间不对。二二四如果是范前山，那么方浅被绑架时，我和他在一起啊。”杜秋一脸的疑惑。

梁海拿出手机，在杜秋面前晃了一下，“记住，时间是可以更改的。”

杜秋忽然想起上次去范前山家，范前山当时刚从外面回来，“等我回来和您探讨，我先去执行任务了。”

梁海点了点头，看着杜秋的背影远去。

范前山家，此时父慈子孝，其乐融融。

“儿子，你长大了还会不会对爸爸这么好啊？”

山生趴在火炕上，儿子范杨给他摁着后背。

“当然啊，爸爸，我会一直孝顺您和妈妈。”范杨跪在山生的背上，从上到下给山生按摩着。

“你一定要好好学习，无论遇到什么事，都不能放弃学业。”趴着的山生眼泪流在了枕头上。

“爸爸，您这都是第三次跟我强调了，我记下了，无论发生什么事，我都不会放弃学习，我要成为金字塔尖上的人。”范杨看着爸爸粗糙的手背，眼睛湿润了。

“人生就是会有很多意外，但你要记住所有的不舍都会到来，面对不舍和意外，只有坚强这一条途径。”山生拍了拍儿子的腿示意自己要坐起来。

“爸爸，您怎么了？”范杨说着下到了地上，蹲下身，穿上了鞋子。

山生趁机擦了下眼睛坐了起来。

“没事的，最近有点儿累，你看看你啊，都长这么高了，看着你长到爸爸膝盖、腰部、胸部，现在都够到爸爸的头喽。”山生说话的时候，眼前放映着儿子从小到大的画面。

“来，看看爸爸现在还能抱动你不？”说着跳到地上，抱起了范杨，“乖儿子，最近没少长嘛，不行，还是得多吃点。”

“快放下吧，爸爸，别累到您，您看您都有这么多白头发了。”山生放下了儿子，但范杨还是抱着爸爸的头，用脸去挨得紧紧的，像小时候扎在爸爸的怀里一样。

“儿子就是听话、聪明、孝顺、懂事。”山生抚摸着儿子的脑袋。

“哈哈，爸爸您这儿夸自己儿子的词可多了呢。”

“那我评价你了，你也评价一下爸爸，在你心中，爸爸是一个什么样的人？”

“我可不敢。”范杨看着爸爸额头那一道道超过他实际年龄的皱纹，见证着年轮的碾压。

“没事，爸爸不批评你，说对了，晚上奖励你一顿麦当劳。”

“算了吧爸爸，那有什么好吃的，我不爱吃。”范杨说着不爱吃的时候感觉口水都流出来了，“您是个特别能干、不服输、有责任感的好爸爸。”

山生慢慢地呼出一口气，忍住眼泪又抱紧了儿子。

“山生，都快到晌午了，你咋没送儿子上学去啊？”玉莲早上去市场卖菜回来，骑着电动车进了院子。

“上午有点儿不舒服，我没让他去。”山生松开儿子走到了院子里。

“中午想吃啥啊？”玉莲问道。

“弄点面条吧。”山生说着去猪圈那儿准备拿柴火。

“村里来了好几辆车，不知道又是干吗的。”玉莲把电动车推到仓房门口充上了电。

“是啥车？”

“奇怪，不是警车，但我看见上次来咱家那个大个儿的公安了，带着人往咱家的方向来了。这次没穿警服。”

“啪”的一声，山生将柴火扔到了地上。“你和儿子去屋里待着。”山生用命令的语气说道。

这一天终于来了，他这几天正在思考怎么处置单伟，因为如果单伟一死，公安部门必然会发现有两个范前山，那样自己就一定会暴露。

可是计划还没有设计完，杜秋最终还是快了一步，这次一定是冲着自己来的，而且是便衣，前两次都是警装，这说明他们是要实行抓捕，怕打草惊蛇。

“自己制造了那么多障碍来转移公安的侦查视线，为的就是拖延时间，把该杀的都杀掉，这次他们一定是掌握了关键证据。”山生一边想着一边猛然撞开房门，拿起西屋柜子里过春节时剩下的几个“二踢脚”放到了上衣内衬的兜里。

“你这是怎么了？”玉莲手中的暖水瓶掉在了地上，嘴巴张大到能放进一个拳头。

“儿子，记住爸爸说的话，一定要好好学习。”

“玉莲，对不起了，儿子就交给你了，来世咱们还是一家人。”说着跪在地上对着玉莲“嘣嘣嘣”地磕了三个响头，冲了出去。

呆若木鸡的范杨忽然明白了什么，在山生冲出去的那一瞬间，哭喊着：“爸爸，爸爸。”

第二十一章　鬼蜮

两个月前。

他不知道在这块阴湿的地上躺了几天，三天或是四天，梦见自己是个梦游者，游走在方浅的床头，他见到方浅在甜甜地睡，身后环抱着她的是一条蛇，他想喊可是怎么也喊不出来，忽然方浅转了个身，他惊醒了。梦里他看见了一个骷髅头，他知道自己是做梦了，于是起床，他要去公司开会了，这笔生意做完能赚到一个亿。他打上领带，忽然谁在后面猛然勒紧了他的领带，勒得他喘不过气来，他知道他坑过很多人，拿着射钉枪把矿粉射进矿脉里，本来一文不值的矿山在他手里就变成黄金万两。王总、丁总、焦总，一定是他们要杀自己，可是他喘不过气来，他感觉自己就要窒息了……他醒了，发现自己还是蜷缩在这个不知道多大的空间里。梦见自己做梦，醒来之后再醒来成了他这几天的常态，这是怎么了？神经紧张衰弱到极致还是……他在想自己是不是灵魂出窍了。

他盼着那个人下次送饭来的时候，哦，对了，那也叫饭吗？那不叫饭，它的学名应该叫作猪饲料，一个大碱窝窝头，有给死人上过供的味道，有一次他竟然从馒头里吃出一根草棍，起初他以为是针，吓得没有知觉的双腿好像动了一下，仔细用舌头舔过后才确认就是一根草棍。

他想起了他的生活，奢靡的生活，那一场场高朋满座的宴席，端茶倒水的都是区县长，熊掌、穿山甲、果子狸、蝙蝠汤、活猴脑、虎骨汤、半头鲍、野生大黄鱼、泰国空运的斑琴虾蛄，每只两千多元的海胆闻了一下不新鲜，把整桌的海胆都扔掉。

在赌场撒完尿，有门童托着热毛巾来擦他的鸟儿，是个女门童，性趣来了他还可以在女门童身上随意使用他的鸟儿，他的小鸟就啾啾地叫，然后变成了一只雄鹰，随意扑腾，扑腾完了之后，变成了一条软绵绵的蚯蚓，门童会仔细地把这根蚯蚓擦干净。

回到赌场，金碧辉煌，真正用纯金打造的金碧辉煌，“一掷千金”这个词对他来说只是扔给荷官一个红包。

去那个众所周知的中东国家住最好的酒店，酒店内的游泳馆他认为应该改称“运河”，他在那儿租赁的私人飞机是直接落到酒店楼上停机坪的，被一个牵着老虎宠物的石油王子瞪了他一眼，他一生气迅速买了辆劳斯莱斯幻影，跟着王子遛了一下午的老虎，王子最后用蹩脚的中文说了两个字“有钱”。回国时看见那些大包小包往回背奶粉背咖啡的男人，他轻蔑地笑，他是云汉市首富，首富就应该有首富的姿态，否则为什么要当首富。

可此时，像个婴儿般蜷缩在这里，他原想把绳子蹭断，可根本实现不了，他没有力气而且这个姿势也根本使不上力气。他想请求他把眼睛上的胶带揭开，可又怕他揭开，一旦揭开意味着他必死无疑。杀了他，因为他看到了你的下巴，这是电视剧里常演的剧目。后背因为血脉不通像背了一座山，即使现在给他松绑，他下半辈子也可能瘫痪了。

排泄的污物在他的身下搅成了一大摊，一阵阵恶臭袭来。

他听见了脚步声，感觉又有了希望。

他踱着步走到他跟前，站了一会儿，像是检查他的绳索，也像是在看他是死是活，还像是啥也没干就静静地站立着。

一个声音，是塑料盆放到地上的声音，他知道这是他的饲料，他照旧呜呜叫着，他一定知道他的呜呜声是哀求而不是咒骂。

“待了这么久也真难为你了，说吧，还想活几天？”他轻声说道，也许看到他现在的样子让他好受了些。

“呜呜呜——”先是一阵呜咽的声音。

“不许喊，不是怕你喊，是因为我讨厌你的喊声。”

他“嘣嘣”地用头磕着地代表着点头。

可是他最担心的事情发生了，他揭下了蒙在他眼上的胶带。

“刺啦——”他的一半眉毛都被胶带揭了下来，“刺啦——”嘴上的胶带也被揭了下来，他大口大口地喘着气。

他努力适应着照进来的一点微光，即使这一点微光也让他感觉眼珠在喊痛，是因为胶带粘得太久了。他来不及看周围的环境，忙用力抬头，想看到绑架他的人到底是谁，他就能分析出原因，继而想出解决问题的办法。

光太暗了，一个敦厚的中年男人的影子模模糊糊出现在他的眼前，近距离看隐约见到一张大方脸，此时大方脸也正盯着他。大方脸的皮鞋褶皱布满了泥土，上衣是暗绿色，有上下四个口袋。

他脑袋“嗡”一声，不认识，他一直以为是哪个老总绑架了他，没想到是个农民工或者是农民，这两个词在他那儿都能混成一个词——穷鬼。

“不认得我了？仔细瞅瞅。”穷鬼半蹲下来说道。

“你是谁？我好像见过你。”他努力回忆着。

“你的大路虎呢？”穷鬼的语气充满了讽刺。

别说讽刺，穷鬼现在说操他祖宗，他都想磕头。他忽然想起来了，五年前在国道上，自己的路虎追赶过这个穷鬼。

两人都陷入那段回忆，不过感觉不同。那件事在薛老九记忆里已经云淡风轻地过去了，但对山生来说，却像一根铁钉深深钉在了心上。

一辆路虎从后面赶了上来，山生驾驶着小货车听着音乐在前面优哉游哉，猛然前面有一个车爆胎，山生急忙打轮避到道路右侧一旁，听见后面急刹车的声音，一辆路虎停了下来，山生一身的冷汗，从后视镜看见路虎停顿了一下，忽然加速冲了过来，山生依仗多年的开车经验，又急忙往左打轮，车后杠才险些避开，但车的左前侧还是剐到了路虎的右前侧。

薛老九从路虎车上蹦了下来，戴着墨镜，手里拿着棒球棍，嘴里问候着山生的祖宗八代外加老妈、大姑、四姨姥姥和六舅奶奶。

“你是故意撞我是吧？”山生怒气冲冲地问道。

“我他妈就要撞死你。”薛老九朝着山生的右肩就是一棒。

山生忍住疼痛，忙拿出手机报警，可还没等拨出去号码，又是一棒打碎了手机。

“你知道我是谁吧？”薛老九出了气之后，气喘吁吁，“我是薛老九，你报警有他妈什么用。”

山生早听说过薛老九的势力，不敢再吭声。

几个路过的司机下来劝说他俩。

“各自修车，我这车你也修不起。”薛老九走着螃蟹步横行到了大路虎上，水陆两种生物再次结合在了一起。

山生忍着痛往自己车上走去，忽然路虎开足马力向着自己冲了过来，山生赶忙狼狈地跳到一旁。

路虎急刹住车，薛老九摇下了车玻璃，喊道：“算你小子命大，这笔账咱们记着，你哪天死我说了算。”骂完后，大路虎一路绝尘，潇洒而去。

薛老九终于明白刚才穷鬼的那句话的意思了，“不许喊，不是怕你喊，是因为我讨厌你的喊声。”

“我哪天死你说了算，对吗，薛总？”山生坐在了地上，两条腿呈八字形半支着。

“不……不……你原谅我，是我的错。”薛老九“嘣嘣”磕着头，“我上有八十老母，下有还没结婚的女儿，你放过我，啥价都行，都能接受。”

“这样吧，你哪天死你说了算，明天上午，后天上午，大后天上午，下午我没时间伺候。”山生平静地说道。

“爷，亲爷爷你饶了我，你饶了我吧。”薛老九鼻涕一把泪一把。

“选日子！”山生喊道。

薛老九明白了，穷鬼就是要他死，猛然大喊起来，“救命啊，杀人了，杀人了。”

坐在地上的山生一拳擂到了薛老九的脑袋上，薛老九仍拼命喊着。

山生起来，从上衣的口袋里拿出了胶带，双腿夹住薛老九的头，给嘴上缠了三层，此时的薛老九已经没有一点力气反抗。

“我的拇指代表明天，食指代表后天，中指代表大后天，啥时死，你决定，我伸出指头后你确定了就点点头，如果你拒绝选择，那么我选今天。”山生语气恢复了平静。转到薛老九的面前，蹲下身子陆续伸出了拇指、食指、中指，当伸出中指时，薛老九无力地点了点头。

“你会以一种特别的方式上路，我不蒙你的眼睛，让你今生再见三天太阳，自己数着吧。”山生说完轻轻地走出了门。

薛老九听见了重重的上锁的声音。

他没有吃东西，他宁愿自己快点饿死。“一种特别的方式”，听起来让人毛骨悚然，他忙努力朝不同方向扭动脖子试着去看清楚自己待的空间，三百多平的大空屋子，所有窗户都钉着板子。

前面怎么好像站着几个人。

原来这屋里还有人，这么些天自己竟然没有发现，死人，难不成是死人？可是他们都站着呢。

薛老九的尿情不自禁又流了出来，他发现自己在“穷鬼”说完最终日子后就大小便失禁了。

“你们是谁？”他微弱的每一个声音都想冲出层层胶带的束缚。

又恢复了寂静，伴着外面的日出日落，他在黑暗的寂静中开始呻吟、抽泣。

时间好像过去了一个世纪，又传来了开门的声音，他看见他进来了。

借着开门的缝隙闪进来的阳光，他看清了，站着的那个人不是死人而是纸人。

三天后。

山生进来，打开了手提的矿灯，屋子里一下子像是汇集齐了后羿射下的太阳，山生开始忙活起来。

薛老九看见了好多花圈，看见了纸糊的车马、纸糊的别墅、纸糊的餐具和电脑。恐怖席卷了他的全身，他用嘴贴住地面不停哼哼，这是准备以怎样一种方式结束他的生命？

约一刻钟后，他走了过来，解开了他手和脚上的绳子，他终于从婴儿的姿势解脱出来，全身一阵麻痛后顿时顺畅了很多，他双手拎起了他，山生一阵咳嗽，那是薛老九身下的污秽之物的味道所致。

走了几步后，他把他放到了一个座椅上，借着矿灯的光，他逐渐看清楚了他刚才的布置。

前方横向、左侧竖向、右侧竖向各摆着一张桌子和一张椅子，摆成了一个缺一条边的长方框，薛老九被放在左侧椅子上，右侧椅子上摆着一个纸人，山生坐在正前方的桌子前，拿着东西在写什么，薛老九探头去看，只见一个毛笔的顶端。

“别看了，薛总，我在给你写挽联。”山生停顿了一下抬头说道，“要不你说词，我写？”

“不不不不，不要写这个。”薛老九嘴里呜呜着，摇头的速度像小孩子转了下螺旋。

“程序是这样的：给你写挽联、审理判刑、穿上装老衣。装老衣你懂吧，就是死人穿的衣服。”山生一边说着一边写下了一道挽联：“薛老九西归，与恶鬼同途。”

薛老九两只眼睛瞪得像铜铃，他想咬舌自尽，可是又祈盼着一线希望。

“然后你会看着我给你烧掉纸船、纸马、纸人、纸楼，你都记好了，领上你该领的金山银山、童男童女，到那边照旧做你的富豪。”山生又写下了，“驾鹤之日所有仇怨今化解，投胎之时道德人家再托生。”

这是要吓死他，难道这就是他所说的特殊方式？薛老九感觉自己的裆部和屁股又湿了，又是一股子恶臭。

“好了，写好了，我给你挂上。”山生拿着写好的挽联走到了花圈旁边粘在上面，又坐回了原位。

“现在开庭，这种情况法庭秩序就不给你宣读了，交代下你的义务，本案由范前山独任审判，你是否申请回避。”

薛老九感觉自己遇见了一个疯子、傻子加变态的“三合体”，“我申请回避。”说罢赶紧点了点头。

“被告人薛林贵，你的回避理由不成立，被当庭驳回。”

公诉人宣读公诉书，范前山瞅了右侧桌子的纸人一眼。

……

好，公诉人公诉书宣读完毕。

薛老九重重地用脑袋磕着桌子，每一下都要把自己磕死的那种力度。

“本院认为，薛林贵犯诈骗罪、故意杀人罪、强奸罪、交通肇事罪，数罪并罚，判处死刑立即执行，不得上诉，是判。审判员：范前山。”

山生说完，用拳头狠狠地砸了下桌子，当作法槌的声音。

薛老九觉得给自己判定的有些罪名是冤枉的，他要上诉到高院、最高院，要请最好的律师，将官司一打到底！

他的幻觉被山生一巴掌打醒了。

山生终于找到了当法官的感觉，浑身舒爽，原来当法官的感觉是这样的。

“给你换上衣服，你放心，这脚上的绳子在那一瞬间我会给你剪开，要不绊绊拉拉的，鬼门关也不好过。”山生说着给他披上了一件黑色寿衣，上下错乱地扣上了扣子。

“哎，这才像个死人。”山生端详了一会儿又说道，“我给你写好了通关文牒，一会儿和盘缠一起给你烧了啊。”

恐怖、惊悚、悬疑像弹幕一样在薛老九的眼里跳动。

“接下来我给你送盘缠，”山生说着将纸钱塞入了纸马肚子中，打开打火机点着了。山生索性坐在了地上，“这里面以前就是停尸房，我给改成的法庭。”

薛老九看着这个“三合体”一步不差地走着送自己归西的程序。

“咱们得慢点烧，你别急，屋内火光不能太大，烟也不能太多。”山生又拿起了一个黄色的栩栩如生的纸马，白色的鼻子，黑色的尾巴，“一会儿你死后，应该会在半空中看到这匹马，骑上它一直往西去就是了。”

披着寿衣的薛老九感觉每烧一样东西自己都死过一次，承受着炼狱般万劫不复的折磨，他的思路也跟山生走在了一起，接下来会看到黑白无常，以自己这些年的“修行”，估计肯定能戴上五十公斤重的冥府脚镣。自己被拖到鬼门关，过奈何桥、望乡台、背阴山。小时候听说书先生说过唐太宗游地府时幽冥背阴山的场景，先生说：“那山乃是纯阴无阳之地，远望此山阴云垂地，黑雾迷空。上得山岩，抬头观看，有峰有岭有洞有涧。只是山不生草，峰不插天，岭不行客，洞不纳云，涧不流水。洞中收野鬼，涧底隐邪魂。山前山后，牛头马面乱喧呼；半隐半藏，饿鬼穷魂时对泣……”

他曾经去过重庆的丰都鬼城，奈何桥上全都被抹上了香油，一旦滑倒就是万丈深渊，而桥分三层，善人的魂魄可以安全通过最上面一层，善恶参半者走中间这一层，恶人的灵魂走下层桥，多被恶鬼拖往桥下污浊的波涛中，被狗鬼蛇鬼狂咬。

想想自己和善人相比，那是天与地；和善恶参半相比，那是水与火。

“看看这是你的路引，我特意拿了一个盖章的。”山生举起了一张长条黄色软纸，双目凑近了读道：“丰都阎罗大帝发放此路引，普天下人必备此路引，方能下到地府，再转世升天……”他目光下移，继续念道：“印章是：阴司城隍，丰都县府。”

“老薛，我不给你带上这个，你连鬼门关都过不去。”说着，烧掉了路引。

“老薛，你可以上路了。”薛老九听到这句话时，面部狰狞扭曲，像死透一样晕了过去。

第二十二章　蝉的生死逆行

几名老人，正坐在一座住宅门前的大石头上，或是讲着周瑜黄盖，或是谈论着家长里短。

一个妇女站在自家门廊下，给麻袋打着补丁，准备着秋收，丰收的喜悦体现在她那哼哼唧唧不着调的歌声中。

一个男人正挑着担子，吆喝着豆腐、豆浆、豆腐脑，磨剪子抢菜刀，村民们不知道啥时候这两个完全不搭的东西成了连襟。

一只松鼠在附近最大的土堆里埋藏或挖掘着什么，那是一米见方发黄的草地，中间扔着一台旧的三轮车。

一只黑狗在目不转睛地盯着松鼠，忽然跑到一棵树旁，一只腿抬起来靠在树上，撒了好大一泡尿。

在北洼村的一所老房子边上，身着便衣的梁海在悄悄地指挥着，几个大大小小的脑袋滑稽地凑在了一起。

然后两名警察迅速守住了村口的住宅和住宅之间那条通道，其中一名穿着红袜子的警察将晒太阳的老人都劝回了家。

那个卖豆腐的、抢菜刀的货郎也知趣地在警察的目送中挑着担子离开了。

还有两名便衣在通往山生家的那条小街上来来回回假装溜达着，注意力却始终未离开山生家的黑色大门。

另外六名便衣绕到了村子的后面，对山生家的院子进行了包抄。

这是山生观察到的情形，他从院子后墙跳出来后，躲在邻居老张家废弃的宅院的一处草堆后，从一块贴着农饲料广告的残破木门裂缝里向外窥视着。他能从门的缝隙里看见六名便衣警察跑去的身影，很有秩序，训练有素。

一共九名警察已经把前面的路都封死了，老张家的院子后侧紧邻公路，山生悄悄地走到后面爬上了墙头，探出半个脑袋看了一眼后，赶忙轻轻跳了下来。

公路上三辆车一字排开，车门都开着，准备随时出击，大概有六七位穿着利落的便衣警察等候在那儿。

所有的路都被堵死了，山生闭上眼睛，他不甘心，还有目标人物没有杀掉，他必须得逃出去。

可是现在有十多位警察的包抄，刚才又听见了子弹上膛的声音。

这时他从缝隙里看见梁海叫上一位皮鞋擦得锃亮的年轻警察，敲响了自己家的门，是玉莲开的门，他能听见他们说话。

“范前山呢，干吗去了？”

“干……活……”玉莲的声音里夹杂着哭声，嘶哑得如同在炒一盘蛋炒饭。

“你哭什么，发生什么事了？”

然后山生听见了儿子和媳妇一起哭的声音，他知道他娘儿俩一定会实话实说，特别是儿子根本不会撒谎，但他一定能撑一支烟的时间。

他必须赶紧想出办法，因为警察很快就会搜到这里来。

山生闭着眼快速计算着三拨警察的位置和与自己的距离，然后仔细端详着这个院子。

这是一个四合院，院子东侧翻过墙是村道，顺着村道能直接跑到雷劈山方向。

院子南侧是木板门，出了木板门隔着巷子是自己家的后门。

院子西侧横向有一道矮墙，这个矮墙是老张家和另外一户村民的界墙，矮墙最右边是自己家，最左边有十几棵杨树，过了杨树林是公路。

院子北侧外面是公路，刚才看到有警察已经布控。

山生计划着时间，从西侧矮墙最左边翻过去，爬过杨树林，就到了距离停放的警车后面五米左右的地方。

一支烟的时间。

脑海中迅速演练了一下自己的计划。

他迅速弯着腰跑到了院子的西侧最右边，拿出两个“二踢脚”，将外包的红纸撕掉，引线露了出来，又拿出香烟，将烟嘴去掉，将引线塞到了香烟的烟草里，香烟是很好的导火索，点燃香烟后，将爆竹另一端插在墙上的软土处，香烟斜倚着爆竹在燃烧。然后又把剩下的三个爆竹放在院西侧的最左边，以同样的方式点燃了香烟。

这是一个赌注，但一定会赌赢，爆竹的声音乍听起来像极了枪声，左侧的响声会迅速把村路上、巷子里和自己家的警察吸引到这里，他们一定会认为山生和公路上布控的警察发生了交火，而右侧的爆竹会把公路上的警察吸引过来，因为他们同样担心是这边的兄弟受到了袭击。

完美。

山生双手合十，只盼着媳妇和儿子能周旋一段时间，然后计划着自己从哪个方向冲出包围圈，冲出去后第一步、第二步、第三步、第四步……精密地计划着，一步都不能出错，他相信如果能成功逃脱，就一定会在重重包围中，生生地把拳头刺入单伟的心脏。

梁海从山生老婆和孩子的神情中，更加确定范前山就是二二四。

“请你们配合警察工作，范前山去哪儿了？”

玉莲停止了哭声，指了指厢房，说：“地下室里。”

梁海拿起摩托罗拉步话机呼叫：“四五三六号呼叫四五三三，完毕。”四五三三是胡大为的行动代号。

“四五三三号收到，完毕。”

“你那边什么情况，完毕。”

“目前情况不明，完毕。”

“这边有新发现，你带四五三一、四五三二速来我处，完毕。”

“收到。四五三六号，完毕。”

胡大为带着三个兄弟火速赶到了山生家里。

在厢房的地下室入口，玉莲搂着儿子站在一旁。

每个人都皱起了眉头，脸上露出忧虑的神情。

“老胡，你带人在外面警戒，我和王柏下去。”梁海说着掏出了手枪。

“是。”王柏立正回答道。

“不行，你们在外面警戒，梁局，我下去。”胡大为说着已经踏上了地下室的梯子。

“王柏跟上。”梁海命令道。

“是。”

王柏拿出了随身的强光手电，跟着胡大为一起下到了地下室里。

地下室里只有白菜和土豆……

“下面什么都没有，上次杜秋检查过。”胡大为和王柏爬上来后拍着身上的土。

“说，范前山到底去哪儿了？”梁海暴怒，大声喊向玉莲。

“孩子，你爸爸涉嫌犯罪，你是学生，不能撒谎，告诉叔叔，争取让他得到宽大处理。”胡大为心里很急，但还是拖慢了说话的节奏，语气平和地对范杨说道。

范杨抽泣着说了山生和自己谈话的整个过程。

“把范前山的衣着打扮说一下，不说他妈的都给我铐上。”梁海怒气冲冲地喊道。

“我老爸穿夹克。”

“裤子呢？”

“运动长裤，好像是黑色的运动鞋。”范杨低声说道。

“什么颜色？”

“夹克和裤子都是深蓝色。”山生的老婆终于说了话。

山生的逃跑行为是对犯罪事实最好的招认。

“嘣！嘣！”

“是枪声，梁局，在后面。”胡大为一边喊着，一边已经向院子后面冲了过去，梁海等人迅速赶上来。

“嘣！嘣！”又是两声。

公路口那边的警察听见前两声枪声时，有四位警察跑了过去，最后两声诱使另外两名警察也跑了上来。

同时，巷子里及路口的警察全都包抄了过来。

山生在漫长的绝望之后，终于看见了一道曙光。

山生站起来从树林向着公路警车的方向拼命奔跑，五米、四米、三米、二米、一米，一步跨入最后一辆警车里，发动了引擎，上挡，猛踩油门。

一辆蓝色雪佛兰呼啸着冲了出去，一分钟后，他在一个岔路口掉头逆着交通车潮开了上来，以分毫之差避过一辆货运卡车、一辆高速而来的捷豹，还有一辆林肯领航员。

他看到前面救护车的灯光，还有三辆当地的巡逻车。他很小心地移动着，好像自己是枪口下的士兵。

刚刚刺耳的车辆轰鸣声使梁海等人在二二四已经同某一部分兄弟交火的思维中逆转过来。

“他跑了，那刚才是什么声音？”梁海面对刚从公路上冲上来的那六人喊道，“赶紧描述一下那辆车，被二二四开走的那一辆。”

“蓝色雪佛兰，款式是科鲁兹。车牌号码是湖 DF1427。”

胡大为捡起了落在地上的一个爆竹残骸和墙角下遗落的半包香烟，“他妈的。”

除了路口还有两个坚定把守的警察，其余的人全都支援聚拢到了张家老宅门前。

“用香烟做引信，这家伙太狡诈了。”梁海说。

“肖楠已经去追了。”王柏说道。

肖楠奉命把守巷道，听到枪声后，马上向枪响的方向跑去，但马上又意识到不能离开，一旦二二四跑出来，穿过巷道就会到村口。

她听到了车辆的轰鸣，“他跑了。”肖楠快速向自己的“风声”跑去。

“风声”是肖楠的座驾，一辆白色的两厢高尔夫，已经陪伴她三年了，追风逐电，奔逸绝尘。

一切都如诗一般美好，一个漂亮的女青年，出身于殷实的家庭，让人艳羡的身材、学历、工作及工作赋予她的美，如果她是美文诗，二二四就是恐怖小说。

紧张地冲上车，关车门，系安全带，发动引擎，猛踩油门，引擎立刻隆隆地发出回应。

车前台的粉色小熊随着咆哮上下跳动。

“四五三六号呼叫四五三七，完毕。”四五三七是肖楠的行动代号。

“四五三七号收到，完毕。”

“巡警报告，二二四沿公路逆行向苏京市方向驶去，完毕。”

“收到。完毕。”

听到梁海的通报后，急忙控制车速，把时速表指针压在六十公里以下，到了第一个岔路口，路口很窄，肖楠迅速将“风声”靠到路的右侧，同时向左打满方向不减速前进，观察引擎盖与路肩的位置快速向右回方向停车。然后挂倒挡起步向右方向打满倒车，肖楠瞅了下后视镜，当看到左后视镜中的后方路肩下移到后视镜下沿时，向左方向停车，将挡位推到前进挡又向左打满方向前进……

整个过程几秒钟完成，“风声”像螺旋一样在漂移中掉转了车头。

十几秒钟，车速便迅速加速到了一百二十公里，紧靠应急车道冲了上去。

一辆奔驰顺着应急车道冲了过来，车主张大嘴巴喊叫着，它的左边是一辆高级房车，奔驰车无法躲避。而“风声”旁边约半米处飞驰着一辆跑车，不够闪避的距离。肖楠迅速降速，随着迈速表的指针“唰”的一下回落，她选择在岔路口急速掉头，车打了一个旋后，车头和奔驰一个方向。就在奔驰即将以绝命时速过来“拥吻”时，“风声”似离弦之箭“嗖”地冲了出去。这个只差几厘米就成现实的“热吻”简直让人惊心动魄。

耳边传来跑车司机的吹哨声，哨声代表的应该是“牛逼”的意思。

她和“风声”连续完成了两次人车合一。冷汗顺着她的面颊和后背流了下来。

“兄弟，一切都好。”她拍了拍方向盘安慰着“风声”。

到了车流少的地方又掉转过来，继续逆向行驶，有了刚才心惊胆战的那一幕，肖楠在应急车道上将“风声”的速度压到九十公里。

此时，她丢在副驾驶座上的摩托罗拉步话机中发出毕剥声，她腾出一只手抓起耳机，戴在耳朵上。

“喂？”她直接回答，完全省去了警用步话机必须使用的呼叫方式和代号。

“肖楠，我是梁海。”梁海也一样没采用标准通信模式。

“请说。”

“通过监控又发现那辆车了。”

“他在哪儿？”她高声问，声音压过了隆隆的引擎声。

“等等……好了，他开出高速，到了红山公园北路，和一辆卡车发生剐蹭后，继续逃逸。”

“往哪个方向逃？”

“看来不是往苏京方向，现在他的车头朝北。”

“知道了。”

往北想去丰收区吗？肖楠心想。的确有许多条路可以到达丰收区，但那些路上全是桥梁，而且大多必须开上高架路，很容易被警方拦截。

有两种可能，第一，他会在那附近找个没人的地方弃车，然后到他计划去的区域；第二，是否和单伟有关系。

马上按了车载电话。

“蝉，我是肖楠。”

“你那边什么情况？”

“单伟是否在丰收区？”

“是的，在丰收区云台路。”

“加强防控，二二四用几个爆竹成功逃出包围，非常狡猾。他现在正奔往丰收区方向，完毕。”

肖楠挂了电话，专心开车，范前山的狡诈程度远超所有人的想象。

山生此时一边开车，一边打开了百度地图，只瞅了一眼，对方圆几十里的路径就全明白了。

为了这一场杀戮，晚上失眠时，他就对着百度地图放大，缩小，再放大，进行研究，在给市规划局干活的时候，他偷着对管网图纸进行了拍照。

对着管网和百度地图还有半年来对云汉市所有街巷的熟悉，他找到了刺杀单伟最好的方法。

他甚至比单伟还熟悉他的家，比如他家里那瓶茅台酒开了三个月了，竟然没再动过，看来单伟不是一个爱酒的人。

还有单伟的孩子，五六岁的样子，有一次他在糖果中注入了砒霜，放到了他家的果盘里，然后又跑回去拿走，只因为他想起了自己的孩子。

她的耳机传出另外一个人的声音：“肖楠，我们找到他了！”

“在哪里，胡队？”

“二二四已进入丰收区，在第一个路口向西边拐去了，”胡大为说，“离正阳街不远。”

“我就要抵达正阳街和上坎街的路口了，我会想办法拦住他，但你们的支援也得尽快赶来。”

“他们已在路上了。肖楠，你刚才到底开了多快？”

“我没空看时速表。”

“这样最好，你还是专心注意路上的车况吧。”

她一路鸣着笛来到交通繁忙的正阳街和上坎街的路口，然后把车横过来，挡住了西向的两条车道。她跳下车，掏出手枪。此时有几辆车正停在东向的车道上，肖楠对车上的驾驶员喊道：“下车！有抓捕行动，所有人快下车去找掩护。”车上的司机——一位大叔和一个穿着时髦的女人，立即照她所说的去做了。

如此一来，正阳街的车道都被封锁住了。

“所有人，”她大声喊道，“全都去躲起来！快点儿！”

“老胡，再描述下被疑犯开走的那辆车和他的装束。”

“蓝色雪佛兰，科鲁兹。车牌号：湖 DF1427。”胡大为说，“嫌犯穿夹克，慢跑鞋，运动长裤。”

肖楠看见了那辆蓝色的雪佛兰，就在前方不远处，正疯狂地一路向西朝她临时设置的路障冲来。山生并未发现前面有路障，等他发觉时，已经无法回转躲避了。他用力踩下刹车踏板，使得后方的一辆越野车也跟着紧急刹车而倾斜了车身，车上的司机看清前方的状况，便开门跳车逃走了，剩下越野车阻住了他的退路。

她俯身靠在“风声”的车顶上，把手枪准星对准了雪佛兰汽车的风挡玻璃。

终于，她终于见到了二二四。她看见了他的那一张方脸，看见他身上的蓝色夹克衫，她甚至能看见他那两道浓黑的眉，看见他正在左右张望附近是否有别的街巷可以逃脱。

但这附近已无路可走了。

“喂！范前山！你立刻下车，趴在地上！”

没有回答。

“范前山，我再重复一遍，立刻下车，趴在地上。”她把准星上移直接瞄准二二四的头部。

“必要时，可以开枪。”

梁海上午在教育局档案室说过的这句话，此刻在她脑海中响起，肖楠深吸了一口气，稳住情绪，然后牢牢地握住手枪，先往上稍稍抬起，再略微偏向左，以修正地心引力和秋风有可能对弹道造成的影响，并计算弹道会因膛线产生的误差。

在你开枪射击之时，除了你和目标之外，一切都将不存在，你和目标之间只有子弹飞过去的那一条线。此时，肖楠心中浮现出那几个被范前山绑架或杀害的影子——薛林贵、方浅、王敏、袁地煞、单运来……

她知道，自己绝对不会错失这一枪。

山生不断上下踩着油门，或高或低的轰鸣声宣示着他的矛盾，下车投降还是冲过去。

来吧，她心想，你这混账，把车开过来，开过来给我一个击毙你的理由。

她瞧不上左秀的枪法，什么十环、九环，那都是在靶场，换成实战试试。

而自己的射击师傅是赫赫有名的“狙击幽灵”白小侠。

大学毕业后她和“狙击幽灵”一起执行过一次任务，对方是一辆安有防弹玻璃的装甲车。白小侠将狙击步枪递给了她，给了她三分钟内完成任务的命令。

三分钟，直接狙杀车上的四名武装人员。

第一枪，她试图击穿防弹玻璃，但未能打穿。

第二枪，她换成穿甲燃烧弹，燃烧弹以高温成功破坏了防弹玻璃的防弹特性。

第三枪、第四枪、第五枪，枪枪命中眉心。

第六枪正要射击的瞬间，“狙击幽灵”拿过枪一枪击中了油箱，油箱爆炸。

“记住，你可以一枪完成任务的时候就不要用六枪。”白小侠的声音言犹在耳。

下车拒捕！

给我一个开枪的理由……

或者你开车冲过来，那我可以一枪击中你这个狗杂种的油箱。这辆车往前动了一下。她的右手食指立刻滑入了扳机护弓之内。

二二四就像觉察了她这个动作似的，立刻踩下了刹车。

“过来……”她发现自己在喃喃自语。

她思考该如何处理眼前的状况。因为这是在繁华地带，不能对准油箱射击。

如果他开车从她旁边冲过去，那么她应该朝水箱风扇和轮胎开枪，以便能生擒他。

如果他直接对她撞过来或冲向人行道，有可能伤及他人的话，她就可以直接朝他头部或心脏开枪。

她打定主意，只要二二四开车前进一米，无论车速快慢，她都要开枪射击。

蓝色雪佛兰的引擎真的加速运转了。

一米，我只需要这么多。

汽车引擎又传出一阵咆哮声。过来吧！她无声地恳求。

就在此时，肖楠看见一团慢慢移动的橙色校车自东向西从那辆雪佛兰轿车后面渐渐接近。

那是一辆坐满孩子的幼儿园校车，校车司机完全不知道前面发生的事，从路边把车子开上马路朝这边驶来，然后又紧急停在那辆雪佛兰轿车和越野车之间。

糟糕……

现在就算直接朝雪佛兰轿车开枪，子弹也可能穿透目标而射进那辆校车里。

她把手指移开扳机，枪口微微举高至安全角度。透过雪佛兰汽车的挡风玻璃，她看见二二四正抬起头看向右上方，他也已从后视镜中看见了后面的那辆校车。

接着，他又把视线移回正前方，直视着她。肖楠有种感觉，觉得他似乎露出了微笑，因为他断定她现在已经不能开枪了。

接着听到轮胎发出尖锐的摩擦声，他将油门踏板踩到底，加速朝肖楠冲了过来，时速四十公里、五十公里、六十公里……在这辆幼儿园校车的神圣保护之下，二二四直接冲向这名女警。

雪佛兰一冲过来，肖楠便抢先一步跃向路旁，希望能从侧面开枪射击。

她举起 92 式警用转轮手枪，瞄准二二四头部那块黑色的轮廓。然而，在目标后面却有十几家商店和公寓、有蹲伏在人行道上躲避的路人。

她连开一枪的机会都没有。

二二四驾车冲向肖楠身侧的“风声”，在只差半米远时，突然把方向盘往左打，朝肖楠蹲伏的地方撞去，肖楠急忙向一旁跳开，而他立即把方向盘改往右边打，回到刚才的路线直接冲向人行道。

肖楠急忙往旁边闪躲，双膝重重地撞在水泥地上，当即疼痛得张大了嘴。

雪佛兰汽车冲上了人行道，然后又回到马路上。二二四把车转向右边，朝北逃逸。肖楠忍痛从地上爬起来，但已来不及举枪瞄准那辆蓝色的汽车射击了。

她急忙冲上“风声”，“啪嗒”挂上挡，宽宽的轮胎立刻在柏油路面上摩擦出一阵青烟，八秒钟不到，就已加速到了六十公里。

“快、快、快。”她喃喃地对自己说，牢牢盯着前方那个模糊的蓝色影子。肖楠戴上摩托罗拉步话机耳机，呼叫梁海汇报追捕情况，并要求支援警力变换路线部署拦截。

高速奔驰，猛按喇叭……拥挤的正阳街道并不适合高速追逐。但二二四和她处在同样的交通状况下，而且他的驾驶技术不及她的一半。慢慢的，他们之间的距离越来越近。

可是正阳小学出现在山生面前，一切都在计划中，他突然转弯冲向学校的操场。这个操场上的人不多，但还是有一些孩子在打篮球。操场的大门加了挂锁，想进里面玩的人只能从门缝中挤过，否则就得爬过三米高的铁丝网。

山生踩下油门，径直撞开大门冲进操场，加速往操场另一端的铁丝网门冲去。孩子们顿时四散逃开，几个来不及逃开的孩子，只差一点儿就被他撞上。

这名女警一定不会追进来，他能有一段时间做些事情的。

肖楠犹豫了一下，在看到二二四险些撞到孩子的情况下，她放弃跟进去，一旦在校园里追逐嫌犯，后果会很严重。她加速绕过这个街区，祈祷能在另一端赶上他。

她的车滑过街口，戛然停在操场另一端的出口外。

她花了不到三分钟绕过了操场和学校，看到了呈十字交叉的一条小巷道和一条水泥道路，她看见雪佛兰车就在前面十几米处的水泥路上向前行进。

她加速冲了过去，经过一个停在路边的黄色出租车后拦截到了雪佛兰前面两米处，她迅速下车用枪瞄准雪佛兰的风挡玻璃。

肖楠想二二四一定会加速撞过来。但牺牲了自己和“风声”也一定要抓到或者击毙他。

雪佛兰车竟然停了下来。

“喂！范前山！你立刻下车，趴在地上！”

没有回答。

“范前山，我再重复一遍，立刻下车，趴在地上。”她把准星上移直接瞄准二二四的头部。

忽然感觉哪里不对，车上的人怎么戴着一顶帽子。

这时雪佛兰驾驶室一侧的门打开了，一个高个男人下了车。

一个大大的胃囊，把他的身子拉得很长。

“什么情况？”“大胃囊”一脸木然地举着双手看着这个拿着枪的美女问道。

“你在干吗？”“大胃囊”疑问道，“我这儿有警官证。”说完指了指车里。

错了，这不是刚才见到的二二四，怎么忽然换了人呢？

“我是东印区公安分局肖楠，现在正在执行任务，你叫什么名字？这辆车怎么回事？”肖楠并没有放下枪，她担心二二四躲在车里。

“我是出租车司机，刚才一哥儿们开着这辆车过来了。”“大胃囊”指了指雪佛兰，“给了我二百块钱，说他忙着执行任务让我把车开到你们公安局去，我看车上还有带着你们徽章的警官证呢。”

“双手抱头，蹲下身子。”肖楠命令道，然后举着枪走到了雪佛兰车旁，检查了车里和后备厢没有任何发现。

“抓到他了吗，肖楠？”高尔夫车里的步话机传来梁海的声音。

肖楠将枪收回，示意“大胃囊”站起来，然后回到车上拿起步话机，“让他跑了，我在正阳小学后面的巷道和水泥路的交界口西五米处，二二四有可能通过巷道向北跑去了。”

“弃车逃跑？”梁海问道。

“是的，在我们追逐过程中，他利用时间差雇了一个出租车司机诱导了我。”肖楠说着一拳捶到了方向盘上，“风声”发出一阵鸣叫表示抗议。“我在雪佛兰车上看到了警官工作证。”肖楠继续说道。

“我给杜秋那边增加了警力，胡大为已经带人赶去你处，完毕。”

“我把车停在这里，继续向巷道方向搜捕，完毕。”

忽然她注意到了停放在路边的那辆出租车，肖楠又拿出了枪。

“这是你的车吗？”

“大胃囊”站在雪佛兰车边点了点头。

“请你打开车门和后备厢。”肖楠命令道。

“大胃囊”走上前去，从兜里拿出钥匙按照要求做了。

只能从后备厢的燃气罐看出这是一辆烧燃气的出租车，其余的连只苍蝇都没有。

“你留在这里，一会儿有人过来问询你，请配合公安工作。”

“大胃囊”紧张地点了点头，低下眼睛，不是因为害怕，而是因为尴尬，他刚才不小心看向她的胸部。肖楠无论穿什么，所有人都会立刻发现她有一对漂亮的乳房。

时间已经过去十分钟，肖楠快步穿过小巷。

午后，小巷子里的人回家后或许会喝杯热茶，悠闲地看看报纸，甚至，不慌不忙地享受一场鱼水之欢。

她在行进中扑面而来的是混杂的各种气味：盛开的桂花、小贩推车上的鸡蛋灌饼、旁边小店里的牛肉面，以及女人身上的清香、男人身上的荷尔蒙。

肖楠走过一个残破的台阶和一包散发出腐烂气味的垃圾袋，走向几个正在一家门口交谈的男人。他们手上都拿着钓竿。肖楠好像一下看到了好多姜太公，这个地方附近有一个钓鱼塘，可以用蚯蚓或鱼肉做饵，钓上草鱼、鳙鱼和鲢鱼。这些钓客虽然都喝了酒，但还相当清醒，清楚地告诉她和她描述的一样装束的那个人向着钓鱼塘的方向跑过去了。

而钓鱼塘周边有大大小小八条路，鱼塘居中，八方来财。

肖楠根据他们陈述的运动长裤和匆忙的状态能判定二二四已从某个方向逃掉了。

肖楠又问了巷子路口的两个目击证人，得知当那人跑过来时，还碰到了他们其中的一个人。

巷道里面又有十条小巷将这里分隔成十几个区域，每个区域都是极佳的躲藏场所。

肖楠只能凭着刚才询问的结果和自己的感知，判断二二四逃跑的方向，当肖楠跑到鱼塘的时候，看到的是来来往往悠闲的钓客，有戴着草帽正在垂钓的，有正在给钓钩上饵的，还有抬头瞅着这位漂亮女郎，想钓她的。

五条小路，三条大路，四通八达，问了几个人都表示没看见，甩开钓钩，一副看淡江湖的样子。

围着鱼塘仔细看了一圈，二二四了无踪迹。

他跑到鱼塘的时候，从一个垃圾站捡起了一个耐克的手提袋，将衣物放入手提袋后，选择了最西边的一条小路，但不敢跑。

因为二二四知道，动作过大会引人注目。

慢下来，和三三两两的行人一样，慢悠悠地走过去。

他走到了一个垃圾桶旁，迅速四处看了一下，见没人注意他，便把手提袋扔了进去。

这个地段他来过不下十次，是云汉市巷子和小路交错最多的地方，还恰好有个鱼塘，来往的行人也不少。

本计划直接冲过学校来到这儿的，中间出了一点儿差错，多亏了那辆校车。

这里走直线，经过一个巷子就能到单伟的家里，可是这个时间他不在家。

他不用再隐藏了，现在全世界都知道他了。如果他有一挺机枪，就可以端着武器，走过重重的包围，找到目标一阵扫射。

肖楠给梁海在电话里汇报了情况，又回到雪佛兰车的现场。

手术很成功，但是病人死了。

追逐很漂亮，像《速度与激情》，但是嫌犯跑了。

更多警车已经赶了过来，后面还跟来了电视台的采访车。记者把摄像机对准了她。

记者们就像一张张坏了的唱片，反复不停地说着："请你说说这里的情况，嫌疑人是否已被逮捕？"

雪佛兰车里面，范前山留下的印迹被"大胃囊"的一双大手和一个大屁股全都破坏掉了。

二二四凭空消失了。

肖楠无助地耸了耸肩，突然间她像是航行在茫茫大海上的帆船，眼睁睁地看着风就这样吹走了。

第二十三章　盗窃人生

肖楠追风逐电的同一时刻，杜秋带着两位警官见到了单伟。

他应该有四十岁左右，但是岁月拖慢了他一些速度，所以看起来更年轻一些。个子高高的，肩膀宽阔，大脑袋，头发剪得很短，黑色的眼珠在眼镜后面警惕地闪烁着，乍看之下很聪明又有心机。

单伟中午下班一个人在家里，妻子在另外一个区工作，单位有食堂，中午不回家，孩子在幼儿园。

杜秋借调到公安局之前在市法院工作，单伟在区法院工作，所以两人虽未见过面，但工作性质让二人更容易接近。

家住华堂小区二号楼一单元十一楼东户。

单伟给单位打电话请了一下午假，和杜秋他们约在了楼下的一家意大利咖啡厅。

跟着的两位警官警戒在外面。

咖啡厅里面几乎是空的，只有一个人坐在一张桌子边，另外一个人缩在吧台的角落慢吞吞地喝啤酒。吧台后面的女郎重描的浓眉下是一双假睫毛，假睫毛盖着的是一双大大的双眼皮，手术应该是经过了刀砍斧凿，上眼皮入天，下眼皮近地，懒洋洋的，带着一脸厌倦的表情。

她替单伟冲了一杯拿铁，又给了杜秋一杯可乐，就走开了。

“最近单位忙吗？”杜秋说，“咱们一个市的案件数量占了全省的四分之一啊。”

单伟点了点头，啜了一口咖啡。

停顿一会儿后，“范前山会杀了我吗？”单伟问道。

“会！”杜秋说完后，看到单伟的眉头皱了一下。

“是报应，我的工作、人生、梦想全完了。”

“波本，加冰。”单伟说着朝女郎招了招手，“你不介意我喝杯酒吧？”

“哦，不介意，但不要多饮，我一会儿需要你的笔录。”杜秋觉得单伟此刻的压力到了让他几近崩溃的边缘，父亲没了，事情暴露了，单位的处理也会到来。

好像这几件事，在他顶替范前山去读书的那一刻就互相约好了：“嗨，兄弟，到时候见。”

女郎端来了他点的波本威士忌和冰块，还有雪碧。

单伟熟练地用夹子把冰块夹进一个玻璃杯中，然后往杯子里加进雪碧。又放了两个冰块在一个矮脚杯中，注入威士忌。

他倒威士忌的时候，杜秋闻到了酒香，浓烈而带着烟熏味，这时候有一支罗密欧宽丘就好了。

“你也喜欢喝这个？”杜秋问道。

“是啊，爸爸活着的时候生意做得不错，能满足我的一切开销。”单伟呷了一口酒，“今天咱俩就聊一下，我不给你做笔录。明天吧，如果明天我还活着。”又呷了一口。

“上午开庭了？什么案子？”杜秋看着单伟这个状态，只能迂回进入节奏，节奏太快他会抵制，会一句话不说，因为结果已经确定了，什么都无所谓了。

“奇葩，民间借贷纠纷，债权人起诉债务人还本付息，债务人抗辩，我借你本金不假，又没借你利息。”单伟啜了几口咖啡，借着咖啡的苦，苦笑着，“杜警官，这有可能是我审理的最后一个案子。”

“这个我定不了，这得你们院党组研究决定。”杜秋说，“我在去刑事庭工作前在民庭工作过，一天开四个庭，真的很累。现在又不分案由，上午一个离婚诉讼、一个建筑工程施工合同纠纷，下午一个股权之争加一个相邻关系。”

“那你还回法院吗？”

“估计得回去吧，在抓到范前山以后。”

一听到范前山的名字，单伟又陷入沉默。

“我听过一个审案子的笑话，说刑事庭开庭审理一个盗窃案，证人是一个八十多岁的老婆婆，在伸手不见五指的夜晚，她作证说看清楚了嫌犯的样子，法官怀疑地质问，你八十多岁了，能看多远？你猜她怎么说？”杜秋必须打破沉默，这是一个循序渐进的过程。

“她说：‘法官大人，我在夜晚能看见天上的月亮，你说我能看多远？’”单伟说着笑了起来，“我听过这个，哪一次听都能笑出来。”

“上周有个离婚案子，一个来旁听的男人戴了顶皱巴巴的圆顶帽，一蓬草乱的头发，留着杂乱的络腮胡须，上衣和长裤沾满了污垢，手肘和膝盖处的衣服都已磨损得发亮。”单伟喝了一大口酒，“他竟然就是第三者，坐在法庭上的是个很美丽端庄的女人，想不通。”单伟摇了摇头。

“生活本就不会按照你所希望的存在，我开庭也遇到过类似的情况，第三者真的让我瞠目结舌。短小身材，獐头鼠目，外形猥琐。骨碌碌的眼睛始终在旁听席上瞟呀瞟的，给人一种窥视别人的感觉。而女人是一个模特。”杜秋注意着单伟的表情逐渐放松了下来，“开完庭，男人指着第三者说，就是他睡了自己老婆，你猜第三者咋说？”

单伟抬头表示在倾听。

“他说，天啊，‘我是云汉市搞过他老婆的男人之一。’”

单伟笑了一声，然后一口气喝掉了三分之一杯的波本。他说：“不是因为我特别喜欢这个味道，而是因为经过这些事情之后，我想喝点东西松弛一下神经。”

“我懂你的意思。”杜秋说。

“的确。别告诉我你刚才没有过喝一点的冲动。”

“我常有那种冲动。”杜秋说，“可现在我在工作。”

“你在工作，我估计我最少也是被单位开除了。”单伟又呷了一口咖啡。

“即使没了工作，你还有孩子，有家庭，你可以再创业，范前山呢？我见过他的儿子，很聪明的孩子，可他没有了一切，这根源又在哪里？”杜秋认为用激动的情绪撞击他的时候到了。

“唉……”单伟低下头一声长叹，“他一共杀了几个人？都是因为我，我是不是应该卧轨或者跳楼？”

“你知道可能是范前山所为，为什么一直没有报警？”杜秋问道。

“心存侥幸吧，我的人生、我的前程都是爸爸一手安排的，我不想让他死不瞑目。”单伟瞅了瞅窗子旁的位置，那是父亲和他每次小聚坐的地方，“另外，我真不确定这些案子是范前山所为，侥幸地认为只是巧合，直到你们找上门来。”

“范前山是出于和你的私怨而杀人，但你父亲死的时候他没有作案时间，这需要我们进一步侦查。可至少有两个人和你的事情有牵连，也许他将这个动机隐藏在连环绑架和谋杀的烟幕后面。先随意绑架、杀害几个人，最后用同样的模式干掉几个他真正想杀的人。”

杜秋啜了一口可乐，继续说道：“这是主要嫌疑犯转移嫌疑最为明显的一种方式。不过不见得会奏效，因为我们早晚会过滤每一个有杀人动机的人。”

“他杀了王敏是吗？”

“现在可以百分之九十确定是他所为。我想知道的是每一个人和你顶替上学一事的关联。”

“我去读大学的时候，听说是我爸爸找王敏给我改的户籍。当时她在东郊镇派出所管理这方面的工作。”单伟终于稳定下来，开始交代那一段隐秘的故事。

“你中学和范前山是一个学校吗？”

“不是，我在丰收上中学，那时候爱打爱闹，学习不好。”单伟双手抱着咖啡杯，沉浸在个人的意识中，自从王敏和父亲死后，单伟隐约感觉到最近一年发生的系列失踪案应该和自己有关系，但如果交代了，那自己的一切就都没了。所以一直在矛盾中，直到杜秋找到嫌犯的作案目的后找到他。

“整个过程你清楚吗？还有谁参与了这个过程？”杜秋知道火已经逐渐烧起来了，自己要做的是不断给这堆火添加燃料。

“报志愿、上农牧学院，我都是按照父亲的安排做的，但毕业后父亲带我拜访了王校长、王敏和谢总，也就是以前学院的谢主任。”他在重温记忆中相关的每个画面。

杜秋仔细地听着。

“薛林贵、袁地煞、方浅，这三个人你认识吗？”

“薛总曾经有个案子，在法院开庭时我见过他，其他两个人我听都没听过。”单伟往威士忌里加了一块冰，话锋一转，苦笑着说道，“我竟然还请假，一个明天要上刑场的人今天还想着后天应该吃什么，可笑吧？”

“小时候摔倒了，要看周围有没有人，有，就哭，没有，就爬起来；长大后摔倒了，也要看周围有没有人，没有，就哭，有，就爬起来，这就是人生。但无论小时候还是长大了，摔倒了，都得爬起来。”

单伟听了杜秋的这句话，眼里闪过一丝亮光，像是寻找希望。

“你孩子多大？”

“六岁。很聪明。”单伟说着不禁含笑。

“你和你老婆咋认识的？”

“大学同学，她很漂亮，知识分子家庭。在国税局工作。”单伟说到老婆时，能让人明显地感受到这个女人是他的骄傲。

两口子，一个在法院，一个在国税局，儿子聪明，妻子漂亮，社会地位高，物质条件优越。

可是这一切都应该是范前山的，包括愉快的象牙塔生活。

杜秋想到这些，就像这个季节厚厚覆盖着的乌云一样，感到沉闷，并有一种喘不过来气的感觉。

“他会不会对我的孩子下手？”单伟忽然激动地问道。

杜秋摇了摇头，“如果对孩子下手，等不到今天了，他之所以这么晚还没有动你，是因为你一旦出问题，公安很快就会找到他的规律，所以在杀完他要杀的其他人之前，他不会找你。”

“其实整件事情，王国明校长最清楚。听说他得了白血病。”单伟已经由消极抗拒转变为积极配合。这一切的心理变化在两个人唠家常般的谈话中得以实现。

杜秋说：“整个环节，是由王校长、你父亲，还有王敏、谢虎几个人组成的，对吗？”

单伟低着头想了一会儿说道：“在整个造假过程中他们四人是否形成闭环了，我确定不了。”慢慢地一口一口啜着威士忌，大概一分钟后，继续说道，“我想起来了，前不久，我和我妈聊我上学的事，我妈说她和我爸在我要去农牧学院报到时，曾在街边上找了一个算卦先生，那个算卦先生同时经营着办假证的业务，我的假证件就是从那里弄出来的。”

“是不是雷劈山那个道士？”杜秋心里怦怦在跳，果然都和这个事情有关系，自己每天像个暗杀迷重复研究肯尼迪遇刺的录像带一般寻觅二二四的作案规律，终于要形成闭环了。

“是的，后来我爸爸做生意的时候，还去雷劈山找过他。”

看来袁地煞很可能也是此系列案拼图中的一个拼板了，那么薛林贵、方浅和这个事情究竟又有什么关系呢？杜秋思索着问道：“一会儿我们得去给你母亲做个询问笔录，看看是否还有新的情况。”

“她埋葬完我父亲后就去美国了，到一个陌生的环境去试着忘记。我可以给你们她的联系方式。”

杜秋点了点头，“你的家最近有没有陌生人去过？”

“没有，我爸爸过世后，因为我有疑虑，所以很注意，但没发现有什么异常。”

“接下来我们会安排人员对你实施全天候保护，直到犯罪嫌疑人归案，我们先去你家一趟，以防万一好吗？”

“谢谢。”单伟说，“其实如果你和我不是以这种方式遇见，我们有可能会在这里坐上一整夜，守着一盏孤灯，互相分享故事和案件，直至天明。”

杜秋这时发现自己甚至无法用点点头、眨眨眼或耸耸肩的表情来表达自己的意见。

“哎，走吧，我带你们过去。”单伟一口气喝掉了杯中的波本。

“我想他的杀戮岁月已经结束了。”杜秋站了起来。

山生走出很远一段路后，一转弯进入了木兰街，开始一路沿着木兰街疾行，目光不停地扫向前方的街道。来来往往的汽车、摩托、三轮车，站在冒着蒸汽的推车后的烤串小贩、在像永动机一样不停运作的工人、灌下大量啤酒之后醉眼蒙眬的人、遛狗的人、逛街购物的人。

到了华堂小区，他远远看见单伟从意大利餐厅走了出来，这时他应该是在上班的？山生带着疑问看见了单伟前面还有一个人，他忙躲到路灯柱子的后面，他认出了那个人是杜秋。

而在单伟后面还紧紧地跟着两个人，一定是警察。

怎么办？本来的计划是趁单伟不在的时候，潜入到他的家里，坐在他家柔软的沙发上，打开电视看着关于自己的报道，说不定还会打开冰箱喝上几罐啤酒，等到单伟过来，走过去打声招呼，叫他什么呢？“嗨，范前山。”然后真的范前山用明晃晃的剔骨刀割开假的范前山的脖子，像血色的烟花绽放……

或者拿起茶几上那个刻着“云汉市法治人物”的石头雕件，等他打开门进来的那一刹那，往他头上猛砸。他拿起过那玩意儿，重得要命，如果用尽全力砸，只一下，单伟就会像泰坦尼克号一样倒下，彻底沉下去。

多美好的感觉！

回忆第一次来到单伟家的情景，单伟家也是范前山的家，范前山的家不就是自己的家？世界上竟然有了如此混蛋逻辑。

他家的门上有两道锁，他轻轻地用探针挑动着制栓，范前山承认自己在这方面不是很精通，但也只用了三分钟。

进到屋里的那一刻，他像回到了自己家，如果时光可以倒流，他顺利地去读了书，那这一切就是他生活的样子。范前山感觉现在正置身于他应该出现的地方，做着他应该做的事情。

他不知道该如何形容那种感觉，只能说他的种种感官比平常更敏锐，血液在血管中唱着歌。但把这种感受描述得越精确，整件事听起来就显得越病态。很难描述那种快乐，那种结合了幸福甚至是享受的感觉。真是美妙极了。

有几分钟，他只是站在那儿，感受自己的反应，享受其中的点点滴滴。他又把门在里面锁上，然后四处查看。

进门是一个红木大玄关，玄关上面的鱼缸里满满的热带鱼，下面是一个鞋柜，男人、女人、孩子的鞋摆满了鞋柜。右边是厨房兼餐室。左面，对着木兰街的是个很大的客厅，再往里则是一个几乎和客厅一样大的卧室，对面是正阳街上的建筑。这是一个二百多平方米的居住空间，对于住在东郊镇村子里，冬天上完厕所都要回去暖上半天屁股的范前山来说，这该是一种怎样的奢侈！

卧室的窗子是整个一大块玻璃的落地窗，对面几米处是另一幢楼房，楼和楼的间距里有水系、有花草。窗子上都装了遮光帘，山生拉上遮光帘，把布窗帘也拉上，屋里漆黑一片。

他打开一盏床头灯，四处看了看。那张床——中型尺寸双人床，柚木制成的。床头有一个红木梳妆台——上面有一堆瓶瓶罐罐的化妆品、香水和诸如此类的东西，可以确定单伟的老婆是一个爱美的女人。床头上悬挂的两个人的结婚照也印证了他的猜测，一个腿很长、脸形综合了几个女明星优点的女郎，一头浓密的卷发，衬托着迷人的微笑。

这个女人和玉莲比起来，唉，不比了，没有可比性。

如果一切按照正常轨迹运行，换作自己去读书，那这个女人本来就应该是自己的。

所以那时他就有了一个想法，在杀掉单伟之前或之后，一定要强奸了她，一边抓着她的头发从后面干着她，一边让她叫老公，因为他才是范前山，这是顺理成章的逻辑。

卧室里面是一个大衣橱，混杂着香水和香樟的味道。里面有裙子，有上班穿的套装，以及休闲时穿的牛仔裤，还有单伟的几套法官制服。

他脱下衣服换上了制服，是一套春秋装，黑色的衣服，天蓝色的衬衫，红色的法徽。照了照镜子，感觉这才是自己应该有的样子，坐在法庭上敲响法槌，宣布现在开庭，宣布判决结果，用一句“本院认为”堵死那些念叨着“本律师认为”的律师的嘴。天天决定着别人的命运，做着这个世界某一部分的主宰，而不是穿着百十块钱的粗布去从事矿工、装修工、装卸工、粉刷工等一切低层次的劳动。

他偷了单伟的一套制服，包括鞋柜里的一双皮鞋，还有书柜上一个档案盒，上面写着“云汉市丰收区人民法院”的字样。

离开卧室，他走过厨房，来到客厅，面对街道的前窗也透进来一些光线，客厅的窗户挂着沉重的天鹅绒落地窗帘。他把窗帘拉上，打开了两盏灯，让像回到自己家里一样。

他完全潜入了单伟的生活，就像潜入他家一样容易。他在沙发上伸展四肢躺一躺，在与沙发成套的单人扶手沙发上坐坐，浏览那个小小书架上面的法律书，大部分是些司法解释和案例汇编。他慢悠悠地踱进厨房，打开冰箱。酸奶、蛋糕、几种香肠，还有一些肉干、奶酪、啤酒。

他打开一罐啤酒，如果有留声机，他相信自己现在一定被包围在悠扬的乐声中。

他开始搜查他的另外两个房间。看到了没有几本书的一个大书房，有孩子散落的绘本和袜子，还有一个盒子引起了他的注意。那里面内容很丰富：

一对耳环，看起来是红宝石和钻石，镶在绝对是黄金的座上；一块名表，他拍了照片在百度上搜索了一下是江诗丹顿，表盘和表带是白金做的。一条漂亮的金项链，一个棕色的牛皮纸信封，里头装着一些人民币和美元，还有一个证件。

单伟的毕业证，不，是范前山的毕业证书，上面的名字是范前山，但照片换成了单伟的。右下角盖着一个湖东省农牧学院的大红印章。

他一阵眩晕，将毕业证狠狠地贴在自己的脸上，“这是我的。”他默念着。他的眼泪滑落在这个证件上，手微微抖动着，一定和那个大红印章产生了共鸣的化学反应。

所有的贵重物品他都没动，只用手机拍了一张毕业证的照片。纯粹从金钱的角度衡量，这些东西都值钱，都该拿。但他不是来拿钱的，他是来要命的。

等到今天，正面交锋的时候终于到了。不同的是现在不用再考虑用锤子还是用扳手。既然暴露，就没必要再躲藏。

他看见杜秋和单伟走上了楼，而那两名便衣警察留在了楼下警戒。

出其不意去捅伤一个路人，把这两名警察吸引过去，然后上楼杀了单伟。

可是这样太冒险了，一旦不成功就再没有机会了。思考的时候，他听到了远处警方步话机里的说话声，看来大搜捕开始了。

面对一群拿着麦克风和摄影机的记者，肖楠不做任何理会，只是一言不发地用肩膀挤开他们往前走，什么也不说，连个笑容或皱眉的表情都没有。

见到了赶过来的梁海，肖楠低声说道：“抱歉，局长，让他跑了。”

梁海展现了自己现场的指挥能力，一句：“嫌犯涉嫌连环杀人，现在正实施跟踪抓捕，欢迎记者朋友紧紧地跟在我们后面对警员们英勇作战进行现场播报。但对于你们是否会受到冷刀和流弹的袭击我们不能做保证。”记者听完这句话，都说接到了新的采访任务，不到一分钟全跑了。

命令：胡大为带十五个人对鱼塘和巷道区的各个区域进行网格式搜索。

命令：肖楠带十五个人对单伟家所住小区的周边包括木兰街、正阳街展开地毯式搜查。

华堂小区周边有公园和市场，还有商场，地形极为复杂。

肖楠顺着木兰街一路搜寻过来，当经过意大利餐厅时，隐约看见远处路灯柱子后面躲着一个人。

她迅速飞奔，可是与此同时，山生在柱子后面，也看见了她，他忙转身奔上一排宽阔的台阶。

肖楠看见了他奔跑的背影，忙拿起步话机：“我是四五三七，在华堂小区至华堂广场方向发现二二四，请求支援。”当她跑上台阶的时候看见他跑进了华堂广场，迅速消失在集市的人流中，有如一条溜进长草丛的响尾蛇。

他们无处不在……

几十个警察，都在寻找他。

山生靠在一堵石灰墙上大口地喘着气。

在他面前，是一个正在举行商品展销会的大广场，上面挤满了人。他回过头，看向西边，回望自己过来的方向。那里的出入口已被警察封锁了。广场的南北两侧都是高大的水泥建筑，窗户全都封死，也没有任何小门可以进出。唯一的逃离出口只有东侧，他必须穿过这个足球场一般大的广阔区域，越过广场上密布的摊位和人群。

他开始朝东走去。

他慢悠悠地欣赏小摊上的商品，假装愉快地聆听一位路边歌手的演唱，然后很自然地在一个摊位上买了一根香肠。他和这里的所有人一样，做出与众人同样的动作。因为与众不同会引人注目。

他慢慢向东移动，逐渐接近东边的出口。

他走过一个个棚子和摊位，经过一个大型电脑游戏厅。出口就在前方——东边的那座阶梯，可从广场通往另一条路。

然而，这时他却突然听见车辆轮胎急刹车时发出的尖锐声音，五六名身着制服的警员随即冲下车，他们站在警车旁边，扫视阶梯下的人群。在这个时候，又来了一群便衣警察，他们鱼贯走下阶梯，混入广场上的人群中，开始一一拦检广场上的男人。

这下，他被彻底包围了。山生急忙转了个身，掉头朝广场中央走去。

便衣警察逐个搜索着，他们拦住所有四五十岁的人，而不只是以身穿夹克衫和运动长裤作为检查标准。

接着，他又发现一件令他震惊的事：那位跟他飙车的女警，此时也出现在广场西边的阶梯上，并快速奔进了人群之中。

山生转过身，低头假装系着鞋带，解开系上，系上再解开，同时通过弯曲的双腿形成的空洞搜索着警察有可能存在的薄弱环节。

那位女警拦住了一个人，而那个人的体态和衣着都与他相似。她走近那个男人，仔细打量了他一会儿，才转身走开，继续扫视广场上的群众。

这时梁海也出现了，他站在阶梯顶端，正和身边的警员讨论什么事……

山生知道自己迟早会被警方发现。他必须趁更多警察前来搜索之前，赶紧离开这个集市。他走向成排的烧烤摊位，已近黄昏，他捡起一份旧报纸，卷了起来，用左手拿着报纸以便遮住自己的脸，然后继续向集市的东侧移动，边走边把玩沿路摊位上的彩色玻璃、马克杯和盆碗。有个警察瞄了他一眼，但视线很快就别向一旁，而他也立刻转身离去。

他越来越接近集市东侧的出口了。

通往下坎街方向，警员也已完全封锁住了出口。此时他们拦下所有打算离开市场的成年男女，逐个盘问，要求他们出示身份证件。

他看见那名女警站在十几米外，正在四处张望。右手放在腰际，那是随时拔枪的姿势，他马上假装专注地看一个翡翠摊，同时听见旁边几位壮汉操着浓厚的东北口音询问小贩一只翡翠手镯多少钱。

从眼角余光中，他发现那个女警瞄了他一眼，但目光很快就转开了。接着她对着步话机说："这里是四五三七，呼叫四五三六。"听到梁海的回复后，又说，"报告，我们在华堂广场这边的市场上，他一定还在这里……他不可能在封锁前离开这个地方，我们必须清查这里所有的人。"

误导——这似乎是目前唯一能使用的招数。他必须用某件事让警方分心，好给他三十秒钟跑过去。

翡翠摊对面的路肩上，一辆大众车和一辆奥迪车中间是一辆破旧的哈弗越野车停着，那是自己计划的一部分，几天前花了五千块钱在旧车市场买过来的。他需要在警察没注意的情况下冲过去。

可是，什么事才能误导他们，给他足够的时间呢？

他身上已经没有爆竹了，无法再制造类似枪声的效果。

肖楠再次看向身旁的人群，一对带着两个孩子的夫妇，一对上了年纪的夫妇，还有翡翠摊前几个讨价还价的东北大汉。

他看到那个戴着纯金链子、手臂上文着两条龙的大汉拿出一沓钱给了摊主，同时从摊主手里接过了一个翠绿色的翡翠手镯，他有办法了。

走上前去，向着壮汉微笑了一下，大汉不以为然，他的理解是自己的金链子会让好多人跟自己套近乎。

“我操，你还在这儿拿着塑料糊弄人呢？”山生朝着摊主低声说道，“我说过见你一次砸你一次没？上次就因为你给的假货，我跟我老婆离的婚。”

摊主一脸茫然。

大汉拿着手镯呼呼地喘着气，目露凶光，跟着他的几个小弟瞅着大哥的表情变化慢慢拉开架势。

“兄弟，你用火烧烧，这翡翠能点着。”山生说完，扭头走了。

身后传来一阵“噼啪”声，应该是摊主挨了耳光，接下来是翡翠扔在地上的声音，摊位被踹倒的声音，直到那一句：“我操你，我操你的翡翠。”彻底乱了起来，摊主和摊主的老婆开始还击。

“杀人了。”一个女人的号啕声。

交战，混乱。

周围警察全都扑了过去，包括那个女警。

肖楠和他擦肩而过。她感觉到有一股气息吹过，又像是谁的衣服拂过她的脖子。

他迅速跑过去，打开哈弗车的后备厢爬了进去。

没有人会注意到这辆车。

一旦有警察试图打开后备厢的时候，他只能先开枪。

是的，后备厢垫子的下面藏着一支双管霰弹枪。

在云汉市这个马鹿、狍子都能跑到村子里喝水的地方，买一支猎枪可以有八百种渠道。

在他的秘密工作场所里，他把枪管锯掉改短，这整整消耗了他两个晚上、三片电锯刀片。

当自己躲在学校后面的松树林里对着树木和鸟虫哭泣的时候，单伟在家里换上新衣服，拿上新买的篮球，打点行装，去湖东省农牧学院报到了。

单运来给儿子举办的升学宴上，一定是一片“虎父无犬子、金榜题名、状元及第、享誉山城、十年寒窗、映雪囊萤、沙尽金见”的祝福声，癞蛤蟆忽然变成了鲤鱼还跳了龙门，单伟摇身一变成了范前山，而这一切确实应该属于范前山。

那时候考上湖东省农牧学院的学生，县长会亲自开车到家里给送上庆贺礼金，并戴上大红花，街坊邻居的艳羡及对未来前程的美好祝福定能让人飘飘欲仙。

单伟要像其他人一样，必须死！这是他盗窃别人美好人生的必然结果，这个结果就像每天太阳的东升西落一样必然。应该“嘭”的一枪爆头。

除了一把猎枪外，后备厢里还储藏了大量的清水和面包，如果他忍不住想小便的话，那里还有一个空瓶子可用。

还有一套干净的黑色制服、红色条纹领带、黑色皮鞋，这些都是单伟衣柜里的，制服上面别着明晃晃的法徽，制服下面摆着那个牛皮纸档案袋。

“在这里面躲几天等警察撤走后去杀了单伟，还是现在先设法冲出包围圈？”他默默权衡着两者的风险，考虑哈弗车旁边停放的车辆较少，一旦警方注意到，那就是瓮中捉鳖，他实施了第二套计划。

他从后备厢里迅速换上了衣服，整理了头发，用水擦了下脸，然后悄悄地打开后备厢看了一眼外面，没人注意这辆车，看来今天没机会杀掉单伟了，于是迅速将枪藏到档案袋里，然后跳下了车。

此时的范前山右手拿着档案袋，看起来已经是一位刚开完庭回家或者去送达文件、调取证据的中年资深法官了。

当他出来的时候，翡翠摊上几个东北壮汉，一个摁住摊主不断地挥着沙包似的拳头，另外两人正在和警察争吵，其他翡翠摊的摊主也都怒气冲冲地聚拢过去，他们手中拿着棍棒，拎着凳子，举着砖头，即将迎来市场上因为翡翠而引发的第一千零一次械斗。

有个声音大叫：“哎呀，快看！天啊，他的眼睛被打出来了。”

女警拔出手枪，逐个观察着每一个聚集过来的人。

“快找医生！”

“怎么回事？”

“哦，天啊！别看，太吓人了！”

“快看，有人有枪，来啊，有种就开上一枪。”

不知道肖楠是警察的人和不了解肖楠真正拔枪目的的人，围拢过来。

有人举起手机在给她拍照。

“我是警察，我在执行公务，大家赶紧散开。”肖楠左手拿出公务证亮了一下又放回兜里。

几名警察赶紧靠在了肖楠周围，保护她的同时也证明着她的身份。

本来是东北大汉与摊主之间的争斗，转变为摊主、东北壮汉及围观百姓与警察之间的对峙。

山生慢慢地向着东出口走去，一手夹着档案袋，一手轻轻地甩着，昂头挺胸，其实每一步都在生死之间。

门口有一对中年夫妇，一个脚下踏着滑板车的年轻人，还有一个红头发和一个绿头发在讨论着发型，三名警察在出口处检查着证件。

山生朝着中年夫妇微笑了一下，缓步走向警察。

“兄弟们，搞得这么紧张，出什么事了吗？”说着话，故意将档案袋写着“云汉市丰收区人民法院”字样的一面在胳膊下向外露出来。

“那个连环杀手在里面。”中间一个胖胖的警官低声说道。

“哦，他闹的动静确实有点大，像这种人无须经过审理，直接毙掉。”山生表现得疾恶如仇，正气凛然。

“你这有公务？”

“是啊，去政府那边送达个判决。”山生指了指丰收区政府方向，“要不也不至于穿得这么正式。”摆出一副无奈的样子，制服上的法徽，在红彤彤的太阳光下显示着它独有的力量。

一个年轻的警察走了过来。

心脏突突突，像开了一挺机关枪。

他要干什么，要身份证或者工作证？必须在他说话之前制止他的下一步行为。

“你们辛苦，哪天我找上我表弟，咱们一起小聚。”

年轻警察停了下来，“你表弟是谁？”

“杜秋啊，就是最近几天在云汉法治频道汇报案情的那个警官。”山生骄傲地说，“你看这是他的手机号。”说着拿出了手机，让警察看。

山生没想到第一次见杜秋时留的电话号码竟然在这里起了作用。

手机屏幕上显示的联系人是杜秋，电话号码 1590576××××。

“一家人啊。”年轻警察看了一眼手机屏幕说道。

“行，等抓获二二四后，我们一起小聚。”胖警察说着让开了出口。

二二四，原来自己的代号是二二四。

走出出口后，山生回头向几位警官举手致意，然后消失在了人流与车流中。

梁海走了过来，胖胖的警察敬礼，“梁局长，辛苦。”

梁海回礼，“你们这边有什么新情况吗？”

“铜墙铁壁，滴水不漏。”年轻警察说道。

“无论是谁，必须查验身份证，没有身份证都先扣在里面，明白吗？”梁海强调道。

“明白，只有一名法官没查验，其余的都按要求执行。”胖警察邀功道。

梁海点点头，走向广场，又感觉哪里不对，快步折返回来：“你说有位法官没查验身份证？”

“是的，他穿着制服呢，错不了。”胖警察说着大致描述了一下法官的样貌，“对了，梁局，他说杜秋是他表弟，我们还看了他手机，里面有杜秋的电话号码。”

梁海从他的描述中感觉这位法官有些地方和范前山很像，“杜秋是他表弟？”梁海这句话是说给自己的疑问，拨通了电话。

“梁局，我们在单伟家里警戒，你那边情况怎样？”杜秋问道。

“正在围捕，杜秋，你有个表哥在法院工作吗？”

“什么？我没有亲戚在法院工作啊。”

“奇怪了，刚才有一位法官从东出口出去的，说你是他表弟。还给咱们兄弟看了你的电话号码。”

“奇怪，我哪来的这么个表哥。”杜秋笑道，忽然意识到了什么，“他们没查验身份证或工作证吗？”

“没查，就这一个没查。但是范前山不可能扮成法官啊？”

“你等一下，梁局。”

杜秋没有挂电话，梁海听到他喊单伟，过了一会儿，忽然话筒里语调高了起来。

“梁局，单伟刚刚发现他的一套制服不见了。”

“真的是他！杜秋注意戒备，马上给你增加警力过去。”

“天啊，他来过我家！”梁海在电话这边听见单伟颤抖着跟杜秋说道。

他转身面对三位警察，大骂废物：“看见他往哪个方向去了吗？”

胖警察指了指丰收区政府方向：“向那边。”

梁海对着步话机喊道：“四五三六号呼叫所有警员：疑犯刚才突破集市东侧的封锁线，现在正在木兰街朝上坎街方向前进，徒步向北逃窜……嫌疑犯身穿法官春秋制服，夹着有法院字样的档案袋，无法分辨嫌疑犯身上是否有武器……他混入人群中……请所有巡警和警车回应。”

“四五三七收到，完毕。”肖楠一时没反应过来，自己紧盯着的二二四弄出一场骚乱后，扮成法官冲破了封锁线，这比间谍小说还精彩。

梁海让胖警察留守东出口，其他两位警察从正阳街绕过去包抄。

自己则向着“法官”所跑的方向追了过去。

好的猎人都是单枪匹马，梁海没有带那三位警察中的任何一人，因为他们执行任务的一点疏忽使所有布局前功尽弃。以此判定，以他们三人的智商，任何一个都有成为二二四人质的可能。所以，还是自己追吧。

他出现了，刚刚回头的那一瞬间他看见了梁海。

他加快了步伐。

但是梁海更快。

两人开始全速奔跑在木兰街到上坎街的方向上。

他闪过路上行人，跳过坑洼不平的地面，右手伸进档案袋里，抓住了枪柄。

如果梁海追上了，他会将档案袋对准他的头部，那里面藏着黑洞洞的枪口。

但路上行人太多，在他的不断闪躲中，梁海不会开枪。

“喂，你！站住！”

梁海铆足了劲儿，火速追赶疑犯。

梁海并没有拔出手枪，除非疑犯带有武器，要对自己开枪或向路人射击的紧急情况，否则就不能用枪在人来人往的街上来制止他。梁海考虑是否应该从他的背后开枪。

“喂！给我站住！”梁海吼道。

山生转向东边，跑在这条横向的马路上。他回头看见梁海仍紧紧跟在后面。

路人侧目，一个大个子男人紧紧地追着一名法官，还让他站住。

前面一个路口，山生向左一拐，窜进一条小巷，但梁海转弯的动作比他更流畅，还是紧追不舍。

巷子里只有他们两个人了。

他想：“我可以在这里击毙他。”

他也想：“我也可以在这里抓住他。”

范前山缓慢举起档案袋——

一刻钟后，肖楠带着五名警官赶到巷口，朝阴暗的巷子望去，巷子旁边的石碑上刻着暗红的“柳家巷”三个字。

巷子里什么也没有。

“刚才问了行人，一定是这个地方，”肖楠看向街头街尾，“这里没有其他小巷了。”

肖楠拿起步话机，“四五三六请回答，完毕。”

没有回应。

“四五三六，你在哪条街上？请确认是否为上坎街，完毕。”

肖楠朝巷子深处望去，“天哪……”她的心顿时一沉。

她奔进巷内，看见一个垃圾堆旁的鹅卵石地上扔着梁海的步话机。不远处散落着一个法徽和几枚扣子。巷子和一条胡同的拐角处及地面上发现了皮肉被蹭破留下的血状痕迹。

她顿时惊讶地倒抽一口气，步话机也从手中滑落，像个钟摆般悬在腰际左右摇摆。

“他们在这儿打斗过！”肖楠说，急切地四处查看。

“怎么了？人呢？都上哪儿去了？”一位穿着制服的警员问。

“梁局长呢？”另一个人叫道。

“大概又追上去了吧？”有人提出假设。

“也许是吧。”肖楠说，但语气中却流露出了担心。

肖楠呼叫胡大为，汇报此时状况为：二二四疑犯脱逃，梁海局长失踪、被绑架或持续追捕中。

肖楠查遍了整条巷子寻找线索，只想判断他们朝哪个方向去了，打斗后到底经历了什么。她和警员仔细搜寻了一遍，都没发现任何有关梁海和疑犯的线索。

于是，她只好回到巷口与胡大为聚集。

数次拨打梁海手机，均处于关机状态。运用基站给梁海和范前山的手机进行定位，结果显示手机都在虎湾水库里。显然是范前山绑架了梁海，在经过虎湾水库时，手机都被扔在了湖里。调取到水库的所有监控，没有发现任何有价值的线索。

现在，梁海失踪了。二二四没抓到，代理局长失踪了。失踪人以这种方式又增加了一位。

胡大为向张局长汇报的同时，安排了大量警力排查，一无所获。

张局长同时向市局及市区两级政府及时报告了代理局长梁海的失踪情况。

各级媒体都挂出了自认为最吸引眼球的题目，诸如：“抓人者被抓，疑犯给云汉市公安的一份考卷”“云汉门神失踪，谁能挂帅”“假扮‘法官’冲出包围，假法官对真公安，结果局长失踪”……

市公安局当天晚上派市刑警大队队长陈龙水到东印区公安分局接替梁海的工作，对二二四系列案专案组的人员予以表扬的同时也给予了严厉批评：虽然找出了嫌犯，但结果把自己的总指挥弄丢了。

第二天市局专项会议上听取了杜秋的报告，下达了三项任务：

第一，举全市警力寻找梁海的下落。

第二，对车站、机场、高速口等进行布控，抓捕范前山，如遇抵抗直接击毙。

第三，由王柏率领十二名警察的小分队，日夜保护单伟的安全。

上午，带有疑犯范前山照片的通缉令被张贴到大街小巷。

陈龙水表明自己的工作态度，根据市局的意见进行宏观指导、意见签批，主要工作由杜秋负责。

左秀汇报了自己见王国明校长的情况。

左秀来到了东郊镇退休的王校长家里，得知王校长在云汉第二医院，又赶去了医院肿瘤科重症监护楼。

医院只允许通过视频见病人，在左秀的视频里出现的是一具“骷髅”，皮包着骨头的王校长像是皮影戏里的皮影，一身病号服松松垮垮地套在了一具躺着的“尸体”上。一个褶皱四处蔓延的光头，额头上留有岁月流淌的深沟，面部灰白，没有一丝血色，两腮深深地陷了进去，眼睛里浑浊的液体包裹着黄色的眼珠，仿佛一咳嗽就能掉出来。

主治医生介绍说，病人最近眼底开始出血，肝脾肿大，淋巴肿大，已经持续在用止痛药，属于急性淋巴细胞白血病晚期。

据了解，王校长的儿子在外地工作，老婆常住儿子家照顾孙女，只有王校长一个人在家。而患病原因初步确定是装修材料甲醛超标。

无法对王校长进行问话，左秀留下三名警察在重症监护室外警戒，对一切接近王校长监护室的人员都要进行排查，并委托医生在病人能面谈的时候联系自己，医生一边摇着头表示这种可能性几乎没有，一边记下了电话。

结果左秀还没到局里，就接到了医生的电话，王校长不治身亡。

王校长的家里经检测，大白的甲醛含量超标六倍并检测出其他有毒物质，左秀带队调查比对了市场上所有品类的大白和乳胶漆涂料，甲醛最高的超标两倍。

而范前山平时在劳务市场打零工干的活儿恰恰就是刮大白。

所有信息汇总给杜秋，杜秋感觉已经发生的故事情节逐渐有了逻辑性，自己仿佛在和范前山下一盘棋，棋盘上有受害者，有受益者；有侦探，有罪犯；有正义，有邪恶。

第二十四章　骨灰钻石

如果想找到梁海局长就要先找到范前山的终极犯罪场所，如果想找到范前山的终极犯罪场所就要从已知的他活动的地方去寻找蛛丝马迹。

五名特勤小组警察在杜秋和胡大为的带领下进入了东郊北洼村范前山的宅院。

肖楠和左秀站在一辆没有标志的特勤小组厢型车后方进行警戒，在那里设立了一个临时刑事鉴定检验所。

前一天夜里，杜秋向省公安厅犯罪实验室发出了协查请求，次日上午十点公安厅派驻了一个由血迹分析员、痕迹分析员、枪支检查员等组成的专家组，搭乘第一趟航班抵达了云汉市。这些现场处理人员要努力构建一个指向范前山终极犯罪场所的证据链。

临时鉴定所及专案组交由陈龙水直接领导，同时陈本人也是一位拥有数学、物理等学位的一流物证分析专家。

见到陈龙水，杜秋不自觉地想起在国外一个展览馆看过的石制罗马人头像。一张破碎的石头脸，流露出一种不可言喻的个性。细看那深陷的眼窝、残破的鼻子、碎裂的耳朵、斑驳的嘴唇，依然能感受得出这石头中蕴蓄的人的力量。陈龙水就有这么一张脸——两道之前因执行公务留下的疤痕与皱纹交织，道尽阅历，自显神威。

几张旋转凳、三台电脑以及各式科学仪器——有密度梯度仪、气相色谱分析仪、显微镜、各种颜色的塑料盒、烧杯、宽口瓶、温度计、丙烷桶、护目镜、地表探测雷达和超音波设备、望远镜、夜视仪、红外线、扩音器，等等，还有几只箱子，这些箱子和杜秋的百宝箱很像。

玉莲一直哭着，旁边几个亲戚搀着她，昨晚她和儿子在公安局做了一夜的笔录。

范杨双手抱腿低着头蹲在墙角，太阳光照在他瘦弱的肩膀上似要代替父亲的温暖。

杜秋走过去拍了拍范杨的肩膀，“孩子，做笔录是破案和程序要求，但是这一切与你无关。”

杜秋回忆了最后一次来范前山家的情景，他推断地下室一定有问题。所以这次特别嘱托省厅的人带了地表探测雷达和超声波探测器。

简短地向玉莲做了解释，说他们需要检查地下室。

玉莲打开了厢房的门，自己退后，双手抱在胸前傻愣愣地站在那里。

胡大为带领两名警员开始对正房和猪圈展开搜索。

杜秋进入了阴暗潮湿的地下室，白菜和土豆变霉的味道夹杂着泥土的味道扑面而来，厅里来的三位专家组警员跟在后面。他们将样子很像吸尘器头的探针连接到电脑设备上。

杜秋看了看堆放的白菜和土豆，自己曾有机会仔细查验这个早就有所怀疑的地带，但单运来的死和方浅的失踪排除了对范前山的怀疑。

至今仍无解的是，他怎么在那么短的时间内跑几百公里将目标杀死。这个疑问始终困扰着杜秋，如果给他一个线索他一定能破解这个谜团，诸如给一个支点就能撬动地球。

所以，对任何怀疑之处都要缜密对待。

横向走了两遍格子，没有任何发现。

“除非这下面有一个小型直升机，才可以解释二二四制造的谜团。”一个警员在勘查过程中听杜秋说了单运来案子的蹊跷后开玩笑说道。

“下面？”一句话给了杜秋触动，“这下面是否埋了东西？”

“把尸体或作案工具埋到地下室下面？”一个警员猜测着。

“地表探测仪呢？”杜秋问道。

“在外面的临时检验室里。”警员回答。

“我需要对这个地方进行探测。”

地表探测雷达和船上或飞机上使用的传统雷达一样，可以穿透泥土和橡胶等物质并发出无线电波，在遇到物体时反射回来。

警员们用了半个小时的时间扫描地面，在笔记本电脑键盘上敲敲打打，记录各种符号，杜秋则站在一旁默默地看着各种参数。

然后将白菜和土豆搬到一边，用雷达扫描了全部地面，小组成员在电脑上查阅了一阵，然后根据他们查寻的结果，再一次在地面上走来走去，用超声波探测器重点探测他们锁定的三个区域。

“你的猜测是正确的。”一小时后，警员把杜秋叫到电脑前，让他浏览一些影像。杜秋根本看不懂这些深灰色的图像：上面尽是些斑点和条纹，许多地方还有不知道什么意思的数字和字母。

其中一名警员说：“这下面确实埋了东西，类似于橡胶。在这一块儿。”他指着屏幕，“奇怪，为什么埋东西要挖两米这么深？”

“这里有织物类东西，还有金属存在。”另一位警员指着黑暗的屏幕上一块稍亮些的区域说道。

杜秋说：“为什么埋这么深？这些东西从哪里埋进去的？我们怎样挖开它？”

“在整个地面上没有发现填埋的印迹，从仪器上分析下面可能还有一个比这儿小的空间。”警员说道。

“不是直接埋在地下了，而是在这个地下室下面还有一个地下室？”杜秋问道。

“对，疑犯很狡猾，地下室套着地下室这是我第一次见到。”警员说道。

“如果我第一次下来的时候，仔细看一下，梁局长就不至于失踪了。”杜秋懊悔地说道，“都怪我！”

“杜警官，你就是来十次，不借助仪器也发现不了。”警官说道。

“根据探测器的显示，这个地下室下方至少有一米的土层才是另一个空间。”另一个警官补充道，“以我们的勘查经验，下一个地下室的入口应该在外面的某一个地方。”

杜秋来回踱着步，陷入沉思中，其实抓嫌犯和研究地球引力一样，一个是推进文明，一个是保护文明。真相有时比地球还重。

几分钟后，杜秋停下脚步，抬起头，右脚有规律地打着节拍，又摇了摇头，摇头是思考的终结点。

“范前山之所以在这个地下室下面再挖一个地下室，为的就是不让我们找到入口，如果在外面再挖一个入口，那就一点意义都没有了。”杜秋踱到墙根处又慢慢走了回来，“我最后一次来的时候，他承认有地下室还主动把我领了进来，这就是他的误导，把最危险的地方营造成最安全的地方。因为谁也不会想到地下室下面还藏着一个地下室。”

下面有水状物存在，看来自己的推断是对的，这下面有可能就是他的终极犯罪现场，用强酸溶解了尸体。

“可以探测到下面是否有人或尸体的存在吗？”

警官摇了摇头，“确定有针织物的存在。”

“仔细找一下，下个地下室的入口一定在这个地下室里。”此刻的杜秋就像在干旱的沙漠中凿井一般。

所有人都挤在了屏幕前。

五分钟后，专家组的一名警员指着电脑屏幕上一个灰色方形区域，“这应该是一个板状物。”

“就是这里了，这就是入口。”杜秋说，“去这个位置。”

在地下室西南角挖下去半米深后，是一块薄石板，打开石板，一个洞口呈大约四十五度坡度斜了下去，通道很不规则，但能容许一个人爬下去。

“我需要防护服和有顶灯的头盔，还有一个强光手电。”杜秋说道。

警员制止了他，“据我所知你是法院借调过来的，还没有配枪。”

杜秋明白警员的意思，嫌犯一旦躲在下面怎么办？

“你放心，现实中不存在嫌犯再回到布控点躲起来的可能。”杜秋心里明白，范前山不会回来自投罗网。但让他害怕的是，下面可能横七竖八地躺着几具骷髅，或者有一个大缸，里面用酸浸泡着尸体。

“四五三九呼叫四五三一，完毕。”四五三一是陈龙水的代号。

“四五三一收到，完毕。”

“发现地下室下面还有一个地下室，只容许一人通过，四五三九现在准备下去。完毕。”

“小心，完毕。”

杜秋在下去之前，给在临时检验室里的陈龙水做了汇报，面对黑洞洞的入口，未知的里面一切都有可能发生。

警员从临时检验室拿来了杜秋所需要的东西。

穿上防护服，戴上有顶灯的头盔，右手举着强光手电，左手扶着墙壁，慢慢地滑了下去，大概一分钟的时间，左脚碰到了一个轮胎。

呈现在手电筒光束前面的是一个狭小的空间，杜秋弯着身子，鞋上沾满了黏土。

尸体和骷髅都没有出现，长出一口气的杜秋又很失落，这里并不是嫌犯的终极犯罪场所。

但这个空间的中心地带散落着六只轮胎、两件雨衣，右边角落是一个斗笠和一个滑雪帽，靠左一点扔着三瓶漂白剂和几双靴子……

几乎所有追踪列表中的证据都在这里。

“看到了什么，杜秋？”已经搜查完其他地方的胡大为来到第一层地下室，通过无线电对讲机问道。

“雨衣、滑雪帽、锤子和扳手都在。”

所有犯罪工具就像前些天把见面的时间、地点都和杜秋约好了一样——准时见。

“需要我们做什么？”

“胡队，你去接替左兄，让他穿上防护服拿相机和证物袋过来。”

犯罪现场有自身特定的范围，都存在着有价值的物证，以供日后的罪案调查。必须经过系统的搜索以及记录，以确保没有任何重要的物证逃脱详细的审查——甚至只是窗框上最微小的一块污渍都可能有用。

两人按照程序在地窖里进行了拍照、记录后，标出位置，放置卡片，并对地面和墙壁又进行了搜索，再没有新的发现。

两个小时后，将所有证物依照程序拿出了地窖，警员们接力转运到了院子外面的临时刑事鉴定检验室。

找到的六只轮胎，其中一只五菱之光小货车的轮胎与下坎街取得的轮胎痕迹模型吻合，警员们进一步仔细检查轮胎的整个圆周面发现多处相似点。

范前山家里停放的这台五菱之光就是犯罪工具。

一双黑色系带靴子，鞋底花纹的特征与防空洞雪地上的痕迹一致。杜秋在鞋底和鞋带上发现了一些物质。

杜秋用镊子夹起这些物质放在载玻片上，然后放到显微镜下观察——这是分析纤维最常用的仪器。接着他按下一个按钮，原本由目镜才能看到的画面，立刻被投射到房间里的一台大型液晶电脑显示器上，每个人都能看得清清楚楚。

显示器上的东西像一块块岩石。

根据分析结果，黑色靴子底部含有一种类似磷灰石的东西，元素成分有钙、磷、碳。

“磷一般都是肥料的原料，这会不会是一种化肥？”陈龙水说道。

“也有可能是一种矿石成分。”一名化验专业警员分析道。

杜秋看着大屏幕摇头否定了警员的意见，“云汉市的矿山全都是有色金属矿，而且这个元素成分主要是钙、磷、碳，没有铅、铜等金属成分，所以矿石可以排除。”

“你们看看这个。”陈龙水用镊子从嫌犯的雨衣内侧夹起了一条红色纤维。说着将红色纤维放在了载玻片上，在显微镜下可见纤维有叶状的横截面。

纤维是刑事鉴定中的一个重要线索，因为它们很常见，会从一个对象转移到另一个对象身上，而且很容易识别。

双眼还放在目镜上的陈龙水说：“这样的横截面应该是一种织物。”

“红色织物会是什么呢？”杜秋盯着目镜，“在雨衣里面穿着一件红色的毛衣或者衬衫。”一般人都会做这种思考。

“靴子底部还有粪便。”陈龙水盯着显示屏说道，显示屏上出现了一张图表，里面有各种分析出来的物质：粪胆素、尿胆素、硫化氢等十几种。

几位警员正在每人对着一只轮胎，或用镊子或用胶带或用吸尘器取出较大的泥土碎片，吸出较小的泥土微粒。

对灰尘或土壤进行完全的分析是很耗费时间的，但是现有的从雨衣上发现的红色织物和在靴子上发现的不明成分都需要一到两个连接才能更小地锁定终极犯罪场所的位置。比如根据强奸犯牛仔裤上的泥土找到强奸的犯罪现场。

这是一项复杂的工作，因为六只轮胎上的泥土太多了，要分析它们的颜色、pH 值以及样本所含有的微粒类型和大小。而且有时候微粒的形状也可以提供线索，比如海滩沙粒和沙漠沙粒具有与众不同的独特形状。诸如树叶碎片、种子、花粉之类的植物材料可能更加重要，因为可以提供丰富而且十分详细的信息。

临时刑事鉴定检验室配备了光学比对显微镜、偏光镜和扫描电子显微镜，使用显微镜的人要有百科全书般的记忆力，将他们可能会发现的不同微粒记住，但是对于比较普通的类型，他们可以借助收集的样品进行比较，如果需要更深层次的信息，可以运用微量化学分析和X光光谱分析。

杜秋这些年，曾搜集了云汉市各个区域的各种泥土的样本，有自己的一个资料库。在他看来，犯罪现场的尘土能提供的信息最容易被忽视但也最独特，也最容易成为其他犯罪证据形成链条中的黏合剂。

“杜秋，你对泥土是情有独钟啊。”陈龙水递给了杜秋一瓶矿泉水。

“人是泥做的嘛。”杜秋啜了几口水，“尘土提供的信息最详细，比如在一个房子里，每个房间的尘土微粒都是独特的。浴室的尘土含有滑石粉和化妆品，而在厨房的尘土中经常有面粉和胡椒粉。产业工人身上带有的尘土可以用来识别他们的工作，酵母菌孢子会附着在酿酒师和面包师的身上，而印刷工人的衣服上会染有墨滴和纸张纤维。”

“分析得不错，看看这个案子结束后，我跟上级打个报告，你直接调市局来吧。”陈龙水笑着说，不苟言笑是他的标签，但他感觉这句话还是笑着说合适。

“天天面对这些变态罪犯吗？”杜秋也笑了笑，“我喜欢侦查工作，也喜欢审判。”

“法院工作不枯燥吗？”

“如果说法院枯燥，那我们为了这个枯燥的工作付出了多少呢？”杜秋说道。

“你没想过去做律师吗？我的好多同学做律师都发了大财了。”胡大为插了一句。

“我曾经在考入法院之前做了一年律师。”杜秋拧开水瓶盖，站起来尽量把身子站得笔直，让整个脊柱伸展开来。

“为什么不做了？”陈龙水从目镜旁边走了过来。

杜秋没有直接回答，而是一边踱着步思考着一边说：“一位教师、一位医生和一位律师坐船外出。遇风浪船翻了，鲨鱼游来，绝望中，他们都往岸上拼命游，最后教师和医生都被鲨鱼吃了，只有律师安全抵岸。旁观者不解，问：‘为什么教师和医生都被吃掉了，可鲨鱼连碰都不碰你呢？’律师回答说：

‘同行的礼节。’”停顿了一下，继续说道，“当然，这只是一个笑话，法治的进程需要律师在内的所有法律人去推动。”

“律师刚刚打赢了一场官司，便立刻打电话给当事人：‘正义已经取胜。’委托人万分火急地回复：‘立即上诉！’”陈龙水简短的一句话逗笑了所有人。

“哈哈哈哈，又是败诉，我有个同学是个非常出名的律师。”胡大为笑着说道，“你们猜，他为啥出名？”

工作的警员们或在清理着轮胎，或弯下身去捡起地上的刷子，或在屏幕前做着思考。但都暂时被吸引了过来。

“他离了三次婚，三个老婆都曾是离婚案子的当事人。”胡大为说完，大家笑了起来。

“你们在干吗啊？笑成这样，我想一定是找到了线索。”在外面警戒的肖楠探头问道。

“杜秋在说他当律师时的笑话。”陈龙水说道。

“你偷梁换柱啊，陈局，彼律师非此律师。”杜秋说完面向胡大为，“你说的那个律师我听说过，他还有个更神秘的事情。”

“什么？”专门娶离婚的女当事人做老婆的律师的故事吸引了所有人。

“他对于感情的不专一是源于一段特别专一的爱情。”杜秋看见肖楠背对着门口站在台阶上。

“他戴着一枚戒指。”

“嘘。”大家像听相声一样发出了“嘘”的一声。谁还没有一枚戒指？

“他戴着一枚钻石戒指。”

“我还以为他戴的是格拉芙呢。”肖楠仍持警戒的姿势，背对着入口说道。肖楠所说的格拉芙钻戒，原属于西班牙国王菲利普四世，重三十一点零六克拉，价格超五亿元人民币。

“他戴着一枚用骨灰做成的钻戒。”

杜秋继续用短句讲述，一步一步在增强气势。最后这一句的效果是爆炸式的。

“啥？”几个在场的警员都被惊到了，异口同声。

陈龙水好像在哪里听说过“骨灰钻石”这种东西，但一时又想不起来。

“据说他很爱他的初恋，初恋因病去世后他用她的骨灰加工了一枚钻戒戴在了手上。”杜秋说话的时候，看到肖楠回过头来，一脸惊讶，“骨灰能做成钻戒？”

“钻石的基本成分是碳，而人体含有百分之十八的碳，火化后的骨灰含有百分之二的碳，可被提取制炼钻石。其技术原理是从人的骨灰中萃取碳元素，经过高压产生结晶，然后切割变成钻石。”大家听了杜秋的解说都表示不可思议，天天戴着骨灰，看着虽然是钻戒，但瞅一眼都会感觉他套着一个尸体。

“原理是原理，实践是实践。”胡大为质疑。

“早在上世纪五十年代，美国 GE 就率先利用此技术合成第一颗实验室培养金刚石（工业级），而后俄罗斯将其量产并大规模应用于工业。骨灰钻石的物理性质、化学成分、光学效果都是可以和天然钻石媲美的。”杜秋目光扫过胡大为，看向陈龙水，继续说道，“其实与天然钻石不同的是，骨灰钻石的碳来自死亡，而天然钻石的碳来自地壳运动。”

大家刚刚像经过了一次精神旅行，先是进入到笑话的轻松愉悦里，然后忽然掉到了骨灰钻戒的恐怖惊悚里，现在又回到了连环杀人犯的物证检验中。

陈龙水和杜秋一边说着话一边将泥土倒入盛有不同特定比重溶液的试管中。泥土会分离，每个颗粒会依据各自的比重悬浮在不同位置。

将泥土分离的结果和杜秋的泥土资料库比对，六只轮胎上的草籽类别和碎石微粒都显示小货车在东郊和南郊的交界处出现过。

警员在雨衣上又发现了一个微小的圆点，经检测主要成分有聚酯树脂、防潮剂和苯，能确定是一种油漆，从附着的状态看应当是喷溅上去的。

“在东郊和南郊的交界处有没有汽车喷漆店？”杜秋自言自语着，随即打开了手机的高德地图，拇指和食指不停地在手机屏幕上滑动着。

“在这儿，奔宝汽修店。”杜秋继续把屏幕放大和缩小，“骨灰钻石、碳、骨灰钻石、碳，快，我再看一下靴子底部的成分。”

“含有一种类似磷灰石的东西，元素成分有钙、磷、碳，”杜秋走过去盯着目镜慢慢说道，“它不是化肥也不是矿石。”又打开了手机，激动地大声说道：“它在这儿。”

陈龙水和警员都围拢过来。

“你们看，顺着这个修理厂往上去两公里的拐弯处就是无峰山殡仪馆，”杜秋指着手机屏幕说道，“那个类似磷灰石的含碳的东西我推断是骨灰。骨灰钻石提醒了我。”

“那范前山去那儿干什么？”警员问道。

“我猜他一定是在里面做了一个和骨灰经常打交道的工作。”杜秋说，“每一只轮胎都显示他经过一个区域，而那个区域恰恰是殡仪馆的所在，他的靴子上又有好多碳的成分，所以肯定不是因为朋友或亲戚的死亡去送行那么简单。”

“我同意杜秋的观点。”陈龙水说着用镊子夹起了那条红色织物，继续道，“如果推论成立，这应该不是衬衣上的，按照当地的习俗，在阴气较重的地方都携带一块红布辟邪。”

“范前山的工作不固定，讯问他老婆时，他老婆说他主要是刮大白、卖蔬菜。”胡大为说道。

“如果他在火葬场工作，他不跟亲戚和朋友说也很正常。”杜秋分析道，“在这个地方工作的人出去参加个饭局，大家都忌讳。”

“留三个人在嫌犯家里，其余人跟我到无峰山殡仪馆。”陈龙水看着杜秋和胡大为迫不及待地做了工作布置。

“陈局，我建议将这个临时刑事鉴定实验室挪到殡仪馆外面去。”杜秋说道，“我有种预感，那可能是范前山的终极犯罪场所，大戏即将开始。”

“还有救护车。”胡大为做了补充，他始终寄希望于梁海还活着。

“会很恐怖，会很复杂，一定会。”杜秋瞅着无峰山殡仪馆的方向说道。

第二十五章　地狱摆渡人

无峰山殡仪馆是专门举行葬礼的地方，同时提供棺木、陪葬物品，还有整理遗体、为去世者化妆的服务等。殡仪馆内的设备包括大小不一的灵堂、休息室等。

通往殡仪馆的路很窄且弯道多，夜间路上没有行人，偶尔有车从对面开来。

急弯之后，道路突然开阔，一个小的建筑群在车灯的照射下出现在眼前：左边四排平房，四角上翘的屋檐，灰白的主色调。中间隔着一个停车场，右边是一个孤零零的灰色二层楼和一排铁皮房子，二层楼上面高高耸立的大烟囱表明这是火化间，左边的平房与火化间之间有一个狭长的通道，那是死人从追思厅走向天堂之路。

雨后的空气有些冰凉，无峰山也冷清得有些怕人。

他在这里做了一名兼职的火化工，这个行业没有人愿意干，馆长就想了一个办法，每火化一个人给三百块钱，可以做兼职，他来火葬场工作不只是因为穷。因为这个工种的特殊性，他没有和任何人说过，包括他的家人。

火葬场属于阴气最重的地方，所以送葬诸事一般要在午时之前完成，因此下午的殡仪馆总是空荡荡的。

白天接到的电话，有咨询的，有投诉的，有预订追悼会的，有送来火化的，而半夜的来电一般只有一个主题，就是有人去世了，要火化工们帮忙运送遗体。

夜间三点，他的手机铃声响起，这个时候的铃声一定不是一个好兆头。这意味着，某个人刚刚离开世界，某个角落突然生起许多伤悲，有人失去父母，有人痛失爱人，有人成了孤儿。

电话是殡仪馆的经理打来的，一个老人心梗去世，需要殡仪馆去人料理。这是他的工作，火化一具尸体他能拿到几百元钱，无论手头正在做着什么工作，只要接到这样的电话，必须赶过去，因为尸体不能等他太久。

这段时间，他见过各种各样的死者：酒店里、医院里、养老院里，高速公路上、江河里、高楼下、车轮下……

如果是寿终、病故等自然死亡，遗体会比较好处理，司机会把车开到死者家门口，将遗体抬上车再开到殡仪馆就算完成任务。但如果是非正常死亡，比如车祸、坠楼、溺水等，难度就大许多。比如从水里打捞上来的遗体，经过长期浸泡，重达两三百斤；因交通事故死亡的，遗体可能七零八落，需要在现场仔细勘查，一块一块捡起来拼成整体。这些遗体火化起来特别麻烦，像是让他们重生一样难。

当然还有凶杀案的遗体，有肢解的、被强酸泡过的、一枪爆头的，甚至接手过变态杀人狂杀后强奸女尸。变态狂作案后将双响炮塞到女尸阴道最里面，天杀的法医给的结论是强奸，但竟然没发现或者发现后没有取出来，结果当那个女尸在被推进炉子后不久就传来了“嘭啷”的爆炸声，从那以后山生工作的火化间很少有人再敢靠近，当然还包括火化间后面的那排铁皮房子。

铁皮房子原来是停尸间，他来之后，接连发生了几次怪异的事件，尸体半夜走到门口就斜趴在铁皮门上，第二天过来的家属吓得当场昏厥了三个。还有一次，冰棺里的尸体没了，找了好几天也没找到，家属说是殡仪馆把人弄没了，是一具七十多岁老人的遗体，不知道偷走能做啥用。后来发现火化间的烟囱堵住了，让他去疏通的时候，他发现了一具尸体，正是丢失的那位老者。

阴阳师看了后，说是殡仪馆没给黑白无常安排休息的地方，他们是领着这些鬼魂的阴间使者。馆长马上将停尸间挪到了停车场左边的一处平房，烧了几炷香，要把铁皮房子封起来。

原来那两件事都是他夜间做下的，拿着绳子把尸体绑在身上累到筋疲力尽才把他卡到了烟囱上，回头看时，尸体的头耷拉在烟囱里，两只胳膊架在烟囱的两侧。从那以后，“恐惧”这个词一直游走在范前山的全身，可是没有办法，他需要那个铁皮房子。然后又以自己休息需要那个铁皮房子为由，暗中给了阴阳师五百元钱，几经游说，这里便成了他独享的私人空间。

他把老人的尸体背下来后相关人员开始装殓，然后举行葬礼。

老人的葬礼正在追思厅进行。

大厅两侧的墙壁上，挂满了花圈，贴着各地亲友的名字；穿着白衣黑裤的死者家人，伏在水晶棺前痛哭、呼喊；遗像屏里，一位白发老者的照片露出淡淡的笑容，仿佛正默默注视这一切。

五十岁的长子，含泪叙说父亲的往事，几十年的过往突然复活，人群中有人流泪，有人呜咽，有人号哭。

追思会后，遗体被推着穿过通道进入火化间，火化间有一道门，门上的图画描述着天空蔚蓝、云海缭绕、松柏常青、仙鹤飞翔。这是天堂门。

他打开棺盖，请家属辨认，然后他们一一整理死者的衣服和遗物。

一切就绪后，家属和范前山一起把遗体推到火化炉口，核对死者信息。核对完成，他们整齐地向死者鞠躬。

按照这个城市殡仪馆的习俗，允许两名家属在火化现场送逝者最后一程，但山生为避免家属的号哭和激动，就让他们去门外等，这个时候他表现得很冷漠，几乎是以训斥的口吻，他可不想在往火化炉里推尸体的时候被家属按住。有一次，一个家属一定坚持目送他老婆火化成灰的过程，他甩开门，扔下一句“那你自己化”就走人不干了。火化工稀缺，殡仪工作却不能停滞，馆领导各种调解、做工作，他才又回来继续工作。从那以后殡仪馆在天堂门前挂了一个牌子：火化时，请家属离开。

家属都出去后，一具蜡黄、笔挺的老人遗体呈现在范前山的眼前。他将老人的遗体推入火化炉，拧开旋钮，火化炉里柴油燃烧起来，火光熊熊。

死亡，是平等的事，无论贫富，无论男女，无论怎样辉煌的人生，都在这里由范前山送完最后一程。

如果是火化活人，估计推进去前就得被吓死，这是多么变态恶毒的想法，这个想法为什么老出现在自己的脑海中呢？

这个想法不只是出现在他的脑海中，因为他马上就要实施了。

把老人推进火化炉后，他迅速打开了火化间左侧的门，门里一个小走廊连着铁皮房子。

他把谢虎拖进了火化间，谢虎惊悚地瞅着这一切，他先是看到了炉子，眼神闪过一丝诧异，然后急速地眨着，眼睛真的会说话，他在说他恐惧，还是恳求放了他？抑或是两者都有，还有可能是在忏悔。

“我操你，一并操你的忏悔。”他咆哮着。

忽然他头上的青筋都绷得像一道道的水管，那里面充盈着血液，他应该才意识到这不只是一个炉子，而是火化炉。他的腿和手都被用胶带绑了数道，看起来像极了活着的木乃伊。

鼻子被封住，马上就会窒息，否则放到台子上他要挣扎着想坐起来就麻烦了。

在他窒息前的那几分钟，范前山给他大概讲了火化的过程，像教书先生站在讲台上一样。

抓了他，审判了他，活着给他送了盘缠和路引，还烧了好多金银元宝和纸钱，怎能不让他知道自己死的过程呢？那样对范前山来说太不完整了，对谢虎等人来说也是遗憾，因为他马上就会成为一堆灰、一股烟。

“谢总，当年你偷了我的命运，今天我要你的命！你接下来会被运入到燃烧室，这是外炉。”他指了指炉子的外面，接着说道，“你一进去，身体就会被刀头切开，肚子会被弄破，随后内脏就会流出，假如不弄破，烧的时候，你的肚子突然遇热，形成压力差，你就会爆炸。然后，机器会自动喷柴油在你的身体上，不对，那时候应该叫遗体。随后你才被真正送入炉筒开始焚烧，火化机的温度有近千度……”

谢虎身子扭曲着，渐渐没有了喘气声。

老人的遗体火化到中途的时候，范前山把窒息的谢虎放到了台子上推了进去。

那一刻他犹豫了一下，但一回想到自己命运的诡谲，他想这是他在超度他。

对，此时的范前山应该叫地狱摆渡人。

惊吓到昏厥的谢虎进入炉筒后，就会像烤羊似的被烧烤。最先烧毁的是头发，还有一瞬间就烧化的皮肤。随后，肌肉和内脏器官也跟随着变成熊熊大火。须臾间，就会显露出骨骼……

他和老者都化作了烟囱外面徐徐的青烟。

真的没有比这更残酷的方式，如果有，那么范前山认为自己这么做一定是便宜了他们，他一定会后悔。

炉子冷却后，台子上会留下来一些骨灰和一些碎骨骼。例如腿骨、颅骨等大一点儿的骨骼。当然，颅骨是散成残片了，不再是人头形状了。紧接着，范前山用铁锤砸碎一些大骨头，随后用扫帚将骨灰扫为一大堆，用小簸箕装上，放入老人的那个骨灰坛中，当然，只是代表性地装一点儿，其他的都扬掉了。

谢虎的骨灰和老人的骨灰混在了一起，也算对他进行了安葬，只是老人的孩子永远不会知道，在他们哭爹喊娘的号啕声中，怀抱的骨灰坛里竟然还住着另外一个鬼。

没办法，已经区分不开到底是谁的骨灰了。

人和人是有区别的，那骨灰和骨灰呢？每一个烧掉的人，所有的有机物、蛋白质、碳水化合物都被氧化分解，重新变成二氧化碳、水分，那些生前不管是粗茶淡饭还是高档保健品带来的钙、铁、镁、锌，要么随着灰烬飞走，要么被装入小匣子里面，要么混在炉灰一样的骨灰中，被埋入地下，慢慢混入大气、大江、大海，再进入动植物甚至我们的身体……

多么完美，一切烟消云散，一个人就这样被绑架，和其他死尸一起被火化掉，相对于那些用盐酸浸泡、刀斧分割、沉江入海的隐匿手法，范前山认为自己的手法尤其高明。

没有踪迹就永远破不了案，甚至一直得叫这些人为“失踪人”而不是“被害人”。

第二十六章　顶级恐惧

肖楠开着“风声”在最前面，后面跟着六辆警车，一辆GMC商务跟在后面。GMC上面拉着精密仪器设备，一辆类似于公交车一样的检验车走在最后面。

下午的无峰山殡仪馆没有人。

阴霾很重，天空显得好低，乌云遮着太阳，彻骨的风像把利刃，稳稳地割着人，一刀又一刀。

车停下后，警官下车列队。

殡仪馆馆长迎了上来，旁边远远地站着一个畏畏缩缩的男人，很瘦，穿着黄胶鞋，与黑色西服很不和谐。左手捏着抽了半截的香烟，一会儿东看看一会儿西看看，显得很不安分。

馆长身着藏蓝色中式上衣，上下五个红线盘扣，黑色裤子，两腮和屁股的肉同时往下坠着，胳膊很短，腿也不长，驼背含胸，一双小眼睛滴溜溜像得了多动症。

“请问哪个领导去世了？咋没提前说一声。”馆长心想这阵势，估计副厅级以上了，没有民政局的领导提前打招呼啊，再看看后面那个商务车，直接将“死者”升级为正厅级了，灵车都是高级房车。

“你说话怎么这么冒失。先看看这个。”胡大为过来说道，“见过这两个人没？”说着一手拿出范前山的通缉令，一手拿出了梁海的照片。

馆长接过来，“我都认识。”抬头瞅了瞅胡大为，眼神又扫过杜秋、陈龙水和肖楠，“这个是山生，我们这儿的火化工，这两天没见过他。我们没见过这个通缉令啊！”馆长表现得很委屈，“这个是梁局长，在电视上见过，是个人物。”

“山生，就是范前山，他媳妇王玉莲的笔录里有。”胡大为对馆长说道。

“他来这儿工作多久了？你们这儿没有身份登记吗？”肖楠问道。杜秋用一个手势让肖楠暂停一下，问道：“先告诉我他的工作场所。”

馆长指了指两层楼和铁皮房子那边，“两层楼是火化间，铁皮房子原来是停尸间，经常闹鬼，只有山生一个人敢在那边工作。”说完转头向远处的工作人员喊道，“你把警官们带火化间去。”想想感觉说法不对，又改口说：“你去把火化间的门给警官们打开。”

“陈局，我带左秀和胡队先过去。”杜秋说道。陈龙水点点头，同时又安排了四位警员跟在杜秋身后。

“咱们这地方和其他地方不一样，这儿的人都比较迷信，火化工不好找，山生是临时工，有需要火化遗体时他就过来，火化一具遗体的劳务费是三百元。”馆长看这阵势猜到出大事了，语速很快地叙述着他知道的所有情况。

“他来这里工作多久了？”肖楠一边记录一边询问。

“一年多了，人看着很踏实。怎么成了杀人犯？想不到，想不到。”

“殡仪馆的火化工都是固定的，到你这就换成临时工了？”陈龙水不怒自威。

馆长看着陈龙水就紧张，眼珠转得更快了，“去年年初我们火化一具尸体，结果在推入炉子前，尸体坐起来了，后来那个火化工一病不起，没几天就死了。”馆长抬起袖子擦了擦脑袋两侧流下来的汗，“这活儿本就不是啥好活儿，再加上出了这个事，没有一个愿意接这个差事。”

“范前山啥时候过来的？”陈龙水问话的时候出于职业习惯把整个殡仪馆的布局又扫视了一遍。

“他就是去年年初，我们打了招聘广告，”馆长嘴角抽搐了一下，接着说道，“他来了，把火化每具遗体的工资从招聘广告上的一百谈到三百，干得还不错。”

“他在工作期间，有什么特别的地方吗？”肖楠停下手中的笔问道。

“他胆子特别大，出了几件闹鬼的事，都是他平息的，”馆长说着指了指西边高耸的烟囱，“有一具尸体半夜从冰棺里爬到那个烟囱上，是山生找到后背下来的。”

陈龙水看到馆长说起这件事情时腿在打战，心想让这样的白痴负责殡仪馆工作真是愚蠢至极，信神鬼、拜无常，明显的人为玄虚都看不明白。

“说说这几天你们这儿的工作情况，越详细越好。”肖楠继续问。馆长继续回答：“从山生没来上班后，我们这儿都把电话转接给市里的南山殡仪馆了，没火化工，我们什么活儿也接不了，山生工作的地方也没人敢进去……”

“如果这样，你们这地方不如关门算了。”陈龙水说道。

“正有此意，我们刚打了报告，想找个不闹鬼的地方。”馆长的回答让陈龙水感觉胃特别不舒服，有一种一下吞进一个土豆的感觉，卡在嗓子里，特别噎。

跑步行进过程中，杜秋感觉到环境带来的压迫，除了脚步声和喘息声，没有一点其他的杂音，这种场合还是没有杂音的好，但殡仪馆的肃静像是有好多看不见的东西，只是它们不发出声音。

停车场和火化间隔着一个廊道，廊道里杂七杂八地堆着一些纸扎和大小棺材，经过廊道是火化间，一个敞着口的火化炉，像食人的怪兽一样等待着即将被吞噬的尸体。

火化间的门打开后，杜秋看到炉体上布满了烟灰，炉子右侧是一个带着四个轱辘的推车，车上还有一套绣着白云、青松和仙鹤的被子。

“这是推尸体的。”胡大为说着准备掀开被子。

“戴上手套。”杜秋提醒道。

被子下面是一床黄色的褥子，褥子上盘着金龙，卧着金凤，“这儿怎么有一条皮带？”胡大为掀开褥子看到了褥子下面放着一条黑色皮带。

是一条警用皮带，皮带扣上的警徽熠熠生辉。

胡大为双手捧起皮带，像是捧着价值连城的鸡缸杯，嘴角抽动了两下，“这是梁局长的皮带。”声音哽咽，“这是老款式，局里只有我跟梁局长有。”

此刻所有人都呆若木鸡，杜秋的目光在皮带上停留许久，此刻的胡大为像是冰山里的冰雕，冷漠，呆滞。杜秋抬起头，四目相对，虽然互不言语，心里都在假设同时也在努力否定着心里的假设，因为两人都知道心里的假设百分之九十不是假设。

胡大为像是喝醉了一样双腿晃了两下又强行站稳，喃喃自语，“这是把人火化了，这是把梁局长火化了！”进而是泣不成声，忽然下意识地摸了下腰间的手枪快步往外走去。

“站住。”杜秋追了上去，拉住了他。

“我要去杀了他。”胡大为老泪纵横，泪水中浸泡着仇恨。

“冷静点，你是警察，你在执行公务，不是复私仇。”杜秋停顿了一下，他并没否认胡大为对于梁海被火化的猜测，皮带在这儿，如果血迹也是梁海的，山生又是火化工，而且极有可能是为了作案才做了火化工这份工作，那这种猜测就是事实。

“知道你和梁局长的感情，这里谁和他没感情？我是他亲自借调过来的人。”杜秋哽咽了，可是他必须控制住自己的情绪，因为他知道比发泄情绪更重要的是如何把二二四制造的这个沙漠挖到底，见到水，“我们一定会找到他！”杜秋抱了一下胡大为，他感觉此时他俩需要一个拥抱。

“好，我有个请求。”胡大为踏出门的一只脚迈了回来，“我请求在抓捕时，必须由我带队。”

杜秋点了点头。

“我一定会以拒捕击毙他，即使他高举双手跪在那儿，我也要以此为理由将所有子弹打在这个杂种的脑袋上。”胡大为咬紧牙关，擦干眼泪，心里筹划着。

“仔细搜查！”杜秋大声命令道。

大家迅速行动起来，或弯腰，或低头，或扫视，或抬头，找寻着每一个角落。

“手表。”左秀在火化炉左侧墙角处，一个一米长的木把扫帚下面发现了一块白色屏幕的女性手表，“杜秋，这儿有一块手表。”说着戴上白色手套用镊子夹起来递到杜秋面前。

屏幕破碎，黑色皮质表带，表盘上有几丝血迹。

“卡地亚蓝气球。”杜秋端详着这块手表，仔细看了看，破裂的手表指针断掉了，而指针显示的时间是中午十二点过五分。

在哪里见过这块手表？杜秋印象里身边有人戴过这块手表，此时如果有一根雪茄或者一杯波本，他一定能立刻想起来。

首先是女性，一块大几万的手表表明肯定是一位经济条件不错的女性。自己的同学、同事、亲戚，思绪扫过所有人，最后竟然停留在肖楠身上。

杜秋最近的思绪时不时地就会停留在肖楠身上，冲咖啡时咖啡杯里是肖楠；煎鸡蛋时锅底是肖楠；看古籍时，战将白起，老鼠哲学的李斯，被贬官至海南挥笔写下“天涯海角”的苏东坡，变成了白起和肖楠、李斯和肖楠、苏东坡和肖楠;看诗词时，周邦彦的一首《少年游》“并刀如水，吴盐胜雪……”，李师师、宋徽宗、周邦彦，妓女、帝王和才子的故事，成了妓女、帝王、才子和肖楠的故事。

他暗恋肖楠。喜欢一个人，眼睛里、思维里、行动里，所看事物里就有她的影子。

其实这块手表和肖楠一点儿关系都没有。

静下心来，杜秋把所有有印象的女性在脑海里进行了排列，一个人闪入杜秋的记忆。

方浅!

杜秋想起了薛林贵的失踪现场锦府小区102号房间，他在讯问方浅时，方浅抬手擦去眼泪，右手腕戴了一块黑皮带、白色表盘的手表，和这个很像。

“十二点过五分”，杜秋又看了一眼表面上指针最后指示的时间，根据以前方浅遗留在现场的手机判定方浅是下午三点失踪的，而这块手表最后显示的时间是十二点过五分。

“如果手表是方浅被绑架时摔坏的，那整件事就有解了。范前山在十二点过五分于虎湾水库绑架了方浅，将方浅手机上的时间调到三点故意遗留在现场，然后赶回到家里，正碰上前去调查的杜秋。可是他为什么杀害方浅呢？”

“杜警官，这里有血迹还有毛发。”一位高高壮壮的警察指着炉子入口的底部打断了杜秋的思绪。

炉子入口底部是四根支撑的钢管，管子上锈迹斑斑，靠里面右侧的管子上有很长的血迹的流痕，痕迹上粘着几根毛发。

“我们一直找的痕迹原来是这样消失的。”杜秋围着炉体转了一圈。

“打开那个铁门。”警员听到杜秋的命令后，迅速穿过一个小走廊将铁门上的锁具去掉。

里面漆黑一片，灯是坏掉的，从门口照进来的光线仅能看见几个花圈。

“把窗上的板子去掉，快。”胡大为说着带着警员跑了过去。

一个大约三百平方米的铁皮房子，是砖混结构的，不过外面包了一层铁皮。

气味总是比影像来得快一些，刚打开门的那一瞬间一股酸臭味夹杂着烧纸的味道扑面而来，但没有尸臭，这一点杜秋他们都能分辨出来。

外面的阴霾逐渐散去，朵朵乌云飘过，不时遮住阳光，灰暗幽冥的光线笼罩在这个充满悲剧的房间里。

房子的正中间让所有人目瞪口呆，几张破烂的木头桌子搭建了一个长方形的法庭形状的陈设，还有公诉人、辩护人、被告人、审判长的白色纸牌，纸牌上的字是用钢笔写的，黑色墨水，每一个笔画又反复涂过，以此让字体显示出类似于毛笔的粗犷。

公诉人处坐着两个纸人，一黑一白，白色纸人，白色的脸，黑色的眼，眼睛下面有墨汁流下来的痕迹，左边胳膊耷拉在桌子上，隐约可以看到里面支撑的竹竿，右边胳膊指着对面的桌子似在思考着如何给被告人定更重一些的罪，或者在思考如何对付对面的辩护人。黑色纸人只剩了一只右胳膊、一条左腿，更显诡异。

被告人处放着一把深红色木质凳子。

辩护人的位置上摆放着两个纸人，一红一黄。

审判长的席位摆放着一把露出灰色海绵的黑色椅子，椅子的靠背有三块木头做成的横梁，中间的横梁只剩下半截。椅子加上前面的长方形木桌凑合成了审判席，桌上有一个扳手，扳手的头部有干燥的紫红色粉末。一个警员递过来一个证物袋。杜秋捡起扳手仔细看了看，“上面有干燥的血迹，这是凶器同时也可能被当作法槌使用。”木桌的后面一米远的墙上有几个粉笔字，左侧写的是“肃静”，右侧写的是“回避”。

被告席旁边污秽不堪，全是一堆堆干燥或半干燥的排泄物，胡大为紧皱着眉头，“这些没烧完的纸人，怎么解释？”他虽然没看杜秋，但语气一定是在询问他。

杜秋不答话，低头捡起了脚前的一个烧纸碎片，然后慢慢向窗前走去，两手端着纸片，凑到眼前，慢慢读出了纸片上的残留内容，字体和墙上的粉笔字、纸牌上的钢笔字一致：“谢……西……南大……路。”“老胡，你看看这个。”胡大为走上前去。

“谢，应该是谢虎。”

“西南大路是送盘缠时的路引。”

两人一拍即合。

“再看这童男童女，纸马纸车。”杜秋指着一堆堆未烧完的纸扎，满是疑问，馆长刚才说这边经常闹鬼，只有山生一个人敢在这边工作。所以范前山选择了这里当作终极犯罪场所。这些纸扎也一定是范前山准备的，他准备这东西干吗？

联系火化间发现的证据，被害人多半是被火化了，火化前一直被绑在铁皮房子里，因为单伟是法官，范前山认为法官才是他的职业，所以在这里设置了一个审判庭。把每一个被害人审判、杀死、火化，火化之后还给烧了纸。

杜秋摇了摇头，背着手走到窗前，驻足凝望窗外。几分钟后，他慢慢地转过身来。“火化仇人之后给送纸钱，不符合逻辑，也没有必要。那为什么烧纸呢？”

“烧纸会产生烟、火，有可能会暴露自己。人都杀了、烧了，他完全没必要去做啊。”左秀听着杜秋的自语，说了自己的想法。

“纸片上残留的字样显示的是民间丧葬习俗里送盘缠的内容，有没有可能是审判、烧纸扎、送盘缠、杀死、火化呢？”杜秋像是神笔马良在死胡同画了一道门，推开门豁然开朗，“活着的时候给烧纸、送盘缠，你想想……”杜秋说着走到公诉人席位旁边，指着审判台，“在这里审判，”然后举起双手背对着审判台在胸前画了个大圈，“然后在这儿烧纸，”又指了指被告席，“烧纸的时候，被害人被绑在那儿看着这一切。”

“人活着的时候给烧纸，告诉他走哪条路去西天？”胡大为瞪大了眼睛。

杜秋点了点头，“还可能给即将被杀死的人讲讲奈何桥、望乡台的故事，目的就是让受害人恐惧，受害人越恐惧他就越满足，只有这样才能解释范前山为什么会在这儿烧纸，别无他解。”

警员都惊诧地看着杜秋，有人据此认为范前山真的是变态，也有人据此认定杜秋被二二四系列案折磨成了神经病。

没有杜秋的命令，所有警员都没有进一步行动，都在等着杜秋做完第一遍勘验。

杜秋开始走格子。

东墙角处发现了埋到地砖下的三根麻绳。

西墙角发现了钱夹、火机、皮带及大量的塑料绷带，应该属于或使用于受害者。

“奇怪”，杜秋继续第二遍走格子，第一遍走格子主要是平视，第二遍则是蹲下身主要看地面的痕迹，“奇怪”，一连自言自语了几个“奇怪”。

“奇怪什么，受害人没死？”杜秋知道胡大为的这句话不是调侃，而是期望，期望的重点是梁海。

杜秋摇摇头，“受害人是怎么死的？如果是杀死，那为什么地面上没有大片的血迹。”

“这点好解释，拿个桶，把受害人的脖子摁到桶上，就这样……呲……”胡大为做了个杀猪似的捅刀子的动作。

“然后，等着血流尽，再拎着桶出去倒掉？”

对于杜秋的疑问，胡大为忙不迭地点着头。

两人对于案子的侦查过程，基本上是一个经常摇头慢慢否定，一个经常点头等着肯定。

“这不符合二二四的作案特征，他既然选择了这么隐蔽、阴森、常人不可想象的终极所在，就不会拎着一桶桶的人血到处走。”杜秋停下脚步，“火化间、铁皮房真的是二二四作案的鱼和熊掌。”

“那就是勒死的。”胡大为指了指三根麻绳，然后期盼着杜秋会点点头。

杜秋没点头，继续走格子，最后还是摇了摇头。“地面上只有很浅的摩擦痕迹，如果勒死一个人，受害人的反抗不会让地面的形态只有这种变化。”

“活着给受害人烧纸，用路引给活着的人指路，为的是让受害人感受到恐惧，”杜秋对于胡大为的大智慧未予肯定也未予否定，“活着烧纸是想让受害人恐惧，那受害人有没有可能被活着火化，范前山把受害人绑到这里，目的不只是在这里搞个虚假审判，更主要的是为了不留痕迹。”

“对，活着把人火化了，啥痕迹都不会有。”胡大为说道。

杜秋又背着手走到窗前，再次驻足凝望窗外。几分钟后，他转过身来，“审判、烧纸扎、送盘缠，然后直接火化了。”

左秀和其他四名警员听着听着，已经随着杜秋的思维进入了一部悬疑推理恐怖惊悚电影中，都说杜秋是藏书家，同时还是小说家，书看多了就是不一样，这个场景都能编出不一样的故事。

“二二四给自己的角色是一位有自我法规的法官，他自设公堂，自由定罪判罚，无视那些声势显赫的《民法典》与《刑法》条款的约束，他立法，他审判，他执行。”杜秋茫然地看了看四周，脑海中填充着一帧又一帧的画面。“听二二四的故事，需要些许心理耐受力才行；要经历他的故事，心理则越麻木越好。”杜秋接着说道，“你们准备好了吗？”

大家跟着胡大为点头。

“他确定目标后，找到了这个绝佳的犯罪场所，他先应聘到火化厂，工作的特殊性让他没有经过登记备案。”杜秋感觉此时自己就是杰弗里·迪弗笔下的莱姆，劳伦斯·布洛克笔下的侦探马修。“他把目标人物绑架到这个铁皮房子里，因为房子挨着火化间，平时没人会来这种地方，然后他搭建了这个戏台。”杜秋又指了指审判席，退后几步说道，“他在这里完成了从火化工到法官的转变，心理问题我们会交给精神医学专家鉴定，我们现在可以推断的是，他在知道自己被人顶替上学后，心理受到了严重打击，加上多年来生活的重压，于是开始了有计划的、惨绝人寰的杀戮。受害人先是被绑架到这里，经过漫长的折磨，然后接受审判。他像法官一样，‘本院经审理查明……本院认为……你应该被判处死刑，立即执行。’”

此时，杜秋好像看到了失踪人坐在被告人的席位上接受范前山的审判……

单伟顶替了范前山去上了学，之后当了法官，范前山认为自己的命运和人生被窃取了，自己才应该是法官，所以扮成法官将所有阻碍他成为法官的人在这里进行了审判。

一个在法院，是审判庭上的法官，执掌着国家赋予的审判权，定纷止争。

一个在殡仪馆，自己造一个审判庭，做判官，将所有仇家从阳间送往阴间，生杀予夺。

在房子里来回不停踱步的杜秋继续他的推论。

“在这里审判，然后当着受害人的面烧纸、送行，范前山的目的就是制造最惊悚的场景让被害人恐惧，但这远远没达到他报复的目的，于是在烧完路引、纸扎纸马、童男童女后，他用绳子将被害人反复捆绑，将嘴上贴上数十道塑料绷带，然后推入火化炉。”

“也就是被害人活着被推入近千度高温的火化炉？”左秀极度怀疑。

“绝对不可能，这火葬场又不是范前山他们家的，也不是他家里的冰箱，想开就开，想关就关，这是火化间，机器要响，烟囱要冒烟。”

“嗯，馆长看见烟囱冒烟后，进来问范前山，伙计，你干啥呢？范前山咋回答？火化几个人？烤个红薯？”

胡大为和左秀一唱一和，目的是把杜秋的思维拉回到他们认为的正轨上来。

“胡队说到冰箱了，那我问你俩，宋丹丹的小品里说把大象装冰箱，分几步？”杜秋严肃地问左秀。

“三步啊，把冰箱打开，把大象装进去，把冰箱关上。”胡大为小品台词记得好，回答得也认真。

“范前山火化受害人也是三步，第一步绑架受害人，第二步等着社会上的死者来殡仪馆火化，第三步火化完死者后紧接着将受害人推入火化炉。”杜秋的语速越来越快。

“你们再仔细看这里，”杜秋指了指被告席，又指了指火化间，“这里到火化间有很深的拖动物体的痕迹。”

一段沉寂后，胡大为说了句“不可思议”，左秀摇了摇头，“如果真是这样，那真的是完美犯罪。”

“就是这样。”杜秋坚定地说道。

四位警员仍做倾听状，不想让故事结尾。

“大家拍照，记录，分区取样，将毛发、血迹、犯罪工具、受害人物品标明位置、编号，以最快速度送检，和所有受害人的DNA做比对。”杜秋吩咐道。

简单的检验送到了外面的检验车上，复杂的检验由肖楠驾驶“风声”以最快速度送往市局的检验中心。

第二十七章　时间黑洞

陈龙水带队回到局里已经是夜里子时，检验结果陆续送到了案件调查室，在火化台上提取的血迹、毛发证明受害人有梁海、方浅、薛林贵、谢虎。

悲恸充斥着会议厅的每一个角落，会议厅墙上的专案组班子成员照片墙上，身着警服的梁海注视着大家。

杜秋跑去洗手池用冷水冲洗着头和脸，腿一直在打战。

小便池旁的胡大为借着流水声掩饰着自己的哭泣。

肖楠紧紧地攥着双手，面向窗子外的黑暗与寂静，泪眼婆娑。

左秀、信一阁等都默默地站立在原地。

杜秋先走了进来，前胸的衣服溅满了水，声音嘶哑，目光闪烁像是寻找着希望，没有一点儿力气地说道："现在还不能断定梁局长遇害。"这时手机响了一声，杜秋拿起手机看了一眼，是一个陌生号码发过来的一条视频，模糊地看着像是自己去过的一个地方。

杜秋看着模糊的画面点了播放键，视频拍摄的场所是无峰山殡仪馆的火化间，"是火化间的视频。"杜秋努力地控制着自己的情绪，低声说道。

大家围拢过来，调查室像坟墓一样安静。

视频先是一阵杂音，然后镜头里出现了一个人，是范前山，暗灰色的脸像是肝癌晚期的病人。他的脑袋闪了一下，背对着观众，正在用一只手哆嗦嗦地给火化炉炕面上的尸体掖着被子。视频一晃，所有人的心都像被一只有力的大手紧紧揪住一样情绪崩溃，只见紧闭双眼的梁海出现在视频里，嘴上绑着胶带，静静地躺在炕面上，盖着一条黄色的被子，接着镜头前又出现了范前山的脸，他走到火化炉的旁边去按了一下按钮，镜头又对准了炉体炕面，梁海的遗体缓缓地进入了火化炉……

绝望在所有人的喉咙里颤抖，一起跌入黑暗。

陈龙水手里的文件“啪”一声掉在了地上，整个人靠在了桌子上，用右手的拇指和食指紧紧地摁住太阳穴。

杜秋一脸愕然，感觉腹部像是被狠狠地踹了一脚。他盯着手里的手机，努力在想是该把它收起呢还是再播放一遍。他不想再看第二遍，靠在椅子上，闭上眼睛，感觉筋疲力尽，浑身颤抖。

肖楠先放声哭了出来，哭声中充满了痛苦和惶惑及恐惧和慌乱。

胡大为大泣。

整个屋子，一阵阵的悲恸涌来，连最安静的角落也难以幸免。

“他一定去了天堂。”等情绪稍稍稳定一下，陈龙水安慰大家说道。

“是的，梁局一定在天有灵。”胡大为双手合十放在胸前，任由眼泪流淌。

信一阁、左秀走上前去紧紧地和他拥抱在一起。肖楠从窗前回过头来，心口疼了一阵，她知道疼这一阵一半是因为梁海的死，还有一半是看到了杜秋的痛，但还是装作漠不关心地走过了杜秋的身边，坐到了桌前，两只胳膊交叉在一起，头趴在交叠的手上。

“范前山发这个视频的目的是向我们宣战吗?！”大家一致这么认为。

立即按照发送视频的手机号进行定位，显示在云汉靠近无峰山的一条机动车道上，最后警察在路上找到了手机七零八落的碎片。找到号码的主人，主人不知道自己有这么一个号码。

警方调查结果：这是他人利用别人遗失或丢弃的身份证复印件办的号码。

追捕范前山的案情分析会一直开到凌晨三点。

回到垄亩居，疲惫的杜秋点燃一支雪茄，现在唯一能减轻自己悲痛的方法就是破案，将范前山早日绳之以法，也是对梁海在天之灵最好的告慰。

写字台上，铺开几张四开活页纸，拿起钢笔，在上面写下“答案与死结”，猛吸一口雪茄，他发现解开一个死结，又有一些待解的死结。

两小时后，纸面上写满了“答案”与“死结”。

答案：

一、谢虎在湖东农牧学院工作过且是在学校这一环节的具体操作者。范前山杀之有因。

二、根据信一阁的调查，王敏在范前山读初中时，恰好主管过学生档案工作，与顶替上学事件一定有关系。范前山杀之有因。

三、单运来是单伟的父亲。与该事件有直接关系，范前山杀之有因。但根据调查，范前山没有作案时间。

四、根据左秀和胡大为的摸查，袁地煞在范前山读初中那些年主要从事的是办假证业务，和该事件的伪造证件应该有关系。范前山杀之有因。

五、目前来看，薛林贵与该事件没关系，但双方曾发生过一起交通事故，也许在事故发生时产生了很大矛盾。推测范前山杀之有因。

六、推测梁海追捕过程中被反制。范前山杀之有因。

七、方浅是薛林贵的情妇。范前山没作案时间。目前无作案动机。

死结：

单运来，是范前山的目标但没有作案时间。

方浅，没有动机，没有作案时间，不是目标。

薛林贵，范前山同他在发生交通事故时究竟产生了多大仇恨，才会以如此残酷的方式杀了他？为什么要杀方浅？方浅和薛林贵的被杀只是范前山为了完成杀戮而给警方设置的烟幕？

这是件令杜秋又恨又爱的事：恨，因为它使他心烦意乱，强占去他睡眠的时间。爱，因为它是一个挑战！

凡是难办的案子，最后都会集中到一些错综复杂的细节上。凶器、方法、动机、嫌犯、不在场证明、时间。此系列案的一部分“死结”恰好指向了“不在场证明和时间”。

这是一次对他毅力的考验，只要他撑得住，自然会一个个迎刃而解。如今，这个死结结得又牢又紧，但是他已经看出了关键症结——“不在场证明和时间”。死结慢慢地在松动。他明白死结只要是人结的，就一定有人能解。

时间已是早上七点。杜秋两眼干涩，腰酸背痛，到了卧室把闹钟定在八点，和衣而卧。

小睡了一会儿，八点起来洗漱后，出去买了一箱橙子、几斤山竹和车厘子同胡大为一起去了梁海家里。梁海的妻子于婉在家，两个妹妹在陪伴着她，见面后表达着悲痛，又彼此安慰。

招呼二人坐下，一位中年女士倒了茶过来，茶几上放着两部照片合集，估计于婉一直在对影思君。

杜秋和胡大为一人拿起一本翻看，因为感觉到那种真真切切的沉重，所以翻动得很慢。

“这是老梁在北京学习的时候；这是在青岛爬崂山，老梁把脚崴了一下；这是到了单位的第一次酒局；这是和一个矿山老总的合影，他救了他们全家；这是在我妈家……”于婉给杜秋介绍着每一张照片，时而哭时而笑，像隔着时空与梁海对话。

“嫂子，您节哀，我们就是您的家人。”杜秋盯着照片又看了一会儿，将影集合上站了起来。

再看这一百五十平方米的住宅，梁海的健身房占了一大间房，房子正中间挂着一个多处磨损的沙袋，几副拳击手套放在一个一米高的置物架上，同时还放置着哑铃、跳绳。西边角落是一个大型跑步机，跑步机前面立着一面靠山镜，镜子上方是一个锻炼计划表。

“嫂子，梁局长以前每天都要在这儿锻炼？”杜秋问道。

“是的，他这辈子就是干警察的材料。”于婉长嘘了一口气说道，“你看那个计划表了吗？每天五公里的跑步，外加一个半小时的散打和器械锻炼，二十年都是这样过来的。”

杜秋默默地点了点头。

告别出来时，回头看见了玄关上摆放着自己送给梁海的“铁王座”，又转身拿起来，抚弄良久，感慨世无定数。

十点钟回到案件研究会议室，先与肖楠、左秀一同翻阅了近期的案件登记簿，上面记载了一些案子，如偷窃、酗酒、失踪、虐待、卖淫……每一桩案件都离不开“人”。杜秋想起了一本书上的一句话，这些人就像那除不尽的野草，但是，明月依旧，人间还是温情无限。

“这是个惯盗，一年累计偷了四十一辆电动车、二十辆摩托车。”肖楠指着登记簿上“张小强”的名字说道，“外号‘张二蛋’，是个骑行摩托车的高手，一辆摩托车能绑上四辆电动车，不耽误翻山越岭。”

“盗窃高手在古代确实有，据说可以做到闪电牵针，就是在天空出现闪电的瞬间穿针，还有一门绝技是在一把黄豆里掺一个绿豆，迎面朝他撒过去，他可以用两指瞬间夹住绿豆。”左秀瞅着肖楠说了这段话，眼神告诉她，一个偷车贼高不到哪里去。

杜秋笑了笑：“范前山无影无踪，张二蛋翻山越岭，这两个罪犯也都是高手。”杜秋说完愣在了那儿，两眼直直地盯着前方。

屋子里的其他人都在向杜秋注目的方向望去。

空荡荡的走廊上什么都没有。

“杜秋！”胡大为喊道。

杜秋两眼仍直直地瞅着前方，像是要把走廊尽头的墙壁看穿。

胡大为的喊声让他回过神来。

“胡队马上和我去提讯张小强。”

张小强，绰号“张二蛋”。矮、胖、黑，四十岁左右的光景，光头，留着浓密的络腮胡子，戴着一副黑框眼镜，眼镜后面的那对转动着的黑眼珠，闪耀着作为一个贼的生动、好奇和狡黠。

“把铐子摘去。”杜秋对看守警察说道，然后示意胡大为，“给他根烟。”

张二蛋接过点燃的红塔山猛吸几口，眯着眼睛看着胡大为：“头儿，能给多弄几盒不？”一看就是惯犯。

“还给你弄几盒，操！”胡大为三步并作两步走上去从张二蛋嘴上把烟扯了出来，扔在地上又用脚尖狠狠地踩了几下，“再磨叽我就揍你。”

张二蛋看着面前这个挥舞着拳头的老警察，喉结动了两下没再吱声。

“你的案子不归我管，今天找你来也不是聊你的盗窃案，我是想请教你几个关于摩托车的问题。”杜秋平和地说道。

张二蛋努力适应着在这种地方少见的和颜悦色，警察说的“请教”亦使他受宠若惊。

“要说云汉市，凡是下九流的事你找我就对了，你打听打听，谁不知道咱云汉盗界的三驾马车：四眼贼、三只手、张二蛋。”说着跷起了二郎腿，瞅了瞅胡大为又把腿放下。

“听说你摩托车骑得很好。”杜秋铺开提讯笔录，拿起钢笔问道。

“崇山峻岭，如履平地。”张二蛋一边说着，一边撸起两只袖子，然后把双臂大喇喇地放在桌子上，“和飞机的速度差不多，因为我走直线。”

“你对云汉市的地形都很熟悉？”

“四区八县，你就问他还有哪儿没偷过吧。”胡大为点燃一支烟，一边回答杜秋的疑问一边递给了张二蛋，“好好表现，说不定能立功。”

张二蛋感激地接过香烟，像孩子五个月没吃奶一样紧嘬，“地形都熟悉，我的买卖一般都得跨县区，而且只要是光明正大的路，我一条都不走。”

“从东郊到响水镇的板石村，”杜秋停了一下，补充道，“我是说你在这一段作过案吗？”

“我想想啊，”伸手又要了一支烟，“作过，因为板石村是牲畜的集贸市场，车流量大，贩子盯着牛羊，我盯贩子们的摩托车，得手后我一般是骑一个，后座子上再绑上两个，一趟收入一万票。”

“得手后，你擅长骑着摩托翻山越岭，对吧？所以你屡屡得以逃脱。”杜秋分析道。

张二蛋点了点头，“从板石村直接到东郊我没走过，但从板石村到市里我经常走，一般从板石村经魏家窝铺出来，翻过金家岭，过了九马山，再过老牛槽沟，绕道边墙梁，过盛河，再翻过蛤蟆坝，就到了省道了，那离市区也就十公里。”说的这一段话听起来像是在卖弄自己的犯罪记忆。

“如果单骑一辆摩托车，没有捆绑其他物件，你走完这段路最快要多长时间？”

“大概一个半小时。”

“也就是来回要三小时？”

“是的。”

“你认为还会有比你快的吗？”

“除非他有翅膀。”

“摩托车的型号和速度关系大吗？”

“农牧区用的大部分都是嘉陵、大洋这些，速度差不多。”

“这是从板石村到市区最近的路，对吗？”

“是的，走山过河，全都走的直线，如果走公路得多走几个小时。”

杜秋点点头，嘴角露出一抹带有春意的微笑，如蜻蜓点水。

“可以了，辛苦你，如果以后有什么事情再来请教。”记录完最后一行字，起身离座。

胡大为紧随其后，“范前山有可能骑摩托车到了原上草冷库谋杀了单运来，对吗？”

杜秋点了点头。

云汉市山水布局图，是祖籍云汉市的几位老地理学家退休后一起绘制出来的，细密、精确、完整。

左秀和肖楠一直在查找范前山最后离开无峰山殡仪馆的时间，正要找上杜秋一起去向陈龙水汇报。

“你们先留下来，如果破解了这个谜题，一会儿给陈局一个惊喜。”杜秋右手拿着一支铅笔左手拿着笔录本，站在胡大为刚悬挂上的地图前，对左秀等三人说道。

“单运来死亡的当天，范前山确实没有作案时间，这个已经排除了。”左秀狐疑地看着杜秋。

“原来是排除了，但是如果范前山像张二蛋一样骑的是摩托车，走的是山路呢？”

杜秋用食指在地图上慢慢画线，“张二蛋骑摩托车从板石村经魏家窝铺出来，翻过金家岭，过九马山、老牛槽沟，绕道边墙梁，过盛河，再翻过蛤蟆坝，就到了省道了，这里……”杜秋重点点了几下省道的标记，“离市区也就十公里。”

“张二蛋说单程要一个半小时，那么来回要三个小时。”胡大为说道。

“从市区到东郊还要半小时，如果再加上作案时间，从板石村到东郊来回至少四个半小时。”左秀加入讨论。

“他不用四个半小时，因为当天在沙湖，我让他回家的时候，”杜秋指着地图上沙湖二十七公里处的位置说道，“他一定事先将摩托车放到了某个沙柳墩的后面，然后他是从这儿直接穿越沙漠，不用翻蛤蟆坝，直接过盛河，奔板石村去了。”

肖楠困惑地问道：“范前山真是骑摩托车作的案？”

杜秋点点头，“侦破一件案子，基础很重要，从动机、方式及现有掌握的证据来看，单运来一定是范前山谋害的。”

“胡队、肖楠，你俩先去给陈局汇报工作。我和左兄去趟东郊。”转头面向左秀说道，“左兄，想不想跟我来一次赛车，我准备了两辆嘉陵摩托。”

二人骑着摩托车先到了范前山家里。

天空中布满了阴霾，田园山水正被一点点地抹去。

范前山家里，冷冷清清。玉莲双手互插在袖筒里，蓝色的头巾上粘着几棵杂草。她呆坐在炕上，双腿耷拉在炕沿边，一双黑色的棉鞋冲着窗子晃来晃去，直到杜秋和左秀敲门走进屋，那双大脚才停止晃动，既未站起，也未说话。

经过两人的一番询问，玉莲承认自己家确实有过一辆嘉陵二手摩托车，但至于摩托车的去向就只有范前山知道了。

杜秋的主观猜测逐渐成为一种客观推理，在一步一步得到印证。

推论不能有半点疏漏，杜秋必须实证每一个细节。

两人披挂上阵，从北洼村到沙湖二十七公里处，穿过沙漠，开始沿着盛河的河沿跑，挡泥板根本挡不住溅起的泥土，两人感觉后背像穿上了一件刚从泥里捞起的衣服。

骑行到边墙梁的羊肠小道，梁很陡峭，排气筒冒着黑烟，两人紧紧地向前压着身子，下了梁是两山之间的一段深沟，叫老牛槽沟。杜秋紧踩油门跟着左秀，过九马山，翻越金家岭，过魏家窝铺到板石村。到达目的地后，两人下了车，你看看我，我看看你，杜秋能看出左秀的心思，他也有同样的感受——屁股真疼。

用时一个小时十分钟。

至此，范前山谋杀了单运来，定论。

第二十八章　影

因为破解单运来被谋杀的谜题，杜秋没赶上梁海的追悼会，据说追悼会很盛大，市长亲自主持，市公安局局长亲自把梁海的旧衣服摆放在棺木中，所有人对着衣服鞠躬，像是梁海躺在里面一样。

杜秋直接开车去了南山公墓。电影中常演的细雨蒙蒙没有如期而至，所以到场的人也没机会撑把黑伞表达哀思。

墓地四处都是鲜花，靠在石头和树身上。最大的花圈中央有一张梁海身着制服的黑白照片，被插在一个透明的塑料封套里，花圈两边贴着一副挽联，左联是“浩气长存，肩头金盾凝日月”，右联是“英年早逝，警营悲泪别战友”。

棺木已经被放在了墓穴上方石碑的旁边，锃亮的棺盖上堆了厚厚一层鲜花。

在墓地对面，一块隆起的高地上聚集了一群电视台记者和摄影师，他们已经在交通锥和警戒线后面占好了阵地。身着制服的警察在尽力阻止他们靠近哀悼的人群。

省、市、区各级报社都派出了他们的王牌记者。因为杜秋读书、藏书，所以文化圈的人认识一些，他看到了《云汉日报》的刘洋、《每周要闻》的姜涛，以及《湖东晚报》的王小双。

死亡只是一段新旅程的开始，这是一个流传了几个世纪的童话故事。生就是生，死就是死，我们生，我们死。

杜秋扫视了一下周围环境，重回哀思。思绪又飘到了梁海遇害的无峰山殡仪馆，视频里的梁海盖着黄被子紧闭着双眼是那样安详，也就是这份安详让杜秋产生了疑虑，依照惯性的推测，范前山应该直接把活人火化了，可看梁海的样子像是睡着了。

范前山怎么做到的？还是自己的推理错了？

此刻多想再见梁海一面，哪怕就一面。他想起了手机里的视频，视频已经被拷贝成光盘存到二二四系列案的档案里。

最后看一眼梁海局长，杜秋想着，掏出手机，走到旁边一棵枝叶茂密的大树旁，打开了视频。

视频里先是范前山出现，然后看到了梁海。杜秋看完，抹了下眼角的泪水，正准备退出的时候，忽然感觉视频里哪里不对。闭着眼睛，回忆了一下，忽然灵光乍现，是影子，地上好像有两个人影。

急忙将视频重播，看到梁海躺在火化炉的炕面上时，地上有两个人影，其中一个是范前山的，那另外一个呢？难道还有一个人暗中协助范前山。如果还有一个人，心中的另外一个疑惑就能解释了：以梁海常年散打、锻炼的身体素质，再加上多年从警经验，当日追击范前山时还拿着枪，为什么在柳家巷被范前山抓走了呢？如果范前山还有一个帮凶，那问题就有答案了。

再翻看视频，当看到第四遍时，问题大了，范前山出现的前半段隐隐约约有一个人影，后半段却有两个人影，那俩影子一定不是黑白无常。

杜秋一下趴在地上，按了播放键，然后双手挡住光线，从上面捧起的心形洞口看下去，发现前后的视频光线也有问题，范前山出现的视频光线比梁海遗体出现的视频光线要亮一些。

“视频被剪辑过。”当日因为有了梁海的腰带和血迹鉴定等证据，当杜秋的手机收到视频后，所有人看了都处于极度悲恸中，因此并未进一步做视频是否完整及是否原始的鉴定，潜意识认为这个视频只是更加验证了原来的结论而已。

杜秋急忙四处寻找陈龙水，见他正站在墓地对面一块略高于地面的平台上，身穿黑色的警用夹克和白衬衫，面前有一张面向媒体记者摆放的长桌。标着台标的麦克风和录音设备已经被用胶带固定在了桌子的前沿上。

摄影机打开了灯光，闪光灯闪烁。

“女士们，先生们，感谢你们的到来，”他说，“对于梁海局长的牺牲，我们全体警员……”说到“警员”的时候，被杜秋从后面一把抢过话筒。“陈局，梁局长的那段视频有问题。”杜秋附在陈龙水的耳朵上小声说道。

后面的记者和群众一阵骚动。

“大家稍等，我有紧急公务要处理。”陈龙水礼貌地说完，紧跟着杜秋往墓地一边无人的地方走去。

人群中发出阵阵低语。

“出什么事了吗？”

“守护一方平安真不容易啊！”

“我预感今天会有大新闻。”

“后来上台的那个小伙子就是杜秋。”

“梁海，云汉人民的保护神啊，说实话今天还有省里的爆炸新闻，但我还是过来送他最后一程。”

“视频怎么了，杜秋？”陈龙水大步流星地在前面走着，边走边回头问道。

“视频被剪辑过。”杜秋额头上冒出冷汗。

“什么？”陈龙水停了下来，眼睛由两条鱼瞪成了两个乒乓球。

“你看。”杜秋说着，凑上前把视频打开，给陈龙水做了分析。

“我操，我操，我操。”陈龙水急得连骂三句，“这咋办？”在问杜秋也在问自己。

“停下来。”杜秋说得很果断。

“停什么？”

“都停，葬礼、采访，所有和梁海有关的都要停下来。”

“追悼会都开了，市长把悼词也念了，荣誉也给了……”

“记者会停止，棺材就地掩埋，如果继续下去一旦出现新情况，我们怎么收场？”

“火葬场提取的证据已经证明梁海死了。”这句话提高了声调，引得几名来悼念的群众往这边瞅过来，陈龙水忙转过身去。

“陈局，您冷静一下，如果没有这个视频，凭梁局的腰带和血迹也许能定他死了，但现在这个视频出现了，您想想如果是范前山杀了梁局，他有必要给我们发一个嫁接的视频吗？”

“视频的后半段显示梁局被推进去了啊，火化了啊，这就够了。”

杜秋摇了摇头，“这就得专业人士看了，我怀疑视频进行了多次剪辑，最后推进火化炉的极有可能不是梁局。”

“那范前山搞这么一段视频目的何在？”陈龙水忽然意识到了什么，“你不会怀疑梁局吧？”

“这段剪辑的视频让整件事更加扑朔迷离。”

“如果你怀疑梁局，那我们可以继续举行葬礼，明松暗紧，岂不更好？”

“不行，如果梁局没有问题，我们就是在利用战友的死亡。”杜秋摇了摇头，“我做不到。况且现在的舆论暴力，稍有不慎，连云汉市都得因此上头条。”

记者们等得越发焦躁不安。

“我们不能大意，如果今天继续进行，以后一旦出现反转，你和我都不是失职的事了。”杜秋抱定一个决心，今天，自己和梁海的棺材总得拖走一个，“现在我们停止这一切，就是及时止损。”

“其实对于梁局在柳家巷是如何被抓走的，你们一直也没调查清楚。我同意你的意见，杜秋，那这帮记者谁应付？”陈龙水想装头疼，但他怕装不过杜秋。

“当然是您了，展示能力的时候到了，陈局。”杜秋笑了笑，左手搂住陈龙水的右肩膀说道，“咱俩并肩退敌。”然后给左秀拨通电话告诉他葬礼先停下。

两人走到了桌子前，表情都很难堪。

闪光灯闪个不停，他们想听到解释。

“今——是这样的——”陈龙水一边说着话一边清着喉咙，他是在想这个话怎么说出来，“接下来是一场正式的通报会。”

“出什么问题了吗？”来自《云汉日报》的刘洋举起话筒问道。

刘洋喊出这个问题，又有两个人跟着问。

“出了点儿差错，葬礼先停止。”杜秋面对刘洋说完，看向陈龙水，像个失望的校长看着调皮捣蛋的学生。

这一切仿佛在人群里投了一颗炸弹，人声鼎沸，你瞅我，我瞅你，都想在彼此那儿找寻到答案，并且立刻有二十多只手举了起来。

杜秋举着麦克风，让大家保持安静。

“是什么原因要停止葬礼？追悼会都开过了，你们公安部门难道对梁海的死有怀疑吗？”问话的是《湖东晚报》的王小双。

“肯定有重要原因，但鉴于案件的性质，现在不宜公开，请多多理解！另外，我刚才说了这是一场正式的通报会，不是一次自由问答的记者会，”陈龙水尽量控制着情绪说道，“所以没有记者提问环节。”

“梁海到底死没死？闹出这么大的乌龙！”

“以前听闻梁海被纪委调查，是不是真的？”

“公安局局长的葬礼你们都能弄得这么草率，这一年得冤死多少人？”

“是死是活，他们确定不了，等等吧，没准一会儿又开始进行了。”

陈龙水怒不可遏，面部的紧张情绪非常明显，杜秋抓住他的手臂，示意他别再回应。

“陈局长，等于到现在，你们不但没抓到凶手，而且梁局长还被凶手杀死了？”《湖东晚报》的王小双咄咄逼人，他抛出这个问题就是要确认人到底死没死。

陈龙水探身向前：“不确定，我们的证据需要再次核实。”说完缩了回去。

“你们这是工作失误吗？”

他尽量保持冷静，“不是。即使有失误的地方，我们现在也是在纠正失误。”

“陈局长，不出意外，这将是本年度最具爆炸性的新闻，你有什么要跟大家说的吗？”

“像原子弹一样吗？”陈龙水自己要和新闻一起爆炸。

所有眼睛都盯着陈龙水。

“陈局长，你是警察，请注意你说话的态度。”王小双作为省里的资深记者，哪受过这种“礼遇”。

“警察就要为了不让你们胡说而屈就你们所有的诘难？你的问题的出发点是什么？你巴不得我现在出口成脏，那样我这身皮就得让你扒了，是不是？”陈龙水站直身子，感到既愤怒又难堪。

人群里一阵骚动。

记者们很乐意让王小双刺激陈龙水，这才是本次最好的报道素材。杜秋试图插话进来，但陈龙水就是不把麦克风给他。

“真他妈是一场彻头彻尾的灾难。”杜秋忍着没骂出来，靠近陈龙水低语道：“你走，把话筒给我吧。”

“就可着我一个来吧。”陈龙水低声说道。

“我要告你侮辱、诽谤。”王小双刚刚从攻击中恢复过来，指着陈龙水的鼻子，这句话像是喷出去一样。

“那是自诉案件，你随便。我告诉你，我们现在有紧急公务要办，有关系到二二四系列谋杀案的重要信息要核实，通报会结束。”

人群里发出抗议的吼声，通报会已经开成了运动会。

这时杜秋看见《每周要闻》的姜涛站了出来，他整理了一下黑色的领带，面向记者和悼念的部分群众说道：“新闻最重要的就是客观，这和公安办案子一样，我感觉陈局长和杜警官能顶着压力决定停止葬礼，就是本着对案件客观求实的态度，这才是我们应该弘扬的能量。至于梁海怎样了，那是案件，案件就要交给公检法。”

人群肃静了很多。

“这是谁？”陈龙水用手捂住麦克风低声问道。

“《每周要闻》的姜涛。”杜秋对着陈龙水耳语，“一家子读书人，我们有过交集，他老爷子在司法部就职。”

“大家散了吧，再这样闹下去可能妨害公务，再严重一点也可能构成寻衅滋事罪。”姜涛朝着杜秋点了点头，收拾话筒，低头离开了。

陈龙水这火暴脾气，再闹下去，以妨害公务或寻衅滋事抓几个典型也很正常。再加上姜涛在业内的口碑和分量，大家都借坡下驴，不再吱声。只有王小双愤愤不平，构思这篇报道如何写才能把陈龙水写死、写臭。

陈龙水戴上帽子，一只手扶着帽檐把帽子戴正，然后一手抓住手套，甩到另一只手里，和杜秋一起大踏步离开了，就像离开阅兵场。

左秀这边知道情况后和梁海的妻子于婉沟通，让于婉决定葬礼怎么处理，红肿着双眼的于婉听说要对梁海死亡的证据重新核实，内心忽然燃起了希望，将棺材内的衣服取出来，将墓碑放倒，把花圈、空棺一起先掩埋起来。

杜秋回到局里，看到胡大为和一个警员正押着一个人下车。

“胡队，什么案子？”杜秋随口问道。

“贩卖文物。”胡大为回答道。

杜秋回头瞅了一眼，被羁押者长相和形态都很突出，松松垮垮，瘦骨嶙峋的身躯上几乎没肉，全身紧绷，狭窄的脸孔，双唇饱满，双眼深陷在突出的眉骨之下，眼睛的颜色是浑浊的黑色，眼神是死的，即使齐天大圣的火眼金睛也无法从中读到任何讯息。

一眼能记住犯罪嫌疑人的全部特征，这是杜秋刚来局里就证明过的本领。

眼前这个人让他本就沉重的心情更加不舒服，挥了挥手，“你们审着，我还有事情。”

一小时后，视频分析报告被送到了案件调查室，一段视频经过三次拼接。范前山出现那段和梁海出现那段是一个时间两次拍成的，光线分析是夜里的灯光；遗体被推入炉子的那一段是白天拍的，但光线不好。镜头转换前后，通过直径、高度等分析，后面火化炕面上的梁海和尸床上蒙着盖头的遗体不是同一人。

陈龙水不说话，拿起杯子又放下，不一会儿又重复这个动作，像是不知道拿起水杯要做什么一样。“梁局啊，你究竟在哪儿？范前山这是演的哪出戏啊？”

“从视频中出现的人影看，有人配合范前山作案，但为何弄了这样一个假视频，再发给我？”杜秋心脏的跳动像是在搬动一块块石头来压住最坏的怀疑。

“市里那边怎么应付？听说市长在招商会议结束后骂了你八辈祖宗。”胡大为背过去一只手自己揉着腰，“让白板这小子把我腰扭了一下。真老了！”

“我怎么应付，实话实说呗，不行就写检查，再不行处分我！我们是有失误的地方，但是视频放在那儿，证据放在那儿，我们失去战友的糟糕心情放在那儿。”陈龙水嘴上这么说，但心里也没有底，荣誉给了，追悼会上市长哭得稀里哗啦的。

“为什么做这个视频？谁做的？什么目的？”肖楠一连串的疑问，“发给杜秋，证明梁海被谋害了，却是剪辑的，这太蹊跷了，范前山没有理由这么做啊？”杜秋走来走去，脑海中浮现着当日在殡仪馆的画面，一瞬间想起了什么，目光转向胡大为：“你抓的那个人，我见过他。”杜秋想起来了，他是那天在火葬场带路的那个工作人员。

“你是说白壹公，倒卖文物那个人？”胡大为探询道。

杜秋点了点头，“他的案子是什么情况？他在火葬场工作过吗？”

“倒卖珍贵文物被同行点了，我们抓了，还没进行讯问，就被叫回到这儿来了。”

“陈局，我想先讯问下白壹公，我们去无峰山时，他是殡仪馆工作人员，我想他也许了解些情况。”杜秋感觉说话的时候气短，背上像是背着一个磨盘。

“那个馆长和工作人员，肖楠都做过笔录，没啥有价值的线索。”陈龙水一直在想怎么跟市长交代，说话的时候有点儿心不在焉，“争取能有突破，你们先讨论着，刚接到秘书长信息，我去趟市委。”

杜秋和胡大为一起向审问室走去，半路上，胡大为停下来拍了拍杜秋的肩膀：“看你这么累，你回去休息下，不就是问问他在殡仪馆知道的情况吗？我保证给你一个满意的答案。”

杜秋一愣神，还没等说什么，胡大为已经两手往门外推他了，“听我的，三小时内给你答复。”

“胡队，你这是怕我跟你抢功？”

“你就当是我怕你抢功吧，快休息一下去。”

杜秋拗不过胡大为，自己也需要调整一下，无论精神还是身体，于是去了公安局后面的大坝上。散步的过程中不时看到遛弯的老人、打闹的孩子、恋爱的男女……这一切构成了社会中的生活、生活里的社会。看着这些，脑海中一个声音要进行哲学思考，却总是被另一个声音抢过去——案情判断。

梁海生死未卜，范前山无影无踪。能找到无峰山殡仪馆这个终极犯罪场所实属不易，却弄了一个大乌龙。

电话响起，不想接，现在一刻都不想谈工作的事情，直接把手伸进兜里摁掉了。手还没拿出来，铃声再次响起。

接起电话，是胡大为。

“杜秋，白板交代了重要情况，你速回局里。”

“白板？”

“就是白壹公，绰号‘白板’。我这就联系陈局，先挂了。”

从胡大为的语气中，杜秋知道“重要情况”一定是跟二二四系列案有关系。

回到案件调查室，肖楠正在看一份笔录，鼻子凑得很近，认真到仿佛要把笔录上面的字吸进鼻腔。

“发生什么事情了？”杜秋问胡大为。胡大为坐在杜秋对面，夹克都没脱，正用一只手摩挲着下巴上的胡楂。

“白板交代，他帮着梁海转移走了八千万现金。”胡大为停顿了一下，用以强调八千万的数额，“到越南和我国的边境滨港市。”

杜秋感觉头晕脑涨，体内涌起一股冰冷且势不可挡的力量，将疲惫一扫而空，沉重地说道：“笔录我看一下。”

肖楠将笔录递给了杜秋。

这时陈龙水快步走了进来。

杜秋没有抬头，翻开笔录，迅速浏览，白板在笔录中承认除贩卖文物外，梁海前不久给了他二十万元，让他将八千万元现金从一个废弃的钢厂拉到了边境。

胡大为对殡仪馆工作的事情也做了讯问，白板的回答是日本倒卖文物的买家为了避免被发现，约定在那儿交货，所以先去做了工作人员，就干了三天。在殡仪馆并没看见过范前山和梁海。

三分钟后，杜秋将笔录递给了陈龙水，内心在快速地分析判断。

“他这么快就交代了其他案子？”杜秋想起胡大为审讯前把他推了出去，疑惑地问道。

“对他这种老油子，他能实话实说配合你?！我着急知道梁海的下落，上了点手段。”胡大为吐了口痰，清了清嗓子说道。

“不是安装同步录像了吗？你就不怕把你开除了？再说这样取得的证词可信吗？”杜秋气得就差拍桌子了。

“我把视频关掉了，把你和肖楠都打发走了，有啥事我一人承担。白板这小子特别鸡贼，不上手段，这小子就盯着我笑，问他为啥笑，他说：‘你们没招了吧？’”胡大为说着声调逐渐高了起来，发泄着不满，“自古至今，都是大刑伺候，现在倒好，就差给他们准备下午茶了。非常时期就得用非常手段！”

“什么非常手段？真正的审讯讲的是帝王手段，是需要技巧、需要沟通，你一个人跑去刑讯，这是土匪行为。”陈龙水厉声训斥道，“这份笔录根本不能用。”

“不管啥手段，白猫黑猫逮到老鼠才是小老虎，他招了，全是实话。”胡大为以一敌二回戗。

“你怎么保证他这种情况下说的是真实的？”陈龙水在胡大为面前抖动着笔录问道。

“我审讯完他，在扶他去医务室的时候，你们猜路上他跟我说了什么？”胡大为卖个关子来缓和气氛，偷着瞅了瞅陈龙水，感觉没起作用，又接着说道，“他说梁海想让他回自己家里偷东西，后来应该是怕暴露就没让他去。”

“偷什么？”杜秋问道。

“我刑讯逼供这事以后能不提了吧？”胡大为咧着嘴，似笑非笑地盯着陈龙水。

“你先说他要偷什么？”陈龙水语气缓和了一些。

“铁王座，说朋友送给他的，他特别喜欢，想带上。”

当胡大为说出“铁王座”的时候，杜秋和肖楠都吃了一惊。

“什么铁王座？”陈龙水一头雾水。

“是一次我们和梁海聚餐后，我告诉胡队他们，我送给梁局一个《权力的游戏》里面的铁王座摆件，祝他步步高升。”杜秋解释道，“而且这个事就我们几个知道，白板不可能知道。”

“真成权力的游戏了！”陈龙水感叹了一句，“那说明白板说的都是真的，梁海还活着。”

杜秋盯着陈龙水，一言不发。这是一段意味深长的沉默。

“不但活着，还卷走了八千万，这会儿说不定人已经在越南了。”杜秋想不到梁海跑路时还惦记着升官，要不也不会那么喜欢铁王座。

这时门开了，左秀气喘吁吁地跑了进来，“胡队，白板交代的现场我去看了，真的全是些丢弃的钢管。”

胡大为变得气宇轩昂，感觉自己就是福尔摩斯，来回踱着步，双手在胸前似乎无处安放。“白板真够意思，一句假话没有。”

“白板供述梁海将八千万现金都藏在一个地方的钢管里，我去查证，那里真有好多钢管，有的还带着土，应该是刚挖出来的。”左秀说着朝胡大为竖竖大拇指，“给你记一功。”看现场氛围又感觉不太对，连忙捂上嘴。

“不记一功，也能将功赎罪。”胡大为摸了摸胡楂，感觉很扎手。

肖楠一直没有说话，各种情绪超载，站起来说了句：“陈局，我先回办公室处理些事。”门在她身后关上，可她留下的东西——失落、失望、愤怒，以及 TF 的柏木香水味——仍弥漫在房间里。

“我去市政府将这个情况先做报告，再去纪委说明情况，杜秋你和胡队去市公安局汇报并研究抓捕梁海的方案。”陈龙水也站了起来。

杜秋汇报完毕，市公安局的领导小组听说这个消息后，感觉到好像八级地震一下震了两次。立即启动追捕程序，鉴于梁海最后落脚点是在中国与越南的边境，人可能已经偷渡到越南的实际情况，决定派员去省厅商讨境外通缉事宜。

杜秋开车走到街上，一抬头梁海在墙上睁着眼看着他；到饭店，一进门，梁海在门上看着他；去公厕，梁海就在马桶上方看着他撒尿。甚至无峰山殡仪馆的火化炉上、正在行驶的救护车上、烂尾楼里的柱子上、婚礼现场的大厅里，全都能看见关于梁海的通缉信息。

第二十九章　逃出生天

陈龙水带着左秀和信一阁还有两名警员飞赴白板交代的边境之地——滨港市。

滨港市，位于中国大陆海岸线的最西南端，面向东南亚，西南与越南接壤，被誉为“西南门户、边陲明珠”。六十年代作为援越抗美海上隐蔽运输航线的主要起运港来建设，被称为“海上胡志明小道”的起点。距越南芒街市不到一百公里。陆路、水路皆可连通东南亚。

梁海被全国通缉后，当地公安机关已经在该市搜捕了三天，没有线索。

偷渡的蛇头是接下来调查的重点。

由于偷渡者往往采取乘船偷渡的方式，他们要像蛇一样蜷缩在甲板中，故被形象地称为人蛇。其中，组织偷渡的人就被称为——蛇头。

蛇头也分三六九等，梁海带着大量现金只能选择价格最贵的蛇头，这种蛇头有很深的社会背景，驾驶豪华渔船以出海打鱼为名，一般一次出海只带一到两人，或者开着游艇以去深海潜水为由进行偷渡。收费价格在三五百万之间。

缩小范围后，警方锁定该市有此能力的有三个人，其中一个在扫黑行动中，因为保护伞被抓，其已被捕入狱。另外两个，一个是近四十岁的陕西籍女子秦照，未婚，喜欢跳舞、读书、旅游、攀岩。一个是广西籍男子江家猿，十八岁时就是当时偷渡团伙背后的组织者，负责关键环节运输的核心人物，二十五岁进入水产业、房地产业，三十五岁时投资失败，靠着近二十年的社会关系，重拾旧业。

通过线人，对秦照和江家猿最近的活动进行暗中摸查。

秦照一个月前去了迪拜，江家猿最近一直在码头。

滨港市两名警员带着陈龙水一行到了江家猿所在的码头。一条水泥路将海滩和鱼饵索具店、纪念品商亭分割在两侧，左边狭窄的海滩上布满了零零碎碎的废弃物，右侧商亭的东西可谓品种多样，越南手工雕刻的木头船长，澳门制作的在瓶子里荡漾的小木船，还有来自墨西哥的微型捕鲸叉模型。

这条路连接着前面一个靠海港这边修起来的院子，半明半阴的天空给房屋披上了一层金属般的光泽。路边的椰子树上每隔几棵就挂着一个黑乎乎的鳕鱼头，大钩子钩在鱼下颊上，两个大眼睛已经被蛆吃光了，两个网球般大小的窟窿在皮壳般的头颅上特别刺眼，嘴大如斗。

鳕鱼的骷髅头正是江家猿的标志。

偷渡客都梦想着能进入挂着鳕鱼骷髅头的渔船，因为它会把艰苦的偷渡过程转变成一种享受的旅程，由人蛇变人龙。

两条拖网渔船在院子门前的浅水中安静地卧着，陈龙水在渔船边上见到了江家猿，一个瘦小精干的男人，戴着草帽，青色半裤，紫色背心。

陈龙水亮明了身份，途中经一名警员的介绍，得知江家猿的哥哥是全国知名的刑辩律师，知道眼前这个人很难对付。

“我可一直是守法商人。”

“你具体在做什么，整个滨港市都知道，不过你背后的大树没倒，骷髅头就会挂着。”陈龙水不卑不亢，言语锋利。随行的当地警员在一边兀自交谈起来，听起来和案子毫无关系，陈龙水意识到江家猿这儿的水比眼前的海还深。

“这是云汉市公安局东印区公安分局的原代理局长梁海。”左秀拿出通缉令递给了江家猿，“现在有证据推定他准备从滨港市偷渡。”

“身负命案，也是公安部刚刚督导的大案。”陈龙水补充道，“如果你跟他有过交集，我希望你如实告诉我们，这里面的利害关系，相信你很清楚。”

江家猿仔细地看着通缉令上的照片，像是考虑了一下，平静地说道：“前天，我把他送到那边去了。”说完指了指越南方向。

不只是陈龙水一行吃惊，当地警员也停止了议论，目瞪口呆地瞅着江家猿。

“他叫梁海，就是他，他直接找到我的，给了我一百万。”江家猿一边说着一边指着两条大渔船后面的一艘白色豪华游艇，“就用它送走的。”

“那条船可真不赖！”陈龙水狠狠地说道。

“里面的设备除了最先进的发动机，还有无线电、雷达、家庭影院、红酒屋、床铺。”江家猿完全没将偷渡梁海这件事当成一个刑事案子看待，依旧侃侃而谈。

左秀气愤地拿出了手铐。

“只有梁海自己吗？有没有随身携带什么东西？”陈龙水控制住自己的情绪。

江家猿伸出双手走到左秀身前，用眼神示意：来啊，赶紧铐上。“就他自己和给我的一百万现金。”在戴上手铐的同时回答了问题。

在从海边去往警车的路上，江家猿俨然变身成了一个法学家。给陈龙水好一顿普及，就像法律职业资格考试的培训老师给学生上课一样。

“我这些年跟我哥没少学习，我就是高中毕业，不能考律师，否则谁天天去捕鱼啊。”

“你做律师，好坏不敢说，一定是最赚钱的律师。”

“你们一定都诧异我怎么就这么痛快地承认了呢，为什么要承认？这家伙是不是有病？”

陈龙水点了点头，“我心里也有此一问。”

“在我偷渡梁海的时候，我不知道他是公安部督导的要犯，他只说他贪污了一点儿钱，想跑。那这种情节，我即使被你们主动查出来，也就是两年有期徒刑。但现在我属于自首，缓刑没问题吧。”

“你不说，也可能这辈子都查不到你。”

“我哥说了，这种官员跑到哪儿，红通到哪儿，一定会被抓回来，等他把我交代了，我这缓刑就没了吧。”

左秀气笑了，“你这是把偷渡和偷渡罪一并研究啊，一个厨师不看菜谱，看上兵法了。”

“我从来也没研究过偷渡，你们没有任何证据证明我偷渡过其他人吧，只是这一次因为给的钱数太诱人了，还被你们抓了。”

到了港口派出所，陈龙水给江家猿取了笔录。在滨港市的工作暂告一段落。信一阁正赶上在北海市的同学举办十年同学会，请假去临近的北海停留两天。考虑到连日高强度工作，需要适当调节放松，信一阁被准假，其余人都连夜赶回云汉。

在他们的飞机还没降落的时候，江家猿已经被取保候审了。

杜秋在听完左秀对于整个过程的描述后，苦笑了一下，这个江家猿不从事法律工作真可惜了，一般灰色人群都走在犯罪边缘，他是恰好能走在缓刑边缘，他家谱上如果记载法学名家，第一个不应该是他哥，而是他。

东印区公安分局决定按照程序报公安部相关业务局进而向国际刑警组织请求发布红色通缉令。

红色通缉令是国际刑警组织最著名的一种国际通报，被公认为是一种可以进行临时拘留的国际证书。通缉对象是有关国家的法律部门已发出逮捕令、要求成员国引渡的在逃犯。各国国际刑警组织国家中心局可据此迅速组织逮捕行动，将其缉拿归案。

同时，云汉市公安局请示省公安厅，走特别程序办理了胡大为等四人的相关出境手续，胡大为带队奔赴越南。

案子进入死胡同，既然梁海活着，那范前山到底去哪儿了？杜秋感觉蜘蛛结的网都没有他的思绪杂乱。在陈龙水去滨港市追捕梁海的这几天，杜秋安排了三个组的警员集合各种线索进行暗访，范前山就像水蒸气在太阳下蒸发了一样。

梁海出走之前关系最大的就是薛家，而且纪委调查梁海的着手点也是薛家，那就只能试着从薛家入手。杜秋、肖楠会同纪委人员带领一个审计团队进驻薛林贵位于云汉市中心的金鼎大厦。

乔艳艳予以了全力配合。

账目太完整了，两个会计师审计了一周后都摇头，表示没问题。但又认为这里面如果有问题就是大问题，因为十几个亿的账目，都合规合矩，竟然没有一笔差错，这极不正常。

同日，胡大为回复了信息，在越南芽庄发现了梁海的踪迹，请求局里反映给公安部，督促国际刑警组织尽快通过红色通缉令的发布。

市公安局会同市纪委、检察院召开了联合会议，给主管市领导及省公安厅汇报了金鼎矿业集团的财务审计情况及案件侦办进展。并迅速提讯了金鼎矿业的一名出纳、两名会计，会计都是国内名校毕业且有过国外著名大学财务专业留学经验的人，其中一名曾多年供职于世界五百强企业。

在陈明利害关系后，两名会计招供，金鼎矿业在云汉市共有三个矿山，每个矿上都有三本账，一本明账是给税务局和检查人员看的，杜秋他们审计的就是这本账，第二本账是暗账，记载公司真正的收支情况，还有一本账也是暗账，是在第一本暗账的基础上把净收入三七开，七成部分走入了另外一个户头。

杜秋带领信一阁、左秀冲入金鼎大厦的时候，碰见外电梯上徐徐而下的三个人，中间是乔艳艳，左边一位戴着茶色眼镜，又瘦又高，一件乳白色西服搭在左臂上，右边跟着一位二十几岁的女郎，短发，戴着口罩，穿着暗色红格子风衣，扶着一个棕色手提箱。

“乔总，请留步。”杜秋在电梯口等着三人下来后，上前说道。

“杜警官，我一再强调金鼎矿业的整个账目有无问题都是老薛在管理，我俩各自有各自的事业。”乔艳艳敷粉的脸部像是一个节气——霜降，“该配合的我也配合了。”声音冷过冬至。

“乔总，这是我们的搜查令。”信一阁拿出了搜查令，展示在乔艳艳面前，“搜查你们的财务办公室和你的办公室。”

“老薛刚走，你们就这样欺负我一个女人家。”说着说着，情绪由冬至转小雨，呜呜哭了起来，“老薛不在，都是张经理负责，你们找他吧。”

杜秋无奈地摆了摆手，乔艳艳领着两人快步走出了大厦。

结果如搜查前预料的一样，空空如也。

第三十章　假面舞会

警察们像一群不栖的鸟，在昼与夜之间不知疲倦地穿行。

在金鼎矿业搜查后的第三天下午，特警大队在东印区公安分局西广场集合。二十名特警着防弹背心、防割手套，戴防暴头盔、护目镜，持防暴盾牌，配收缩警棍、催泪喷射器、警用制式刀，手持95式5.8毫米突击自动步枪，大腿枪套内带92式9毫米内供版手枪。

陈龙水命令左秀带领二二四案专案小组的所有警员，全部配枪，列队楼下待命。

肖楠、信一阁、左秀三人穿好防弹衣下楼的时候碰见了陈龙水，“陈局，什么情况？”左秀问道。

“走吧，给你们一个天大的惊喜。”

西广场，特警身边是一列二十辆警车，警灯闪烁在阴霾的下午越发明亮。

左秀带的警员大队有三十人，站在了警车的另一侧。

陈龙水正了正领带和帽子上的警徽，大声进行了战前编组，左秀和信一阁被临时编制在行动三组，肖楠在行动一组。然后交代了行动位置——东郊镇金鼎矿业。

奇怪，这么重要的行动怎么没见到杜秋？肖楠左右前后找了一遍。

一路警笛长鸣，车队如一条长蛇，在雾霾中蜿蜒前行，经北洼村，过雷劈山，到了金鼎矿业，一块巨型花岗岩上雕刻着繁体“金鼎矿业”四个大字。

矿区中间是一条宽十米的水泥路，车队顺着水泥路向前两公里停了下来。

陈龙水指着左边的一片连山的区域也就是金鼎矿业的生活区发出命令：

“行动一组控制一二号矿井的出口，A 方位。二组控制三四号井的出口，C 方位。然后指着右侧一片沙柳的后方，命令特警一队、行动三组十分钟内控制采矿区一号出口，E 方位。特警二队、三队，随我到五号井，F 方位。”说完指了指半山腰一片桦树林中间。

一号井的小姐以为抓嫖，二号井的赌客以为抓赌。忙着提裤子的，忙着藏钱的，忙着删信息的，忙着打电话找关系的，忙着报告矿长的，忙着往矿井深处躲藏的。

五号井的大门是一座不起眼的铁门，锈迹斑斑，铁门前面是花岗岩铺成的台阶，台阶一侧枯草成堆，另一侧是一道弃用的铁轨，铁轨仍在“述说”着这个矿井昔日的繁忙。

王柏早早地举枪等在铁门前。

两名特警迅速占据面向铁门的狙击点，其余特警持枪形成对门的包围。

“打开门。”陈龙水的话音刚落，一名特警侧身上前看着硕大的门锁，掏出开锁工具，一分钟后铁锁应声落地，另有两名行动人员上前举枪以半蹲姿势防护，铁门被慢慢向外拉开——

所有人屏住了呼吸。

铁门打开后，映入眼帘的是堵在门口的一块巨大的花岗岩。

“呼叫四四五九。”陈龙水对着对讲机喊道。

“收到，四四六一。”对讲机里传来了杜秋的声音。

“正门被堵死，做了假门。你那边的进口有可能也是出口。”

“我调查过，五号井最初的进出口就在您的位置，建议爆破。E 方位竖井的进出口提升机只能进出四个人，非常危险。”

“爆破行不通，矿井里面一旦有炸药，后果不堪设想。”陈龙水否定了杜秋的建议。

“E 位的矿上工作人员已被控制住，我同左秀、信一阁，还有一名特警队员第一批入井。”

“小心。”陈龙水说完，命令留四名特警把守，然后带队撤往 E 方位。

采区一号井只有四名矿工，说是采区，但没有一点生产的迹象。四名矿工都抱头蹲在地上。

特警大队和行动小组对出入口已经完成了警戒和包围。

杜秋等四人站在提升机里缓慢匀速下行，光线逐渐暗了下来，头顶安全帽的探照灯前闪过井壁上花岗岩爆破后凹凸不平的痕迹。

左秀计算着米数，二十分钟后，大概下降了五百米左右，到达了竖井的底部。

前面是一个宽阔的横向深井，一排排防爆照明灯幽深地向四个方向延展开去，听着岩壁滴水的声音，踩在用石板铺就的通道上，杜秋想起自己在大学毕业后，随父亲在非洲某国考察过的一个金矿，提升机用了很长时间才到达距离地上两千米的地下采区，名副其实的地下城，商店、宾馆、按摩店、电影院、商场、学校等一应俱全，两千多名矿工携妻带子生活在这里，领导层是一周升一次井，工程师是一个月升一次井，工人基本上是三个月到半年升一次井。

“范前山可能躲在这里吗？”信一阁彻底糊涂了，如此兴师动众，目前也只有范前山能有这待遇。

杜秋点了点头，停下脚步低头仔细看了一下四个方向的路面，然后指着左前方一条三米宽的木道，说道：“顺着这个方向行进。”

走了大约一千米后，木道陡然变宽，由三米变成了十米，眼前的景象像是从地下走到了地上，岩壁之上尽是绿苔，木道下方有流水经过。左侧一座双层八角木亭坐落在一块方形巨石之上忽隐忽现，木道中间假山林立，霓虹灯穿插其间，假山右侧一艘帆船模型停泊在水中，三层白色船帆一高两低，“日进斗金”“一帆风顺”八个红字跃然其上。

信一阁、左秀都摇头咂舌，感叹薛林贵竟有此地下王宫。穿过假山，浓浓的檀木香味扑鼻而来，香味来自眼前这座高八米的木楼，灯光也越发明亮起来，檐廊最前方两根圆柱形龙柱中间是两扇紧闭的入室门，门的表面浮雕着“鱼跃龙门”的故事，门的上方刻着三个斗大金字——“三千处”。

推门进入，豁然开朗，一个古村落静美如画，藏匿于门内的青山碧水间，粉墙黛瓦，马头墙高高跃起，古韵悠悠。曲弄幽巷，青砖铺地，整个布局是一个四方街。

中间是一个约二百平方米的主楼，主楼的圆柱形龙柱顶部通过长达五米的大型拱顶连接，上面浮雕着“薛丁山与樊梨花”；压顶过梁木雕采用整块木料制作而成，两端上方圆雕着鳌鱼和蝙蝠各一只，鳌鱼寓意独占鳌头，蝙蝠寓意双福临门。

两侧厢房的莲花门从上到下，几乎每寸木头都雕满了图案。如腰板上雕饰的“车载富贵”“连升三级”“五子登科”等，东厢房裙板上的“福禄寿喜”图，足足八尺见方，画面由梅花鹿、喜鹊和九位老寿星等图案组成。也有“陶公醉酒”“苏轼赏菊”“王羲之戏鹅”等雕案。此外还刻有少量的劝学内容，如“买臣负薪”“管仲夜读”等。人物造型生动，沉雄奔放，呼之欲出。

二十多个辅楼鳞次栉比，组成了一个木雕楼群，环伺主楼。辅楼形成了思齐堂、格物堂、阳明堂、万圣堂等宅院，木雕有“龙吐珠”“渔樵耕读”“八仙贺寿”“麒麟凤凰”等，皆为吉祥如意或民间喜闻乐见的题材。均采用双面镂通雕技艺，底部以镂空网格衬托，雕刻以“之”字形布局，渔夫、樵夫、农夫与书生自然协调地安排在画面中，下方配以“三阳开泰”“双狮戏球”“喜鹊登梅”“二甲传胪”等图案，常见的牡丹、菊花、梅花等，叶片或伸出，或卷曲，栩栩如生，画面构图饱满，雕刻技法缜密繁复。

杜秋四人感觉不是来办案，而是来古代建筑博物馆一日游。

左秀低声问杜秋：“这得多少钱？”

“整个木雕楼群，雕刻工艺之精湛、文化内涵之丰富均体现了明清时期徽派古建筑的精华，这是把一个木雕村都移到地下了，就只是搬运安装费用保守说也得一千万。”杜秋看了看左侧的三栋辅楼继续说道，“全都是楠木、檀木，总体价值真不好估计了。”

“问问主人吧。”左秀上前推开了主楼的大门。

主楼是一个办公楼，里面墙壁上挂着好多五颜六色的唐卡，一条金丝楠木办公桌横卧主楼中间，办公桌上摆放着象牙雕塑，一个龟龄已逾五百年的巨大的乌龟静静地趴在桌上，注视着来人。

乔艳艳正在旁边一块鸡血石做成的茶台上喝茶，有十几个人排队站立茶台的西边。见杜秋进来，乔艳艳站了起来，“杜警官兴师动众，我把这‘三千处’所有的员工都集中在这儿等候大驾了。”说着指了指三个穿白衣服的，“这是厨师。”又指了指四个穿蓝色工服的，“这是保洁。”再指了指其他人，“这是会计，还有我的助理。”

“乔总，天上星斗，地下木楼，上天入地，够气派。”杜秋走上前来，“只是我不懂，金鼎矿业在外面那么多物业，为什么把一个木雕群放在地下，还有这办公区……”

“木雕放在这儿才能保存得更久。”乔艳艳离开茶台时，不小心衣服扫到了茶杯，茶杯摔碎的一刹那，跟随的特警立即举起了枪。

“哎呀呀，这怎么还动刀动枪了呢？我们是正经商人。有种就给老娘一枪，你们不要以为老薛死了，就能摁着老娘。”乔艳艳撒起泼来。

这时第二批四名特警已赶到了现场。

“乔艳艳，因你伪造账目，涉嫌逃税罪，现在东印区公安分局对你予以刑事拘留。”左秀说完出示了工作证和拘留证。

“签字吧，乔总。”信一阁将一支笔递给了乔艳艳，乔艳艳立时收敛并换了副笑脸，摆动着双手说，“都是自己人，大家怕是有误会。”

“一点误会都没有。既然不愿意签字，那就先别签了。”左秀走上前去，熟练地将乔艳艳的双手铐了起来。

“将乔艳艳带走，所有员工也要撤出地下矿井。”杜秋给后来的四名特警做了指示。

“会计得把账目拿上，我得证明我们没有做假账。”乔艳艳喊道。

“会计可以去拿账。”杜秋望着左侧的十二名员工说道，“会计去将所有的账目搬过来。”杜秋的话音刚落，一名自称是公司主会计师的高个子男人和两名五十岁左右自称是公司的现金出纳和现金会计的男人远远地点头称是，然后小跑着去往另一个木楼取账。

三人快步跑到最右侧的一处辅楼，高个子男人进去后立即按动了墙壁上的按钮，然后三人将木门在里面反锁，墙壁里传来了钢丝铁索滑动的声音，高个子男人看了看手表，计算着时间，嘴角闪过一丝冷笑。

门外传来敲门声和撞击声，“你们三个拿账目还要反锁门吗？不要试图烧毁账目，马上把门打开。”是左秀的声音。

高个子男人忙示意其他二人从楼内的一个红木箱子里假装往外拿账目，门在这时被撞开了。

“我们正在拿，正在拿。”高个子男人举着账目朝冲进来的杜秋等人说道。

杜秋缓缓举起了枪，“假面舞会结束了，梁海。”

里面的三人面面相觑，像是杜秋说了一句古老的外文一样，表示听不懂。

枪口对准了高个子男人。

“很好的易容术，不过脸侧的缝合线还没来得及拆吧。”

高个子男人指了指自己，瞪大眼睛，左眼表达的是——警察怎么能如此荒唐，右眼表达的是——警察怎么能这样滑稽。

杜秋笑了笑，“我去金鼎大厦查账时，遇到了跟着乔艳艳的一男一女两个外地人，从反季的穿着打扮上可以确定他们来自上海或者江浙地区，身上混杂了碘酒、火药、注射剂的味道。想必就是给你整容的医师吧。”

“我不是什么梁海，我是这儿的会计师。”高个子男人继续辩解。

“我知道你隐藏在这里，但刚才没有十分确定，就在你转身走的时候，才百分百确定。梁海，你走路一直左高右低，恐怕连你自己都没注意吧。还有你的鼻子、声音、体型哪一点有变化？”杜秋的枪口始终没离开男人的脑袋，“你不承认也没关系，抓了你以后有一千种方法证明你就是梁海。”

“梁海不是在越南吗？胡大为不是正在跟踪吗？”旁边的信一阁一脸的怀疑。

“梁海没去越南，胡大为就在眼前。”杜秋说完指了指声响越来越大的墙壁。

另外两人慌忙跑到高个子男人身边，面容狰狞地瞅着杜秋。

“我没猜错的话，你们二位就是城北三章中的大章和三章吧。”杜秋说完，左秀和信一阁拔枪对准了两人，特警在楼外举枪瞄向室内。

“城南李子自杀后，我一直暗中调查你们二位的去向，在调查过程中，发现城南李子的老婆当年吊死一案定性为自杀的调查人员是梁海。看今天你们三人的关系，那城南李子家里每隔三月便死一人有多蹊跷就能明白了。”

“什么大章、三章，他姓黄，我姓东，我们这儿有身份证。”两人向怀中掏去。

“别动，”杜秋断喝，“动一下打爆你的脑袋，我说了暗中调查了你俩，难道你俩的身份档案里没有照片吗？”

高个子男人长叹一声，继而笑了笑，“你们把枪都放下吧，这里面凡是毛毯盖住的地方全是炸药，开一枪，我保证整个地下会恢复成未开采前的模样。”说完瞅着杜秋，“我不是什么梁海，我是会计师，我姓古，名一雄。”

杜秋放下了枪，浓浓的火药味已经说明了一切，“你身上红塔山香烟的味道，你侧脸未拆的缝合线，你说话的抑扬顿挫，你身体除了这张怪脸之外的每一个部分都在证明着你是梁海。”这时墙壁缓缓打开，映入大家眼帘的是一个红木制的方形提升机，提升机里面站着胡大为，“这个提升机很快嘛。”然后冲着左秀、信一阁打了招呼，瞅了瞅高个子男人，一脸的不可思议，“梁海，你这是从脸上往下割肉了吗？可是你的鹰头鼻子怎么没修理一下。”梁海拔枪对准了胡大为，“梁海在越南，我是古一雄，会计师古一雄。”

“梁海啊，你确实是古一雄，你十年前就有了古一雄的身份和户籍，这金鼎矿业集团百分之七十的利润都进了你古一雄的账户。”胡大为盯着眼前这张怪异的面皮，既惋惜又痛心，“二十个亿啊，老梁，你要这么多钱干啥啊？”

高个子男人身体晃了晃，摇动着手枪喊道：“这里全埋了炸药，你们不敢开枪，但我敢。”梁海说完，大章和三章都拔出了手枪。

“老梁，你整了容比以前可年轻多了。”胡大为在提升机里垂立着双手，像阔别多年的老朋友问候一声。

“老胡，没想到我梁海竟然断送在你的手里。”梁海长叹一声。

“你是葬送在自己手里。放下枪，自首吧，体面一点。”胡大为心里还存有一丝侥幸，如果梁海只是贪污受贿，那自首总不至于死刑。

“你们怎么知道我没去越南？”梁海脑海中重复了自己的计划，没有一点纰漏。

“有了结果，还一定要给你说说解题过程吗？”杜秋面对着大章的枪口丝毫没有慌乱，他知道梁海轻易不会与他眼中的这些烂命同归于尽。

“你俩放下枪。”梁海命令道，他知道大章、三章都是社会上的亡命徒，一旦逼急了，就是老娘在这儿，他们也会开枪而且会直接瞄准炸药。

左秀慢慢移到了梁海的左侧，他在找机会控制住梁海。

“老梁，你想整容成功，谦虚点说，比把我老胡变成女人都难。今天你插翅难逃了。”胡大为走前两步双手左右伸开拦在了升降机的门口。

“你让开。”梁海将枪口对准了胡大为的脑袋，声嘶力竭地喊道，“让开。”

胡大为摇了摇头。

“老胡，看在多年战友的分上，我们赌一次，你让我上去，我今天能不能走得了，听外面的天，由外面的命。”梁海拿枪的手颤抖着。

胡大为坚定地摇了摇头，心情五味杂陈，脸上写满了惋惜、痛苦、悲伤、怀疑和气愤。

一声枪响，胡大为被一枪爆头。

看着胡大为倚靠着提升机慢慢滑下去的身体，杜秋举枪对准了梁海，手和身体都在颤抖，梁海将枪口转向了炸药，“你开枪试试，看看咱俩谁快。”梁海刚缝合的面孔难掩他穷途末路的慌张，他知道现在需要速战速决，否则整个云汉市的特警都会赶过来。

左秀后悔自己只差了几秒钟，但谁都没预料到梁海会突然开枪，一个侧身冲了上去，将梁海扑倒在地，并死死地压住了梁海拿枪的手臂。梁海的另一只手挥拳击向左秀的头部。信一阁跑上前去按住了梁海的右手。

大章、三章同时奔向了左秀，大章抽出短刀照着左秀的后胸扎了一刀。杜秋迎向两人，门外的特警冲了进来。

忽然，梁海大喝一声，“都给我住手，否则我要他的命。”在互相击打中，梁海右手拔出了信一阁枪套里的枪抵住了信一阁的脑袋。

左秀忍着疼痛，嘴角渗出了血，缓缓地站起来死死盯着梁海。

刚才梁海无意间举枪射杀了胡大为的那一幕，让左秀和杜秋都震惊了。

梁海左手被左秀拽脱臼了，右手用枪抵着信一阁的头慢慢站了起来。

大章、三章拿着短刀守护在梁海两侧，四人慢慢向着提升机退去。

“梁海，采区的竖井有主竖井和辅助竖井。主井用于提升矿岩，但据我了解这一块的矿石三年前就采掘完毕了。辅井用于运送人员，兼作通风。”杜秋一边说着一边慢慢向提升机靠近，“‘明修栈道，暗度陈仓’是你一贯的伎俩，在所有人都将目光盯向辅井的时候，你改造了海拔最低的主井作为你自己单独的出入口。现在井外面已经有数十支枪瞄准出口，你还要作困兽之斗吗？”

梁海用枪磕了一下信一阁的头，“外面即使是天罗地网，我也要拿他赌一赌。”说着退到了奢华的红木提升机里。

远远地看着胡大为尸体那永不瞑目的双眼，左秀心如刀割，一个弹跳冲向了大章，同时拔出了腰间的警用匕首，大章见状像久候的猎人看见猎物，举着短刀脚下一个滑步，斜劈过来，左秀没有避让，即使是劈向他的咽喉，他也要保证自己的警用匕首同时扎向大章的心脏，大章没遇见过比自己还不要命的主儿，慌忙向后避开，左秀右手一拳同时打出，正中大章下巴，耳边听见骨头碎裂的声音，同时一脚踢向三章的下腹，三章硬接了一脚，同时将短刀没入了左秀的左腿。

大章呜呜地发出惨烈的叫声，三章捂着肚子趴在了地上，“还给你。”左秀拔出左腿上的短刀，一个前扑直直地砍在了三章的右胸上，一股鲜血喷出，三章闷哼一声倒了下去。谁也没见过这种打法，都以为会喘息一下，但关键是左秀不给敌人任何喘息的机会。

特警用枪抵住了大章的头，“不要动。”又有十几名特警冲了进来。

“不要开枪，全是炸药。”信一阁喊道。

就在梁海按下上升按钮时，杜秋冲上去双手撑开了门，提升门亮着红灯不断发出鸣叫。此时的杜秋被升降机的门紧紧地夹在中间。梁海一枪砸在了杜秋的脑袋上，然后枪口对准了杜秋，“你放手。”杜秋摇了摇头，鲜血顺着脸颊流了下来。“梁海，你是时候收手了。”

梁海扣动了扳机……一切都宁静下来。

枪没有响，连续扣动，还是没有响。

左秀晃晃悠悠地站了起来，缓缓从兜里掏出了五颗子弹，“梁海、信一阁，你俩的戏该落幕了。”

信一阁的脸部痛苦地抽搐着，他想起了在执行此次任务出发前三分钟的一幕。

“老左，这是什么情况啊？”信一阁检查着配枪的子弹问道。

“通知咱们配枪出警，估计与二二四案有关系吧。”左秀一边检查配枪一边说道，“我这百步穿杨的功夫，一年多了，没有实战过。”不到一分钟，左秀手中的五四式警用手枪的撞针、枪管滑套、复进簧、扳机、握柄弹匣以及击锤保险、子弹都分解开了，然后进行擦拭，用枪油涂抹了一遍。

肖楠忙把手枪递了过去，微笑着说道：“左兄，着急集合，辛苦你了。”

“我这手枪也好久没保养了，也辛苦下神枪手吧！”信一阁也把手枪拆解开来递给了左秀。

手枪在左秀手中才有了灵魂——

信一阁双手抱头在提升机里慢慢地蹲了下去，当特警冲上来的时候，提升机里一声枪响，信一阁用胡大为的手枪结束了自己的生命。

第三十一章　美人雕塑

全市一半的公安干警参加了胡大为的葬礼，公安部追授胡大为“一级英雄模范”称号。

在胡大为的墓碑前，杜秋和肖楠放了两瓶麦乳精，肖楠不断用纸巾擦拭着眼泪。

胡大为刚上班的时候是给某县委书记当司机，有一天县委书记自己开车回老家办事，当年的小胡就悄悄地打开了书记办公室的门，坐在书记的老板椅上，用书记的保温杯冲了一杯书记的麦乳精，一边自我代入地“批阅”文件，用笔在草稿纸上写着“同意”，一边悠然地喝着麦乳精。

书记走到半路，忽然想起别人给老爹送的麦乳精忘带了，就急匆匆地赶了回来。尴尬的画面……

从那时起，小胡就不给书记当司机了，被调到了东印区公安分局。

小胡变成老胡时，最想喝的还是那天的麦乳精，后来条件逐渐好了起来，养成了每天一杯麦乳精的习惯。胡大为多次给肖楠当笑话讲过自己年轻时这个堪称事故的故事。

第一次提讯梁海。

真相不是可以画出来的公式，它只存在于审判降临之时。

太阳西沉，暮色已深。

梁海整过容的脸部略显浮肿，手铐和脚镣之间被一根铁链子连接在一起，随着脚镣的响动，伺偻着走进了审讯室。看见杜秋，微微一愣后看着看押他的四名警员将一个钢筋焊制的一米高、四方形的铁围挡打开，围挡里面放着一张铁桌子和一张铁凳子。梁海像一个老人行走在暴风雨中的船上，此时喘得如同一只搁浅的鲸。

肖楠面无表情地坐下，打开随身携带的笔记本电脑，准备记录。

沉默，只能听到彼此的呼吸声。

彼此猜测彼此都在回想共同的过去，情何以堪。

“杜秋，给我支烟。”梁海说话的语气还像和杜秋一起工作时一样。

额头上蒙着纱布的杜秋按了呼叫铃，警员开门走了进来，“拿一包红塔山，一盒火柴。”然后打开了审讯室里的同步录音录像。

直到杜秋将烟点燃，走过来，放到梁海的口中，两人也没说一句话。梁海叼住烟嘴，紧嘬几口，烟雾缭绕在梁海的头上，像是案件的迷雾。

“信一阁如何暴露的？你怎么发现我没去越南？”良久，梁海问道。

“前不久，信一阁中了一个两百万的彩票，他亲自去领了奖。”杜秋说完瞅着梁海，像是以前开案件分析会一样，想听听梁海的意见。

“中了彩票是好事啊，局里人都知道吧。”梁海不咸不淡地回应。

杜秋双手抱在胸前，“本来是好事，当天他回来的时候，我们还送了鲜花。但是有一天我请大学同学去北方南都酒店吃饭的时候，遇见了两个醉鬼。你猜醉鬼和信一阁之间会有什么联系？”

梁海并没表现出好奇。

“你不会去思考他们之间的联系，因为这一切都是你教导的。”杜秋停顿了一下，“醉鬼说，今天遇见傻子了，本来中了二百万的彩票竟然有人出二百四十万买走了。”

“这不是洗钱最快的方式吗？信一阁付出四十万将二百万洗白了。”梁海言语中仍炫耀着自己的智慧。

“然后，我就暗中查了一下他这笔钱的来源，一年半前，你俩有几个晚上都在通话，并且有一条短信。”杜秋想起了那条短信的内容，信一阁发给梁海的，“双色球一直没有大奖出现，钱已收好，以后唯命是从。”

“我跟信一阁强调了多少次，要人来人往，少文来文往。”梁海的状态不像是在接受审讯，而像是在和杜秋一起玩剧本杀，“然后你假装什么都没发现，却锁定了他？”

杜秋点了点头，“陈局带队从滨港市回来的时候，他请假去附近的北海市参加十年同学聚会，胡大为暗中盯上了他，发现他租了一辆车，在北海市的一个郊区接上了一个人。我想那个戴着灰色鸭舌帽和墨镜的人就是你吧。一个警察拿着警官证，一路畅通将你这个A级通缉犯接回了云汉。”

“然后你们就一直跟踪信一阁，包括电话监听。那为什么不逮捕我？甚至还发了红通？”梁海的烟蒂已经燃到手指，却浑然不觉。

“压根就没有红色通缉令，那全是做给信一阁看的，否则你也不会放松警惕，去你的地下王城设法洗白你这二十亿。”杜秋抬头看了看整容后略显年轻的梁海，“但是据我了解，信一阁绝对不是一个你给他二三百万就能唯你是从、出卖同胞、背叛职业的警察，一定有其他原因，我们也一定会挖出来。”

“我后悔杀了胡大为，他要活着，我们四个这样聊聊天会很好。”梁海对信一阁的事根本不想提，对他来说，信一阁不过是外卖配的餐具，用完就扔掉。

肖楠看着眼前这个陌生的面孔，简直要冲上去发泄一下心中的愤懑，被杜秋按在了椅子上。“冷静点，对他的惩罚很快就会到来。”

梁海面无表情地盯着面前这个可怕的对手，他明白信一阁的暴露让他看似隐秘的行踪有了杜秋这个导演。

他到了滨港市，重金安排蛇头演了一出重头戏后偷偷潜回了云汉。根据信一阁随时汇报的专案组的调查方向，他不断调整着自己的行动，最终金蝉脱壳，将公安的注意力成功吸引到了越南。然后让乔艳艳从上海找来了最著名的整容大师，在地下王城中改头换面，同时将这些年在金鼎矿业的二十亿的财产通过香港地下钱庄陆续洗白。再有半个月时间，他就能真的离开这个国家，挥金如土，尽享余生。

杜秋看着眼前的梁海，他知道在这个典型的官僚资本家身上还有好多未解之谜。在惩贪反腐的大环境下，一些手握实权的官员与一些暴利行业的领军人物合作，他们之间没有行贿受贿，两者之间也不会有真正的钱款往来。比如金鼎矿业，其实梁海才是实际控制人，薛林贵只是权力的傀儡。通过账目审计，梁海化名的古一雄在集团中占股百分之七十。没有梁海在上层斡旋，仅凭薛林贵的能量，他不可能垄断云汉市最好的金属矿权。梁海工作日是公安分局的代理局长，休息日就是金鼎集团的实际老板，五号井下的木雕楼是杜氏三十代传人杜邦彦于清嘉庆年间为其五房妻妾所建。杜邦彦早年经商，家富百万，后转入仕途，累官至一品大员，转化成了一个红顶商人。五年前，梁海花费两个亿把安徽杜氏木雕楼古建筑群整体买下来，在井下原样组装成自己的办公生活区。

“范前山在哪里？在柳家巷究竟发生了什么？”

梁海笑了笑，“我不说，你们不会刑讯我吧？”

“是不是你杀了方浅？”

梁海嘴角抽搐了一下，“杜秋，你不是喜欢推理吗？来吧，我本身就是一座推理学院。”

“我是你借调到公安的，我的能力你清楚。”杜秋站了起来，冷冷地说道，“你的故事你不讲，我可以给你讲。在你失踪的这些天，我反复盘点了这个案子的所有细节，推断方浅是你的情人。”

梁海嘴角闪过一丝诡异的笑。

“从我们一起去她与薛林贵幽会的房间勘验时，你的态度就让人怀疑，你特别激动，持续说着脏话，那只有一种可能——某件事刺激到了你。”杜秋的眼睛瞄了一下梁海，“方浅失踪后，我查她两年来的行动轨迹，国宾馆 205 是她长期包的套房，而在搜查你的办公室时，你的抽屉同样有一张国宾馆 205 的房卡。”

“好，就算她是我的情人，我为什么杀她？”梁海斗智斗勇的天性逐渐被杜秋的推理过程激发出来。

人们都说没有梁海破不了的案子，但如果是梁海作下的案子呢？有谁能破？

“你发现她跟你的同时还跟了薛林贵，你的独占欲让你报复了她。”

听完杜秋的猜测，梁海闭上了眼睛，长叹一声，只有他自己心里清楚这声长叹包含着两层含义。第一，看来我梁海作的案，真的无人能破；第二，他记起了和方浅的过往，脑海中的方浅赤裸裸骑在他身上晃来晃去……

夜晚的上海要美丽得多，就像是浓妆艳抹的现代美女，时尚而炫目。各色闪亮的霓虹灯让整个城市流光溢彩。华灯初上，那些高档酒店灯火通明，那些写字楼的玻璃幕墙变成了巨大的显示屏，切换着不同的明星画面与广告标语。

雕塑主题酒店是上海外滩屈指可数的地标建筑之一。酒店有洛可可式的外墙，外部清静幽雅。酒店内部设计以金黄色为主色调，弥漫着浓郁的地中海风情，更有来自世界各地的装饰物：意大利的青铜雕像、法国的水晶灯。国际一流水准的寝室用品，加上富丽堂皇的回廊、金箔的装饰，由内及外地彰显着皇室气派。

数十间豪华的客房隐没在皇家的夜色之中，可谓金雕玉砌，浑然天成。

酒店门口喷泉旁边是一座巨大的塞内卡（古罗马重要的悲剧作家）石膏雕像，凹陷的面颊、脸上的皱纹、脖子上的大筋，都表现出了老年人的突出特征。但更主要的不是外貌，雕像探索的眼神、紧闭的嘴唇，传神地表达着人物内在紧张的精神世界和情绪。

梁海心里有一点点忐忑，薛林贵把晚宴安排在一千多公里外的上海，为的就是让他放心赴宴，同时也一定有非常重要的事情请托。

酒宴上，梁海化身成了北方一家机械制造厂的经理，宴会中的几名江浙老总都叫他为梁总。

坐在薛林贵身边的女人引起了梁海的注意，她的发色黑得泛紫，直直地垂在肩上，红丝绒桌布的色彩映在她裸露的臂、肩和前胸上，人显得格外艳丽。尤其是手臂，性感十足，滑润细腻，柔若无骨。一袭黑色丝绸晚礼裙笼罩下的身段有型有款。上帝非常眷顾她，赋予她许多完美的条件，而那些上帝所遗忘的部分，她则自己弥补了起来。她身材苗条，活脱脱一个特别棒的模特儿架子，像是从《花花公子》刊物上走出的女郎。

真正迷惑住梁海的，是她的脸；封锁住他的，是她那像一潭深水似的眼睛。

她在沉醉，沉醉在自己的思想、自己的天地里。

她的美不是美，是很特别，是无法形容的耐人寻味。梁海这些年在云汉警界横刀立马，没有哪个女人能让他心生欢喜。

他无意觥筹交错，整个酒局任何人的一句话都没走进他的心里，他只想着走入她的世界，哪怕是短短一次，他也要去探一探里面的风光。

他站起来，绅士般地回敬了女人一杯酒，互相介绍时，他知道她叫方浅，在云汉市国土资源局工作，是薛总的表妹，因为以前在上海工作过，这次正好一起过来。

晚餐过后，大家一起去了另一处酒吧，二人并排坐着，边吃边喝边聊。她的左手一会儿不小心碰着了他的手臂，一会儿又把长发拢向脑后。喝咖啡时，她跷起二郎腿，礼裙的一边飞起来，白皙的肉映在眼里，使他浮想联翩。

“你喜不喜欢你现在的工作？”

“不喜欢，”她老实回答，“太枯燥了，我在上海生活了五年，还是喜欢这里。”

“那为什么不一直待在上海？”

“我二十三岁时，老爸就让我‘叶落归根’了，”方浅说着咯咯咯笑了起来，“当时追我的公子能站满外滩。”

梁海点了点头，看方浅现在的形象，她所言并不夸张，“你老公做什么的？”梁海盼望着她有一段不幸福的婚姻，这样他认为自己就有机可乘。

“比我大一些，高级知识分子，家里条件很好，但是我俩没感觉，”她捋了捋头发，继续说道，“父母之命吧。”“吧”字拖得很长，充满了无奈。

他在她这番坦白下情绪高涨起来，酒的力量又使他勇气百倍，他顺势靠近了她，她的胸脯有时碰着了他的手臂。

“你和薛总什么关系？”直觉告诉梁海，她不是薛林贵的什么表妹，而是情人，同时也在考虑，如果自己喜欢上了薛林贵的情人，怎么办？

“我是他情人。”方浅淡淡地说道。

梁海没想到方浅这么直接，“情人”这两个字刺激到了他的中枢神经，正不知道如何接答的时候，“梁局长，我知道你。”方浅悄声对他说道，“你的魅力可以粉碎这个世界。”

他目不转睛地看着她，好像看见了她的心意。

梁海在酒吧又喝了两瓶红酒，薛林贵几次想附上来说话，都被他摆手拒绝了，他认为这样的场合不适合说什么，再想到方浅今晚一定会睡在这个鼾声如猪的男人身边，酒的后劲越发大了。

微醉后被薛林贵搀扶着回了房间，推开三楼行政套房那扇沉甸甸的红木大门，感应灯在开门的一瞬间亮了起来，眼前展开的是一个风格奢华的阔大空间，天花板上华丽的水晶吊灯，每个角度都折射出如梦似幻的斑斓彩光。欧式穹顶变成了星空。地面是猩红地毯，华美的欧式茶几及客厅内小巧精致的吧台，都漆成纯白色，处处散发着贵族气息。茶几上摆放着一个白色的瓷花瓶，花瓶里红色、粉色的玫瑰柔美地盛开，与周围的幽雅环境搭配得十分和谐。

“您早点休息，梁局，明天上午您多睡会儿，我就不打扰您了。”薛林贵说话的时候微笑着，是那种充满某种含义的微笑，“晚安。”轻轻地带上门走了。

客厅到卧室是一个连廊，连廊上有两个雕塑，一个是古希腊的游吟诗人荷马，他创作了史诗《伊利亚特》和《奥德赛》，两者统称《荷马史诗》。

另一个西方美女雕塑立在连廊尽头的卧室边上，身材修长，金发碧眼，臀部被一块毛毯包围着，惊人的自然主义风格。虽然是雕塑但很逼真，跟真人一样高。雕像摆出明显的暧昧姿势。梁海长久地注视着雕像，感到惊讶，雕像仿佛在呼吸，退后和走近观察，发现雕刻这尊雕像的艺术家一定是把人的毛发当头发用了，就为了达到眼前这种彻底以假乱真的效果。然而这尊雕像并不像一个木偶，它散发着一种令人惊异的活力。

它突然动了起来，它从底座上走下来，就像从另一个世界冒出来的精灵，拥抱了呆若木鸡的梁海一下，轻吻了一下他的脸颊，她身上的毛毯自然脱落，身上的香气弥漫在整个连廊，她微笑着颤动着双峰走到卧室去了，梁海听到她上床躺下的声音。

梁海心猿意马，但一想到方浅立即冷静了下来，眼前这位打扮成雕塑的西方美女，定是薛林贵的精心奉献，何不借此机会挑明？凭自己的权力和地位，让一个矿老板舍弃个情人应该不是什么难事。

拨通了薛林贵的电话，铃响三声后，那边接了起来，能听到旁边有人喝水的声音，一定是方浅，梁海想。

“薛总，你这尊雕塑很贵的吧？”

“外国货，梁局尝尝鲜，专门花了十几万美金给您运过来的。”

“雕得太美了，我无福消受啊。”

“按照世界名模的样子雕琢的，而且不是谁都能看，您是她遇到的第一位中国男人。”

“算了，薛总，雕塑跑到我床上去了，咋拽都不下来，你过来领回你那儿欣赏去吧，这么好的东西，别浪费了。”

电话那边沉默了，梁海嘴角含着冷笑，他估计这时薛林贵蒙了，摸不清梁海的路数。

“梁局，我这就过去，您这让兄弟难堪了。”

“薛总，我还是喜欢中国女人，你花这么大价钱找的洋货都不如你的那位表妹。”

“哦，梁局，我这就去把雕塑搬走。”那边说完挂断了电话。

梁海心想，薛林贵整个矿山企业的命脉都攥在自己手里，他不担心他会拒绝。如果方浅愿意更好了，如果不愿意，他相信以薛林贵的八面玲珑也能做通方浅的工作。

十分钟后，薛林贵来到房间，连声道歉：“打扰梁局休息了。”领着一脸困意和迷茫的洋模下了楼。

十五分钟后，门铃响起，方浅穿着粉色睡衣和拖鞋站在门外。

由客厅透来的光线扫在方形的卧室里，一片朦胧。卧室北面的大玻璃窗是铸死的，东面大墙紧邻客厅，有四米多高，南面和西面也全是墙壁。卧室的这一大片空间的墙面挂着许多镜子，不是一整面的大镜子，而是五十多块大大小小、各种形状的镜子。有平，有斜，有圆，有方，有椭圆，有长方……望过去，满墙银影颤动。每面镜子都分别镶框，名贵红木，铜质金属，且朴拙的、华丽的、新潮的、雕花的不拘一格，这些镜子装点在白粉墙上，构成一种特异的组合体。一个不成章法的都市，就呈现在这里了。

赤裸裸的梁海抱着赤裸裸的方浅走回卧室，方浅脸色绯红，梁海就喜欢女人这种含情脉脉的神态。两人吻在一起又一起倒在床上，方浅翻身将他压在身下，动作是那么娴熟，表情是那么陶醉。起起伏伏中他感觉到一阵阵快感来袭，望一眼墙上的镜影，刹那间，他和方浅的结合已经被切割成无数碎片。方浅一动，二十几处的方浅都在动；方浅甩头，二十几处的方浅都在甩头……每一个动作、每一个眼神、每一声呻吟、每一个表情都在不同角度呈现，浮游、舞动、迷惑、迷人。翻过身来，他开始发起一次次冲锋，他看到了镜框中的自己，钢筋打的腰、橡木雕的肩膀、塑料制的颈项、黄铜铸的膝盖……性爱原来也是一种艺术，和方浅的性爱是更高级的艺术，有人说性爱的本身，就具有一种力量、一种神秘、一种震撼。此情此景，面对方浅，梁海才深刻理解了这句话的含义。

半夜，他睁开了眼，看见她赤裸地躺在自己身旁，长长白白的身体像条鱼。原有的兴奋，已经被从未体验过的、感官上的刺激消融干净。他才来得及正式地对她的身体做了巡礼，他发现她的腋毛没有剃掉，屁股上有一朵玫瑰刺青。他从后面搂住她，她喃喃地翻过身，一切的一切，继续又继续，他整个人在她不断的“救救我，求你救救我”的呻吟中，一次又一次飘到了最高峰。

“是独占欲让你杀了她对吗？”杜秋对这个问题的重复发问打断了梁海的回忆，梁海想，事情发展到这一步了，告诉他也无妨。清了清嗓子说道：“方浅原来是薛林贵的情人，后来我相中了她，做了我的情人。”

杜秋点点头，又摇摇头，“我认为她先是你的情人。那她做了你的情人后，还继续做着薛林贵的情人，让你因此杀了她？”

“我们承诺过只有彼此，她确实背叛了我。”杜秋对梁海说的这句话很惊讶，当年面对着五名持枪凶徒都能正面冲上去的人，内心深处竟也有如此软弱的一面。

“是不是你杀了她？”肖楠在听梁海断断续续地叙述时一直眉头紧锁。

梁海摇了摇头，“不是已经有了证据，方浅是范前山杀的吗？”

“视频能伪造，那些证据不能伪造吗？”杜秋反问，“白板帮你将八千万的现金运到了边境，现金呢？”

当杜秋说出“八千万”的时候，梁海看了看手铐和脚镣，那上面好像都有方浅的影子，方浅还是那么平静、漂亮、友好、迷人，统统都是他想要的、无可挑剔的举止。这才是让人绝望的地方。在知道她做了自己的情人后还在跟薛林贵睡的时候，恨不得杀了她……

此时杜秋面临的问题是，白板交代替梁海拉走的八千万，极有可能现金已经先于梁海被偷运出境了，梁海在交代的时候进行了过滤。

“胡队到越南是追踪你转移走的八千万赃款，信一阁在越南的朋友假意协助胡队工作，声称在芽庄看到了胡队手中通缉令上的你。奇怪的是，你本可以将这些钱一起放到账户上洗白，为什么要冒险转移出去呢？”

梁海看了看杜秋，“你们去哪儿追踪啊？现金都掉海里了。”

杜秋没有接这个话头，低头调整了一下思路继续问道：“有两种可能，一是你担心账上的钱一旦洗不出去怎么办？所以留足了现金。还有一种可能，就是这八千万你另有他用。”见梁海不答话，又接着说道，“我一直有个怀疑，白板为什么只拿了二十万，就把八千万现金帮你运送到边境？你对白板这么放心？你不怕他私吞吗？”

“百分之百的把握！因为——我一路上——都用枪抵在他的后心。”梁海脑门上渗出了汗水，说话磕磕绊绊。

杜秋示意肖楠，两人在梁海的结巴声中决定先结束第一次讯问。梁海眼神充满了挽留，因为他的表情暴露了他想隐蔽的弱点。

“白板有问题。”回办公室的路上，杜秋说道。

“我也注意到了，你在问到为什么对白板那么有把握的时候，他流汗了。”梁海刚才的表情语言变化，让肖楠看到了突破点。

马上提审白板。

然而提审白板后没有任何突破，口供几乎是第一次提讯时候的复制品。

第三十二章　线索总按两遍铃

破解系列谋杀案件就像走进大迷宫一样，一不注意就进入死胡同。梁海不交代，白板那里又没进展，杜秋将案件重新捋了一下，八千万的来源应当是攻破梁海的重要一环。

被谋害的这几个人中，薛林贵和梁海关系最近，在司马诚爆炸案（未遂）中梁海曾救下了薛林贵一家，调阅纪委和公安的相关卷宗发现，在司马诚控告薛林贵诈骗的前两天，薛林贵的矿业公司在五家银行提取了八千万现金，再查公司财务这八千万现金没有具体去向。

梁海运走的八千万会不会就是薛林贵当年提取的，是纪委和公安都在调查的问题。

如果要查清梁海和薛林贵的关系，就要先从司马诚开始，因为司马诚是梁海和薛林贵关系中的一条纽带，确定从司马诚开始调查，就要先从当初他和薛林贵的恩怨及司马诚的死亡开始。

杜秋曾经是冯发故意杀人案的合议庭成员，而且一直坚持冯发故意杀人案证据链欠缺，应该退回检察院补充侦查，但后来就被借调到公安局了。看来自己与这个案子还真是有缘。于是决定先去调阅司马诚死亡一案的卷宗。

杜秋的车被开了一张罚单夹在挡风玻璃上，他把单子折起来放到口袋里，这种罚单在这个城市天天能见到，无论停在哪儿它都如影随形。

此时午时已过。他驾车沿着河岸，以慢动作挺直身体，打了个哈欠，驶过大板桥到达新城区，然后开上玉龙林荫大道，从车窗户望出去，车流缓慢，半小时后抵达云汉市中级人民法院，杜秋感觉这段时间像是客居公安，法院的一草一木，门口的石狮子，进门的法学家铜雕，走廊的法家名言，此时都是那么亲切。

到了刑二庭，毛庭长正在整理案卷，杜秋进来，两人寒暄了几句，刑二庭的案件类型主要是故意杀人、强奸等人身型犯罪。

杜秋拿出公安的调卷函，说明要调取冯发故意杀人案的案卷材料，毛庭长告知杜秋，一二审案卷已经被最高院调走，冯发一直申诉，案子进入再审程序。杜秋当天下午和肖楠坐车到了北京，复印了全部案卷材料。

回到垄亩居，煮上一杯咖啡，点燃一支雪茄，翻阅了一会儿雷蒙德·钱德勒的《漫长的告别》及明代张岱的《夜航船》，想借此放松一下神经，以找到案件的下一个突破口，眼前仍是不时浮现梁海、司马诚、冯发、范前山这几个人的名字，他们究竟有什么联系？再回到书案前翻看初审的 12 号、终审的 54 号冯发故意杀人案卷宗，找不到疑点。冯发身上有司马诚的血迹，棒球棍被清洗过，为了逃避罪责，冯发在讯问的最开始对自己的行车路径做了隐瞒，最关键的是冯发的笔录将整个过程说得天衣无缝，申诉书中冯发用黑体字强调自己是在刑讯逼供下做的认罪笔录，但没有任何刑讯逼供方面的证据。

杜秋看到了第一次合议庭合议时，自己的意见表述：交通肇事后发现保险过期直接导致冯发杀死司马诚毁尸灭迹的可能性存疑，冯发的口供亦有多次改动的痕迹，我认为本案应该让检察院补充侦查，如果检察院补充不了证据，我坚持疑罪从无。

第二天早上，肖楠将司马诚当时报案称薛林贵涉嫌诈骗的公安卷宗和司马诚爆炸案的公安案卷送到了杜秋的办公室。卷宗中反映，司马诚三次报案称薛林贵诈骗其四个亿，诈骗方法是用类似于射钉枪的东西将金粉打入岩石缝隙伪造金矿矿脉，在送检的岩石样本中加入了金粉，无限大地估算了金矿的储量。

第一次和第二次报案，均未予立案。第三次报案结论是：薛林贵的行为构不成诈骗，司马诚可选择民事诉讼解决该纠纷。理由是，薛林贵在出售金矿之前，花了两千万建了一个选厂，从而说明薛林贵在未出售案涉矿山时是确信含金量至少达到了开采标准的。在这之后，司马诚一直在举报梁海贪赃枉法。

杜秋走到窗前思索着，如果真如司马诚报案所说，那么花费两千万建一个选厂不过是薛林贵的诈骗手段而已。回到办公桌前又打开了司马诚爆炸案的卷宗，司马诚拿着炸药包准备炸死薛林贵一家时，梁海及时出现，抢过了炸药包，却未控制住司马诚。

杜秋向陈龙水请示清查梁海的所有线索，包括再次搜查梁海家。陈龙水做了批示，既然案件的疑点集中在梁海这儿，对于梁海以前穿的衣服、鞋子，看过的书籍、报刊，发过的信息、打过的电话，还有近年来的行车轨迹，去过的酒店、饭店，以及坐过的航班班次都要彻底地查。

忙了两天没有任何发现，所有人都被失望包围着，最后决定再扩大范围，包括梁海妻子、近亲属的所有信息都查一遍。

在办公室里来回不停踱步的杜秋继续着他的推论，瓶颈在于某个特定的要件依旧下落不明。

下午三点，躲过医生和护士，偷偷从医院跑出来的左秀拿着一个文件夹瘸着腿走了进来。“蝉，重大信息，重大信息。”杜秋放下了手里梁海的通话记录详单，抬头微笑着说道：“没见左兄这么激动过，什么重大信息？”

“司马诚坠崖的那天晚上，于婉的车也在马陵山。”左秀挥舞着打印的登记簿大声说道，“我在医院让交警队调取了涉案车辆信息。”

“原来你在这儿。”杜秋一把拿过了打印的单子放在桌子上，用食指顺着记录本慢慢滑下来，是这样：“于婉，车型：宝马 530li，11 月 10 日晚上八点，马陵山。”“于婉，车型：宝马 530li，11 月 11 日凌晨三点在云汉市下坎街。”

雾散光现，鸟儿高歌，一切好像豁然开朗。杜秋像是突然拥有了神奇的力量。整个事情对他而言就像一般人说的——灵光乍现。他内心有一个猜测，但是现在不能说。

“从马陵山到下坎街正常需要三个小时，可是于婉怎么走了七个小时，她又去了哪里？”杜秋一边说着一边继续看着打印的查询单，“夜间十二点，她绕道去了安洁垃圾处理中心。”

“左兄，你还是得回医院好好休息，肖楠叫上王柏跟我去趟马陵山。”

“这点伤算不上什么，我要跟你们一起去马陵山参与调查，早日把梁海送上审判席，以告慰胡队的在天之灵。”

杜秋没再说什么，拿起电话拨通了陈龙水的手机，“陈局，我怀疑司马诚的死有问题，我现在去马陵山。”

“需要什么协助？”另一端的陈龙水关切地问道。

“我想晚上提审冯发，得您给市局沟通。”

“没问题，你按照你的计划推进就行。”

“还有，请您派员询问于婉，并查清她 11 月 10 日下午到 11 月 11 日上午的行动轨迹。”杜秋停顿了一下继续对着话筒说道，“等我们知道她那天晚上八点到凌晨四点具体都做了什么后，或许就能得到更多建设性的线索。”

“好的，保持联系。”陈龙水挂断了电话。

傍晚的马陵山，空气里弥漫着料峭寒意，郁郁葱葱的树木，绵延伸向寂静与虚无。

四人来到司马诚坠崖的地方，此地界距离公路有五百米，公路没有防护栏，五百米的地方长着一米上下的荆棘和两棵枝头蔓延开来的白桦树。

杜秋拿出测量仪器量着距离和坡度，“坡度百分之一……”然后走到悬崖边上，崖面褐红色近乎垂直。

“肖楠，冯发的笔录中说他将司马诚的车子推下山崖的对吗？”杜秋问道。

“是的，他说把司马诚抱到了座椅上，将车推下了悬崖。”肖楠参与了审讯，又研究过冯发的案卷，对于笔录中的内容记忆深刻。

“王柏，把车钥匙给我。”王柏将帕萨特警车的钥匙扔给了杜秋，“你要找什么？”

杜秋没答话，接过钥匙，走过去发动了警车，左打方向从公路上径直奔着悬崖开了过去。

“杜秋！”

“你要干什么？”

左秀和王柏先后喊道。

荆棘划过车辆，发出刺耳的吱吱声，车子到了悬崖边上停了下来，将挡位挂到 P 挡，杜秋没有熄火，没有刹车，走到车子后面，用力推动车子，车子不再前行，“王柏，你过来一起推。”

王柏走过去用右边肩膀扛住车的尾部，和杜秋一起用力推动，车轮动了两下后，无论怎样用力，车轮只是前后晃了几下。

“冯发的口供是假的。”杜秋拍了拍衣服上的灰说道。

王柏和左秀面面相觑，都在想：“我咋没想到呢？”

“从公路到悬崖这五百米的距离，下面是坑洼和荆棘，坡度百分之一，就是每一百米的坡度就会升高一米，这样的情况下，只有两种杀人技。”杜秋在荆棘中徘徊，感觉梁海像是其中的一根，在一下一下刺痛他。

“把车的挡位挂前进挡上，油门上压块石头让车自己冲下去。”肖楠说道。三人看着杜秋，似乎在追索着第二种杀人技。

“把车开到悬崖边上，用另外一辆车从后面推一下。”杜秋说道，不自觉又想起了梁海老婆于婉的宝马车。

显然，这两种方式冯发都没有做。

回程中，马陵山已变得一片漆黑。一切东西都消失在黑暗里，也包括附近的森林、远处的山路。

山脚下充满悲伤的河水在潺潺流动，几颗失落的星星，映照在一片阴森森的宇宙间，这个宇宙究竟有多大的一个黑洞？

冯发被关在丰收区看守所，杜秋三人连夜提审冯发。

身材矮小的冯发，已经没有了那副金质无框眼镜，穿着黄色马甲号服，左胸前是醒目的白色数字：03001号，瞅东西时小眼睛眯成了一条缝隙，原来保养得当的黑色络腮胡子现在像是杂草丛生。

杜秋简单介绍了三人的身份，冯发在两名狱警的押解下，进了审讯室后怯懦地挨个点着头。

“坐下吧。”杜秋轻声说道。

杜秋发问，肖楠记录，左秀补充发问。

“你的案子判决后，一直上诉、申诉？”

冯发点了点头，忽然瞪大眼睛，激动地说道：“你是杜秋法官，我的一审判决没有你的名字啊，他们冤枉我了，你要坚持公理啊！”

狱警从后面戳了一下冯发，一副公鸭嗓叫唤起来：“问你话，你就说是或者不是，啰唆什么啊。”

杜秋摆手制止了狱警，狱警横眉冷对杜秋，像是正在斗争的阶级敌人。

“我们这是看守所，他是要执行死刑的重案犯，你老要是拜观音，发慈悲心，去那边的南山大寺。”公鸭嗓说着话指了指窗外。

“你们都是公安口的，都少说两句啊。”出人意料，冯发成了劝架的了。

杜秋见状自然气不过，但想想不能因小失大耽误了正事，便在心里劝自己忍着，怕自己不听，又继续劝着。

“半夜惊动二位等着我们，实在抱歉，咱们都是一家人，改日我请二位。”左秀过来拍了拍公鸭嗓的肩膀。

公鸭嗓斜了一眼左秀，“这还算句人话，我还告诉你们，要问啥赶紧问，就三分钟时间，否则犯人出啥问题你们负责。”

“冯发，我记得一审时你在法庭上做了有罪陈述？”杜秋不再理会公鸭嗓，继续发问。

“当时左警官——左警官——他们刑讯逼供。”冯发低着头用满是胆怯的目光看着左秀。

“冯发，我动过你一根汗毛吗？”左秀嚷道。

“没打过我，但是杜警官，他们熬鹰，白天晚上都用大灯照我，两天一宿，不让睡觉。”冯发说到激动处嗓门大了起来。

“03001，控制你的情绪。”公鸭嗓提醒道。

杜秋瞅了瞅肖楠和左秀，肖楠低着头没啥反应，左秀刚要说什么，想了想又咽了回去。

“那你在第一次庭审时为什么没有翻供？”杜秋紧紧地盯住这一个问题。

冯发面无表情，两只眼睛一直盯着杜秋看，仿佛在挣扎着是否要信任他。

“你说吧，我现在是梁海案和范前山案专案组的组长。”杜秋停顿了一下，“谁敢再对你动手，我扒他这身警服。”说完冷眼瞅向公鸭嗓。

公鸭嗓的眼神逐渐变得浑浊而讨好，自认为自己老爸不过是个区交警队队长，还真得罪不起眼前这尊佛。

“梁海怎么了？哪个梁海？是审讯我的那个大个公安局局长吗？他被抓了？”冯发一连串的疑问。

杜秋点了点头。

“上天开眼，该我不死啊。”冯发说着哭了起来。

虽然三人都很着急想知道冯发究竟经历了什么，但谁也没说话，静静地等冯发自己止住哭声。

“他们熬鹰，我实在熬不住的时候，就按照他们说的胡乱编，直到编到他们满意为止。”冯发眼睛直直地盯着左秀。左秀避开了他的目光，但心里没有任何愧疚，因为当时胡大为确认冯发就是凶手，不上手段他不会招供，如果重来一次，措施依旧，做法不变。

“在第一次开庭前，大个局长拿着口供找到了我，告诉我他办的案都是铁案，到了庭上别乱说，还给我举了好几个看守所意外死亡的例子，有的是心梗，有的是触电，有的是上吊。”冯发激动之下，语速特别快，然后又自言自语道，“他怎么还被抓了呢？他不是公安局局长吗？”

“接着说。”杜秋平静地说道，内心已是波涛汹涌，自己的猜测在一步步得到印证：“梁海啊梁海，你这哪管身后人潮汹涌、巨浪滔天。”

“梁海还骗我说，判不了几年。结果一审判我死刑。都死刑了，我还不上诉吗？结果二审竟然维持了一审判决。”说到这儿，冯发哆嗦了一下，“万幸，万幸啊，如果他不被抓，估计这会儿已经弄死我了，像他说的触电或是心梗。”

“说说当晚马陵山的经过吧。”左秀将讯问引到下一个话题上。

冯发的额头有一条分叉的青筋开始鼓胀……他用勉强克制怒气的声音说：“啥经过？没经过啊，我就是听到车辆坠崖的爆炸声，跑到悬崖边看了一眼，然后报了警，就被你们弄成故意杀人犯了。”冯发眯着眼睛盯着左秀嚷道，“就那个姓胡的，还有你和梁海都是一路货色。”

左秀低着头不作声，内心也后怕，当时他和胡大为一起进行的审讯，看杜秋的态度，冯发百分百是冤枉的，这要是执行了死刑咋办？家里老妈还天天吃斋念佛呢，外面自己险些把一个大活人冤死。想着想着站了起来：“冯发，如果最后证明你是冤枉的，我左秀辞职，接受组织的一切处理。”

冯发死死盯着左秀，眼神里全是蔑视。

“当时还有别的车在马陵山经过吗？”杜秋整理了一下思路，问了最后两个问题。

“马陵山是盘山道，本来晚上车就少，我迎面大概一共遇到三四辆，记不清了。”

“再仔细想想，这几辆车有哪一辆能特别引起你的注意吗？”

“没有，真记不清了。”

问话结束后，公鸭嗓一直把杜秋他们送到了门外。

次日是周日，陈龙水打电话给杜秋，陈述了于婉的调查结果，11月上中旬，于婉人在海南，有机票和酒店登记等证明。杜秋约陈龙水一起去市局对面国际会展中心的咖啡厅。

“于婉的车子那个时间段谁在开？”杜秋走在前面拉开了咖啡厅的门。

“除了梁海，还能有谁？”陈龙水一边说着，一只脚已经跨进了门，“但只有于婉的陈述不行，肯定得有证据能够证明是梁海当晚在驾驶该车辆。”两人走进棕榈厅，选了一个靠近入口的包间坐了下来。陈龙水点了乌龙茶和几盘茶点，杜秋点了咖啡，然后让服务员出去后关上了门。柴可夫斯基的《D大调小提琴协奏曲》低沉地环绕其中，市局几件大案让陈龙水看起来一脸疲惫，没什么精神，而杜秋则是一直专注思考萦绕在他心头的问题。

杜秋拿出一本活页纸，其中有十几页已经密密麻麻地填满了表格和注记。

“我相信我的确带来一些我们都不想看到的事实。”杜秋坐下后，眼睛对着窗外看了一会儿，“梁海像块磁铁一样把我吸了过去。他让我伤透脑筋，让我不安于眠，简直就是我的梦魇。”

“现在，让我们回过头来看司马诚命案。一二审法院都认为这是一桩普通的交通事故后引发的故意杀人案。但法院只看到了这起命案的表面迹象，却没有仔细分析引发冯发杀机的各种因素，即动机——也就是说，从心理角度说，冯发的车辆没上保险以及冯发和司马诚的争吵，甚至刑讯逼供出来的两人矛盾升级到互打的陈述，都不足以让冯发制造一起人车坠崖的事故，冯发笔录中所说的当时不知道司马诚是死是活，一害怕就将车带人推下悬崖，更是无稽之谈。”

杜秋啜了一口咖啡：“所以，我断定冯发没有实施他所陈述的行为，我去了现场，悬崖边上的坡度也证实冯发所做的笔录有大问题。也就是说，这是一起复杂、刻意而聪明的嫁祸案件，这是一名技术纯熟的高手，每个细节都非常正确而标准，而且能控制每个细节。冯发故意杀人案是梁海的精心杰作，它是件赝品。”他停了下来，向陈龙水抛出一个微笑，“相信这样的断言不会让你感到枯燥乏味。”

“梁海为什么要嫁祸给冯发呢？”陈龙水单手握着茶杯，另一只手拿起了杜秋面前的活页纸，其中一张活页纸上赫然用红笔写着几个大字，“梁海与司马诚!!!!”还有几个醒目的惊叹号。

陈龙水沉默了。

杜秋用手指有节奏地叩着桌面，“陈局，我接下来的推测，您给把把关。”陈龙水是刑侦高手，他看了纸上的内容没有说话，证明他也有了这种怀疑。

“白板供述梁海拿走八千万，而司马诚控告薛林贵诈骗他四个亿，在这之前薛林贵恰好在四家银行提了八千万现金，可不可以设想梁海和薛林贵是共同犯罪？”

陈龙水点点头。

杜秋：“据我了解，案涉这个矿山只放了一炮，就扔那儿了，矿脉忽然就没了，要不司马诚也不至于拿着炸药包去和薛林贵一家拼命。”

陈龙水：“是梁海借自己的势力阻止诈骗立案，司马诚闹得太厉害了，干脆杀人灭口，符合逻辑。”

杜秋：“如果司马诚继续上访，那么梁海就会暴露自己的商业帝国，所以他有十万个理由得杀掉司马诚，但现在只靠于婉宝马车的行车轨迹还形不成证据链。”

陈龙水：“司马诚有没有可能是自杀？”

杜秋：“司马诚如果是自杀，为什么梁海在一审前要处心积虑地让冯发不要翻供？”

陈龙水：“也有可能是为了破案立功。”

杜秋不自觉地挠挠头。

“按于婉的行车轨迹，车子后半夜去了安洁垃圾站，垃圾站旁边是一个废品收购站，”陈龙水给杜秋面前的空杯倒了一杯茶水，“废品收购站正好有两个摄像头，我让市局的技术部门正在加班恢复那段时间的视频，但愿能有帮助。”

杜秋喝着茶低头不语。

“其实于婉的车百分之一万是梁海开着的。”杜秋拿了一粒坚果放在嘴里。

“梁海会不会是在追捕司马诚啊？”陈龙水用食指一下一下点着桌面说道，“你别忘了，当时司马诚因爆炸罪正被通缉。”

杜秋笑了笑，但是笑容很淡，没有任何温度。“对于范前山，梁海在第一次审讯时只字不提。我在想范前山到底因为什么杀死薛林贵。”

“范前山的作案动机不是确定了吗？因为交通事故时的矛盾？”陈龙水说完摇摇头，“我一直也感觉这个动机牵强，可是现有证据确定是范前山所为。”

杜秋在椅子里向前俯身：“范前山会不会和这个案子有其他关系？”

“他一个农民，不会掺和到薛林贵和司马诚之间的。”陈龙水连连摇头，“我还是先问问视频查得怎样了？”陈龙水说着拨通了电话，两分钟后挂断了电话，“本来中午要请你吃烤肉的，看来得改地方了，满汉全席吧！”

杜秋霍地一下站了起来，双手支在桌前，直直地盯着陈龙水，“是不是梁海？”

陈龙水点了点头，轻轻地将杜秋按到了座椅上，“废品收购站的视频没有查到有价值的线索，我在市局时的这个副队长特别能干，把那条街都捋了一个遍，结果被城郊一个羊倌家临街羊圈的摄像头拍了个清清楚楚。”陈龙水很为属下自豪，“是梁海，他那么晚去垃圾站一定是扔掉了什么东西。”

“时间这么久了，他扔掉什么也不可能找到了。”杜秋叹了口气，“梁海的衣服全都拿到局里了吗？”

“对，按你说的所有鞋子、衣服都拿到证物室了。”陈龙水这句话说得无精打采，他想梁海早把证物都处理了。

“那就有希望。”杜秋眼神里又有了精神，“他一个警察不可能备一身衣服专门用来作案。再查车返回的视频，看看衣服有没有变化。”

五分钟后，陈龙水接到电话回复，“穿的是春秋制服，衣服没变化。”

“陈队，我饿了，不在这儿吃西餐，我请你吃兰州牛肉面吧。”杜秋听见自己的肚子在叫，三天了，才感觉到饥饿。

“传说你杜秋每临大事都会吃上一碗兰州牛肉面，看来所言非虚。”

“对，外加一斤牛腱子肉。”杜秋说着站起来买单。

车上，陈龙水又跟杜秋提起了自己这个副手，赞不绝口：“当初局里给我配俩助理，都很优秀，我不知道怎么选择。正好省厅来人需要订酒店，我想借此机会决定留哪个，就告诉他俩在财政宾馆订一个房间，结果我一下午就全在接听其中一个助理的电话了，分别是‘您说的财政宾馆没房间了’；‘您说的金穗宾馆也没房间了’；‘您说的新城宾馆也没房间了’；‘您刚才说的王爷府酒店有房间，订九楼合不合适？’‘九楼订上了，不是无烟房可不可以’；‘陈队，我刚想起来，王爷府没有回民餐厅，来的人是不是回族？’”

杜秋开着车，大笑起来：“这家伙倒是可爱，那另外一个呢？”

陈龙水说着也忍不住笑了起来：“我说你他妈的还有完没完，一条直线让你盘成了蜘蛛网。另外那个痛快，财政宾馆没有地方了，自己把方圆五里的酒店问了一个遍，在省厅出差标准范围内直接订了王爷府酒店。”

“难怪你把这个留下。”杜秋感觉干公安的就得有这个利落劲儿。

“我留的是织网那个好不好。”陈龙水说话时，脸上的疤痕也跟着颤抖。

杜秋笑得眼泪往外溢，双手紧紧地握着方向盘，“你可真会选人，你怎么能选他？”

“奶奶的，省厅那个领导真是回族。”陈龙水停顿了一下，意味深长地说，“他就是现在这个副队长，其实那个助理也很优秀，能干大事，但是公安队伍的人还是胆小一些、规矩一些，及时和组织沟通，不搞个人英雄主义的人比较稳妥。”

饭后，陈龙水简单做了下工作分工，杜秋回了分局。

整个下午，杜秋都在梁海的五身春秋装制服和三双皮鞋、三双运动鞋、两件衬衣前寻觅，这些检查对于杜秋来说就像喝一杯白开水。

五个小时，百宝箱里的仪器用了一半，一无所获。

在旁边协助的肖楠烦躁得要爆炸一样。

“许多人都受小说、电视、电影的影响，以为警员破案真的像喝白开水，铁证如山，手到擒来。警探的差事就是像 007 一样身披风衣，手拿勃朗宁，追杀、玩枪、耍酷，我现在不妨告诉你，一名刑警平常都把时间耗在哪里。”

肖楠静静地听着，她感觉她的知识和杜秋比起来横亘着一个喜马拉雅山的距离。杜秋继续说道：“差不多五年前，在我的家乡，有个小男孩当街被一个司机拖上车，掳走了。当时有一名目击者，是个老妇人，据她‘认为’那是一辆深色的车子，可能是黑色，可能是深蓝，也可能是暗绿或者砖红。她又‘认为’行车牌照好像是云汉市的。她对什么都没法确定。而男孩的父母却收到一份勒索函，他们没报警，照数付款。三天后，收到了小男孩的尸体。于是警局出动了，他们有两件事可行：一、查牌照，二、查笔迹，勒索者的信是手写的。警局便召集九十名警员，分成三组，搜查每一份牌照申请，再从千百万份的字迹当中请专家鉴定笔迹，缩小范围。”

“逮到那个人没有？”肖楠问道。

“那是当然。”杜秋点头，“最后都难逃法网。单是牌照申请一项，要是云汉查不出，就得找遍整个湖东省。想想看，那个数字何止千百万。我说这些，无非是希望你在刑事案件上要学会锲而不舍，不急不躁。越是艰难时期越要沉得住气。”

“让我说，提讯一次梁海，看看能否有所突破。”肖楠说道。

“尊重你的建议，提讯试试吧。但是不打到他七寸，梁海不会说。”杜秋知道这是梁海与他的一场较量，两人像是在下一盘棋，现在是梁海将了自己一军。

第三十三章　行过迷雾之地

第二次提讯梁海。

“我现在是不是省内最大的新闻？”梁海突然问了一句。

杜秋点了点头：“你是全世界最大的新闻，在这次竞争中你取得的成绩太好了。一架飞机起飞后失踪，像飞出了宇宙的边际；一个国王的亲哥哥在机场被毒杀；非洲一个国家的监狱火灾活活烧死三十名罪犯……”杜秋喘了口气继续说道，“但在云汉，都没你的名气大，云汉百姓仍然不相信他们的保护神竟然还活着，而且是死去活来。”

杜秋和梁海都深知审讯的这个道理，有些时候该不断提问，有些时候需要语言刺激，有些时候该由着小火慢炖，直到他自己爆发。这又很像下象棋或打拳击，有些人你必须围追堵截，让他失去平衡；有些人你只需要陪他玩，他迟早会自己败下阵来。梁海认为杜秋属于前者，杜秋认为梁海属于后者。

此时杜秋感觉必须找到其他突破点，否则很难攻克梁海。让方浅和范前山的故事先等一等，小火慢炖，好事多磨。现在先将方向转移到司马诚案子上来。

“我调取了冯发故意杀人案的案卷以后，确信那个案子不是冯发做的。”杜秋一直捕捉梁海的表情。此时的梁海坐直了身子，像是一尊菩萨，“杜秋，冯发的案子有血迹，有物证，有冯发的口供，那个案子能有什么问题吗？”

“梁局长，你忘了我的工作是什么了吧？我是刑事审判业务出身，而且是当时的合议庭成员之一。”杜秋的声音醇厚而柔和，像是在缓解梁海内心的痛苦，安抚他焦虑的心灵。

梁海知道杜秋是全省刑事审判业务专家，给他一点蛛丝马迹相当于给牛顿一个苹果。

但是梁海一个字也不说，他让杜秋自己带球继续跑。

杜秋眼光不再盯向梁海而是看向左边窗户，窗户和他的目光之间是一片虚无，他多么希望梁海还有一点点公安局局长的样子，他在给他机会交代，哪怕自首、立功对他最后的量刑没有太大作用，他也希望曾经一起并肩作战的他能承担起自己的罪责。

“重大立功可以减轻处罚，如果你让一个死刑犯得以沉冤昭雪，法庭会考虑减轻对你的判处。”杜秋从法条规定上进行分析。

“杜秋，冯发的案子和我有什么关系？你现在侦查方向错得比猫以为自己会游泳还离谱……”梁海气愤地说道，看似在努力纠正杜秋的错误。

杜秋长叹了一口气，“冯发险些成了替死鬼，司马诚究竟死于谁手，我会查清楚的。”没有任何语气色彩的一个陈述句，平淡而决然，转折了前面那段对话。

“荒唐……荒唐……”梁海霍地一下站了起来，看似要冲向杜秋，但铐子铐在铁椅子上动弹不得，兀自晃动着手上的铐子叫嚣，“杜秋，你给老子编故事呢。”

杜秋无视梁海，继续看着面前的虚无，所有的正义都会来临，而且不应该迟到，然后起身离席而去。

“现在怎么办？”案子本来突飞猛进，一路高歌，却卡在梁海这儿了，不只是肖楠着急。

“我要重新搜查梁海家。”

时间已是晚上九点，打电话请示主管局长，主管局长赶到单位，出具了搜查手续，杜秋、左秀、肖楠三人一起来到了梁海家。

进了梁海家，打开所有灯，铁王座在正门的玄关处矗立着，仍在对外来人宣示着权力的力量。

杜秋明亮的眼睛和粗壮的手指配合缓慢的步伐，不流连也不把玩任何物品，不走回头路，从一厘米领地移动到下一厘米，娴熟而仔细地翻检、察看、探查。每个抽屉、柜橱、架子、盒子、口袋、箱子，都一一打开，仔细检查里面的东西。每一处都用手摸查过，寻找有可能隐藏线索的东西。他揭开床单，翻开地毯，察看每一件家具的底下，拉下百叶窗，看有没有东西卷在百叶窗里藏起来，把垃圾桶里的东西都倒在摊开的报纸上。

两块男士手表，一块玉佩，让他在搜查过程中停了下来。

他记得刑侦学的教授曾经说过："随身佩戴的饰件是最容易留下罪证的，同时也是最容易被人忽视的。"

一块是劳力士绿水鬼，白钢表链换成了白色的塑料表带，表带上面有锯齿状的突起，更彰显绿水鬼这款运动型手表的活力；另一块是百达翡丽，黑色皮带；玉佩是深黄色的龙凤呈祥，配棕色绳。他只见梁海戴过百达翡丽，当初还提醒他别太高调。

将手表放在高倍显微镜下仔细观察，时间慢慢过去，杜秋一边看着一边示意左秀和肖楠动作轻一点。

半小时后放下百达翡丽，拿起绿水鬼；又半小时后放下绿水鬼，拿起了玉佩，又半小时后重新拿起绿水鬼，检查表壳、底盖、镜面、表盘、按钮、柄头、表带及这些部位的各个缝隙。

杜秋看到了劳力士绿水鬼白色塑料表带折叠后靠近按钮的锯齿里嵌着黑色的灰尘和暗红色的斑点，显微镜下，杜秋能确认斑点是血迹。

侦查一件棘手的案子，通常的次序都是开头难，又慢、又长。中间开始一点一滴地成形，到最后突飞猛进，又快又短。杜秋判断自己现在正处在中间的后半部分，散乱的零件已经凑成一堆。

将绿水鬼手表和左秀、肖楠在梁海公文包上提取的毛发等连夜送检。

走到户外，天上浮云掩月，微风拂面，三人默默走向车子……

但愿这次能鸿运当头，杜秋想。

第二天中午，检测结果出来了，劳力士绿水鬼表带内侧嵌着的暗红色斑点是血迹，血迹的DNA与司马诚的DNA一致。

第三次提讯梁海。

披枷带锁的梁海抬起头，三人对视良久，谁也不说话，死寂笼罩了房间。

他那冷峻、难以捉摸的眼神慢慢地从杜秋的脸上移向陈龙水，之后又看向后面的虚无。没人开口说话，感觉到一出悲剧似乎正在上演，而每位演员也都清楚知道接下来自己的台词是什么。

陈龙水在椅子上坐直身体，眼神冷硬，"老梁，还好吗？"

“我的房间四周都是厚厚的海绵，一定是你小子的主意。”梁海说得很平静，嘴角泛起的微笑带着些许悲剧味道，“怕我自杀啊？”

“不理解及惋惜的话，我在这里就不说了，我希望你别再折腾以前的兄弟们。”陈龙水的语气低沉，声音带着呼呼的喉音。

“我在训练他。”梁海冷笑着向着杜秋的方向抬了一下下颌。

陈龙水和杜秋交换了眼神，杜秋的视线回到梁海脸上，“说吧，11 月 10 日晚上八点到 11 月 11 日凌晨四点这段时间，你开着你妻子于婉的车去了马陵山、安洁垃圾清洁点，都做了什么？”

梁海早知杜秋此次来一定会有此一问，他已定了两个腹案，目前他决定直接选用第二个作答。“当时追捕司马诚，我们定位到他的车在马陵山方向，我是去实施抓捕。”

陈龙水冷笑了一下，“你这个理由我替你说过！既然是追捕要犯，为什么只有你自己？”

“当时我自己开着车在外面办事，我离马陵山最近，就直接赶过去了。”梁海的脸上和声音里混杂了痛苦和激愤，“这不值得表扬吗？”

“去安洁垃圾站也是为了抓捕司马诚？”杜秋小心翼翼，在梁海面前，需要步步为营。

“回来手机没电，车上又没导航，我走错路了。”梁海想，干了这么多年刑警，我随便一个解释都够你查半年的，来吧，小子，把所有箭弩抛向我吧，我保证你射向一只草船。

“你和司马诚认识吗？有过接触吗？”陈龙水的问话像是谈话，也像是无意间想起一件事，在跟梁海闲聊。

“认识，有过一次接触，我从他手里抢走了炸药包。”梁海委屈的眼泪在眼眶里打转，眼泪表达的感情很明显：看看你们都做了什么，如此对待一位大英雄，云汉人民的保护神。

“当时，有人受伤吗？”陈龙水的嗓音低沉，有意保持耐心。

“没有。”梁海不假思索地摇了摇头。

“这是你的手表吗？”杜秋拿出了一个白色塑料证物袋，袋子里装着梁海的劳力士绿水鬼。

“拿近我看看。”

杜秋拿着证物袋走到围挡旁，举到梁海的眼前。他们凝视着彼此，好像中间的虚无在放映着一幕电影，电影的名字叫作《曾经一起的日子》，杜秋的目光中是质疑和对真相的渴求。

“我是有这么一块，有啥问题吗？”

“在这上面检验出了司马诚的血迹。”杜秋走回了审讯席，拿出一份检验报告朝梁海晃动了两下，慢慢地说道。

绿水鬼手表的物证检验报告似乎夺走了梁海作为动物的个人行动和表达情感的自由，尽管他还活着，还有意识，但沉静得像一株植物。

一阵沉默之后，梁海从众多回忆中找到了最好的嫁接组合，提出了话头：“应该是在抢夺炸药包时留下的。”

杜秋的眼神已经失去了温度，表情阴沉而冷峻，清晰地说：“第一，据我们调查，你在抢夺炸药包的时候，穿了防护服，你的手臂是被包裹在里面的。第二，你刚才陈述在抢夺时没有人受伤。第三，我们调取了你从马陵山到垃圾站的一段视频，视频里清晰地显示你当天戴的就是这款劳力士绿水鬼。”

这句话成了休止符，又是一阵沉默，梁海知道这份证据的分量。

陈龙水点燃一支红塔山，站起身亲自放在了梁海的嘴上，“老梁，别撑着了，没有你的口供，车子的路径和手表上的血迹，还有这辆宝马车在 11 月 13 号的修理记录，足以形成完整的证据链条了。”

梁海紧嘬着香烟，一阵风吹进来，吹得桌上的烟灰时而抽搐，时而蠕行。

“司马诚的案子是冯发做的，已经有终审判决了。”梁海捕捉着最后一点希望。

“冯发的案子，公安涉嫌刑讯逼供，你本人对冯发有过人身威胁。”陈龙水拿起手中的笔，摇晃它以示强调，“况且该案已经在最高院启动再审程序！已经死了太多人了，梁海，该结束了，现在是我们作为曾经同事之间的对话。”

杜秋直视梁海：“你基本上使用实情的架构，再巧妙嫁接冯发的冤案，然后成功金蝉脱壳。”

梁海低下了头。

一段长长的、思考的静默，然后一个完全不像梁海的声音说：“信息主要分三种。一些是真相，一些是猜测的结果，还有一些就完全是虚构的了。”

“我也是这么想的。不过现在事情结束了，我想知道纯粹而简单的真相。”杜秋抬头说道。

“有人说过，”梁海说，“真相很少是纯粹的，而且从来不简单。某些真相我们永远不会知道，因为唯一能告诉你们的司马诚已经死了。”

“说吧。”陈龙水表现出不耐烦。

“真相是，我追捕司马诚的时候，听到了爆炸声，下车去到悬崖边查看，表带上的血迹应该是穿过荆棘丛的时候沾上去的，”梁海的眼神逐渐变得明亮，“对，就是这样。”说完静静地看向杜秋，心里说：“杜秋啊，即使雪地上趴着一只黑猫，你也抓不到。”

陈龙水和杜秋对视了一下，杜秋嘴角弯起像是笑了笑，“这是你虚构的真相。”

“我们都是老公安，现有证据即使零口供照样能定你的故意杀人罪了。”陈龙水拍了下桌子，“负隅顽抗除了让人鄙视，你还能收获什么！”

梁海晃了晃手上的铐子，激动地说道：“你们说我杀了司马诚，荒谬！”梁海不知道白板因为什么被抓，但恼怒他为何供出自己的八千万，如果他敢再说别的事情，他一定会死得很惨。

任何一个杀人案的侦破都不会容易，“容易”和“不容易”之间隔着一片汪洋。

这是一场永无止境的游戏的一部分。

第三十四章　盗墓笔记

走出看守所，陈龙水和杜秋感觉到空气中弥漫着压抑沉闷的气息。

“白板是关键。”陈龙水说，不太像是陈述句，但也不太像是问句。

杜秋点点头，“白板只交代帮忙运送了八千万的事情，提讯了几次，对其他事一概不知。”

“挖井碰到了沙漠，很难见水啊。”陈龙水走到车子旁边，看着路上来往奔波的行人说道。

想起第一次讯问提到白板押送现金时梁海的变化。虽然白板一直未交代其他问题，但杜秋一时间有种感觉，觉得冥冥中有个莫大的巧合在看不见的地方盘旋，他耐心等待着契合的时间。

“我挖白板这条线，你继续找司马诚案的相关证据。”陈龙水疤痕雕刻的脸上写满了自信，“只要突破一点，就能抹去梁海的一切希望。”

“究竟用什么方式突破白板？”陈龙水的脑海一片空白，像是走在八卦阵图里，梁海给他演绎着各种阵法，瞒天过海、金蝉脱壳、围魏救赵、借刀杀人、声东击西、无中生有、暗度陈仓、浑水摸鱼、偷梁换柱、上屋抽梯、连环计、走为上计……

回到家里打开电视，放空一切，《插翅难逃》播完了，《人民的名义》正在播下半集，公安厅厅长祁同伟输天半子，正在拿枪对准自己的脑袋。曾经一度，电视上的警察和检察官都是好人，然而这一阵子，其中一些成了坏人，现在媒体和观众都比较通情达理了，知道一个角色可能有多面性。

眼睛盯着电视，脑海中却全是关于白板的案子。

白板是在出售一件“鬼货”（鬼货是文物市场的行话，指地下出土的文物）

时被抓的，云汉市文化灿烂，人文荟萃，历史上曾几度繁荣昌盛，誉满古今，拥有珍贵丰富的文物资源。天不爱其道，地不爱其宝，人不爱其情，近些年盗掘古墓者众多。

白板出售的是唐代的银椁金棺，属于国家一级文物，日本买家正在以五十万的价格购买一个价值一个亿的宝贝。

银椁金棺在古代是专门用来安放高僧的舍利的。银椁，局部鎏金，由椁体和须弥座组成。金棺为纯金打造，表面纹饰皆錾刻，所饰纹饰和银椁基本一致。用日本买家蹩脚的中文形容，“它仿佛翱翔在天地间的雄鹰，上承苍冥日月星辰之片羽吉光，下接大地壮丽河山之钟灵毓秀。”

日本买家被抓后按照涉外法律规定走程序。

白板被抓后公安讯问银椁金棺的来历，其称在云汉文物市场花了五千元钱买自一个临时出摊的农民，七十多岁的一个白胡子老头，就差说道骨仙风了。

对于银椁金棺，陈龙水不相信它来自白胡子老头，白板究竟在隐瞒什么？陈龙水决定找一位高手，去年曾经找过他两次，都给了建设性的意见。

他拉开茶台底层的抽屉，取出一只装满卡片的铁盒子。这一铁盒子的“宝藏”，陈龙水已保存了八年。他翻拨片刻，终于找到了。卡片上标着：“古文物专家”，底下标的人名是姚忠。

姚忠文化程度很高，在盗墓界有祖师爷之称，从未失手的高超本领也让同行难以望其项背。他不仅可以通过天象来推测墓葬的准确地点，还会根据星斗的位置，用手中的罗盘在方圆几百里内确定宝藏的位置，因此，他的行动从未失过手。爱读《周易》《奇门遁甲》及考古学家、学者的有关论文，从而寻找古墓的蛛丝马迹。

然而姚忠却是嗜赌如命，将自己价值连城的文物作为赌注，因此有不少文物至今下落不明，这位传奇大盗在当时可谓是众说纷纭，输光所有文物和钱款之后又想到了利用文物来起死回生，当时的姚忠知道“金缕玉衣”这样的文物乃是无价之宝，谁要是能拥有一件，那绝对是一夜暴富啊，为此就打起了“金缕玉衣”的主意，他知道去偷肯定是不可能的，那为什么不考虑自己仿制一件呢？

就这样姚忠利用自己以前盗墓积攒的玉片和金器，然后寻找一些技术非常好的工匠，再根据“金缕玉衣”的模样开始仿制，最后仿制成功了。而后姚忠为了证明自己花钱仿制的这件“金缕玉衣”是真的，还特意找到了国内五位非常顶尖的文物专家帮忙鉴定，专家居然都一致认为是真的，还估价二十个亿，当然，事后几位专家也收取了几十万的评估费用。就这样姚忠拿着文物专家给出的鉴定证书拿去银行骗取贷款，成功骗了五个亿，最后东窗事发，数罪并罚被判刑二十年，几次减刑后，于去年出狱。

陈龙水照着卡片上的号码，拨了过去。

“一起吃午饭如何？”

“好，我知道一家很不错的烤肉店。你爱不爱吃羊肉？”

“喜欢至极。”

“羊肉来自内蒙古大草原，那股又浓又香的味道……鲜啊！”

“我可不可以来三份烤腰子？”

“当然可以。”

“那就一言为定。”

陈龙水将烤肉店的地址给他之后，二人便挂断了电话。

“生蚝！”姚忠开心地说，“用辣根加醋加香菜末调汁。然后是三十串烤羊肉。”

“是，先生。”侍者毕恭毕敬地应着。

“我也来一份生蚝，”陈龙水点点头，“再就是四份烤腰子。”

“一份麻辣小龙虾。”姚忠补充时，已经灌下半杯崂山啤酒。

“最近在忙什么？”

“大多数时候我只是在回忆中杀死时间。”

“时间还能杀死？”

“时间在我对自己英雄过往的回忆中一点一点死去，”姚忠舀起一个生蚝，反复蘸满汁往嘴里一塞，眼珠一转，“你有事利用我，对不对？”

“是求教，你看看这个。”陈龙水说着递上了银椁金棺的照片。

“好东西，”姚忠忙着往肉串上面刷酸辣酱，“看造型是唐代的，装舍利子的？”

“嗯。”陈龙水点点头，暗叫高手。

“哪来的？”

“抓了一个文物贩子，他说是从一个白胡子老头手里买的。”陈龙水拿起餐巾纸擦着竹扦子上的炭灰。

“这像是新出土的。”姚忠擦了擦嘴，双手举着照片在太阳光照射进来的方向仔细看了看。

“能找到它从哪儿出土的吗？”陈龙水招呼侍者移走空盘，“文物贩子被抓后对于这件东西的来源咬定是购自一个农民老头，我感觉来源有些问题，案子遇到瓶颈了，现在也是乱找方向，也许哪个就碰对了。”

“白胡子老头，有点意思，我能看看原物吗？”姚忠一叉叉进烤羊腰。

“得去局里。腰子如何？”

“好吃。其实以前我来过这儿。”

“烤羊肉也很好。”姚忠吃着说，“以后有遇到帝王墓的案子记得找我，盗墓这么多年最遗憾的就是没挖过一个帝王墓。”说完笑了笑。

“都讲入土为安，你还是积点德吧。”陈龙水也笑了笑。

“看了实物，我给你答案。”姚忠啜了一大口酒，“还有没有别的？”

“什么别的？”

“主食。”姚忠说道。

“主食你点。”

“服务生，点主食。”姚忠举着酒杯喊道。

“先生，吃点什么？”

“两份腰子和一份烤羊排。”说着又拿起了酒杯，“我点的主食不错吧，就是让你破费了，不过你也不差这几个钱。但是呢，为了回馈你，给你讲个文物笑话。说啊，昨天我一朋友在古玩店买了一个明朝的花瓶，回家一看底下还有二维码，用手机一扫，结果显示是唐朝的，给我打电话说真他妈赚翻了。”

饭后去了局里，反复端详银椁金棺后，姚忠肯定是最近才出土的，而且上面附有未清洁干净的黏土，可能来自云汉红山，红山以满山赤色的岩石和泥土而得名，红山旁边的孤榆树村有一座唐代佛塔。

“孤榆树村我去过，哪来的佛塔？”陈龙水小心翼翼地接过文物放到证物盒子里。

“我说的是，在唐代那里有一座佛塔，宋代的时候就扒掉了，清朝的时候是民居，民国的时候那里变成了砖窑，现在是几间废墟。”姚忠如数家珍，“年轻人不懂规矩。佛塔特别是舍利子我是不盗的，没想到让这小子捡了便宜。”

第三十五章　一级悬念

白板的家就在孤榆树村。

下午，左秀带队，七名干警去了白板家，三小时后，在废弃的老井里发现了盗洞，盗洞近二百米长，里面堆的全是塑料纺织袋装的泥土，还有唐代的砖和铜器。

顺着盗洞果然找到塔基，塔基旁边还坐着一个人。

一个死人。

男性，五十岁左右，头的部位一共三个窟窿，头顶一个窟窿，一对眼睛留下两个窟窿。嘴唇已经烂掉了，里面参差不齐的一口黄牙紧紧咬着。干枯的头发上，土和血的混合像是干燥了的黏合剂紧紧地把头发黏在太阳穴的位置上。

提审白板。

看到杜秋，他非常痛苦地笑了笑，里面隐含了好多内容，就像是风中颤抖的历经沧桑的一棵枯树，眼睛里噙满了无辜，仿佛早上的一杯牛奶一样健康无害。

“孤榆树古佛塔下面的死尸，你认识吧？”杜秋的眼睛上落了一层冰霜。

白板戴着手铐，低着头，脚在地上画来画去，他变得非常焦虑，呼吸也变得急促。“不认识。”

“算了吧，”杜秋说，他的声音非常冷淡，“让我来给你配戏吗？那具尸体在你挖的盗洞里，不过脑袋上多了一个锤子大的窟窿。”

白板感到自己的头上像是多了一座将要坍塌的大桥。

"你交代呢，算坦白，不交代也无关紧要，现场所有痕迹、物证都在检测中。"左秀不带任何感情地说。

"坦白能不判死刑吗？"白板感觉就像问"男人能生孩子吗"一样没用，但还心存一线希望。

"就像把我变成女人一样难。"左秀想念胡大为，就借用了胡大为的口头禅，估计他也感觉最近遇到的难题实在太多了。

"如果坦白，法院量刑时会予以考虑，如果现在你如实供述我们还未掌握的罪行，是自首。对于自首的犯罪分子，可以从轻或者减轻处罚，犯罪较轻的，可能免除处罚。"杜秋的面部表情非常严肃，是电影里那种骑士般的脸，他清了清喉咙，又接着说道，"有立功表现的，可以从轻或者减轻处罚；有重大立功表现的，可以减轻或者免除处罚。如果能主动交代其他人的重大犯罪，构成重大立功。"杜秋给他讲述了法律规定，同时特别强调了最后这一句话。

"我知道的肯定是重大犯罪，如果我交代了可能不用判死刑？"白板说着话，那双深陷的双眼看着杜秋，就像是麋鹿看到猎枪。

"有这种可能。"杜秋点点头。

现在即使有百万分之一的可能，白板也要试试，保命要紧。"只要不死我全交代。杜秋，梁海说你不是蝉，你就像天空中一只斜着眼的大秃鹫，根本不在乎在哪里落脚，只会朝着目标飞。"相比于大秃鹫，白板感觉自己就是一只小鸟，被秃鹫抓了，现在脑袋耷拉下来，羽毛乱七八糟，嘴上可能还滴着血，就要死了的样子。

"说吧。"杜秋坐下来示意白板可以开始了。

白板盯着杜秋的脸看了一会儿，仿佛又在掂量自己是否正在做一个愚蠢的决定，"他是我们村的一个光棍，叫郎润贤，我们叫他老郎，我俩合伙在我家老井下面挖盗洞进到古塔下面的，还真找到了宝贝。我说我提供的线索，又是在我家这里挖的洞，卖了宝贝我七他三，他不同意，一定要平分。"白板装出很委屈的样子，接着说，"他太不厚道了，趁他回头，我一锤子把他脑袋凿漏了。"白板的下巴低了一厘米，声音也低了下去。

在杜秋眼前，好像一部电影的第一幕收场了，又一幕应该开始了。

"你如何帮助梁海转移走的八千万，再说一下。"

"梁海找到我的时候我不知道他是公安局局长。他把我拽到车上，我俩去了红山。”停顿了一下，“我能喝口水吗？”

杜秋示意警员给他饮了几口水。

他呛了一口，或者他有了一个装作呛了一口的机会，然后慢慢地喘了一口气，“到了红山，他拿出了一张照片，天啊，竟然是我砸死老郎的那把锤子的照片，还能看到上面的毛发和血迹。我那时才知道他是公安局局长，他跟我说让我今后一切都听他的，他保证我杀人这件事就好像被锁在保险箱里一样，会严严实实地封起来。这是他的原话。”

杜秋心里冷冷地抽搐了一下，心里怒火中烧地呐喊：“请不要再往我身上扔火药桶。”

在杜秋心理活动的同时，白板继续叙述着，两条并行前进的平行线。

“他找我做的第一件事就是把八千万的资金转移走，说是纪委已经盯上他了。我们到了红山公园里面，靠近铁路桥那儿，挖出来好多很粗的钢管，两头用砖堵着，钱都在钢管子里码着呢，都是十万一捆的，他扔给了我两捆。”

杜秋开始侦办梁海案子的时候，在纪委看过梁海的贪腐材料，其有两多：不明来源的财产多，抓的罪犯多。在北京、上海、深圳各有一套别墅，三亚还有一个游艇，简单得就像到处都有一瓶牛栏山二锅头一样。

“八千万的现金拉到边境去了，这个我已经交代过了。全都用麻袋装过去的，至于现在还在不在那儿，我就不知道了。”

“你自己去的边境？”

白板点点头。

“钱交给谁了？”

“按照他的指示，我把钱放到滨港市靠海的一个废旧仓库里，然后我就回来了。”说完长叹一声，“钱估计早让那边的人转移走了。”

“你还参与了什么？”杜秋急切想知道一切，他感觉白板就像是神仙手里的乾坤袋，有倒不完的东西。

“梁海杀了方浅。”白板一个字一个字说道。

左秀眼睛瞪了起来，“别为了什么重大立功瞎说啊，方浅是范前山杀的，已有定论。”

梁海做什么，杜秋都不会感到意外了。对方浅案，杜秋一直就有怀疑，范前山杀方浅的理由太牵强了。再者说，如果范前山要杀方浅，在绑架薛林贵的时候就可以一起处理了。

“他为什么杀方浅？”

“他杀方浅，我全程看到了，”白板斜了一眼左秀，目光又紧紧盯住杜秋这根救命稻草，“市郊的一个小区，一楼的，小区名字我忘记了，当时我被梁海电话召唤过去的时候。方浅在，很苗条，很漂亮。”他想到了见到方浅的时候，裤子里勃起而顶起了一个小帐篷的情形，脸红了一下。“梁海抽她脸，问薛老九是不是在那张床上操的她，是不是跟自己一样的姿势操的她。然后把她打晕后，把手表扒了下来，嘴里塞上围巾，两只脚用绳子捆住了，双手被手铐铐在了身后，上面还系着一条绳子，绳子的另一端绑在脚上，绑得严严实实后扔到了车子后座上。”白板戴着手铐的手努力比画着方浅被捆绑的姿势。

没人打断他，他停顿时好像能听见屋子里灰尘浮动的声音。

“车开到离国道很远的一个僻静的下坡处，梁海拿出手枪对准方浅的太阳穴开了枪，我回头看到了，吓得尿在了裤子里。梁海骂我孬种，把方浅的手机拿起来摁了几个字，好像还调了下时间，又给了我一把扳手和一些漂白剂，让我到虎湾水库去按照他的指示做——戴上手套找个隐蔽又能找得见的地方扔掉手机，用扳手在附近弄几个刻痕，再把一些漂白剂撒到了现场。

杜秋随着剧情的不断展开，对于案情的推理也有了延伸。梁海当时将方浅的手机时间调整到三点故意遗弃到水库，就是为了掩盖他的真实作案时间。在杜秋从山生家赶去虎湾水库那天，梁海两点半准时打卡上班。而故意摆放到无峰山殡仪馆的方浅摔坏的手表显示的时间是十二点过五分，才是梁海真正绑架杀害方浅的时间。

左秀站了起来，搓着手，来回走着，嗓子发出的声音像是一只虎鲸。“那他呢，他去干吗了？”

“他当然是去处理尸体了。”白板紧蹙眉头，盯着这只“虎鲸”。

原来方浅失踪和被杀的现场均不在虎湾水库，虎湾水库是纯粹做出来的假现场，“他是因为方浅跟薛林贵睡了就杀了她吗？”杜秋有怀疑，因为这不是一个太合理的原因，好像少了某个砝码。

“在车上梁海说，方浅从薛林贵那儿知道了八千万的事情。”白板说这个过程的时候，额头沁出了冷冷的汗珠。

“看来这八千万锁住了很多人。”杜秋说。

白板朝着杜秋点头，“还有一幕重磅的，这够重大立功了吧？”沉甸甸的语言里充满了希望，眼睛里隐含着一种眼神，眼神里隐含着一个意思——本故事绝无雷同。

杜秋点点头，本以为电影要谢幕了，没想到还有彩蛋。

“梁海活埋了范前山，这些我都交代了总算重大立功了吧，我不想死啊。”白板呜咽着说道。

左秀坐在椅子上，好像想说什么，但又说不出来，脖子上的青筋又突然跳了起来，似乎又咽回了自己想说的话。

白板的记忆碎片被一定要立功赎罪的龙卷风聚拢在一起，他的思绪飘荡着，从一个回忆跳到另一个回忆。在想着梁海活埋范前山，盖上厚重的棺材板的瞬间，竟然想起了中学时，他带着一个女孩坐在电影院后排分享一根冰棍，他把他的手伸进了她脏兮兮的内裤。

“梁海活埋了范前山……”这个消息让杜秋像是在坐过山车，心烦意乱。

接下来白板的叙述，让大家有了一个感觉：这个案子比隔夜的黄花菜都要凉。

梁海杀了方浅后，让白板准备一辆车和两部手机每天随时跟着自己，他计划中关键的一环是先找到二二四，杀了他。

柳家巷成就了他。

他紧紧地在后面跟着范前山，巷子里没有其他人，范前山快他也快，范前山慢他也慢，他不着急，因为有人等在前面。

白板在最恰当的时候出现了，是从一个左边的胡同里冲出来的，像赛跑到了终点一样，跑到范前山面前及时立定，晃了几晃，站稳了脚跟。

范前山稍微愣了一下，两人对视，面前这个人头发梳得光溜溜的，就像刚被犁过的地，长着一嘴破墓碑似的牙齿，嘴里还叼着一支烟。白板抬起头，任由嘴角吐出的烟圈漫过眼睛，那里面呈现出一种冷酷乃至邪恶的深邃。

范前山忽然意识到了什么，刚要举起档案袋的时候，脑后遭到了重重的一击，是枪托砸下来的力量。

他像是洪水经过时，一棵被连根拔起的大树，慢慢倒了下去。

梁海迅速扔掉步话机，在抬起范前山的时候，手臂被蹭去很大一块肉，血水滴滴答答地落在地上，梁海心里在喊："快点流，多流一些。"

五米远的胡同里停着白板的夏利车，他匆忙打开后备厢，像鲁莽的出租车司机扔一件行李箱一样，将范前山扔了进去，头碰到车子后座发出闷响，一条腿还拖在外面。梁海看都没看，一手抬起这条腿，一脚踹了进去，断不断都无所谓，死人有条断腿好像不耽误走路。

在经虎湾水库时，他让白板将他们三人当时使用的手机全部关机扔进了水库。

过了不知多久，范前山醒了过来，此刻他是在孤榆树村残败的唐代佛塔的地下塔基里，先是听到柴火燃烧的噼啪声，继而看到了微弱的火光，火的作用一是取暖，二是照明。

"梁局长，这是你们的审讯室？"手脚被束，侧躺在地上的范前山滚到一边，脸朝向地面，弓起腰努力坐起来，瞅着梁海的目光里充满了疑问，又把疑问的目光转向了白板。目光从白板脸上移开的时候看到了地上坐着一个人，用鼻子嗅了嗅，他闻到了腐烂的气味，是尸臭，从这个人身上奔袭到四面八方。

"你为什么把我抓到这里来？"眼前的情境让范前山如入云里雾里，被公安局长亲手抓了，醒来后在一个不知名的地窖或者古墓里看到了一个警察和一个无法猜出职业的中年人还有一个死人，这是一个什么组合？组合成的一幅什么画面？具体而又毕加索。

"从今天起，我不再是警察了。像你一样我也是杀人犯。"梁海慢慢地走了过来，语气平稳，平稳到杀了方浅就像倒了一杯白开水那么简单。

"你是不是杀人犯与我没有关系。"冷静下来的范前山分析着眼前的形势，他相信这理不清的交错最终会迎来天明，即使自己也许看不到明天。

"这与你有关系，因为实际上是你杀了方浅。"梁海说话时抖动的脸部肌肉像一把正在切割的刀。

范前山沉默不语，看来梁局长是想把自己手上的命案栽赃给他。

"反正你杀了那么多人，也不差再背上两个。"梁海挨着范前山坐在了地上。

"背上两个？除了方浅还有谁？"范前山抬头凝视着梁海。

"我杀了方浅，你杀了我和方浅。"梁海语气、语速始终未变，像是文艺片的导演提前设计好了一个故事，其他的画面已经拍摄剪辑完毕，只差范前山这一段。当然在梁海看来这将是最关键的一段，用以承上启下、瞒天过海。

“我明白了，一切都让我担过来，最后你杀了我，也一定不会让警察找到我的尸体。”

“不得不说，你真是个聪明人。”白板在旁边瞅着范前山赞叹道。

梁海点了点头，“你说得都对，让杜秋他们一辈子都在找，像是在葡萄架上找黄瓜一样。”

“如果我不干呢？”范前山反问了一句，他在试探梁海的底线。

“我既然杀了一个人，那么再杀一个孩子估计不难。”梁海目光斜向白板，“我俩任何一个人杀一个孩子都不难。”

“我们都有命案在身，再多一个又何妨？”白板补刀。

“你动一下我儿子试试！”范前山愤怒得要站起来，结果用力太过猛烈，扑通栽倒在地上。

“要不我先把范杨抓来让你俩团聚下？”梁海生冷地说道。

此刻的范前山是多想抱着儿子待一会儿，哪怕一秒钟。但他知道这最后一面不能见。鼻子一酸，泪水涌了出来，然后像是捕食的小鸟，狂乱地点头，是愤怒而又无奈的妥协。

“事成后，我会让白板拿一笔钱给你老婆，保证他们母子这辈子衣食无忧。”导演梁海把自己融入到故事中，悲天悯人。

“我杀了很多人，那是因为他们该死。我和你不是一类人，我屈服于你是因为我怕你伤害到我的家人。”范前山一口带着血的痰同“们”字的尾音一起吐到了地上。

“也罢！说说吧，你怎么杀的他们，让我们找了这么久都没破案。”

范前山简短地说了自己的杀人焚尸的过程，像寂静中打碎了一盘玻璃杯。

梁海听完后毛骨悚然，这种手段堪称犯罪中的“劳斯莱斯”，就像餐馆中的米其林三星。但他还是像每次在会议上听完报告例行鼓掌一样拍着巴掌，嘴上却说：“好方法，一会儿麻烦你把我‘火化’一次。”

大约到了夜间一点左右，梁海把范前山装在车的后备厢里，让白板坐在后排座椅上，他亲自开着车，走了半个小时到了无峰山殡仪馆。这个时段的殡仪馆最安静，车子进了院子里，除了有两个人在给死去的亲人点香烧纸，再没看见其他什么东西。

杜秋和左秀随着白板的陈述，脑海中一直恶补各种画面。白板的口供越发流利洒脱，像一个说书艺人。

在去殡仪馆的路上，思考伴随着梁海一路，整个设计环环相扣要像奥运五环标志一样，一环出错，奥运就变奥迪了。

在火化间里，梁海找到了范前山放在这里的另一部手机，里面的画面惊悚恐怖，都是火化死人尸体的录像。

其中一段录像是：范前山在里面虔诚得像个牧师，一只手举着手机像是挂着一个吊瓶，另一只手细心地给火化炉炉体炕面上的尸体掖着被子，看样子根本不是要火化，而是在安抚入睡。手机一晃的时候，看到了死去的老人涂了蜡一样的脸和干瘪的腮，接着镜头前范前山的脸晃了一下，应该是去按了一下按钮，镜头又对准了炉体炕面，尸体缓缓地进入了火化炉。隔着屏幕，梁海像是闻到了烧焦的味道。

“家属不想看到自己的亲人被推入炉子的那一刻但又想把这最后一刻留住，所以他们帮助我将尸体从尸床抬到炕面上就会都撤出去，委托我进行录像。”范前山对梁海的疑问进行着解释，梁海一边听着一边反复观看着录像，忽然一拍大腿高喊：“有了。”

梁海躺在炉体炕面上，白板拿着事先按照梁海指示准备的手机录像，前后左右，一共录了七段。梁海紧紧盯着白板，脑袋上冒出豆大的汗珠，他担心白板突然按下按钮，因为这种弄假成真无法还原，但面部表现得还要像死人一样僵硬。

下载了剪辑软件，将躺在炕面上的梁海和推入炉内的老人进行了剪辑拼接，视频浑然天成。这就是杜秋收到的那段视频。

梁海反复看着剪辑后的视频，没有一点破绽，他想象着警队人员看到这个视频放声大哭的情境，想到了杜秋，他能破译吗？梁海摇了摇头，除非泰山将移或九星连成一线。

范前山虽然看不到阴影里梁海的面孔，但他知道他一定在微笑。

接着梁海又将自己的皮带和方浅的手表还有准备的头发按照自己的预谋一样一样搁置在现场，又将自己本已结痂的手故意在炉体炕面前后蹭来蹭去，留下血迹。

方浅和梁海都被范前山杀死了，从证据推论出的事实就是这样。公检法都会做此认定。

“你等一下。”杜秋默默地算了下日期，打断了白板，“你在殡仪馆打工根本不是为了和什么日本买家碰头，而是梁海安排你在那儿等着我们。”

“为什么等我们？”左秀没说话，但表情里是对杜秋的疑问。

“梁海是让他看住伪造的现场，直到我们找到那儿去。”杜秋恍然大悟。

白板点了点头，“我得到的指示是回来看好现场，梁海说杜秋很快就会找到火葬场来，如果两天还没找到，就让我直接以发现血迹为由报警。”

“你当天就留在了无峰山吗？”左秀问道。

白板使劲摇了摇头，闭上眼睛，记忆碎片又像旋风一样卷在了一起。

伪造完现场后，梁海瞅着范前山，眼神在说话：“老范，你人生的高光时刻到了。”

范前山意识到梁海准备做掉自己了，他无法反抗，除非他有把握同时杀了梁海和白板，否则自己逃跑就等于儿子范杨的死期。梁海和白板手上都有命案，正如他们所说的，“再多一个又何妨？”

没有机会和能力同时杀掉梁海和白板，那就只能马上死掉，按照别人安排的方式。但没能杀了单伟，是毕生遗憾。他想把单伟的世界彻底撕碎，砸烂他的办公桌，炸掉他的房子，杀了他，如果今生的恩怨能转移到来世，即使将和单伟成为孪生兄弟，他也保证在娘胎里就掐死他。

“是不是该轮我躺上去了？”范前山指了指炕面。

梁海摇了摇头，现在没有范前山当初利用的那些条件，如果采取范前山杀薛老九等人的模式，保证云汉市所有的特警都会莅临。

梁海有自己的计划。

三人上了车，梁海让白板坐在副驾驶位，并将其眼睛层层蒙住，经过公路的高速行进、沙石路的颠簸、山路的崎岖，一小时后，车停了下来。车门打开，冷气袭来，一下呼吸到了凌晨森林里凉爽的空气。天现微光，在天空和树林组成的背景前面，范前山看到了四周被汽车车灯照成灰白色的树木。他们是在一条山路旁大概三百米远的一块空地上，隐约可以看到一座座坟茔和一块块墓碑，夹杂其中的乱石堆里长出一丛丛杂草。

这是农村的墓地，山下的村子五年前还一直保留着土葬的传统。

“开枪吧。”范前山变得异常平静，“你们无论到任何时候不要骚扰我的家人。”

“老范，你为什么把人直接火化？”梁海点燃了一支烟，紧嘬几口，烟头的火光忽明忽暗，“因为不会留下一点证据。如果我枪杀了你，得留下多少可以让警方找到的痕迹，子弹、枪声、持枪人信息、血迹、你倒下的压痕，等等。”梁海一边说着一边打量着眼前拱起的坟丘。

“去把后备厢里的铁锹拿出来。”梁海瞅向刚刚扯下蒙眼布的白板。

白板取来了铁锹，梁海示意他把铁锹递给范前山。

“挖吧，挖快点。”梁海指了指坟丘。

“为什么？”

“这是你的坟。”

“这是别人的坟。”

“现在是你的了。”

“能换种方式吗？我不想同别人合葬。”

“里面也许躺着一个美女。”

“我为什么要为自己挖坟？”

“因为你不想让自己的尸首被郊狼和秃鹰吃掉。”

“我那时反正已经死了——我无所谓。”

“那倒是，但你还可以靠挖土拖延一点时间。你可以祈祷一会儿，同你儿子告个别，那样也许你死的时候就不会那么难过了。”

杜秋能猜到接下来发生的一幕：“挖开后，棺材都被钢钉钉死的，你们怎么打开的？”

“很简单，直接埋到棺材旁边。”遇到简单的问题，左秀总能给出合理的答案。

白板摇了摇头，“坟坑里是一具漆黑的棺材，没用钢钉钉死，棺木里面是空的，只有一身装老衣和一床黄色被褥。”

“梁海提前给范前山准备了棺材？”

“造一座空坟，专等未亡人？”

“梁海会不会以同样方式处理了方浅？”

“那棺材里面原来的尸体呢？”

“世界万象，无非浅流，这个问题却是如此复杂。”

"堪称绝杀，埋到一座旧坟的棺木里，一点痕迹都不会给这个世界留下。"

思绪像涨潮一样，就这样一浪又一浪地拍打着杜秋的脑海。

白板的一句"是活埋"直接引发了思维海啸。

脑袋一直一片空白的左秀，像被食物噎住了一样，剧烈咳嗽起来，"梁海啊……梁海……"情绪都包容在喟叹及词与词的停顿中间。

"梁海与范前山火化活人异曲同工，目的都是不留下杀人痕迹。"杜秋盯着白板，仿佛眼前放着一部惊悚故事集，"你知道墓地在哪里吗？"

白板摇了摇头，"我们是夜间去的，梁海开着车，我的眼睛在来回的路上都是被他蒙住的。"

"范前山被活埋前说过什么吗？"

"没有，他躺进去，像是还能看见第二天的太阳，铺平了里面的褥子，盖上被子，平躺着。"白板停顿了一下，他相信这个场景他会永远记忆犹新，"我和梁海盖上棺材盖的那一瞬间，看到范前山把两手交叉在脑后，脑袋枕在了双手上，我猜他那时一定在死死地紧盯着我和梁海，怕来世会忘记一样。"

"然后你们盖上棺材盖，填上土。"杜秋平静的问话像是自言自语，心脏仿佛是被老鼠夹子夹住的老鼠，非常难受地不规律地蹦跳着。

"是的。"白板向左边歪头，试图用肩膀去蹭脑袋，他感觉头皮又麻又痒，"我俩一起抬起棺材盖盖上，然后填起了高高的坟丘。"

对于杜秋来说，此刻是说不上来的失落，道不明白的难过，理不清的交错。按照剧本，全剧高潮的部分应该是他和范前山，而且最后被安排在最高的楼上，有着耀眼的玻璃墙，两人举枪准备互射，说着像电影《无间道》中那样冷酷的台词……

杜秋：哼，什么意思，你上来晒太阳的啊？

范前山：给我个机会。

杜秋：怎么给你机会？

范前山：我以前没得选，现在我想做一个好人。

杜秋：好，跟法官说，看他让不让你做好人。

范前山：那就是要我死。

杜秋：对不起，我是警察。

范前山：谁知道。

然后背景音乐响起，最后是刘德华、梁朝伟对唱。

谁能改变人生的长度，
谁知道永恒有多么恐怖。
谁了解生存往往比命运还残酷，
只是没有人愿意认输，
我们都在不断赶路忘记了出路，在失望中追求偶尔的满足，
我们都在梦中解脱清醒的苦，流浪在灯火阑珊处，
（合）去不到终点回到原点，享受那走不完的路。

枪声响起，全剧终。

可是现在，搭戏的主角在高潮到来之前就被活埋了，只剩下杜秋一个主角，孤零零的像是相声里的捧哏。

左秀静静地坐着，内心承受着某种超乎悲伤的情绪的牵引，越发沉重。屋里的空气渐凉，散发着一股潮湿、腐败的气味。

杜秋一直坚信真相是一样真实、可靠的东西。它可以被人拾起，传阅，称重，测量，最后得到认可。现在即使案件侦破了，但范前山死了，这会导致真相永远蹩脚。

"你们从无峰山殡仪馆出来后，走了多久到达的墓地？"沉重的一声叹息后，杜秋站了起来，目光掠过白板望向窗外。

"我上了车就被蒙住眼睛，感觉大概四十分钟左右。"

"车速呢？"

"时快时慢，先是公路，后来应该是土路，最后是上了一个大坡。"

"方向呢？"

"我蒙着眼睛，感觉不到方向。"

"是农村的坟地，不是公墓？"

"对对，是农村土葬的墓地，都是一个个坟头，有的有墓碑，有的没有墓碑。"

"坟地周围有没有什么特别的地方？"

“后面和左边有树林。”

左秀摇摇头，“这可真是要掘地三尺。”

十五分钟后，警队接到杜秋布置的最新任务：按照车辆的平均时速一百公里计算，以无峰山为中心，以一百公里为半径，查找这个同心圆中所有靠近树林的坟地。

这种现象是很正常的，“挨家挨户敲门调查”，只不过这次是“挨坟调查”。做这种工作时，杜秋心里清楚得很，其中百分之九十五的时间都是白费的，但除此之外，似乎也没有更好的方法。为了要得到那有用的百分之五，其余的努力是必须经的程序。这就好像拿霰弹枪打鸟，更像是撒网捕鱼，总是漏网的多。

除了摸排搜查之外，还有一个最快捷最直接的办法就是梁海能说出墓地的地点。

第三十六章　特别账户

第四次提讯梁海。杜秋让左秀和肖楠一起。

左秀借口自己伤口疼得厉害需要休息，因为现在一枪干掉梁海的愤懑和一定要忍住的感觉强烈到平分秋色，他如果去审讯室，不知道自己会干出什么来。

肖楠还存有侥幸心理，因为白板为了立功编造了梁海杀人的故事也不是没有可能。人的思想真的太过复杂，太难以预测，如同一片充满不确定性的汪洋大海。

杜秋很平静，如果白板所说的都是真实的，梁海多像电影《洛城机密》里的大反派警长。

梁海走进来的时候，低垂着眉眼，拖着脚镣，尽量挺直腰板掩饰着自己战斗力不足的颓废。两名警员检查了戒具后，打开录像设备，示意杜秋可以进入讯问程序。

杜秋尽力让自己显得很自信，前几次讯问，梁海一直都像木偶大师一样提着线，全面占据主动权。杜秋告诉自己必须想办法阻止他前进的势头，让他慢下来。

"白板撂了，是你杀了方浅。"杜秋单刀直入。

梁海直直地盯着杜秋，不说话，能听到粗重的呼吸声。

肖楠打开白板的讯问视频，让警员将笔记本电脑拿到梁海面前，视频里的白板正唾沫横飞地交代着一切。

梁海闭上了眼睛，只让自己的耳朵饱受着折磨和刺激。

当白板交代到无峰山殡仪馆时，杜秋示意停止了视频的播放。梁海睁开眼，看见杜秋正紧紧地盯着他，两人像是进入了一场比赛，看谁先眨眼。

“我爱方浅。”梁海先躲避了杜秋的眼神，这是情绪决堤的前兆。

“你爱方浅却枪毙了她，只是因为你发现和你在一起的人睡在了别人的床上？”杜秋一句接着一句朝着梁海的最痛处猛戳，像是拿着拳头对准他渗血的伤口一下一下猛砸下去。大将对阵，看的是谁先乱了阵脚。杜秋这几天已经理清了思路，做足了准备工作。

梁海像一头捆绑着的狮子在椅子上愤怒地挣扎，手铐被带得咔嚓作响。

梁海和于婉在外人看来一直是鸿案相庄、相敬如宾的模范夫妻，但其实横亘在梁海和妻子之间的隔阂比秦岭还绵长，近十年来两人的对话都是急促、暴躁、疏远的，一直互相谴责。

早些年间，他们并不是这样的。他和于婉相识的场所比较特别，情况更为特殊。那时的她穿着件短裙，坐在床边，趴在她妈妈的肩头哭泣。她衣服上的精斑被送去实验室取证。于婉那时只有十九岁，在一个酒吧出来后，她被一个老混子强暴了。

那时梁海还没毕业，是跟着老刑警实习时遇见了这个案子。于婉和于婉裙子上的斑点让梁海迷醉其中，之后他们便开始约会。他想到他和于婉的第一次，她赤裸的身体贴着他，然后一条腿跨过来，骑在他身上，任凭梁海抚摸着，微闭着双眼，长嘘了一口气，在梁海身上慢慢坐了下去，收紧了盆底肌，梁海叫了出来，抚摸、亲吻、蠕动、呻吟。

然后订婚，并在她二十三岁生日那天结了婚。

其实，他们两人在这方面并没有多少共同之处，他做爱的时候一本正经，甚至近乎虔诚，而她则喜欢各式花样。他希望她矜持，而她则希望他能时不时把她翻过来，分开她的双腿，从背后占有她。

梁海确信她被强奸之前已经不是处女无数回了。

尽管日夜耕耘，但于婉的秘密花园里没有长出任何东西，梁海认为是那次强奸导致了她的不孕，她的子宫在被强奸时一定破坏掉了，又或者这是上天对她的轻浮的惩罚。如果她没有那么早献出处子之身该多好，如果她没被强奸过该多好。

后来在处理刑事案件时，每当遇到强奸犯的时候，他都会偷偷地向他的老二猛踢过去。再后来，他喜欢上了强奸，只“强奸”方浅，方浅挣扎着配合，满足了他扭曲的欲望，他特别喜欢方浅的大屁股，都说大屁股能生儿子。

他和于婉不断造访电视上做广告的各类治疗不孕不育的医院、诊所，穿着白大褂的医生一本正经的神情像是在说："我能帮助精子学会游泳，无论是仰泳、蛙泳还是自由泳。"于婉忍受打针、取卵和试管受精这一系列程序。渐渐地，他开始憎恨医院，害怕每个月当于婉发现自己又来了月经时，那痛苦的哭喊。

他的幸福需要其他东西弥补，权力和金钱让他的生活仿佛突然有了意义，他步入了一个充满黑暗和无知的世界，他不想解脱，这样才感觉到自己真切地活着，如痴如醉地活着。

这就像森林里倒下的树木，没人能听到它倒下的声音。

他仍旧寄希望于方浅的大屁股，每天都深深地用力于方浅。

方浅答应他不让别人碰她，包括她丈夫。她和丈夫本就貌合神离，如果怀上孩子，一定给梁海生下来。

当他知道方浅还和薛林贵在一起的时候，他所有的憎恶、愤怒、暴躁都汇聚在一起。他只爱方浅，只想和她有孩子，也一定能有一个孩子，凭他的性能力和她的大屁股，一定能生个儿子，可是方浅竟然背着他还和薛林贵在一起，他瞬间动了杀念。

然而现在，他知道这股力量有多大的破坏力。

梁海的理智随着回忆开始断裂。

"是我杀了方浅。"梁海说得很平静。

"尸体怎么处理的？"杜秋抬起头，直直地看着梁海的眼睛。

"你问我尸体是怎么处理的？"梁海问道。

"我知道你准备撒谎，你知道我是怎么看出来的吗？"杜秋说，"你在回答问题之前重复了一遍我的问题，这是人们在编故事之前常用的伎俩。"

"你觉得我在撒谎？"

"你看，这是另一个伎俩，用一个问题来回答另外一个问题。"

杜秋感觉到了梁海逐渐崩溃的过程，因为一个老公安，如果不是乱了阵脚，这点反侦查经验还是有的。

一阵停顿。

一个意味深长的停顿，可能蕴含着一千种答案。

“来根烟？”杜秋问道。

梁海急切地点点头。

杜秋拿出了红塔山，掏出火机点燃，示意警员递给了梁海。

“你不吸烟的。”梁海深吸了一口。

“给你准备的。”杜秋淡淡地说道，“你活埋了范前山，也是他的报应。”

“你信报应？”

“我信因果。”

此时两人的聊天像是推杯换盏。

“白板都交代了，你给老范选的墓地不错，依山傍林。”

杜秋停顿了一下，他目光收缩，紧紧地看着梁海，有那么一阵，杜秋以为他可能会继续墓地的话题说什么，但最终还是没有下文。只好接着再抛出话题，“其实你不杀范前山，法网恢恢，他也会被抓。”

“我不杀他，我怎么逃出生天。”梁海微笑着说道，“我早知道这么做背后的代价，但是在衡量轻重后，还是决定冒险一试。毫无疑问，这是一场赌博，但我从来不会因为自己孤注一掷的失败而有所抱怨。再说，除了这么做我别无选择。假如我不赌一把碰碰运气，我注定会输得更惨。”

杜秋没有接茬，但是心里恨不得一巴掌扇掉他脸上的微笑，“当纪委着手调查你的时候，你开始了周密的计划，先杀了一直举报的司马诚，你本可以将司马诚设计成自杀，但车的碰撞痕迹还有血迹让你认为找一个替罪羊会更有把握。于是过于自信的你利用你的身份将此案成功嫁祸给冯发后，准备将你在金鼎矿业的二十亿洗到国外，然后换个身份去另外一个国家开始新的生活，而这时恰恰发生了范前山系列杀人案，于是你逐步调整了自己的计划。”杜秋说着又点燃一根烟，站起来放到梁海嘴上，退回来走到离梁海一米远的窗前，照射进来的阳光淹没了屋里的黑暗。

此刻犹似凌晨，世界倍加寂寥，屋内并不温暖。

肖楠瞅着梁海一直不说话，做警察是她从小的梦想，梁海是她从警后的偶像。伴随着杜秋的声音，梁海曾说过的一个比喻回响在耳边，“你们知道吗？真相就像水饺，熟了自然会浮上水面。”看来这次的饺子是真熟透了！

梁海上身往前探到膝盖上方，戴着手铐的双手垂在两腿之间，活似一尊表情困惑的古老雕像，任凭烟雾缭绕。

“放纵罪犯，只为你以后利用，你怎么做警察的？”杜秋语气很重。

“我们应该有自己的特别账户，白板就是我特别账户里的储蓄。”梁海狠狠地吐掉了嘴里的烟蒂说道。

杜秋摇摇头，表示听不懂梁海在表达什么，疑问道：“把罪犯放进特别账户，是什么账户？”

“我的这个储蓄形式，你可以专门写一部小说了。”梁海说道，“事情发展到这个程度了，让你长长见识也无妨。”

“愿闻其详。”杜秋想听听梁海这位云汉人民的保护神究竟有什么账户。

“我在偷渡之前，需要一艘船，于是我启动了阿林这个账户。”梁海看了一眼杜秋桌子上的矿泉水，杜秋站起来拧开瓶盖喂他喝了三分之一，梁海开始一边回忆一边讲述。

梁海找到阿林，阿林在边境开了一家很具规模的大型酒店。

梁海径直走到酒店跟大堂经理说，让阿林过来跟自己吃个饭。阿林不知道来人是什么路数，前些年混社会，三教九流的人接触不少，备不住就是哪个自己惹不起的好汉。

包间里，只有阿林和梁海。

梁海从桌上递给阿林一支录音笔。

“这是什么意思？”阿林问道。

“打开听听。”梁海回答道，“里面有你的事情，阿林。”

阿林打开了录音笔，一段两个人谈话的录音开始播放：“你要如实回答，这五千克冰毒的上家是谁？”“警官，说了算我立功吗？”“我会如实记录，相信法院判决时会考虑你的交代是否构成立功或者重大立功。也许就在死与不死之间。”“那我交代，我的上家是姚阿林，滨港市人，是他卖给我老板的，我去接的货。”

听到这儿的时候，梁海从桌上拿起了录音笔，摁了关停键，“贩卖冰毒五千克，够你死一百次的了吧。”

阿林的脸上像水洗过一样，哆哆嗦嗦地点了三次才把手里的烟点着，深吸了几口，说道：“你是谁？”

“你别问我是谁，这份笔录的原始件在我手上，录音的原始载体在我手上，交代你的人已经定罪判了死刑。”梁海慢悠悠的，一边喝着啤酒，一边吃着面前的两个小毛菜，“你千万别打灭口的主意，一旦我不见了，有人会将我说的原件和原始载体递交到你们当地公安。”

“经理。”随着阿林的喊声，一名男士跑了进来，“怎么上这么寒酸的菜呢？龙虾要刺身，还有穿山甲和果子狸，反正把店里最好的东西都给我上来，我来贵宾了。”

经理走后，阿林扑通跪倒在地，“恩人在上，恩人救我，小弟有眼不识泰山，有任何事恩人吩咐，万死不辞。”

“我需要船，把我偷渡到越南。”梁海继续喝着啤酒。

“经理，开一瓶茅台年份酒，来五十年那个。”阿林喊道，又面向梁海说道，“先生，这几天这里太潮湿了，换喝茅台，换喝茅台。”

“好吧。”梁海说道，“记住，阿林，我每天都会跟我内地的人联系，我交代过，一天没我的信息，就会把关于你的所有东西交给公安。”

“我一定保证把您送到越南，您的安全就是我的安全，我一会儿跟那边的人交代，比以往高出十倍的价格，要最好的船。”阿林说着给两人各倒了一杯茅台酒，“就是找越南的军用潜水艇，我也要安全把您运送过去。您放心吧，把您弄出国就像赌神洗牌一样快。”

杜秋知道，故事确实发生了，但阿林的名字还有他和阿林的会面地点都是虚构的。“这个阿林给你找了蛇头，你将八千万运走了。我们也调查了乔艳艳，因为金鼎矿业的钱你俩没分明白，再加上属于你的那部分还没有洗白出境。所以你才潜回了云汉，上演了一出南渡北归的大戏。”

“那些都不重要了，总之我该安排的都安排完了，你们再晚半个月，我现在也不会在这儿。”梁海说完，闭上眼，长舒了一口气。

杜秋感觉到面前的梁海特别陌生，他不理解他为什么这么做，为什么在自己办的案子中留下这些所谓的人情储蓄，这是先枉法而后徇私。“你从什么时候开始对这些罪犯网开一面的，你还保留多少？”

梁海摇了摇头，微笑着看着杜秋，他知道自己的结果，已经无所谓了，他现在享受着和杜秋斗智的过程，杜秋虽然能让整件事情浮出水面，但还是慢了半拍。

“由此可见，城北三章中的大章和三章杀了城南李子的家人，至少城南李子老婆的死就很蹊跷。当时主办人员是你，他俩就成了你的储蓄账户。”杜秋激动地站了起来，“还有信一阁，前些天对他的家人进行了调查，这些年他的不明财产有二百多万，原以为他是贪钱才上了你的贼船。可是当我们调阅了你经办的所有卷宗后，现在怀疑当年是信一阁故意枪杀了王海。”

梁海闭着眼睛在跟着杜秋的怀疑，回忆着当年的实情。

王海，高大帅气，二十岁时在区高中附近开了一个酒吧。纠结了一些社会上的小弟，开始是以收保护费为名勒索初高中的男学生，后来就把魔掌伸向了学校的女生。其本人有个爱好，在强奸女学生时喜欢让兄弟站在旁边录像，当警察将这一伙黑势力打掉时，发现王海手机中有三十多段不雅视频，全是不同的女孩，其中二十五人是在校学生，十一人未成年。

信一阁在前面开着警车，被抓的王海戴着手铐坐在后排。

“王海，给你个机会，赶紧下车跑。”信一阁一边说着一边降低了车速，同时将车门开锁键按开，“快点儿，我跟你爸爸是好朋友。从这儿跳车往山上跑。”

王海举着戴着铐子的双手，说着道谢的话，冲下了车，滚了两下，站起来往公路边上跑去。

信一阁也迅速跳下车，拿出手枪，一枪命中了王海的后脑。

局里让梁海负责调查这一事件。

调查的结果是：王海跳车逃跑，信一阁正在执行押送任务，情急之下一枪击毙，主观上并没有故意和重大过失。

“杜秋，在你眼里怎么没好人？”梁海慢慢睁开眼，“你是看小说看多了，还是写故事写多了，怎么能赋予每一件事出人意料的结果。”

“因为在你的家里，我们搜到了信一阁当年驾驶那辆警车的车载记录仪。”杜秋的语气愈发低缓，“最近调查得知，信一阁侄女的名字就在王海案的一审强奸案案卷里。也就是从你掩盖信一阁故意杀人的罪行时起，他就成了你安插在局里的眼线，也成了你的特别账户。”

“我的特别账户你挖不完，你会死得很难看，杜秋。”被一层层揭开面纱的梁海努力控制着自己的情绪。

“胡队可谓宵衣旰食，夙夜在公，最后却死在你的枪下。我们也早做好了和你斗争到死的准备，梁海，即使你一直抗拒审查，但真相还是会被一层层揭开。”杜秋冷冷地说道。

“我一直在复盘。”杜秋站起来，停顿了一下，给自己一个思考的时间，“你杀了方浅，然后在手机上编辑了‘雨衣，’的信息，再让白板伪造现场，将这一切都栽赃给当时的二二四，这也是你后来每次追捕二二四都身先士卒的原因，因为你要确保你能第一时间杀掉他，如你所愿，在柳家巷你和你所谓的特别储蓄账户一起制服了范前山，然后去无峰山殡仪馆伪造了自己被杀的假象，又活埋了范前山。”杜秋语速快捷而又清晰，“只是你杀方浅时不知道范前山就是二二四，但为了表明案发时你不在现场，你将方浅的手机的时间进行了调整，可在无峰山殡仪馆你忘了调整方浅手表的时间。但这些都不重要了，因为你的一系列操作让你在这个世界上不存在了，你的犯罪行为被范前山带到了地下，你重新开始生活，多么完美。”

梁海感觉自己像是被杜秋狠狠地摁在深海里，全身冰凉。

“你看看这个。”杜秋将印着“云汉市纪律检查委员会”字样的材料从凳子上的文件夹里拿了出来，举在梁海的面前，一页一页地翻给他看。“在薛林贵失踪后，纪检委收到了多封匿名举报材料开始调查你，你开始试图以五百万买通市纪委书记，遭到拒绝后你开始谋划，恰好那时确定了范前山就是二二四，在你要被留置前，你利用追捕范前山的机会，伪造了死亡的假象。”

梁海强迫自己恢复平静，平静得像是在享受一支哈瓦那雪茄，重新微笑着看着杜秋。

杜秋双手交叉把手臂伸到头顶上方，感受着椎骨柱噼啪作响。“在调查范前山系列杀人案过程中，你发现你的情人方浅还和薛林贵保持着情人关系，再加上她知道你八千万元赃款的秘密，于是你一定要杀掉方浅。活埋范前山后，你利用一个剪辑的视频和范前山的死金蝉脱壳，最后你启用多个储蓄账户，先转移走八千万，然后将二十亿洗白，再偷渡到越南。变成一个新人：新的名字，新的性格，新的嗜好，新的梦，新的欲望。就像再生一样。”

“我的那八千万，你们不是还没找到？”梁海神情很是得意。

杜秋停顿了一下，缓解了一下情绪，继续说道：“八千万即使到了越南，你作为老公安也应该知道，我们一定能够追回来。”

梁海嘴角闪过一抹难以察觉的微笑，然后抖动着腿，像是要把自己的命运来一次剧烈翻转，“我没有杀司马诚。”

杜秋和肖楠都没想到，到了现在他还想冲破逐渐收缩的法网。

“一个游泳健将是很危险的，因为那会给人一种虚妄的安全感，大多数人会被淹死是因为他们相信自己可以自救，于是奋力朝岸边游去。梁局长曾经破获大案要案无数，好比这个游泳健将，但淹死的都是会水的。”杜秋说这句话时瞅着肖楠，却是说给梁海听的，“无论你承认与否，有血迹，有车辆轨迹和你在现场的证据，另外忘了告诉你，撞击痕迹鉴定已经有结果了，你驾驶的车的左前侧与司马诚驾驶的车的右后侧有过剧烈的碰撞。”

在杜秋说这段话的时候，梁海的表情先后经历了生气、固执、恐惧、尴尬，像川剧中的变脸。“如果是我杀了司马诚，完全没必要再硬插入一个冯发，直接说他畏罪自杀不是更好？”

“我看了关于司马诚的死亡鉴定，他是先死在车里，然后车子坠毁，自杀解释不了这一点。”

梁海不再说话，茫然又无辜的眼神像是在听杜秋辨读甲骨文。

“关于你涉案的所有证据都将移交给检察院，定什么罪那是法院的事情了。但不容怀疑的是，你的一审肯定就在中级人民法院了。”杜秋在找机会抛出那个最关键的问题。

梁海清楚杜秋的意思，按照我国《刑事诉讼法》规定，只有可能判处无期徒刑以上刑罚的刑事案件一审才会在中级人民法院审理。他闭了会儿眼，然后睁开，希望世界换了一番模样。

就在他睁开眼的时候，杜秋问道：“其实你藏匿范前山尸体的大致方位，白板已经交代了。”

梁海疑惑地抬起头。

“你伪造了无峰山火化场的现场后，开车带着范前山和白板去了东郊的一个仓库……”

“放屁，什么东郊仓库，我们直接去了五狼山。”梁海忽然意识到了什么，懊悔的表情像是要将“五狼山”三个字咽回去，但太晚了。

杜秋朝肖楠点了点头，肖楠拨通了电话说了两句话：

“排查一组吗？我是肖楠，范前山被埋的地点在五狼山。”

“对，梁海招供。”

“哈哈哈哈，”异常失落的梁海大笑起来，“你小子，在这儿绕来绕去就绕活埋老范这个地方呢？”

杜秋点了点头。

“讲了那么多，就为了让我无暇防备，然后发出最后一击？”

“对，像是剑客比剑，前面的剑法都是为了把你逼迫在悬崖之上，当你到了悬崖边缘，对于我刺出的任何一剑你都无法完美抵御，因为你出剑的时候心不在焉，因为你担心一不小心就会掉下万丈深渊。”

“同时你还拿到了我的口供。”

“你的口供不重要了，以我曾经作为法官的判案经验来看，现有证据已经够了。”

“哦，恭喜你胜利了。”

杜秋点了点头，开始和肖楠一起收拾桌子前的物品，准备离开。

“杜秋，我们还会再见面吗？”梁海问话的语气像是对多年好友的留恋。

“有需要讯问的，我肯定过来。”杜秋和肖楠站了起来，三人静默，杜秋忽然像又想起了什么，双手手掌撑住桌子，身子前倾，盯着梁海一字一句地说道，“我之所以被调离法院也是你的幕后操作，因为我在冯发案子上坚持了自己的意见，其实我本来是被调动去检察院的，但检察院检察长癌症手术一时不能参加例会，你没办法才把我调到了你的身边。”

最终伴随着梁海的一声叹息，杜秋和肖楠转身离去。

天气在努力地做着晴阴转换。太阳奋力地从高空中的白云后面露出头来，天空带有一种陶瓷的质感。最后的一丝阴霾也消失殆尽，丘陵和桦树林都完全显现了出来。

杜秋他们赶到时，白板戴着铐子锁在一辆警车里，他指认了现场。左秀带领几名警员已经将墓地挖开，露出漆黑的棺材，两名警员跳下去试图努力将棺材盖子挪到一边。

“看你俩这点气力。”一个高大的警员一边说着一边也跳了下去，手上的白手套在这个场景下越发炫目，三个人合力终于将棺材盖挪到了一侧。

杜秋不想去看范前山未完全腐烂的遗体，他背过身去，临风看着云，看着树，看着石头。他在想，大自然真的是个残酷无情的看客，无论发生多么可怕的人祸或天灾，这些树木、岩石和云朵都不为所动。也许这就是人类注定要砍倒最后一棵树、捕获最后一条鱼和射杀最后一只鸟的原因吧。

“天啊。”杜秋听到了警员的惊呼。

几个警员都各自保持着棺材中的景象刚入目时那一瞬间的动作。

警员甲，硕大的脑袋探伸在棺材上面，两只手抬起，脸上写满了惊讶。

警员乙，双脚尖踮起，拉直身子前倾，嘴与眼睛配合得很协调，都张得很大。

警员丙，瞅着棺材里，嘴角抽搐，像是想说什么，一时又说不出来。

杜秋一个箭步跑了过来，恨不得能让目光拐个弯直达目标。

棺材里空空如也。

被押到棺材前的白板两腿打战：“人呢？”

“你确定是被埋在这里的，对吗？”

白板面对着杜秋，小鸡啄米一样点着头深度表达着自己的确定，同时脑海中又浮现了一遍当晚发生的一切。

夜间的无峰山殡仪馆虚无中充满了静谧、惊悚及关于一切鬼故事的想象，山生重新被扔进后备厢里，关上后备厢的那一瞬间，他像一个刚刚失明的人，盼望着自由的空气与暖暖的阳光，可那也预示着死亡的到来。车轮同地面的磕碰让他的肩膀屁股抖个不停，每一口吸进来的空气中都混杂着难闻的汽车尾气和他自己的体味。

汽车从公路上开了下去，在一条小路上颠簸。轮胎把小石子碾得飞了起来，砸在轮窝和底盘上。

然后车子减速，颠簸得越发厉害，像是海上的船遇到了海风，随浪起伏，山生阵阵恶心，努力忍住，不将污秽喷向这个临时属于自己的狭小的空间。

车子右转，闻到了枯草的气息，听到了石头碰撞轮胎的声音，车子应该是走在了一个草地上，引擎越来越大的轰鸣在诉说着爬坡的艰难。

引擎的轰鸣声减弱的时候，车子再次右转后逐渐慢了下来，最后完全停住了，引擎也熄了火。

每个人都呼吸到了傍晚森林里的凉爽空气。

在天空和树木组成的背景前面，白板走到后备厢，抓住山生的衣领，把他朝外面一拽，扔到了地上。

白板注意到四周都是灰白色的桦树，有成行的墓碑。他们是在一块墓地旁，可以看到一座座坟头，坟头中间的乱石堆里长着一堆堆枯草。两人一人拽着山生的一只胳膊拖着他往前走，来到第三个坟头旁，坟前没有立碑，不知道梁海把山生拉到别人的坟上是何深意。

“梁局长，我们来这里做什么？”下车才被允许摘掉眼罩的白板这几天像是生活在一部恐怖惊悚的电视剧里，不知道自己怎么稀里糊涂地成了主角，像是穿越到别人的剧本里。

梁海吐出一个烟圈，瞅着白板，微笑着说了一句：“埋他。”完全无视山生的存在。

山生恨不得跑上去掐住他的脖子，一直到他没有呼吸，或者一铁锹铲掉他半个脑袋。可是想到儿子范杨，就默默忍住了，直接或间接地杀了这么多人，自己的结局即使入十八层地狱也不为过，只可惜不能亲自杀了单伟，此生遗憾。

“在哪儿埋他？”白板很好奇，也只是好奇，杀过人的人对于生命如此漠视，这一点的改变连他自己都不知道。

“就这里啊。”梁海指着眼前的墓地说道。

“去车上把铁锹拿下来。”梁海命令白板。

梁海解开了绑在山生手腕上的绳子，往后退了几步，掏出了手枪指着他的脑袋，山生站在那儿，揉着擦破的皮肤。

白板走了过去，把铁锹递给了山生。

“挖吧。”梁海命令道。

山生不说话，他弯下腰用力把铁锹踩到土里，挖起满满的一锹土扔到一边，然后重复上述动作。山生每挖一锹的艰难都像愚公要移走一座山。

“把土扔近点，一会儿埋你的活是他妈我干。”白板没有一点仁慈，竟然隐约感受到了生杀予夺的愉悦。

“现场版自掘坟墓，山生你杀那么多人后悔吗？”梁海问道。

山生擦了擦汗，抬起头，直直地看着梁海的眼睛，“都是自掘坟墓，你后悔吗？”

“我会远走高飞，视频发出后，我在这个世界消失了，是被你火化掉了，然后我去纸醉金迷。我后悔？”梁海激动得唾沫横飞。

“我干活了。”山生冷笑一声，开始挖土，像是植树一样宁静。

“就该把你的尸首让野狼和秃鹫吃掉。”梁海晃动着手中的手枪。

“把你那玩意儿收起来吧，梁局长。”山生立住铁锹，喘了口气，“我挖好，会自己躺进去，我如果不做，你们会伤害我的儿子。”

“别再叫我梁局长。”梁海收起了手枪，他知道山生不反抗的原因，但感觉山生的这句“梁局长”充满了讽刺。

“好的，梁局长。”山生继续挖下去。

半小时后，一口黑漆漆的棺材呈现在了三人眼前，白板和山生抬开棺材盖板。

“瞅瞅你的新家不错吧？”梁海低头看了一眼，棺材里面黑漆漆一片，又抬起头近似怜悯地看着范前山说道。

“死了之后，一切都无所谓了。”山生双手扶着棺材跳了进去，里面的木板冰冷潮湿，他慢慢地平躺了下去。

“没必要这么快想死。”梁海想不到山生在对待生死这件事上像喝一杯茶、吃一顿饭那么简单。

躺在棺材里，他看起来很轻松，就像他在这个世界上了无牵挂一样，自语道：“人死后一定都去了天堂。”

梁海俯下身，看着仰面而卧的山生，“不对，还有的去了地狱。”

山生不说话，在他看来，人间即是地狱。

从回忆中走回来的白板，此刻戴着手铐脚镣，在高大威猛的警员的押解下围着空空的棺材慢慢挪动着身子，自语道：“不可能，绝不可能，我们俩合力盖上棺材盖，又添了土，添出了这么高的坟头。”白板比画着高度，手铐拉得很紧。

地狱空荡荡，恶魔在人间。

第三十七章　替换人生

陈龙水的桌子上放着两份档案，上面贴着便利贴。里面是司马诚和范前山的履历、关于司马诚的一些商业报道、司马诚生前经营矿山的工人名录，还有司马诚的死亡报告书等。

在范前山杀薛林贵的动机上，他一直有怀疑，杀掉薛林贵是司马诚最想做却没有做成的事情，那范前山和司马诚之间会不会有着某种联系，或者司马诚生前曾有恩于范前山，抑或范前山曾受雇于司马诚，他俩之间一定有交集。

杜秋的电话轰炸了陈龙水的耳朵。

“陈局，我是杜秋。我们挖到棺材了，棺材里没人。”

“什么？不是活埋了吗？白板在撒谎？”

“白板的这部分供述，梁海已经证实了。我怀疑范前山是被什么人救走了。”

“被救走后，又恢复了坟丘的样了？”

“别无他解。陈局，范前山的目标是单伟，我现在赶过去。汇报完毕。”

今天在单伟住所执行保护工作的警员没有了往日的戒备，明显放松许多，有的在玩手机，有的在打牌，有的在喝茶，上午一直坐在客厅沙发上的单伟，感觉事情应该解决了，范前山可能被捕或者被击毙了。但他感觉他就算变成鬼魂也会走进来，他会留下信息，比如微波炉里放一只死鸟或者枕头上放一条绳索，也有可能在马桶水箱里发现一把菜刀。

他躲不开他，也无法动摇他，就像十二级大风中的岩石。

手机铃声响起，是一个陌生号码，单伟接起电话，旁边的警员瞄了单伟一眼，继续忙自己的事情。单伟拿着手机靠近耳边，“嗯嗯……”着走进了卧室。

“咔嚓”“啪”“扑通”，无数个拟声词在警员耳边响起，屋内的三名警员冲入了卧室。

卧室正面的落地窗破裂，除右下角留下一个不规则的玻璃锯齿形状外，其他玻璃碎片一多半溅落在地板上，有风吹进来，紫色的窗帘向内轻轻舞动，像水里泛起的涟漪。

只听到一阵混乱。屋内的警员朝屋外的警员嘶吼，屋外的警员在朝楼下的警员嘶吼，后者又在电话里嘶吼。

一名警员靠近破裂的窗子探身向下看去。

仿佛一切都静止了，整个世界失去了心跳或没有了脉搏，然后一切又恢复了移动。有警察冲了过去，人们在尖叫、哭泣。

"单伟跳楼自杀了。"警员不好意思再做多余的陈述来强调自己的愚蠢。

走到半路的杜秋得知这个消息，催促左秀加速行驶，他愤怒地用拳头击打着自己的大腿，失落地望向前方，蓝色的苍穹透过车前挡风玻璃映照出他的无助。

到了现场，王柏和楼上的三位警员在楼下等着杜秋。

"人已被救护车送去医院了。"王柏在一摊血迹旁边站着，语音里充满了内疚。

"医院那边做好安排了吗？"

"离这儿最近的是市医院附属三院，我派四位警员跟着过去的。"

"确定是自杀？"杜秋问话中每一个字的语调都很重。

警员们都不住地点头，"他接了个电话，进了卧室，然后就冲破窗户跳下去了。"

"电话是谁打进来的？"

"正在查。"

"肖楠正调取这个小区周围的监控视频，"杜秋指了指站在自己左边的几个警员，"跟我上楼。"

下午五点，在区公安分局召开了案情通报会。

案件调查室里干净、现代、敞亮，中间有可移动的隔板和白板。一整面白板上贴着七张照片，每张照片旁边标注着名字，分别是范前山、薛林贵、谢虎、袁地煞、王敏、单运来、单伟、梁海、方浅、王国明。

陈龙水进来的时候，大家都站了起来。

陈龙水一边示意大家坐下，一边说道：“我们的工作有了很大进展，但麻烦却也是一个接一个，被活埋了的范前山不见踪迹，层层保护下的单伟跳楼自杀。”

“报告领导，多亏五楼和七楼的阳台挡了两下，单伟经全力抢救，目前已经脱离生命危险。”王柏站起来回答道。

“密切关注单伟的情况。第一，满足救治的一切需要，调动一切医疗资源，确保单伟得到最好的治疗。第二，和主治医生沟通好，做好随时询问单伟的准备。”说完这句话后，陈龙水语气变得异常严肃，用食指狠狠地叩着桌面，“你们楼上、楼下十几位警察，做一个人的安保工作就做成现在这样吗？我打了多少电话才在媒体那边把这件事先压下来，可是看看那些自媒体都说了些什么？说你们是废物、白痴、贪污犯！”

“我们听说范前山已经早被活埋了，认为单伟不会出事了，没想到他会自杀。”王柏旁边的一位警官低声解释。

“这是理由吗？让你们负责警卫，别说是自杀，就是麻雀放个屁也得引起注意。”陈龙水冷冷地注视着眼前这位下属，一米八左右的身高，身着纽扣锃亮的制服，警帽夹在左臂下，“处理结果一定会准时落到你们每个责任人的头上，明白吗？”陈龙水说“明白吗”这三个字时，血管里像是填充了火药。

沉默，只有墙上挂钟的表针嘀嗒嘀嗒地走着，没有喜好也没有愤怒，一直碎步向前冲。

“单伟不是自杀，是被谋杀。”大约一分钟后，杜秋看陈龙水的火气消了不少，环视会场一圈后说出了自己的结论。

“为什么不是自杀？”

“不可能，当时屋里一个外人都没有，也没有人进来，是他自己接了电话，进了卧室就跳下去了。”

“对对，我们四个在楼下守着，那时候我们虽然在单元门口闲聊，可是那个时间段没有人进出。”

“我就在十一楼单伟家的入户门前站着，根本没进去过人。”

众人纷纷表达着自己的意见。

杜秋做了一个让所有人停止讨论的手势之后，向旁边操纵投影仪的警员点了点头，一幅单伟所在小区的图像被投射在他身后的白板上。“放大这张图，再放大”，直到一个清晰的人像映入众人的眼帘，杜秋才喊了“停”。

“是范前山！”肖楠惊呼。投影显示的图像是在一个单元门跟前，单元门上面一个铜牌上雕刻着“一单元”，在单元门的雨檐下面，一人侧着脸，戴着棒球帽，正在低头看手机，一只脚已经踏入单元门里。

“是的，我仔细进行了比对，这个人就是范前山。”杜秋停顿了一下，像是在等大家的唏嘘声，唏嘘声如期而至。

陈龙水走过来和杜秋并肩站着，“电话也是范前山打的？”

杜秋点了点头，“范前山进入的这个楼正对着单伟家的四号楼，我和老胡进行过勘查，四号楼的十一楼东户是没人入住的毛坯房，门锁破坏掉了，里面的脚印与以前提取的范前山的脚印一致，大部分脚印在客厅的窗前。”

“四号楼一单元十一楼客厅的窗户正对着单伟卧室的窗户？”陈龙水眉头紧皱，来回踱着步，“范前山给单伟打了电话，单伟走到窗前，”犹豫了一下，继续说道，“电话里范前山让他跳下去，他就跳下去了？”

“范前山跟他说了什么，现在无从得知。但是单伟卧室的玻璃被动过手脚。”杜秋目光停留在投影仪上，“麻烦切换下一幅画面。”

白板上立刻呈现了单伟卧室窗子的画面，“大家看一下这个窗户，碎裂之后只有右下角留下一个不规则的玻璃锯齿形状，其余的边角连个玻璃碴都没留下，为什么？”杜秋指着画面问道。

“这个窗子的玻璃只固定了一处？”陈龙水大概猜到了谋杀的经过。

杜秋点了点头，“我同时在单伟北侧的小卧室做了一个实验，结果玻璃被击破后，因为玻璃四周有压条固定着，所以四周都留下了牙状玻璃残骸。”

陈龙水的脸此刻比衬衫纸板还要僵硬，他的眼睛死死地盯着杜秋，实际脑海想的却是范前山。“这家伙太他妈难对付了！”

“谋杀重在先谋后杀，范前山前期做了很多准备工作，当我仔细检查了单伟家客厅的窗户玻璃时，发现我的推理没错，客厅的窗子玻璃也只有左下角有压条固定着，其余的都破坏掉了，平时不会有问题，但只要有一个推的力度，人立刻就会扑出去。”杜秋双手做了个推的动作。

“那单伟为什么去推玻璃呢？是受到了威胁或恐吓吗？”肖楠问道。

“范前山在这以前从单伟家偷拿了法官制服，连单伟家里的啤酒、可乐都有动过的痕迹，说明他有充分的时间谋划这些，以备如今天这样的需要。”此时杜秋脑海里涌现了好多种能让单伟趴向玻璃的可能，“比如范前山在窗前拿一个书包告诉单伟孩子在他手里；或者随便把一个物体举到窗前让单伟看清楚，都可能导致单伟趴向窗户，因为单伟不知道玻璃只有右下角虚连着。”

陈龙水完全肯定了杜秋的推理，“有没有可能是两个人协同作案，范前山被活埋后逃出生天一定有外力协助。”

杜秋点了点头，“我也有这个怀疑，如果是两个人作案，另外这个人隐藏得就太深了。”

“会不会当日马陵山死的不是司马诚。”肖楠说道，“因为只有司马诚最想杀死薛林贵。”

“悬疑剧看多了吧，你以为这是《致命魔术师》吗？司马诚有个双胞胎弟弟？”杜秋心有疑虑，但他相信鉴定机构关于司马诚死亡的鉴定结果。

“医院那边安排了多少人手？”陈龙水听了肖楠的分析，隐约感觉到有事情要发生。

“四名，左秀和三名特警。”杜秋话没说完，像是意识到了什么，立即补充道，“肖楠再带五个人过去，做到万无一失。”

陈龙水点了点头，继续指示道：“你们要注意警戒，排查进出的所有人。有没有人举止怪异，有没有人的行为不寻常。吐痰了？低头了？进厕所了？懂我的意思吗？”

众警员山呼，“明白。”

简报会结束了，屋子里只留下陈龙水和杜秋，连房间都显得大了。陈龙水把椅子往后一推，把脚搁到面前的桌子上。两人进行了一次长谈，杜秋详细汇报了讯问梁海和白板的情况。

范前山直接谋杀了薛林贵、谢虎、袁地煞、王敏、单运来、王国明，正在追杀单伟。

梁海谋杀了司马诚、方浅，对范前山是故意杀人未遂。

是不是抓住范前山，就能结案了？两个人的心都跳到了舌尖，滚到了耳边，在眼内发光。

“杜秋，其实我也有这个怀疑，你说会不会真的还有另外一个人配合范前山？”陈龙水进行着自己的推理。

杜秋静静听着，他确信范前山从坟地里爬出来，重见天日，绝不是土地爷帮的忙。

警员散会后，一部分奔向了市医院附属三院。

肖楠的车速像是在和赛车手飙车一样快，但是晚了。

单伟是范前山的终极目标，杀了这么多人他曾经问过自己是不是不应该，是不是有的人应该活下来。但在他被梁海、白板活埋的那一刻，他加固了对人性之恶的认识，酗酒、撒谎、欺诈、忘恩负义、反复无常、强取豪夺、卑鄙、嫉妒、陷害、贪婪、残忍、诽谤、淫欲无度、执迷不悟，天理昭彰，罪恶就要受到惩罚。

单伟是他时时刻刻要扔掉的枷锁，偏偏要继续背下去。一方面痛恨自己，一方面又抓住不放。像是明知毒蛇在自己的怀里，又忍不住去抚摸。他认为上天让他死了一回又活了过来，那么除掉单伟，去掉枷锁，就是天意。

他往下拉了拉棒球帽的帽檐，走到了没有监控摄像头的地方，远远地看着警车和市医院附属三院的救护车开了过来，单伟被抬上了救护车。他立即拦了一辆出租车，扔给了司机二百元，说他实际上已经死了十年的奶奶正病危，司机把车开得横冲直撞，原来生活的苦和赚钱的苦都这样千篇一律。

市医院附属三院位于红山路和松山街的交叉路口，出租车停在急诊室入口。

在救护车来到医院的七分钟前，他已经挤进一部拥挤的电梯，电梯按键旁的指示牌上有每层病房的标识，他选择了四楼儿科病房，以前听说这个医院最忙的是儿科，他低着头随着人流走出去，走到走廊的尽头是护士站，旁边有一扇门，上面写着“闲人勿进”。他推门溜了进去，发现这是一个更衣室。他摘下棒球帽揣进兜里，从一个衣架上取下一件医生的白大褂，又往脖子上套了一根听诊器，戴上白色医用口罩，心里默默祈祷着，千万不要碰上什么人让自己做心肺复苏或呼吸道清理。然后从一张病床上取下一个笔记板，沿着走廊往前走去，他对自己的目的地心知肚明。

从消防步梯走到六楼的抢救室紧挨着重症监护室，推开厚重的消防通道门，整个走廊异常安静，那里坐着几个人，抽着烟、读杂志、等待着他们心爱的人死亡抑或重生。抽着烟的，眉头锁成几股绳；翻开杂志的，一个字也看不下去，只是出于习惯往后翻。

一名护士迎面走来，他大方地向她点头，她低声说“老师好”，谦虚的态度像是一枝垂柳。这时电梯打开了，他见到了躺在病床上的单伟，戴着呼吸机，盖着白色的被子，四名医生护士围在左右，紧跟着的是四名警察。他心里一紧，加快步伐走回了消防步梯，躲在消防通道门的后面，从通道门上一个细长条的磨砂玻璃上努力窥视着里面的一切。

医生和病人进了抢救室，四名警察低语了几句，有两位进了电梯，下楼去医院正门对进出医院的人员进行排查，剩下的两名警察站在了抢救室的两侧。

过了大约一个小时，有医生推门出来，他将消防门推开一条缝，侧着身子竖起耳朵仔细听着他们之间的对话。

“他撑得下去吗？”

“多亏被阳台挡了两下，病人左腿截肢，脱离生命危险。但是他失血严重，我们继续为他输血。”

“谢谢大夫，还是你们抢救得当、及时，辛苦辛苦。”

“我们有几个问题急着问病人，最快要什么时间？”

“现在虽然意识清醒，但刚做完手术，需要休息，估计最快也要到晚上七点以后。”

又过了半小时，他看见单伟被从抢救室推进了旁边的重症监护室。他准备动手，但是警察和医生围在行动的病人推床周围，没有机会。

他急急地下了楼，负责正门盘查的警察见他是“医生”并没有多问，他推开旋转门，一直沉浸在自己的思绪中，猛然发现自己已经跟着旋转门走了两圈才走出去。

跑步前进，到了距离医院大概一公里的地方，是一条仅供电动车和行人行走的狭长的小路，路的尽头孤零零地坐落着三间房子，破败不堪，这是传说中云汉市的“最牛钉子户”，房价从每平方米八百元涨到四万元的这十年里，它的身价也从四线城市一套住宅的价格涨到了一线城市五套住宅的价格。政府决定绕行，于是这三间房子周围每天车水马龙。

他推开门，里面的墙面还是报纸糊的，正房里有主人搬家时丢下的几个垃圾桶，墙面上挂着一面落满了灰尘的镜子，还有一个小孩的塑料玩具枪扔在地上，他像是听到孩子追打嬉闹的声音。炕上有一套脏得看不出颜色的褥子，估计是哪个流浪汉把这里当成了家。

他坐在炕沿上，从裤子右侧兜里掏出了折叠匕首。

他的眼神里没有光，没有故事，更没有笑意，只有单伟，只有复仇。

记得电视上曾播出过一个心理访谈节目，教授侃侃而谈，他说 1987 年，美国的一个心理学家做了一个著名的有关思想抑制的实验。他召集了一群人，叫他们不要去想一只白熊。如果测试者脑海里出现了白熊，就要响铃。不管多么努力，没有一个人能抑制住这个想法超过几分钟。

心理学家提出，人脑中有两个互相对抗的思考过程。一个让我们竭力去想白熊以外的所有东西，而另一个则会让我们竭力不去想的东西缓缓渗入脑海。

单伟就是范前山的白熊。他无法把他从脑海中赶走。

他把从医院里穿出来的衣服脱掉藏到了水缸里，然后坐下来紧紧地咬着袖口，把刀斜着插进了自己的腹部。顷刻间，黑红色的血液顺着刀柄先是喷溅出来，然后缓慢地顺着刀尖与伤口的缝隙流出来。

他头上滚动着汗珠，眼里含着两包泪，紧紧咬住下唇，血液涌向凹陷的位置，形成一块深红色的咬痕。

他当然不会自杀，他清楚这一刀只要及时救治，根本不会有问题。

然后拨打了市医院附属三院的急救电话，这里离附属三院最近，按照规定也是他们先派出救护车。他声称自己本来想自杀，但是现在后悔了，然后报告了位置。

听到救护车的鸣叫声越来越近，他把手里的鲜血都涂到脸上，假装昏死过去。

医生和护士的急救工作有条不紊，先对他进行了止血包扎，然后建立了静脉通道，应该给他用上了肾上腺素等常用的抢救药物，最后他被抬上担架。

车上，医生翻他的口袋找他的手机联系他的家人，但是他已经将手机关机扔在了窗外一个路经的运货卡车上。他听见医生电话请示院长，院长表示先把人救过来再说。

到了正门，他看见门口有两名警察，查验着进出人员的身份。那个中年警察，鼻子扁塌塌的，仿佛被人揍了一拳。他穿了件皱皱巴巴的大衣，脸上一副冷漠、怀疑的表情，仿佛他已经不是第一次经手这样的苦差事，但每次都同样难熬。

他被抬到门口时，故意把满是血污的脸侧到一边，斜着眼角偷偷打量着走上来的另一位警察，身材壮硕，黑色平头，腹部赘肉把身上的警服撑得紧紧的，宣示着他的体重超标。

“什么情况？”

“自杀，又不想死了，腹部扎了一刀。出血严重。”医生的回答像是期盼他自杀成功一样，明显对于他在这件事上的失败充满了鄙夷。

警察只瞅了一眼，就挥挥手让通过了。

他听见了远处的警笛声，应该是杜秋在补充警力，他的计划在和他的追踪赛跑，那么最后谁是兔、谁是龟呢？

他被抬进抢救室。

抢救他的医生应该不年轻了，帽子的边际上露出的发梢掺杂着不少白发。

他被打上麻药，在昏睡前，他看见他旁边的那位急救病人正在摘除脾脏，医生替她插满了管子。

醒来时，他发现自己正躺在推床上被慢慢推出去，趁人不注意，在经过手术台时，他快速拿了一把手术刀藏在了身下。

他如愿以偿地待在了重症监护室，距离他大概一米多的地方就是他日思夜想的单伟，此刻正躺在病床上，他俩的床头放着心电监护仪、脑监护仪等设备。他的身上还插着几根管子。

这时一个护士过来检查仪器。

他赶紧假装昏迷。

他又多么希望此刻能入睡，然后在另一具身体里醒来，或者，在另一种人生中醒来。哪种人生都要比现在这个好。

他趁护士不注意，忍着伤口的剧痛，慢慢将正在输液的套管针头拔了下来，拿起手术刀，下了病床，迅速冲到单伟的床头，用手术刀抵住单伟的咽喉，耳边先后传来护士和单伟的尖叫声。

几幅画面仿佛快照般朝他袭来。依次是医生看到监控画面，警察冲破门，杜秋赶来。

但那时什么都晚了，他看着单伟惊恐的眼睛，一把扯掉了他的输液器，他将手术刀抵在他的咽喉下方。他们呼出的气息交融在一起。只要他的手腕一用力，他的喉咙就会被割开，像一把刀划开熟透的西瓜，看着红色的汁液四溅。

“求你放过我，整件事与我无关，求求你。”单伟小心翼翼，声音嘶哑。

“你拥有了不属于你的一切，我的今天都拜你所赐。”范前山咬牙切齿，另一只手薅住他的头发，手里的刀刃在缓慢地切进去，他听见单伟发出“鞠鞠”的叫唤声，然后是剧烈的咳嗽。

监护室的门带着一股强风被推开了，端着枪的警察高喊着“不许动”“举起手来”，枪口对准了范前山，他手上停下了动作，抬头看了一眼，此时他的思维极其简单，他不相信谁敢开枪。

楼上的厕所传来冲水声，监护室外面的某个孩子爆发出愤怒的哭喊，世界不会因为他的刺杀而有一点变化，如美国正在大选，如日出月落。

门口又多了几名医生，着急地在胸前比画着，一定是在讨论单伟的情况。

此时单伟正品尝着范前山的愤怒。

杜秋出现了，他的脸仿佛雷公，看上去怒气冲冲的，在门口停下脚步时，听见他气喘如牛，范前山看着他示意那几个废物警察放下了枪。

杜秋对上他的目光，凝视着。接着杜秋微笑了一下，耸了耸肩，往前走了一步，范前山示意他停下。他故意放轻松：“你这辈子不干警察浪费了，我是一直跟着你跑啊，都杀到重症监护室来了。”

“我不是警察，我本来应该是法官。”他手里的手术刀没有放松一点点。

“你咋从棺材里跑出来的？”

杜秋在转移话题。

“睡了一觉，就在外面了，估计是老天爷看我可怜吧。”

杜秋摇了摇头，“你相信老天爷吗？”

“我相信天意，比如我死了一次没死成。”

“你喜欢怎样的老天爷呢？山生，是心存报复的，还是宽宏大量的？”

杜秋喊范前山小名，范前山一时没适应过来，不过似乎感觉到氛围变暖了。

“心存报复的老天爷。”

“为什么？”

“人要为自己的罪行付出代价。不能因为他们乞求原谅，或在临终时忏悔，就宽恕他们。做了错事，必须受到惩罚。”

“已经有那么多人因为这件事死了，你还不收手吗？你相信天意，单伟从十一楼掉下来没摔死就是天意。”

“杜秋，你是在等狙击手吗？”

“我考虑过，但你选择的这个空间，没有好的狙击位置。”

“你倒实在。”

“一向这样。”

“山生，你想象一下，你把所有仇恨都装进瓶子里。一滴仇恨，两滴仇恨，三滴仇恨……仇恨和其他液体不一样，它不会蒸发，就像油。然后，有一天，你把瓶子装满了。”

“然后呢？”

“你现在必须把它倒掉。”

范前山眯起了眼睛，脸上堆起皱纹，好像狭窄的迷宫，全身肌肉绷紧。忽然间，他吐了一口气，朝杜秋咧嘴，这应该是笑容，但好久未笑，他好像已经生疏了。

“杀了所有人，我就把仇恨倒掉了。”这句话悬在半空，仿佛一张破碎的蛛网，寻找着可以依附的地方。

“一次人生的替换对谁来说都是悲剧，换位思考，谁都会愤怒，但你是否考虑过法律途径？为什么一定要杀这么多人？”

“盗窃罪有死刑，那盗窃了我的人生，而且不是偷了一次，是偷了七次。”范前山的眼泪喷涌而出，大叫道，“这帮王八蛋偷了我七次命运。杜秋，这能重来吗？”

范前山眼前浮现了那最痛心的一幕。

那天他和老婆在劳务市场等活儿，路边上一排人每人身前挂块牌子，牌子上歪七扭八写着各自的工种，通下水道、电工、瓦工、力工、开锁、专业搬家等，他举着的牌子上面写着“刮大白”，在这些牌子里面，他的字写得是最好的。

下午来了一个老人，他似曾相识，但是想不出在哪儿见过，但相由心生，他的长相像极了老版《三国演义》里的司马懿。老人家里要刮大白，和他磨了一小时的价格，恨不得让范前山再倒找给他一些钱。最后讲到连工带料五块钱一平方米，包括除墙皮、刮腻子。

到了老人家里，范前山两口子就开始干活，老人从柜子里翻出了很多旧报纸、旧档案，让范前山垫在柜子上面，防止掉下来的灰弄脏了柜子里面的东西。旧的大白墙皮很难处理，得用滚刷蘸湿水滚一遍，但范前山带的滚刷不太好用，就让老人出去帮着买个滚刷。

范前山在垫柜子时，偶然在那堆旧档案里，发现了自己的录取通知书，从 1990 年到 1995 年，一共六张录取通知书，全是湖东省农牧学院的。他的脑袋像通上了交流电，录取通知书上“范前山”三个字那么耀眼。他一下子想起这个老人就是初中的校长王国明，这么多年过去了，彼此的变化太大了，所以王国明也没认出他。

他颤抖着把通知书收好，借口家里有事，过两天再来干完剩下的活，王校长很不高兴，范前山就说为表示歉意，剩下的活免费给他弄完，他才咧开嘴乐，露出一口烟黄牙。

然后范前山去了包括原教育局、区委几个地方，大致拼凑了事情的经过。当时单运来为保证他这个不学无术、数学从没及格、五门学科的总成绩都没超过一百分的儿子单伟能万无一失地进入湖东省农牧学院，早早和王国明共谋，认为利用学习成绩一直年级组第一的范前山最有把握。因为建校这么多年就出了范前山这样一个几门学科都经常满分的学生。另外范前山家处山区，极为闭塞，家里没有在城里的亲戚朋友。综合几方面因素，范前山成了当之无愧的“天选之子”。范前山比单伟高了七个年级，因此除了最后被顶替上学的那张通知书给了单伟以外，以前每年录取范前山的通知书都被偷偷压了下来，那时候没有网络，信息极不发达，而范前山每年从学校里得到的信息都是差二分、差三分，直等到 1996 年单伟参加考试，顺利顶替他去读了中专。那些年，同学们都给他起了个外号叫“老长征”。

范前山没有声张，如果去讨要说法无非就是单伟被原单位开除而已，那让他们付出的代价太小了，相比于他被浪费的光阴，被偷换的命运，小到可以忽略，他认为代价与损失一定要对等。

“复仇”二字让他开始了在缜密谋划下的一次次杀戮。先去买了大量的无味有毒物质连同甲醛加到了大白膏里，和老校长谈天说地中免费帮他把活干了，范前山笃定王国明活不成了，死前必受癌症的各种折磨。

之后他查出了整个事件的参与者，否定了上百个计划，最后选择了他认为最有把握的方法，逐一谋杀。现在看来范前山的谋杀计划接近完美。

杜秋看着范前山，他想起了一句话，心里把这句话做了嫁接——山生从知道自己被七次改掉命运和前程后，灵魂最深处永远都变成了黑夜，日复一日。

在调查范前山系列谋杀案的时候，杜秋心情一直很沉重，情绪一直很复杂，想马上找到罪犯，又盼望罪犯赶紧逃走。

"薛林贵只是和你在路上有了一次摩擦，你就杀了他。"杜秋语气中没有指责，"袁地煞在顶替上学事件中只是办理一个假证你就杀了他吗？你错了，山生！停手吧。"

山生沉默，他不想解释。

在绑架薛林贵的第三天，他本决定把薛林贵转移到另外一个地方，一个矿山废弃的岩洞内，两个人的一次摩擦，虽然自己受了委屈，但这不是杀人的理由。当时绑架薛林贵对山生来说有两个意义：一是因为当初他对自己的侮辱，教训一下他；二是借此转移警方的视线，让警方一时摸不到自己的作案规律，自己需要时间去完成一连串的谋杀计划。

事情结束后，他会放他回家。

可薛林贵把山生当成了司马诚的人，一再求饶，并交代了如何设计诈骗四个亿、如何和梁海分赃、如何和梁海密谋杀死司马诚……

山生不认识司马诚，但那一刻他决定替这个陌生人报仇，以最残酷的方式让薛林贵灰飞烟灭。

他又想起了每次考试落榜后，母亲都会带着他去看仙儿，母亲从手绢里拿出卷着的一小卷人民币，从中拿出十张努力展平后递给袁地煞，袁地煞每次都会说自己过阴去地府问问孙山，孙山每次都告诉袁地煞："让孩子来年再考一次，就不会名落于我。"连续六年，直到第七年，再去卜卦时，袁地煞说："孙山说了，不要再考了，这辈子都会名落孙山。"再加上王校长在他最后一次考试后告诉他："山生啊，怎么这次能差了七十多分？再考可就八年抗战了。"这一切都让山生心灰意冷，从六年来的每一年差一二分到最后一次差了七十多分，山生弃学了。山生的母亲在他弃学不久便抑郁而终。

这一切都是单运来和袁地煞还有王校长的谋划，袁地煞怎么会是办假证这么简单？

山生想起自己杀了他们，不自觉面露微笑。杜秋虽然看不见他的微笑，但他从这种静默中知道山生将永远保留着一些秘密。

“当时单伟还是个孩子，家长安排的一切他并不知情。”杜秋故意引出孩子这个话题。

杜秋提到孩子的时候，范前山想起了范杨，特别想，变得浑身无力的那种想，他愣了一下。

“还有你的孩子，如果你保证不伤害单伟，我会给他找最好的学校，会一直供他读书到大学、到博士，努力让他成为栋梁之材。”

范前山一愣，“粮食里有耗子屎，公安里有败类，我被你们大名鼎鼎的梁局长活埋了一回，你觉得我会信你吗？”

“你等一下。”杜秋说着拿出手机，按了一个号码，又按了免提，范前山清楚地听到对方的手机铃声，是一首英文歌曲，但音调沉闷。

“喂，杜叔叔？”三声铃响后，那边一个稚嫩的声音接了起来，是范杨的声音，是范前山日思夜念的宝贝儿子的声音。

“范杨，你好，放学了？”杜秋说话的语气像是对自己的子侄。

“放学了，杜叔叔，一会儿我把写完的作业发给您。”

范前山感觉不到腹部的疼痛了，握着手术刀的手在颤抖，但他还是控制着它抵在单伟的咽喉上。单伟一直在哭，哭得范前山真想一下子切进去结束这恶心的哭声。

他松开薅着单伟头发的手，示意杜秋挂掉电话。

“好的，我有事，稍后联系，先挂了啊，再见。”杜秋说完，收起了手机。

“这是怎么回事？”他控制着情绪问道，空气中填满了迷茫，压得他透不过气来。

“你的案发，对范杨的影响特别大，学习成绩一落千丈。你有残酷冷血的一面，但你也是受害者，我不想让这么聪明、善良的孩子重蹈你的命运。所以去帮助他，疏导他。”杜秋停顿了一下，加重了语气，“范杨如果没出息，你下辈子都输了。”

范前山没有流泪，腹部却在往外流血。他异常矛盾，他这次是要拿自己的命要单伟的命，可是杜秋对儿子的爱护让他不知所措。他不停摇头，仿佛想让自己摆脱什么念头。

忽然，门外传来了女人和孩子的哭声，范前山急忙向杜秋摆手，示意他不要让女人和孩子过来，他永远不想让其他人知道自己最后的样子。

但他们还是冲到了杜秋面前。

单伟哽咽着叫了声“儿子”。

门口跑进了一个高挑的漂亮的女人，拉着一个五六岁、穿着天蓝色幼儿园班服的孩子。

他跟踪过他们，他们是单伟的老婆和孩子。

“山生，放弃吧，看在孩子的分上，不要再让悲剧发生了。”杜秋一手搭在了正在哭泣的孩子的肩膀上，他似乎看到了杜秋把手搭在范杨肩膀上的样子，一下子要崩溃了，他要赶在情绪决堤前结束这一切。

“谢谢你，杜秋。”他面向杜秋，说得低沉、诚恳。

“单伟，替我好好活着。”他低头看着单伟，另一个范前山。

这是他留给这个世界的最后一句话。

他用尽全力把手术刀插进了自己的咽喉，一插到底。像是家里正在抽水的水管子被扎开一样，鲜血喷溅了出去。

他听见了杂乱的跑步声、呼喊声、孩子的哭声。

这次他只看到了白茫茫一片，没有山川大地，没有日月星辰，只有大风呼啸，他想跨越这风，可拼死都无法跨越它。

不是全球变暖了吗？为什么这么冷？

多年前，壮志凌云的范前山一定不曾想过自己的人生会因为一个叫单伟的人被一步步设计、篡改。在命运被一而再再而三地重锤蹂躏后，在确认自己原本可以甘美的人生果实被窃取后，范前山活着的重要目的就是筹划密谋，以命换命。而那时的他也一定不曾料到，此时此刻，自己会在自我了断之前嘱托单伟替自己好好活着……

谁的人生是可以自己精准设计、完美践行的？劫后余生，曾经的“盗窃者”单伟是否真的可以代替“被盗者”范前山好好地活？余华曾说：“世界上没有一条道路是重复的，也没有一个人生是可以替代的。”

第三十八章　终极密码

回到局里，杜秋情绪低落，自己关上办公室的门，一切都很突然，突然到范前山自杀时，他手足无措得像是在一望无际的大海上，眼前猛地跃出一头鲸鱼。

桌前放着整个二二四谋杀案的复制卷，包括公检法的案卷及纪委调查蒋小春、梁海的所有证据。

按规定，复制卷也要交回去，瞅着这一摞卷宗长舒一口气，但总是有件事拽着心思，挥之不去。

最后看一下卷宗，从谢虎到薛林贵到袁地煞，袁地煞的卷宗很厚，因为涉及蒋小春的很多问题，翻阅到关于蒋小春这一部分，正卷第一百五十八页记载：

> 袁地煞给蒋小春做生发墓时，遭群众举报，后来蒋小春找到公安的一个老同学打了招呼，生发墓得以落成。

往后翻过去，又写到蒋小春曾做了一个去南极的梦，后来真实现了。

突然想起了什么，就是拽着自己心思的那件事——范前山如何从墓地逃脱的。

马上把卷宗又翻回来，“公安的一个老同学会不会是梁海？”带着这个疑问，拿起固定电话，拨打给左秀。“左兄，你认识蒋小春吗？就是自杀那个。”

“知道啊，怎么了？”

“他和梁海是同学吗？”

“是的，初中同校的，梁海比他大三级。”

“梁海活埋范前山那个墓地回填了吗？”

“回填了啊。”

“你和王柏马上带上铁锹跟我走一趟。”杜秋急切地说道。

“好的，二十分钟后我们到局里接上你。”

两小时后，五狼山这座墓地又被掘开。

三人努力将棺材顶板挪开，杜秋跳了下去，轻轻地敲击着棺材里板，左、右、前、后，结果后面的板子传来回声，杜秋用力推了一下，棺材后板竟然像旋转门一样转动了。

左秀扑通一下也跳了下来，指着棺材后板说道：“这……这……怎么有暗道？”

杜秋点了点头，往里面瞅了一下，漆黑一片，“王柏，去车里把手电筒拿给我。”

王柏拿来手电筒。

顺着手电筒的光束，发现了一条能供一人爬行的青砖暗道。

“左兄，你在外面等着，我试一下。”杜秋说完爬了进去，暗道大约有六百米，地面也是青砖铺的，暗道的另一头用石头堵着，用力推开出来就是山下的大河。

王柏在上面着急地紧紧盯着棺材里，左秀紧紧地盯着暗道里……

“你们在找范前山吗？我就是。”一个空洞、恐怖的声音从身后袭来。

王柏肩膀被拍了一下，“妈呀”一声掉到棺材里，抬头看去，杜秋在上面捧腹大笑。

“你怎么跑上面去了？”王柏的问话还带着惊悚的颤音。

“棺材里的暗道直通前面的大河，我爬出来就从上面走过来了。”

“你吓死我了。”

“我难道要再从暗道里爬回来吗？”杜秋蹲下身子问道。

“这墓牛逼，给死人还留个暗道。”左秀合上棺材后板说道。

“这应该就是蒋小春的生发墓。”杜秋说道，“范前山被埋时也不知道有暗道，应该是窒息得难受让他在里面左蹬右踹，结果一脚踹出个暗道来。”

“没听说过生发墓有暗道啊。”左秀问道，和王柏一前一后从棺材里爬了出来。

“我们去问问蒋小春的家人就知道了。”

蒋小春的母亲确认墓地就是蒋小春的，挖暗道是袁地煞的主意，当初袁地煞说要真的生发就得在棺材里睡一夜，但生发是不能原路返回的，而且水代表生，也代表财，暗道顺着棺材后面挖出去六百米就是大河。袁地煞说这是天意！

“什么天意啊！不过是神棍们故弄玄虚，把过程尽量搞得复杂些，多骗些钱而已。”杜秋对老太太低声说道。

蒋老太太泪水涟涟地点着头，“姓袁的可把我们害苦了，不是他这么折腾，我家小春死不了。在我们家的规矩，横死的是入不了祖坟的，后来就只能火化埋公墓去了。”

左秀担心老太太控制不好情绪，留下买来的水果，拉着杜秋和王柏回到了车上。

“整个案子到这儿该结束了吧？”左秀长嘘了一口气，紧握着方向盘，看着前进的方向。

“累吗？”杜秋问道。

左秀和王柏点了点头。

“既然上了贼船，就麻烦你们和我一起做个快乐的海盗吧！”杜秋说完望向窗外，此时天空像是喝了谁放在屋顶的酒，醉红了脸颊，成了晚霞。

第三十九章　蝉影

梁海在强大的证据面前承认了所有犯罪，包括杀死司马诚、方浅，活埋范前山。杜秋和他最后一次谈话时，问他为什么不及时收手，他告诉杜秋，自从杀了司马诚后，就收不了手了，一心想挽回败局重新开始，结果越陷越深。

在等待法院宣判死刑的日子里，梁海一直请求管教开开窗户，他想吹吹风、晒晒太阳。

某一天晚上，平凡的日子中的一个，星星还没有出全，梁海靠在椅子上死了，死于心梗。

死的时候，面前放着一张报纸，是关于司马诚一案的报道。报道的信息是：司马诚的儿子近日在一个包里发现了爸爸的遗嘱，遗嘱上说："爸爸被薛林贵骗了四个亿走投无路，公安局的梁海是最大的保护伞，只手遮天。为避免连累你们，我决定开车去马陵山最高的悬崖坠崖自杀，见信收尸，埋回故土……"

于婉按照梁海生前的交代，"一旦被执行死刑，让铁王座陪我吧。"将铁王座和他葬在了一起。

公墓下面的狭小空间里，左边是梁海的骨灰盒，右边是铁王座，铁王座里静静地躺着一张B超单……

冯发无罪释放，正在申请国家赔偿。

左秀因参与刑讯逼供，正在等待处理。

晚上七点，在垄亩居藏书阁，陈龙水与杜秋在痕迹斑驳的老船木茶台前对坐。

陈龙水第一次到杜秋的垄亩居藏书阁，摇头赞叹之后，话题又回到了案子上。

杜秋看着煮咖啡的摩卡壶沸腾起来，满屋的咖啡香，“司马诚本是去自杀却又遭到梁海的谋杀，梁海走出这一步就再也没有回头的余地了，诡谲的命运，悲惨的世界。”

陈龙水端起了咖啡杯，啜了一口放下，“你这儿有酒吗？我想喝点。”

“你可以这样喝。”杜秋说着拿起右手书架旁的一瓶知更鸟威士忌倒在了陈面前的咖啡杯里。

“还能这样喝？”

“很好喝。”杜秋给自己的杯子也倒了点。杜秋举杯与陈龙水碰了一下，两人都啜了一口。

“嗯，不错，有咖啡的香草味和威士忌的麦芽糖味，柔顺又猛烈。”陈龙水说完连啜了几口。

杜秋随手翻开一本书，是伏尔泰的《老实人》。

“这本书讲的什么？”陈龙水指着书问道。

“一个老实人在逃难的过程中探索世界，遭遇形形色色的天灾人祸和社会弊病，最后该消亡的一切都消亡了。”杜秋把书递给陈龙水，“推荐你也看看，这里面一直在讲哲学上的因果。”

陈龙水接了过来：“司马诚想杀薛林贵没有成功，反被梁海所杀；范前山阴差阳错地给司马诚报了仇，不但杀了薛老九，梁海也被牵扯出来，并因此身陷囹圄，一命呜呼。这里面有没有因果？”

杜秋环视了自己的“书库”，目光凝视着陈龙水说道：“我相信因果。天下最强大的力量就是因果，因果和蝴蝶效应造就万千世界。不要以为无人知晓，虚空中有注视你的眼睛。”

陈龙水点了点头，表示赞赏，“当你凝视深渊的时候，深渊也报以凝视。”

“我平时喜欢创作，这个故事如果让我写，那么范前山的祖上和司马诚的祖上，在五代十国或者是唐朝，或者更远，三国时也行，两人是并肩作战的战士，结果在一次遭遇战中，司马诚的祖上救了范前山的祖上一命，因果由此产生。”

陈龙水沉默了，小说家写的就是这冷漠又温暖的世界，“也有可能是司马诚捐给山区学生的善款中，范前山的儿子间接受益了一个文具盒或者继续读书的机会。”

所有的相逢都是久别重逢，所有的恩怨都是前世因果，因果让一切皆有可能。

第二年的第一场雨。

一定还有什么事情掩盖在整件事的底下，虽然整个案件破获了，但杜秋的心情像这天气一样阴郁，总有一块乌云在心里的天空飘动。

在车灯的照耀下，密集的雨点形成了一道道瀑布，车窗上的雨刷器像是在哭，发出吱呀吱呀的声音，朦胧的白雾弥漫在路边的树梢间，灯光透过薄薄的雾气发出银色的光芒，透过夜色和大雨，能清楚地看见车窗外一排一排的树影延伸到了黑暗中的虚无，似乎没有尽头……

回到垄亩居藏书阁，已近午夜，上楼，洗澡，换上一套干净的睡衣，上床，熄了床头灯，辗转反侧将近一小时，最后只得开灯，穿上拖鞋，重回书房，找本书看吧，还是喜欢推理小说家雷蒙德·钱德勒的《漫长的告别》，记得自己当时一共送给梁海两件礼物，除了那尊铁王座之外就是这本《漫长的告别》。

回到床上，坐起来，背靠床头，将书本放在怀里，随意翻看，半小时后就看到了结尾：

> 一个美国佬从背后打昏了莱诺克斯，然后他拿起毛瑟手枪，打开一粒子弹，取出弹头，把弹壳放进枪膛。他用这把枪顶着莱诺克斯的太阳穴扣动扳机。那一枪造成一个看上去很可怕的伤口，但并没有杀死他。然后莱诺克斯被抬上担架，盖得严严实实地抬出去。美国律师赶到的时候，莱诺克斯被麻醉了，冰藏在兼做棺材的木匠铺的黑暗角落里。美国律师在那里见到莱诺克斯，他浑身冰凉，深度昏迷，太阳穴上有个血淋淋的焦黑伤口，看上去无疑是个死人……

吹灭读书灯，一身都是月。黑暗里，杜秋躺在床上辗转反侧，他睁着眼与黑暗对视，黑暗中像是有一湾深潭……

越南天堂岛，一座拥有热带风情的小岛，温柔的海岸线以及美丽的日落衬托着舒缓的白色沙滩，海水清澈透明，海岸线平整宽阔。

迎着红色的夕阳，几艘帆船悠闲自在地在大海上漂流着，上帝赋予了海浪最美妙的节拍，和着太平洋深处吹来的海风，伴随着海边椰林摇曳。

在蓝天、碧海、清风、白沙的映衬下，她静静地在海边走着，身材苗条而修长，如拂水之柳，让浪花混合着细沙拍打在她的脚下，她的长发披于背心，用一根粉红色的丝带轻轻挽住，一袭白裙，只觉她身后似有烟霞轻拢。

海风掀起了她白色的长裙，吹乱了她的长发，吹落了她抬起头来也抑制不住的泪。海浪欢快地拍打着沙滩，淹没了她身后留下来的一行脚印，淹没了滴下来的泪，也淹没了刚刚陪伴在右边的另一行小脚印……

（全文完）

庚子年冬　于杭州西湖丁家山毛泽东读书处

壬寅年秋　第六稿修改于垄亩居藏书阁